Schrei nicht so laut

JOHN

HARVEY

Schrei nicht so laut

THRILLER

Aus dem Englischen von
SOPHIE KREUTZFELDT

Weltbild

Die englische Originalausgabe erschien 2004
unter dem Titel *Flesh and blood*.

Besuchen Sie uns im Internet:
www.weltbild.de

Genehmigte Lizenzausgabe
für Verlagsgruppe Weltbild GmbH,
Steinerne Furt, 86167 Augsburg

Übersetzung: Sophie Kreutzfeldt
Umschlaggestaltung: Johannes Frick, Augsburg
Umschlagmotiv: Getty Images/Photonica (© Chris Sowe), München
Gesamtherstellung: CPI Moravia Books s.r.o., Pohorelice
Printed in the EU
ISBN 978-3-8289-9010-4

2010 2009 2008 2007
Die letzte Jahreszahl gibt die aktuelle Lizenzausgabe an.

Es ist geschehen. Niemand kann es ungeschehen machen;
niemand kann es anders machen, als es ist.

Charles Dickens: David Copperfield

Und doch bist du mein Fleisch, mein Blut, mein Kind;
Nein, eine Krankheit eh'r in meinem Fleisch,
Die mein ich nennen muß …

William Shakespeare: König Lear

I

Sanft, aber nachdrücklich streifte die Katze sein Gesicht. Elder, noch halb im Schlaf, schob sie mit dem Arm weg. Augenblicke später war sie wieder da, drängte sich an ihn, und ihr Schnurren dröhnte laut in seinem Kopf. Fordernd malträtierten die Katzenpfoten das weiche Fleisch an seiner Schulter, in seinem Nacken. Das Kissen unter seinem Kopf war schweißgetränkt. Mühsam drehte er sich um und hob das Tier hoch. Das dichte Fell war feucht und verfilzt, die Haut hing schlaff an den mageren Rippen. Im Halbdunkel leuchteten die Augenschlitze gelb.

Während Elder sich hochquälte, drehte sich die Katze in seinem Griff und biß ihn kräftig in den Daumenballen. Fluchend ließ er das Tier aufs Bett fallen, von wo es fauchend zu Boden sprang. Er führte die Hand zum Mund, das Blut schmeckte säuerlich und intensiv.

Plötzlich tauchten noch mehr Katzen auf, dicht beieinander kamen sie zu zweit oder zu dritt aus den Schatten des Zimmers. Elder hörte das schnuppernde Atmen der halbwilden Tiere, leise und abgerissen. Er warf die Decke zurück und begann sich anzuziehen; jetzt kamen die Katzen ganz nahe, rieben sich an seinen Knöcheln oder liefen über seine nackten Füße.

Als er die Tür aufhielt, um sie hinauszutreiben, strichen sie zwischen seinen Beinen hindurch und bewegten sich wie eine sanfte Woge auf die Treppe zu.

Im Zimmer oben betrachteten ihn starre Augen, und als er einen Schritt vorwärts machte, sanken seine Füße in einer glitschigen, weichen Masse ein. Haarlos, blind und maunzend wand sich ein Wurf neugeborener Kätzchen über die nackten Dielen. Brechreiz überkam ihn. Nicht weit über seinem Kopf fuhr eine ausgewachsene Katze die Krallen aus und warf sich auf ihn. Blut tropfte von seinem Oberarm, eine Blutspur lief seine Wange entlang. Die Tür, durch die er eingetreten war, fiel ins Schloß.

Zitternd durchquerte Elder das Zimmer und stieg eine weitere Treppe hinauf. Die oberste Stufe gab unter seinem Gewicht nach, und er mußte sich zu beiden Seiten an den Wänden abstützen, bevor er springen konnte.

Durch die Löcher im Dach fiel schwaches Licht auf den Boden.

Nichts bewegte sich.

Am hinteren Ende des Zimmers stand ein schmales Bett. Nicht leer. Jedenfalls nicht ganz. Unter einer grauen, zerschlissenen Decke lag etwas zusammengerollt da. Elder überlief es kalt an Armen und Beinen. Sein Körper verkrampfte sich. Er wußte oder glaubte zu wissen, was darunter verborgen war. Die Katzen, die ihm gefolgt waren, verstummten und scharten sich um ihn – ruhig, abwartend. Die Distanz bis zum Bett erschien ihm unermeßlich, auch wenn es nur einen Schritt entfernt war. Die Decke fühlte sich rauh und kalt an zwischen Daumen und Zeigefinger. Als er sie zurückzog, zerfiel sie ihm in den Händen.

Die Beine des Mädchens waren bis zur Brust angezogen, ihre Brüste waren klein und schlaff, der Hüftknochen ragte durch die fleckige Haut. Der Gestank verpestete die Luft und drang ihm in Mund und Nase. Die eine Hälfte ihres Gesichts – des Gesichts eines Mädchens, einer jungen Frau von sechzehn oder vielleicht siebzehn Jahren – war fast ganz verschwunden. Kleine, tiefe Bißspuren umgaben ihre Augenhöhle.

Als Elder sich vorbeugte, schoß plötzlich ihr Arm auf ihn zu, die ausgestreckte Hand suchte nach der seinen. Griff nach ihm und ließ ihn nicht mehr los.

2

Elder stand auf der Mauer aus groben Feldsteinen, und sein Blick folgte dem heranfahrenden Bus, der jetzt die steile Kurve nahm, über sich das rauhe Moor, unten im Tal das fruchtbare Land. Heute zeigte der Himmel alle Abstufungen von Blau, das zarteste dort, wo er aufs Meer traf, der Horizont eine einzige Illusion aus Licht, die den Umriß eines großen Tankers wie ein Bild aus einem Kinderbuch wirken ließ. Elder wußte, daß die Hummerboote draußen waren, zwei oder drei, und ihre Körbe in der Nähe der Klippen kontrollierten. Er konnte sie nur nicht sehen.

Er sah zu, wie der Bus anhielt und Katherine ausstieg, wie sie einen Moment stehenblieb, bis der Bus wieder angefahren war – eine einsame Gestalt am Straßenrand und auf diese Entfernung mit dem bloßen Auge kaum zu erkennen. Und doch wußte er, daß sie es war: die Art, wie sie dastand, wie sie den Kopf drehte.

Mit einer schnellen Bewegung hievte Katherine den Rucksack auf eine Schulter, rückte ihn zurecht, überquerte die Straße und schlug den Weg ein, der sie schließlich zu dem Cottage bringen würde, in dem Elder lebte.

Er sprang von der Mauer und eilte über das Feld.

Drei Cottages standen direkt nebeneinander, gebaut für die Arbeiter und ihre Familien, die früher das Land bewirtschaftet hatten. Ein Stück dahinter befand sich ein einzelnes Haus mit einem Atelier, das einer Künstlerin gehörte, einer angenehmen Frau, die recht zurückgezogen lebte. Wenn sie sich auf dem Pfad begegneten, der zum Meer hinunterführte, nickte sie Elder lediglich zu und sagte nur selten ein paar Worte.

»Sind Sie vielleicht Schriftsteller?« hatte die Hausbesitzerin gefragt, als Elder seine Kaution hinterlegte und die Miete für den ersten Monat bezahlte.

»Nein. Warum fragen Sie?«

Sie hatte gelächelt. »Ach, manchmal kommen Schriftsteller her und hoffen, daß etwas abfärbt. D.H. Lawrence hat hier mit seiner Frau Frieda gelebt, wissen Sie. In einem der Cottages. Katherine Mansfield auch, eine Zeitlang.«

»Ja?« hatte Elder gesagt. »Verstehe.«

Nun, von Lawrence hatte er zumindest gehört.

Das war vor etwas über zwei Jahren gewesen, im Vorfrühling, als erst wenige Knospen zum Vorschein gekommen waren. Elder war Kriminalbeamter in Nottinghamshire gewesen, ein Detective Inspector mit dreißig Dienstjahren; seine Ehe hatte etwas mehr als die Hälfte dieser Zeit überdauert, und seine Tochter war vierzehn. Von einem Tag auf den anderen hatte er gekündigt und sich zur Ruhe gesetzt, hatte sie alle zurückgelassen.

Er war so weit weggegangen, wie es in England möglich ist, ohne das Land zu verlassen, hatte das Cottage zufällig gefunden und war geblieben. Zwei Zimmer unten, zwei oben, viel mehr nicht; dazu geflieste Böden, Steinmauern, und wenn das Licht im richtigen Winkel einfiel, durchströmte es das ganz Haus. Von gelegentlichen Postkarten abgesehen, schrieb er nicht, und nach einer Weile schrieb er nicht einmal mehr Postkarten. Er las. Versuchte es mit Lawrence, legte ihn aber schnell beiseite. Unter der Treppe fand er einen versteckten Vorrat an moderigen Taschenbüchern: Priestley, du Maurier, Dornford Yates. Als er sie gelesen hatte, besorgte er sich auf Kirchenbasaren und dergleichen Nachschub. Er mochte Geschichten über das Meer, wie er feststellte: Forester, Reeman und Alexander Kent. In letzter Zeit hatte er H. E. Bates ins Herz geschlossen.

In vierzig Jahren oder mehr hatte er kaum ein Buch zur Hand genommen, doch jetzt faszinierte es ihn, wie man von einer Geschichte aufgesogen, in eine andere Welt versetzt wurde.

An manchen Abenden stellte er das Radio laut, weil er den Klang von Stimmen hören wollte. Er wußte ja, daß er nicht zu antworten brauchte.

Er war gerade bei den Cottages angelangt, da sah er Katherine die letzte Biegung des Weges nehmen.

Sie trug leichte Wanderstiefel und Socken, die sie über hellgrünen Strumpfhosen umgeschlagen hatte, dazu einen knielangen Kordrock in einem dunkleren Grün und einen geliehenen Anorak, der mehrere Größen zu groß und offen war. Als sie Elder sah, rannte sie die letzten paar Meter auf ihn zu, und ihr braunes, leicht lockiges Haar schwang ähnlich in ihrem Nacken wie früher das Haar ihrer Mutter.

»Dad!«

»Kate.«

Er hatte sich gefragt, ob sich in diesen Moment Beklommenheit oder Peinlichkeit einschleichen würde, nach so langer Zeit. Waren es sechs Monate? Nein, mehr. Im letzten Sommer hatte er sie zuletzt gesehen, in Nottinghamshire, und das nur kurz. Aber nein, sie umarmte ihn, und er fühlte unter den Schichten, die sie trug, ihre zarten Knochen. Sie drückte ihre Wange gegen seine Brust, und langsam, mit geschlossenen Augen, preßte er seine eigene Wange an ihren Scheitel und erinnerte sich daran, wie ihr Haar gerochen hatte, als sie zwei, drei oder vier gewesen war.

»Komm«, sagte er, ließ sie los und trat einen Schritt zurück. »Laß uns ins Haus gehen.«

Katherine hatte nicht gewußt, was sie erwarten würde: ein Haufen ungewaschener Kleidung und herumliegende Socken, leere Bierdosen und schmutzige Töpfe? Ein alleinstehender Mann, dem die Dinge über den Kopf wuchsen? Aber nein, alles war ordentlich und am richtigen Platz; das Frühstücksgeschirr, Tasse und Untertasse, Schale und Teller, war abgespült und wartete darauf, weggestellt zu werden. Vermutlich hatte er sich auf ihr Kommen vorbereitet: hatte gesaugt, aufgeräumt, Staub gewischt.

»Tee oder Kaffee? Keinen Pulverkaffee, Bohnen, die echten.«

Katherine schälte sich aus ihrem Anorak und hängte ihn über einen Sessel. »Du trinkst doch gar keinen Kaffee. Früher mochtest du nicht einmal den Geruch im Haus.«

»Ich kann mich ändern, oder etwa nicht?«

Sie blickte ihn mit gesenkten Wimpern an. »Tee ist in Ordnung.«

»Teebeutel.«

»Egal.«

Während ihr Vater in der Küche beschäftigt war, streifte sie durchs Haus. Die Möbel gehörten wohl zum Cottage, vermutete sie, solche Sachen waren stets günstig zu haben, wenn ein Haushalt aufgelöst wurde. Vorhänge mit Blumenmuster, Binsenmatten auf dem Boden. Ein Bücherregal voller Taschenbücher. Der schwere Eßtisch wies hier und da ringförmige Spuren auf, die sich auf der einen Seite häuften. Auf dem schmalen Kaminsims stand eine Fotografie in einem schlichten schwarzen Rahmen: sie selbst mit vierzehn, kurz bevor alles den Bach runtergegangen war. Im Kamin war ein Feuer vorbereitet worden: Papier, Holz, Kohle. Keine Musikanlage, kein Fernseher. Die Tür zum Zimmer ihres Vaters im oberen Stockwerk stand offen. Die Steppdecke lag ordentlich über das Bett gebreitet, die Kissen waren aufgeschüttelt worden, auf einem Tischchen fanden sich ein Radiowecker, eine Lampe, ein leeres Glas, ein Buch.

»Katherine. Der Tee ist fertig.«

Sie ließ ihren Rucksack auf das Einzelbett in dem anderen Zimmer fallen und ging wieder nach unten.

Es war gerade noch warm genug, um in dem kleinen Garten hinter dem Haus zu sitzen; der Wind vom Meer war frisch, aber nicht schneidend. Jetzt, Ende April, stand die Sonne zwar hoch am Himmel, war jedoch nicht sehr kräftig. Eine niedrige Steinmauer trennte den Garten von einer Weide, auf der mit gesenkten Köpfen schwarzweiße Kühe faulenzten. In den Zweigen eines Baumes ganz in der Nähe krächzten zwei Elstern.

»Also? Wie war die Reise?«

»Gut.«

»Wofür hast du dich entschieden, Bus oder Zug?«

»Weder noch.«

»Wie das?«

»Ich bin getrampt.«

»Was bist du?«

Katherine seufzte. »Ich bin bis Penzance getrampt, und dort habe ich den Bus genommen.«

»Ich habe dir doch das Fahrgeld geschickt.«

»Hier.« Sie war halb aufgestanden. »Du kannst es wiederhaben.«

»Das habe ich nicht gemeint.«

»Was dann?«

»Zu trampen. Das ist gefährlich. Unnötig. Das ist ...«

»Mir ist nichts passiert. Ich bin hier. Sieh mich an. Alles noch dran.«

»Zurück nimmst du den Zug. Und wenn ich dich persönlich reinsetzen muß.«

»In Ordnung.«

»Ich meine es ernst, Katherine.«

»Ich habe doch gesagt, in Ordnung.«

Aber sie lächelte, guckte nicht mißmutig, wie sie es früher getan hätte.

»Wie schmeckt der Tee?« fragte Elder.

Katherine zuckte die Schultern. »Wie Tee eben.«

Sie liefen auf dem schmalen Pfad zwischen den Feldern, an den Scheunen und Ställen vorbei, bis zu der Stelle, wo die Klippe über das Meer ragte.

»Was in aller Welt machst du hier den ganzen Tag?« Katherine machte eine ausladende Geste mit beiden Armen. »Fischen?«

»Nicht direkt.« Manchmal fuhr er nach Newlyn und sah zu, wie der Fang an Land gebracht wurde. Hin und wieder kaufte er eine Makrele oder eine Seezunge fürs Abendessen.

»Ich würde verrückt werden. Spätestens nach einer Woche.«

Elder lächelte. »Werden wir ja sehen.«

»Dad, so lange bin ich nicht hier.«

»Ich weiß.« Er hatte gehofft, sie würde vielleicht länger bleiben.

»Am Samstag bin ich zu einer Party eingeladen. Ich möchte rechtzeitig zurück sein.«

Elder zeigte auf den Pfad, der zwischen zwei Felsen verlief. »Wenn wir dort weitergehen, können wir eine Runde drehen und über das Feld da hinten zurücklaufen.«

»In Ordnung.« Für eine kurze Wegstrecke nahm sie seine Hand.

An diesem Abend aßen sie in einem Pub zwischen Trewellard und St Just. Ein Dutzend Tische stand in dem Nebenraum, in dem gegessen wurde, und fast alle waren besetzt. Katherine hatte sich umgezogen und trug einen langen Jeansrock und ein T-Shirt, das enger anlag, als Elder lieb war. Er trug die üblichen Bluejeans und ein verblichenes Baumwollhemd, der marineblaue Pullover hing über der Stuhllehne. Elder bestellte Lammrippchen und sah amüsiert zu, wie Katherine ihr Filetsteak verschlang.

»Diese Woche bist du also keine Vegetarierin?«

Grinsend streckte sie ihm die Zunge heraus.

Nachdem die Teller abgeräumt worden waren, blieben sie sitzen und unterhielten sich über dies und das, umgeben vom Gemurmel der Gespräche an den anderen Tischen.

»Was macht das Laufen?«

»Alles bestens.«

»Kurzstreckentraining?«

»So etwas ähnliches.«

Katherine hatte ernsthaft mit dem Laufen begonnen, als sie ungefähr zehn war, und Elder hatte sie dazu ermutigt, war mit ihr gelaufen, hatte sie trainiert. Als sie das erste

Mal die zweihundert Meter für ihren Verein gelaufen war, war sie Dritte geworden, als Jüngste von allen.

»Findet der erste Wettkampf nicht bald statt?«

»Die Bezirksmeisterschaften. Mitte des Monats.«

»Und was läufst du? Die zweihundert und die dreihundert Meter?«

Katherine schüttelte den Kopf. »Nur die dreihundert.«

»Wie kommt das?«

»Die kann ich gewinnen.«

Elder lachte.

»Was ist?«

»Nichts.«

»Du glaubst, ich bin überheblich, stimmt's? Eingebildet.«

»Nein.«

»Doch, das tust du.«

»Nein«, wiederholte Elder. »Selbstbewußt. So würde ich es nennen. Selbstsicher.«

Jetzt blickte sie ihn an. »Vielleicht hatte ich keine andere Wahl.«

Elder gab dem Kellner ein Zeichen, daß er bezahlen wollte. Katherine drehte an einem Silberring am kleinen Finger ihrer linken Hand.

»Wie geht es deiner Mutter?«

»Frag sie.«

»Ich frage dich.«

Sie holte ihr Handy aus der Tasche und legte es vor ihn auf den Tisch. »Frag sie selbst.«

Als die Rechnung kam, warf er kaum einen Blick darauf, sondern reichte dem Kellner seine Kreditkarte und nahm den Pullover vom Stuhl. Katherine ließ das Telefon wieder verschwinden, ohne daß es benutzt worden wäre.

Kleine Steinchen knirschten unter den Wagenrädern, als er langsam den Weg zum Cottage hinunterfuhr. Er hatte das Licht im oberen Stockwerk brennen lassen.

»Ich bin ziemlich müde«, sagte Katherine, als sie im Haus waren. »Ich glaube, ich gehe gleich zu Bett.«

»Sicher. Möchtest du noch irgend etwas? Tee oder ...«

»Nein danke. Ich brauche nichts.«

Sie stellte sich auf die Zehenspitzen, und ihre Lippen streiften seine Wange. »Gute Nacht, Dad.«

»Gute Nacht.«

Er goß Whiskey in ein Glas und nahm es mit nach draußen. Die schemenhaften Umrisse der Kühe verschmolzen in der Dunkelheit miteinander, und als er sich bewegte, huschte etwas unten an der Mauer entlang. Auf der schwarzen Seefläche blitzten hier und dort Lichter auf. Heute nacht, mit Katherine im Haus, würde der Traum ihn vielleicht in Frieden lassen.

3

In ihrem Zimmer auf der anderen Seite des Treppenabsatzes hörte Katherine den Schrei ihres Vaters.

Als sie seine Tür aufstieß, fand sie ihn halb sitzend, halb liegend vor. Er glänzte vor Schweiß.

»Alles in Ordnung«, sagte er. »Es war nichts. Nur ein Traum.«

Schweigend saßen sie sich im Erdgeschoß gegenüber. Katherine hatte Tee gemacht, sie tranken ihn süß und heiß, und in Elders Fall mit einem Schuß Whiskey. Der Stundenzeiger der Uhr kroch auf die Vier zu. Bald würde es hell oder fast hell sein. Als sie ihn nach dem Traum gefragt hatte, hatte er nur den Kopf geschüttelt.

Katherine stellte ihren Tee ab, ging nach oben und kehrte mit einem Einwegfeuerzeug und einer Schachtel Zigaretten zurück. Elder hatte gar nicht gewußt, daß sie rauchte.

»Keine Sorge«, sagte sie. »Ich gewöhne es mir gerade ab.« Und als Elder nicht antwortete: »Es war nicht das erste Mal, oder?«

Elder schüttelte den Kopf.

»Wie lange?«

»Lange genug.«

Sechs Monate nach seinem Umzug hatten die Träume begonnen, zuerst sporadisch, ein- oder zweimal die Woche, nicht öfter, aber immer waren es Variationen desselben Themas: die Katzen, die Treppe. Normalerweise wachte er vor der Schlußphase auf, vor den letzten Stufen, vor der Gestalt im Bett. Und dann, im tiefen Winter, kamen sie so heftig und häufig, daß er nicht mehr zu Bett gehen mochte und lieber aufblieb und Radio hörte, wobei ihn das Abbild seines eigenen Gesichts auf der Fensterscheibe müde und erschöpft beobachtete. Er ging zum Arzt, nahm Tabletten, konsultierte eine Therapeutin und erinnerte sich in der klösterlichen Abgeschiedenheit ihrer Praxis an einen Vorfall mit halbwilden Katzen, als er noch ein Kind war. Er ging nie wieder hin.

»Möchtest du darüber sprechen?« fragte Katherine.

Ein weiteres Kopfschütteln.

»Es könnte helfen.«

»Ich glaube nicht.«

»Aber Dad, du kannst nicht …«

»Was kann ich nicht?«

Sie wußte es nicht, und wenn doch, so schwieg sie.

Er roch den Schweiß, der auf seiner Haut getrocknet war, und fürchtete, daß sie es auch riechen könne, den Schweiß und die Angst.

Katherine drückte ihre Zigarette aus und stand auf. »Komm, laß uns einen Spaziergang machen.«

»Nein, ich glaube nicht ...«, begann Elder, aber dann: »Klar. In Ordnung.«

Wo der Himmel auf das Meer traf, zeigte sich unter den schwarzblauen Wolken ein schmaler Streifen in Orange. Violettes Licht. Langsam schlugen die Wellen gegen den Fuß der Klippe, kamen und gingen. Feuchtigkeit lag auf den Feldern und in der Luft. Die ersten Vogelstimmen des Tages erklangen.

»Ich glaube, daß es nicht gut für dich ist, alleine zu sein«, sagte Katherine.

»Heute nacht war ich nicht allein. Du warst im Zimmer gegenüber.«

»Das habe ich nicht gemeint.«

Es hatte eine Frau gegeben – Mitte dreißig, lebendig, attraktiv, Kellnerin in einem Café in Sennen Cove. Hin und wieder hatte Elder mit ihr gesprochen; aber es dauerte Monate, bevor er mit ihr ausgegangen war: ins Kino in Penzance, zum Abendessen in ein Restaurant, wo das Essen mittelmäßig und die Musik viel zu laut war. Am Ende konnte sie sein Schweigen nicht mehr aushalten, die Teile seines Lebens, von denen er sie ausschloß. »Wenn ich schon allein sein muß«, sagte sie, »dann bin ich es lieber mit mir selbst.«

Seither hatte er sie ein- oder zweimal gesehen, lachend am Arm eines Fischers mit weißen Haaren und wettergegerbten Wangen. Glücklich, so hatte es wenigstens ausgesehen.

»Du könntest eine Annonce aufgeben.« Ein Lächeln spielte auf Katherines Gesicht. »Mann in den Fünfzigern sucht weibliche Begleitung. Foto erwünscht. Ex-Polizist, versiert im Umgang mit Handschellen.«

Elder lachte. »Herzlichen Dank. Du glaubst, so weit ist es schon mit mir gekommen?«

Sie blieb stehen und betrachtete ihn, die Falten in seinem Gesicht, das verblassende Blau seiner Augen. »Vermutlich nicht.«

Als sie zurückgekehrt waren, zog er sich aus, legte sich wieder ins Bett und schlief bis kurz nach neun, bis er vom Klang des Radios und dem Geruch nach Kaffee und frischem gebutterten Toast geweckt wurde.

Während Katherines Besuch wurde der Traum nicht mehr erwähnt, und er kehrte auch nicht zurück. Zusammen besuchten sie die Tate Gallery in St Ives, und mehr als die Kunstwerke beeindruckte Elder das Gebäude selbst, dessen gläserne Fassade der Rundung der Bucht folgte. Am Cape Cornwall erklommen sie den höchsten Punkt und sahen den Robben zu, die geschmeidig durch die Wellen glitten. Drei Stunden Schaukelei in einem kleinen Fischerboot warfen eine magere Makrele und zwei Krebse ab. Sie wanderten über die Felder nach Zennor, über den Küstenpfad nach Westen und Osten, sie aßen die für Cornwall typischen Pasteten oder *Fish and Chips*, und zum Tee gab es *Scones* mit dicker Sahne und Marmelade. In Barbara Hepworths Skulpturengarten saßen sie auf weißen Stühlen in der blendenden Sonne und hielten sich die Hand vor die Augen, als eine kleine grauweiße Katze auf Elders Schoß sprang. Er schob sie nicht beiseite, sondern erlaubte ihr, es sich mit eingerolltem Schwanz gemütlich zu machen. Auch die Katze legte eine Pfote vor die Augen.

An Katherines letztem Abend ging Elder mit ihr ins Porthminster Beach Café, und nach dem Essen machten sie einen Strandspaziergang.

»Wie läuft es zu Hause?« fragte Elder. Außer einem Mann, der mit seinem Hund spazierenging, und einem Jugendlichen in einem Surfanzug, der unbedingt die allerletzte Welle erwischen wollte, hatten sie den Strand für sich allein.

»Nicht schlecht, würde ich sagen.«

»Martyn«, sagte Elder, »kommst du mit ihm zurecht?«

»Er ist in Ordnung.«

Martyn Miles hatte ein Bekleidungsgeschäft in der King's Road in London, ein weiteres in Kensington, und eine Kette von Friseursalons namens Cut and Dried mit Filialen in London und Bath, Cheltenham, Derby und Nottingham. Als Elder und Joanne nach sieben Jahre Ehe von Lincolnshire nach London gezogen waren, hatte Joanne als Friseuse in einem von Martyn Miles' Salons angefangen. Ein Jahr später, Elder konnte bei der Metropolitan Police nur schwer Fuß fassen und die Beziehung war in einer schwierigen Phase, hatten Joanne und Martyn eine kurze Affäre. Die Sache kam ans Licht, Elder und Joanne zogen Bilanz, sahen ein paar bitteren Wahrheiten ins Auge und machten weiter. Elder schlug vor, sie solle die Stellung wechseln, sich einen neuen Chef suchen, aber Joanne war anderer Meinung. »Ich muß ihn jeden Tag sehen, um zu wissen, daß ich ihn nicht mehr will. Wenn ich weggehe, habe ich nie Gewißheit.«

Acht Jahre vergingen, und Katherine sollte gerade mit der Oberschule anfangen, als Joanne das Angebot erhielt, einen neuen Salon zu leiten, den Miles in Nottingham eröffnete. Wieder zogen sie um. Ließen sich nieder. Katherine gefiel es in ihrer neuen Schule. Elder fügte sich relativ leicht in die Abteilung Schwerverbrechen ein. Manchmal sah man es erst kommen, wenn es zu spät war.

»Ich habe mich wieder mit ihm getroffen. Mit Martyn. Es tut mir leid, Frank, ich ...«

»Getroffen?«

»Ja, ich ...«

»Heißt das, du hast mit ihm geschlafen?«

»Ja. Frank, es tut mir leid, ich ...«

»Seit wann?«

»Frank ...«

»Seit wann hast du dich wieder mit ihm getroffen?«

»Frank, bitte ...«

Elders Whiskey ergoß sich über seinen Handrücken, über seine Oberschenkel. »Seit wann, verdammt noch mal?«

»Ach Frank ... Frank ...« Joanne war in Tränen ausgebrochen, ihr Atem kam unregelmäßig, die Farbe war aus ihrem Gesicht gewichen. »Es hat nie richtig aufgehört.«

Er und Katherine hatten den Strand jetzt für sich alleine und hörten das leise Geräusch des Wassers, als langsam die Flut einsetzte.

»Noch einen Kaffee, ehe wir uns auf den Rückweg machen?« fragte Elder.

»Lieber nicht. Ich muß früh los.«

Als sie bei Elders Cottage anlangten, war der Himmel fast schon schwarz. Ein paar Minuten lang standen sie draußen, schwiegen und betrachteten die Sterne. Katherines Rucksack war gepackt und stand an der Treppe.

»Gute Nacht, Dad.«

Er drückte sie an sich und küßte ihr Haar, ihre Wange. »Es war schön.«

»Ja. Ja, das war es.«

In der kleinen Küche, wo Falter einen Kampf mit der Lampe austrugen, stand er mit einem Glas Jameson's in der Hand und hörte zu, wie sie oben herumlief. Dann Stille. Als er und Joanne sich getrennt hatten, wollte er seiner Tochter unbedingt klarmachen, daß sie nicht die geringste Schuld an dem Bruch trüge. »Ich liebe dich, Kate«, hatte er gesagt. »Das weißt du doch?«

Sie hatte ihn mit einem traurigen kleinen Lächeln angeschaut. Vierzehn Jahre alt. »Ich weiß, aber es ist nicht wichtig, oder?«

»Wie meinst du das? Natürlich ist es wichtig.«

»Nein. Es geht um Mum. Du hättest *sie* mehr lieben sollen.«

Elder trank seinen Whiskey aus und spülte das Glas; die Nacht verbrachte er unten im Sessel, eine Decke über die Beine gelegt. Ein schnelles Frühstück und dann die Fahrt mit dem Auto. Die Straße zog sich über die Halbinsel wie ein Rückgrat aus Granit. Der Bahnhof von Penzance. Der Zug wartete schon mit geöffneten Türen. Eine kurze Umarmung, und Katherine drehte sich um.

»Du mußt kommen und mich laufen sehen.«

»Natürlich.«

Ein Winken, der letzte Ruf des Zugabfertigers, Katherines Gesicht am Fenster, weiß und verschwommen. Elder mit erhobener Hand am Ende des Bahnsteigs, ein heftiges und sehr reales Reißen in seinem Inneren, als der Zug seinen Blicken entschwand.

4

Der Wirt des Pubs in der Nähe von Elders Cottage war nicht unbedingt für seine geschliffenen Umgangsformen bekannt, aber Elder war oft genug dagewesen, um mehr als ein spöttisches Grinsen zu ernten.

»Da war 'n Anruf für Sie«, sagte der Wirt. »'ne Frau, die hinter Ihnen her ist. Würde mich nicht wundern, wenn Sie mit den Alimenten im Rückstand sind.« Sein Lachen glich dem Krähen eines Hahnes und erhob sich über den Lärmpegel der Gaststube. »Muß ja 'nen Grund geben, daß Sie sich da draußen verstecken. Hat gesagt, sie würde gegen neun noch mal anrufen.«

Katherine? fragte sich Elder. Joanne?

Weder noch. Obwohl er sie vor zwei Jahren zuletzt gehört hatte, erkannte Elder die sanfte Modulation von Maureen Priors Stimme sofort. Ehemals Elders Sergeant, war sie inzwischen Detective Inspector in Nottinghamshire, Abteilung Schwerverbrechen. Der Rang, den Elder selbst einmal innegehabt hatte.

»Maureen. Was gibt es?«

»Shane Donald.«

»Was ist mit ihm?«

»Er wird entlassen. Auf Bewährung. Ich denke, du solltest das wissen.«

»Danke, Maureen.«

Mit siebzehn war Donald wegen Mordes zu einer Haftstrafe von unbestimmter Länge verurteilt worden. Alan McKeirnan, sein älterer Mitangeklagter und fraglos der Anführer, hatte lebenslänglich erhalten. Das war 1989 gewesen. Inzwischen mußte Donald dreißig oder älter sein.

»Es hat einen ziemlichen Wirbel in der Lokalpresse gegeben.«

»Wie sind sie dahintergekommen?«

»Die Eltern des Opfers wurden informiert.«

»Klar.«

Das Opfer, dachte Elder: Lucy Padmore, mit sechzehn ein Jahr jünger als Donald.

»Wenn du möchtest, schneide ich die Artikel aus und stecke sie in den Briefkasten.«

»Ja, danke, Maureen. Mach das.«

»In Ordnung, Frank. Paß auf dich auf.« Und das Gespräch war beendet.

Obwohl er fast drei Jahre lang eng mit Maureen Prior zusammengearbeitet hatte, wußte Elder wenig über sie, denn die Einzelheiten ihres Privatlebens hütete sie wie ein Geizhals sein Geld. Alleinstehend, allem Anschein nach, und hetero, wenn er es hätte beurteilen müssen, wich Maureen vor keiner Aufgabe zurück, wie öde oder abstoßend sie auch sein mochte, und nach Feierabend im Pub drückte sie sich nie, wenn sie an der Reihe war, eine Runde zu spendieren. Elder hatte sie nie betrunken gesehen und sie selten fluchen hören. Verglichen mit Maureen war Elder geradezu freimütig, zeigte der Welt sein Gesicht.

Er blieb einen Augenblick stehen, bevor er den Hörer auflegte und an den Tresen zurückkehrte. Shane Donald. Er erinnerte sich an einen mageren Jugendlichen mit wäßrigen Augen, leicht zu beeinflussen, leicht zu unterwerfen. An wem mochte sich Donald im Gefängnis orientiert haben, welche Richtung hatte er eingeschlagen? Jetzt würde man ihn in einem anderen Teil des Landes ansiedeln, weit weg vom Schauplatz seines Verbrechens; er würde wahrscheinlich die ersten sechs Monate in einem Bewährungsheim verbringen, streng überwacht; man würde prüfen, ob er tatsächlich bereit war, sich wieder in die Gemeinschaft einzugliedern.

Elder ließ sich einen doppelten Jameson's geben und trug ihn in die hinterste Ecke des niedrigen Pubs. Er hatte die Erfahrung gemacht, daß man gegenüber jenen, die man verhaftete, alle möglichen Gefühle entwickelte, insbesondere in Mordfällen, Mitleid jedoch gehörte selten dazu.

Donald war das jüngste Kind eines schon älteren Elternpaars, ein Nachzügler und Mißgeschick, wie er oft genannt wurde, winzig und kränklich bei der Geburt, die er nur um Haaresbreite überlebte, was verdammt bedauerlich war, wie seine Mutter häufig sagte. Die Familie lebte im Nordosten, in einer heruntergekommenen Siedlung, einem sozialen Brennpunkt am Rande von Sunderland. Drei Generationen stolperten in einem Haus übereinander, in dem die Hälfte der Fenster vermutlich mit Brettern vernagelt war und die Hintertür im Wind in den Angeln schwang. Sein Vater verrichtete Gelegenheitsarbeiten, sammelte Schrott und verkaufte ihn, verlor Geld beim Pferderennen und bezog Arbeitslosenhilfe; seine Mutter arbeitete als Putzfrau in der örtlichen Schule. Noch bevor sie in der Pubertät waren, hatten seine drei Brüder Ärger mit der Polizei bekommen. Eine seiner Schwestern wurde mit dreizehn schwanger, im selben Jahr, in dem Shane geboren wurde.

Es war ein Leben, das nur schlimmer werden konnte, und es wurde schlimmer. Sein Vater verprügelte ihn, er legte dem Jungen die Hand aufs Gesicht und zog ihm einen breiten Gürtel kräftig über den Hintern. Sein Großvater mißbrauchte ihn, wenn er betrunken war, und wenn sie nüchtern waren, wechselten sich zwei seiner Brüder darin ab, ihn zu vögeln, bis er blutete. Jedesmal, wenn er weglief, brachte ihn die Polizei oder ein wohlmeinender Sozialarbeiter zurück. Einzig und allein seine mittlere Schwester, Irene, zeigte ihm Zuneigung, trocknete seine Tränen und nahm ihn in den Arm. Sie war bereits Mutter eines Kindes, und ein zweites war unterwegs, als sie einen Gasinstallateur heiratete und nach Huddersfield zog, ungefähr hundert Meilen entfernt. Von da an gab es niemanden mehr, mit dem er reden, niemanden, dem er vertrauen konnte. Also zog er sich immer mehr zurück und lebte in einem kleinen dunklen Raum in seinem Kopf.

Ungefähr zur Zeit seines fünfzehnten Geburtstags, nicht lange, nachdem Irene fortgegangen war, hakte etwas bei ihm aus. Plötzlich hatte er ein Vierkantholz in der Hand und schlug auf den Werkkundelehrer ein, zertrümmerte ein halbes Dutzend Fenster in der Schule, brach anschließend in das Haus seiner Eltern ein, stahl seiner Mutter den Wochenlohn, stopfte ein paar Kleidungsstücke und alles, was lohnenswert schien, in eine alte Reisetasche und versuchte, nach Südwesten zu trampen.

Es war nicht einfach. Die meisten Autofahrer warfen einen Blick auf Donald und fuhren eilig weiter, selbst wenn sie ihr Tempo schon verringert hatten. Seine Habseligkeiten an sich gepreßt, verbrachte er eine Nacht im Busbahnhof von Darlington, eine weitere unter einer Hecke an einem Rastplatz an der A6. Als er endlich vor der Tür seiner Schwester stand, war er hohläugig und verdreckt, und seine Kleider rochen nach Feuchtigkeit und Schlimmerem.

Irene umarmte ihn und brachte ihn ins Haus. Im Badezimmer zog sie ihn aus, als wäre er ein Kind, und wusch ihn mit einem warmen Waschlappen ab.

»Er soll bloß nicht glauben, daß er sich hier einnisten kann, denn das kommt nicht in die Tüte«, waren die Worte ihres Mannes Neville.

Dessenungeachtet strich Irene Margarine auf eine Scheibe Brot, dann Marmelade, und machte Tee. Sie war im siebten Monat, und das war deutlich zu sehen; das Baby lag verkehrt herum, aber es hatte noch genügend Zeit, sich zu drehen.

»Shane, mein Schatz, was hast du getan?« fragte sie, während er das Brot verschlang. »Du bist doch nicht etwa in Schwierigkeiten?«

»Abgehauen, das bin ich.«

»Wurde auch Zeit.«

»Und ich gehe nicht zurück, egal, was passiert.«

»Ich habe dir doch gesagt«, sagte Neville, der in der Tür stand, »hier kannst du nicht bleiben.«

»Du hältst dich da raus«, sagte Irene. »Das ist meine Sache.«

»Ach wirklich?« Er machte einen Schritt auf sie zu, die Faust geballt, aber ihr Blick gebot ihm Einhalt.

»Mußt du nicht langsam zur Arbeit?«

Neville drehte sich um und ging wortlos davon.

»Mach dir keine Sorgen«, sagte sie zu Shane. »Das kommt in Ordnung. Er wird sich's anders überlegen.« Sie dachte daran, ihren Bruder im Erdgeschoß einzuquartieren, ihm dort eine Matratze auf den Boden zu legen. Zumindest, bis das Baby kam.

Aber bevor es soweit war, hatte Shane Alan McKeirnan kennengelernt, und die Ereignisse, die zum Mord führten, hatten ihren Lauf genommen.

Elder trank den letzten Schluck Jameson's und kostete ihn einen Augenblick lang auf der Zunge aus. Er erinnerte sich daran, was ein Kollege gesagt hatte, als sie Donald schließlich in Handschellen aufs Revier brachten, das braune Haar kurz geschoren, einen Anflug von Schnurrbart im Gesicht, der mit alten wunden Stellen rund um seine blutleeren Lippen konkurrierte. »Jemand hätte ihn bei der Geburt ertränken sollen, den erbärmlichen Bastard. Entweder das oder ihn in den Müll werfen, wo er hingehört.«

Der Umschlag, der Maureen Priors akkurate Handschrift trug, kam drei Tage später an. Die Postbotin ließ ihren Wagen oben am Weg stehen und kam zu Fuß, ihr erster Besuch, seit der Winter vorüber war.

»Ist es nicht schön?« sagte sie mit einem schnellen Blick zum Himmel, als Elder aus dem Haus trat. »An einem Tag wie diesem sind es gute Nachrichten. Kann gar nicht anders sein.«

»Wir wollen es hoffen.« Aber er bezweifelte es.

Im Umschlag befanden sich Artikel der ›Mansfield Chad‹ und der ›Nottingham Evening Post‹. Fotos sowohl von Donald als auch von McKeirnan aus der Zeit, als ihnen der Prozeß gemacht wurde. Das Bild von Donald war unscharf und ungünstig, ein Pressefotograf hatte es durch das Fenster eines fahrenden Transporters geschossen. MÄDCHENMÖRDER KOMMT FREI, verkündete die Schlagzeile. Frei, dachte Elder, nachdem er dreizehn Jahre verbüßt hat.

Die Nachricht, daß Shane Donald, einer der beiden Männer, die 1989 des Mordes an der sechzehnjährigen Lucy Padmore für schuldig befunden wurden, demnächst aus dem Gefängnis entlassen wird, stieß bei David und Dawn Padmore, den Eltern des toten Mädchens, wohnhaft in der Station Road in Ollerton, auf Zorn und Unglauben. »Welches Recht hat er, straffrei davonzukommen«, fragte Mrs Padmore unter Tränen, »wenn meine Lucy nie wieder irgendwohin gehen kann?«

Man vermutet, daß Donald, der auf Bewährung entlassen wird, eine neue Adresse und möglicherweise eine neue Identität erhält. »Was immer sie auch tun«, sagte David Padmore aufgewühlt, »ich werde ihn finden, und dann wird er sich wünschen, er wäre hinter Gittern geblieben.«

Es gab zwei Bilder von Lucy: die obligatorische Aufnahme in Schuluniform, auf der sie ausdruckslos in die Kamera lächelte, und den Schnappschuß eines hübschen blonden Mädchens in Sweatshirt und Jeans, auf dem sie über etwas lachte, das jemand gerade gesagt hatte.

Elder nahm an, daß sie ganz ähnlich ausgesehen hatte, als sie die beiden jungen Männer kennenlernte, McKeirnan und Donald, und zwar an der Strandpromenade von Mablethorpe, wo sie mit ihrer Familie Ferien machte. Alan McKeirnan: sechsundzwanzig, schwarze Haare, mit Pomade zu einer Stirnlocke der fünfziger Jahre gestylt, Tätowierungen auf den Armen, offene, mit Nieten besetzte Lederjacke, enge Jeans. Bestimmt war er es gewesen, der sie angesprochen hatte, ein gewisser großspuriger Charme war ihm nicht abzusprechen. Sie hatte Donald sicher kaum wahrgenommen, diesen ungelenken Schatten im Kielwasser des Älteren. Ein älterer Mann – Lucy hatte das vielleicht gereizt, es war genauso verlockend wie das Angebot, auf seinem Motorrad mitzufahren. Eine Norton 750 mit blitzendem Chrom. »He, Shane. Gib ihr deinen

Helm. Du kannst laufen.« Elder stand das Bild vor Augen. Mit einem Grinsen und einem Augenzwinkern nahm McKeirnan Lucy mit. Der kleine Campingplatz, auf dem er und Donald wohnten, war zwanzig Minuten von der Küste entfernt.

Dort war sie fünf Tage gefangengehalten worden und hatte eine Reihe von Mißhandlungen erlitten, die immer schlimmer wurden und schließlich zu ihrem Tod führten. Ihre geschundene Leiche wurde in einem flachen Grab zwischen Gestrüpp und Seegras gefunden, gleich neben dem Küstenpfad, der über die Dünen führte.

Man stellte Ähnlichkeiten mit einer Anzahl von Taten fest, die in den Jahren zuvor jenseits der Grafschaftsgrenze in Nottinghamshire begangen worden waren. Im letzten dieser Fälle, der ein Jahr zurücklag, war eine junge Frau namens Michelle Guest achtundvierzig Stunden lang gefangengehalten und gezwungen worden, an verschiedenen sexuellen Handlungen teilzunehmen, eingeschlossen die Penetration mit einem stumpfen Gegenstand. Schließlich wurde sie freigelassen, vielmehr mitten in der Nacht zwischen Retford und Gainsborough auf einer Straße im Nirgendwo aus dem Auto geworfen. Sie war siebzehn, nicht besonders intelligent und hatte als Gelegenheitsprostituierte gearbeitet, seit sie die Schule verlassen hatte. Als ein Bauer sie am nächsten Morgen an einem Heuballen kauernd fand und die Polizei benachrichtigte, war sie orientierungslos, verängstigt, kaum in der Lage zu sprechen.

»Es waren zwei. Zwei …«, mehr brachte sie nicht hervor.

Eine Sonderkommission wurde gebildet. Elder, der damals noch in Lincolnshire stationiert war, leitete mit Terry Foster, einem Detective Inspector aus Nottinghamshire, die Nachforschungen. Ein weiterer Detective Inspector war für die Einsatzzentrale verantwortlich, wo die verschiedenen Ergebnisse der Ermittlung zusammenliefen und Akten überprüft wurden. Außerdem wurde die landesweite Computerdatei HOLMES durchsiebt, und man legte Kriterien fest, nach denen bestimmte Personen ausgeschlossen und andere als mögliche Verdächtige überprüft werden konnten.

Alan McKeirnan gehörte zu letzteren. Schon als Jugendlicher war er wegen eines Sexualdelikts verurteilt worden und hatte eine Haftstrafe von achtzehn Monaten verbüßt. In der Zwischenzeit war er wiederholt verdächtigt worden, an einschlägigen Taten beteiligt gewesen zu sein, darunter eine versuchte Vergewaltigung; er war mehrfach vernommen, aber niemals angeklagt worden.

McKeirnan hatte keinen festen Wohnsitz und arbeitete gelegentlich als Mechaniker. Häufiger jedoch war er mit einem der kleinen fahrenden Jahrmärkte unterwegs, die durch das Land zogen und für größere jährliche Veranstaltungen wie den *Nottingham Goose Fair* zusammenkamen. Als Elder ihn schließlich ausfindig machte, reparierte er in einem Vergnügungspark in Skegness einen schlingernden Autoskooter, begleitet von einem verzerrt klingenden Gene Vincent, der über die Lautsprecher ›Be-Bop-A-Lula‹ und ›Bluejean Bop‹ plärrte.

»Nicht zu übertreffen«, sagte McKeirnan, während er sich die ölverschmierten Handflächen an seinem Overall abwischte. »Gene Vincent, Eddie Cochran, Charlie Feathers.«

Elder erinnerte sich schwach an diese Namen aus seiner Kindheit und fragte sich, wie jemand, der ungefähr halb so alt war wie er, auf die Idee kam, diese Musik zu hören.

»Könnten Sie es bitte leiser stellen?« rief Elder über den Lärm hinweg.

McKeirnan machte ein Zeichen in Richtung Kontrollkabine, und nach ein paar Sekunden wurde die Lautstärke auf normales Maß reduziert.

»Wer ist das?« fragte Elder und zeigte auf den jungen Mann, der McKeirnan zugewinkt hatte, ehe er seiner Anweisung nachkam.

»Das?« sagte McKeirnan. »Das ist niemand.«

Später stellte Elder fest, daß es sich um Shane Donald gehandelt hatte.

»Sie dagegen«, sagte Elder, »Sie sind Alan McKeirnan?«

»Niemand anders.« Sofort zeigte sich das selbstsichere Lachen in seinem Gesicht.

»Und es macht Ihnen nichts aus, ein paar Fragen zu beantworten?«

»Hängt ganz davon ab.«

»Wovon?«

»Ob es was zu gewinnen gibt.«

»Wie wäre es, *nicht* im Gefängnis zu landen?«

»Klingt gut.« McKeirnan nahm eine Schachtel Zigaretten aus der Brusttasche seines Overalls und hielt sie in Elders Richtung. Sowohl Elder als auch der Beamte in seiner Begleitung lehnten ab. McKeirnan klopfte eine heraus, steckte sie zwischen die Lippen und zog ein nachgemachtes Zippo-Feuerzeug aus der Tasche. Anscheinend mochte er das schnelle Klicken, wenn er die Klappe mit der Handkante bediente.

Elder fragte ihn, wo er an jenem Tag gewesen war, an dem Lucy Padmore verschwand, und an dem Tag, an dem ihre Leiche gefunden wurde.

»Hull«, antwortete McKeirnan, ohne zu zögern.

»Was haben Sie dort gemacht?«

McKeirnan zuckte die Achseln. »Dasselbe wie hier.«

»Und dafür gibt es Zeugen, Leute, für die Sie gearbeitet haben?«

»Aber klar doch.«

»Als Sie oben in Hull waren«, fragte der Beamte, »wo haben Sie da gewohnt?«

»Im Wohnwagen.«

»In Ihrem eigenen?«

»Ja.«

»Wo ist der jetzt?«

McKeirnan gestattete sich ein Lächeln. »Ausgebrannt, das ist er. Auf der Fahrt hierher. Jemand war unvorsichtig mit einem Kanister Petroleum.« Er schüttelte den Kopf. »Hatte Glück, heil da rauszukommen.«

Sie fanden den Wohnwagen an der von McKeirnan bezeichneten Stelle, ein völlig verbogenes, verkohltes Wrack. Die Spurensicherung widmete ihm fast drei ganze Tage lang ungeteilte Aufmerksamkeit, kennzeichnete die Teile, die von der Innenausstattung übriggeblieben waren, und ließ sie zur weiteren Untersuchung ins Labor bringen. Die Blutflecken gehörten zu der gängigsten Blutgruppe, McKeirnans eigener. Aber auch Lucy Padmore hatte diese Blutgruppe. »Hab mich beim Rasieren geschnitten. Hatte es einfach zu eilig.« Neben McKeirnans Fingerabdrücken wurden die einer weiteren Person nachgewiesen. »Einer der Jungs vom Jahrmarkt ist mit mir gefahren. Alles klar?« Es gab keine eindeutigen Beweise, daß Lucy den Wohnwagen jemals betreten hatte.

Bei einer Gegenüberstellung konnte Michelle Guest McKeirnan nicht identifizieren, sei es aus Angst, sei es aufgrund eines traumatischen Gedächtnisverlustes.

McKeirnan verschwand von der Bildfläche.

Eine Woche später jedoch wurde ungefähr hundert Meilen weiter nördlich in North Yorkshire wieder ein Mädchen vermißt, und die Ähnlichkeiten mit Elders Fall waren unübersehbar. Susan Blacklock war etwas größer als der Durchschnitt, schlank und blond, sechzehn Jahre alt. Zum letzten Mal war sie kurz vor vier Uhr nachmittags auf dem Küstenpfad zwischen Robin Hood's Bay und Whitby gesehen worden.

Elder nahm die A1 nach Norden, fuhr über die Moore, nahm Verbindung mit Don Guiseley von der zuständigen Polizei auf, sprach mit den Eltern des Mädchens, Trevor und Helen, mit dem Personal des Campingplatzes, wo ihr Wohnwagen gestanden hatte, und mit dem pensionierten Lehrer, der auf dem Cleveland Way gewandert und dem Susan in der Nähe von Saltwick Nab begegnet war. Er hatte sie mit einem Kopfnicken gegrüßt, sie jedoch hatte kaum reagiert.

Sie war fünf Tage verschwunden, und Elder fürchtete sich vor dem sechsten.

5

Dann wendete sich das Blatt. Zwei einzelne Fäden, die man unter dem geschwärzten Rahmen des Klappbetts sichergestellt hatte, wurden unter dem Mikroskop untersucht. Es war nicht auszuschließen, daß sie von dem Pullover stammten, den Lucy getragen hatte, als sie verschwunden war.

Bei einer weiteren Untersuchung der Blutproben aus dem Wohnwagen konnte DNA nachgewiesen werden, die mit Lucy Padmores DNA übereinstimmte, nicht aber mit McKeirnans.

Ein Aufruf zur Mithilfe bei der Fahndung nach McKeirnan rief ein weiteres seiner Opfer auf den Plan, eine jünger aussehende Neunzehnjährige, Vicky Rawls, die bis zu diesem Zeitpunkt geschwiegen hatte über den furchtbaren Tag und die furchtbare Nacht, die sie mit Alan McKeirnan und seinem Freund Shane Donald verbracht hatte. Ein spontaner Flirt, der grauenhaft aus dem Ruder gelaufen war.

Es dauerte nicht sehr lange, bis McKeirnan erneut aufgespürt wurde. Er arbeitete in einer Autowerkstatt nördlich von Rotherham an der Straße nach Rawmarsh, wo er hauptsächlich Karosserien ausbeulte und schweißte. Er begann jeden Tag pünktlich um sieben und arbeitete bis fünf. Ein Jugendlicher, der Shane Donalds Beschreibung entsprach, verbrachte seine Tage damit, in der Nähe der Werkstatt herumzulungern, Botengänge zu machen, gelegentliche Arbeiten zu übernehmen und McKeirnan die Werkzeuge zuzureichen. Die beiden wohnten nicht weit vom Stadtzentrum entfernt in einer Einzimmerwohnung im Souterrain, Badezimmer auf halber Treppe, die nächste Toilette draußen im Hof.

In Begleitung dreier weiterer Beamter traf sich Elder mit seinem Kollegen aus Nottinghamshire an der Autobahnraststätte. »Wir werfen eine Münze«, sagte Terry Foster, und als der Kopf oben landete: »Also, McKeirnan gehört mir.« Foster grinste dabei, ihm gefiel der Gedanke.

Fosters Team bestand aus fünf Leuten. South Yorkshire sorgte für Unterstützung: ein halbes Dutzend Uniformierte, ebensoviele Beamte in Zivil und eine bewaffnete Eingreiftruppe in Bereitschaft. Sowohl die Werkstatt als auch die Wohnung wurden überwacht, ganz unauffällig, damit die Sache nicht vorzeitig aufflog. Um zwanzig vor sieben kam die Nachricht, daß McKeirnan allein zur Arbeit gegangen sei.

Shane Donald, der schmuddelige Jeans, ein graues T-Shirt und Turnschuhe trug, war mit verquollenen Augen zum Laden an der Ecke gegangen. Zwanzig Embassy, die ›Sun‹ und eine Tüte Milch. Er war auf dem Rückweg und warf einen Blick auf die Sportseite, als Elder an seiner Seite auftauchte.

»Sie sind also ein Fan, was?«

»Äh?«

»Fußballfan? United? Liverpool?«

»Wer zum Teufel sind Sie?«

Aber dann sah Donald die beiden Männer vor seinem Haus, nicht weiter als fünfzig Meter entfernt, und er begriff. Instinktiv wollte er die Flucht ergreifen, die Milch und die Zeitung fielen ihm aus der Hand, die Tüte platzte bei der Landung, und fettarme Milch ergoß sich über das Pflaster.

Elder ergriff Donalds Unterarm.

»Tun Sie das nicht. Sie würden lediglich verletzt werden. Das ist doch nicht nötig.«

Sie brachten sie auf unterschiedliche Reviere. McKeirnan hatte Abschürfungen an Gesicht und Händen, eine Schwellung über dem linken Auge, den schwachen Abdruck einer Schuhkappe aus Metall in der Leiste. Durch angeschlagene Zähne pfiff er ›Summertime Blues‹.

»Mein Mandant wartet schon seit fünfundvierzig Minuten auf einen Arzt«, polterte der Pflichtverteidiger, rot im Gesicht.

»Mein alter Herr hat achtzehn Monate auf ein künstliches Hüftgelenk gewartet«, konterte der zuständige Sergeant. »So ist das heutzutage.«

»Das ist nicht witzig …«

»Genau das hat mein Dad auch gesagt. Besonders, als das Ding immer wieder aus der Pfanne sprang. Aber Sie können sich beruhigen. Der Polizeiarzt ist schon auf dem Weg.«

Eine dreiviertel Meile entfernt, in den Tiefen eines anderen Reviers, fragte ein anderer Sergeant Donald nach seinem Alter.

»Siebzehn.«

»Die Wahrheit, Junge.«

»Ich werde bald siebzehn.«

»Sollen wir jemanden informieren, daß Sie hier sind?«

Donald schüttelte den Kopf.

»Ihre Eltern?«

»Was soll das bringen?«

Elder beugte sich über den Tisch. »Wir müssen uns so schnell wie möglich mit dem Sozialdienst in Verbindung setzen und die Situation erklären. Jemand soll an der Vernehmung teilnehmen. Wenn die hier auftauchen, lesen Sie ihm auf jeden Fall noch einmal seine Rechte vor. In der Zwischenzeit sollten wir ihn vielleicht mit einer Tasse Tee und etwas zu essen versorgen. Ein Sandwich mit gebratenem Speck oder so.«

»Wollen Sie ihn nicht lieber zu Bett bringen«, sagte der Sergeant und nickte in die Richtung von Donalds Zelle, denn die Formalitäten waren erledigt, »und ihm eine Gutenachtgeschichte vorlesen?«

»Ich würde ihm sogar einen Gutenachtkuß geben, wenn es hilfreich wäre«, sagte Elder. »Und wenn er einen Verteidiger bekommt, sollten wir sicherstellen, daß es keiner ist, der frisch von der Uni kommt und sich profilieren will.«

Es dauerte bis zum nächsten Vormittag, bis alles geregelt war: eine erfahrene Sozialarbeiterin in schwarzem Rock und makelloser weißer Bluse, der die Müdigkeit im Gesicht stand; ein freundlicher Anwalt Ende fünfzig, der sich weitgehend aus dem Berufsleben zurückgezogen hatte und jetzt als unentgeltlicher Rechtsbeistand tätig war. Elder hatte Maddy Birch gebeten, die Vernehmung mit ihm durchzuführen. Sie war eine intelligente Kriminalbeamtin mit sanften Augen. Der Raum hatte keine Fenster, eine niedrige Decke und kahle Wände – Tisch, Stühle, Aufnahmegerät mit Doppelkassettendeck, Deckenbeleuchtung. Elder identifizierte sich für das Tonband und bat die anderen, dasselbe zu tun. Donalds Stimme war so leise, daß Elder ihn bitten mußte, seinen Namen zu wiederholen.

In der ersten Viertelstunde erfragte Elder einige einfache Fakten zu Donalds Person, nichts Brisantes, damit er etwas sicherer wurde, damit die Verspannung in seinen Schultern nachließ und der defensive Ton aus seiner Stimme verschwand. Als Maddy Birch ihn bat, ihnen von seiner ersten Begegnung mit McKeirnan zu erzählen, zappelte Donald auf seinem Stuhl, fuhr sich mit der Zunge über den Mund und antwortete stockend. Maddy lächelte und lockte ihn weiter aus der Reserve. Unter Freunden.

»Lucy Padmore, Shane«, sagte Elder und flocht den Namen ohne Vorwarnung ein. »Wie war sie?«

»Sie war nett.«

»Nett?«

»Ja.«

»Nett zu Ihnen?«

»Ja, warum nicht?«

»Und deshalb haben Sie diese Sachen mit ihr gemacht?«

»Ich ...«

»Als Gegenleistung dafür, daß Sie nett zu Ihnen war.«

»Ich weiß nicht, was Sie meinen.«

»War das der Grund, sie zu töten?«

»Nein!« Der Stuhl kippte, als Donald auf die Füße sprang. Die Sozialarbeiterin streckte eine Hand aus, wobei nicht klar war, ob sie ihn auffangen oder abwehren wollte.

»Shane ...«

»Nein. Sagen Sie das nicht.«

»Daß Sie sie getötet haben?«

»Sagen Sie das nicht.«

»Sie ist gestorben, Shane. Das kann keiner mehr rückgängig machen.«

Donald atmete unregelmäßig mit offenem Mund, zog keuchend Luft ein und stieß sie schweratmend aus. Sein Blick war wild, eine Hand lag an seinem Mund, mit der anderen rieb er sich im Schritt.

»Shane«, sagte Maddy Birch sanft, »warum setzen Sie sich nicht wieder hin?«

»Sie ist tot, Shane, das wissen Sie doch, oder?«

Ohne Elder oder irgend jemanden sonst anzublicken, nickte Shane langsam mit dem Kopf.

»Und wenn Sie sie nicht getötet haben, hat es jemand anders getan.«

Es war so still im Raum, daß man hörte, wie die Kassette sich drehte und der leicht asthmatische Anwalt keuchte. Elder meinte Pfefferminz riechen zu können, Pfefferminz und Schweiß.

»Erzählen Sie uns davon, Shane«, sagte Elder. »Erzählen Sie uns, wie sie gestorben ist.«

Donalds Kopf schnellte nach hinten, und er kaute auf den Resten eines Fingernagels herum.

»Shane«, sagte Maddy Birch. »Sie brauchen keine Angst zu haben.«

Donalds Augen füllten sich mit Tränen.

»Soll ich Ihnen sagen, was ich glaube?« sagte Elder. »Ich glaube, Sie hatten ein bißchen Spaß miteinander, alle drei. Sie, Lucy und Alan. Sie haben getrunken und gelacht. Vielleicht ein Joint oder zwei, könnte doch sein. Sie waren alle etwas aufgedreht, und dann – ich weiß es nicht, Shane, und hier müssen Sie uns helfen –, dann geriet es irgendwie außer Kontrolle. Jemand wurde verletzt. Lucy wurde verletzt.«

Donald schloß die Augen.

»Aber Sie mochten Lucy, stimmt's? Das haben Sie gesagt. Sie wollten nicht, daß es passiert.«

Donalds Augen zuckten, blickten einen Augenblick auf Elder, dann sah er weg.

»Verstehen Sie, Shane, ich glaube, daß Sie in etwas reingezogen wurden, das Ihnen nicht recht war. Etwas, das Sie für falsch hielten, aber Sie hatten Angst, das zu sagen. Alan war älter als Sie, Sie bewunderten ihn. Und er mochte Sie. Aber was mit Lucy passiert ist ... was er getan hat ... Shane, ich glaube nicht, daß es richtig ist, wenn Sie die ganze Schuld auf sich nehmen. Denn das war Mord, Shane. Darauf läuft es hinaus. Mord.«

Elder streckte die Arme aus und ergriff für einen Augenblick Donalds Hände.

»Helfen Sie uns, Shane. Helfen Sie sich selbst. Sagen Sie uns die Wahrheit.«

Als es etwa zwanzig Minuten später vorbei war, hatten sie eine Version des Tathergangs. Stockend, lückenhaft und voller Wiederholungen, aber eine Version der Geschehnisse im Wohnwagen.

McKeirnan hat Sex mit Lucy, dann überredet er sie, dasselbe mit Donald zu tun, und kommt dazu. Später, nach ein paar Pillen, etwas Dope, wieder McKeirnan, die Musik voll aufgedreht, um sein Lachen und ihre Schreie zu übertönen. Seine Faust. Eine Flasche. Ein Besenstiel. McKeirnan blickt über die Schulter in Donalds Gesicht. Lucy gräbt ihm die Finger in die Augen und kratzt, sie versucht zu entkommen. McKeirnan wird böse, richtig böse. Blut. Das Messer. McKeirnan verflucht sie für das, was er getan hat.

Die Stille im Vernehmungszimmer hielt an.

Elder wußte, daß sie nicht mehr bekommen würden, nicht jetzt. Er stand auf, streckte sich, ging um den Tisch herum, legte beide Hände auf Donalds Schultern und drückte sie. »Gut. Das haben Sie gut gemacht. Jetzt versuchen wir, Ihnen zu helfen. Wenn wir können.«

Ein Schluchzer entfloh Donalds Hals.

Elders Blick richtete sich über den Tisch hinweg auf Maddy Birch. Klar und hart wie geschliffener Stein.

»Sorgen Sie dafür, daß er etwas zu trinken bekommt«, sagte Elder und trat zurück. »Und zu essen. Daß er sich ausruht, bevor wir weitermachen.«

»Sie wissen doch, daß er sich rausredet, oder nicht?« sagte Maddy Birch. Sie standen hinter dem Gebäude, Birch rauchte, Elder hielt einen Becher Kaffee in der Hand, der wie Spülwasser schmeckte. Er hatte ihn kaum angerührt.

»Glauben Sie?«

»Sie haben doch Vicky Rawls' Aussage gelesen, das Tonband gehört. Donald hat sie mit – was war es noch mal? – mit einem Gummischlauch geschlagen.«

»Weil McKeirnan ihm das befohlen hat. Ihn bedroht hat.«

»Er hat es trotzdem getan. Das und mehr.«

»Ich weiß.«

Birch trat ihre Zigarette mit der Schuhsohle aus. »Sie haben sie getötet. Gemeinsam. Das glaube ich.«

»Ich vermute, Sie haben recht. Nach Recht und Gesetz jedenfalls. Aber wenn wir Donald brauchen, um McKeirnan zu überführen ...«

»Müssen wir seine Lügen schlucken?«

»Wir müssen ihm seine Version der Geschehnisse abkaufen, für den Augenblick jedenfalls.« Obwohl er so etwas nicht allzuoft wahrnahm, bemerkte Elder jetzt, wie grün Maddy Birchs Augen waren.

»Trinken Sie den nicht aus?« fragte sie und wies mit einem Nicken auf den Becher in seiner Hand.

Elder schüttelte den Kopf und schüttete den Inhalt auf den Boden.

»Sie haben Donald nicht nach Susan Blacklock gefragt«, sagte sie, als sie wieder im Gebäude waren.

»Alles zu seiner Zeit.«

In der Herrentoilette schrubbte Elder seine Hände mit beinahe übertriebener Sorgfalt.

Er machte so viel Druck, wie er konnte. Der Küstenpfad zwischen Whitby und Robin Hood's Bay. Ende August. Sie waren da oben in der Gegend. An der Küste von North Yorkshire. Zu dieser Zeit. Susan, erinnern Sie sich? Er zeigte Donald Fotos, beobachtete ihn genau, suchte nach einem verräterischen Aufblitzen des Erkennens, war sich der Möglichkeit bewußt, daß er ihren Namen noch nie gehört hatte. Manchmal begann er eine Sitzung mit dieser Frage, manchmal wartete er und kam wie beiläufig darauf zurück. Und nicht ein einziges Mal brachte er sein Gegenüber ins Wanken. Shane Donald, der normalerweise so leicht zu erschüttern war.

Trotzdem ließ Elder der Gedanke nicht los, daß Donald und McKeirnan etwas mit Susans Verschwinden zu tun hatten. Da waren die Übereinstimmungen, die Gelegenheit. Die Beinahe-Gewißheit nagte an seinem Inneren. Er hatte den Gedanken nie aufgegeben.

Als er McKeirnan das Foto zeigte, grinste der bloß anzüglich.

»Sie kennen sie, Alan?«

»Würde ich gerne.« Mit einem Augenzwinkern.

»Wo ist sie, Alan? Was haben Sie mit ihr gemacht?«

McKeirnans Augen wurden glasig, er kehrte zu Johnny Kidd and the Pirates zurück und pfiff deren Song ›Shaking' All Over‹.

Elder biß sich auf die Lippen und fuhr fort.

Sei dankbar für das, was du hast.

Es sei denn, man hatte gar nichts mehr, wie Helen und Trevor Blacklock. Keine Tochter: leere Räume.

6

Elder brach in aller Frühe in Cornwall auf, die Tasche auf dem Rücksitz, eine Thermosflasche mit Kaffee neben sich, unfähig, den Gedanken an Susan Blacklocks Verschwinden abzuschütteln.

Bei der ersten Tankstelle tankte er voll, kontrollierte Ölstand und Reifendruck. Es war eine Weile her, daß der Wagen, ein völlig unauffälliger Ford, eine solche Reise gemacht hatte. An der Kasse kaufte er zwei Riegel Schokolade, Orangensaft, eine Rolle extrastarke Pfefferminzbonbons. Von den Forderungen der Natur einmal abgesehen, hatte er nicht vor, allzuoft anzuhalten.

Was er bei der Ankunft tun wollte, wußte er immer noch nicht genau – ein bißchen herumschnüffeln wahrscheinlich, vielleicht ein paar Fragen stellen, Gedankenanstöße geben, das Terrain sondieren.

Vor Exeter nahm der Verkehr zu. Elder wechselte wie üblich von Radiosender zu Radiosender: Radio 2, 3 und 4, Klassik. Meistens bevorzugte er die Stille. Autobahnen, schmale Straßen über die Yorkshire Wolds, dann die ausgedehnte A171, die sich zwischen Wald und Moorland wand und auf der rechten Seite hin und wieder einen Blick auf das Meer freigab. Als die Ruine der Whitby Abbey auftauchte, tat Elder das Kreuz weh, seine Beine hatten sich verkrampft, und sein Hals war trocken. Langsam fuhr er am inneren Hafen vorbei, parkte den Wagen, nahm die Tasche und lief über das Kopfsteinpflaster der Church Street etwa fünfzig Meter zum White Horse and Griffin.

Das Zimmer, das er reserviert hatte, lag unter dem Dach: saubere Laken, ein bequemes Bett, ein Sessel. Drei oder vier Nächte, er wußte es nicht. Ein langes Bad und frische Kleider. Hungriger als vermutet, nahm er in der Gaststube ein frühes Abendessen zu sich, das er mit einem Pint Bier hinunterspülte. Sobald sein Gesicht das Kissen berührte, schlief er ein. Der Schrei der Möwen, schrill und unnachgiebig, weckte ihn vor fünf.

Susan Blacklock und ihre Eltern kamen aus Chesterfield und hatten im Haven Holiday Park hoch über den Klippen von Whitby mit Blick auf die Saltwick Bay Ferien im Wohnwagen gemacht. Susan war ein Einzelkind und in der Grundschule recht glücklich gewesen, wohlerzogen und gewissenhaft. Sie kam nicht zu kurz bei Einladungen zu Kindergeburtstagen oder Faschingsfeiern, hatte ihren Spaß bei Spielen wie der Reise nach Jerusalem und freute sich über Zauberer, die Dinge vor ihren Augen verschwinden ließen. In den ersten Jahren in der Gesamtschule jedoch war sie untergegangen, war so unauffällig gewesen, daß die Lehrer bei Elternabenden daran erinnert werden mußten, wer sie war. Mit vierzehn dann hatte sie ein Interesse für das Theater entwickelt, völlig unvermutet ein Talent für die Schauspielerei gezeigt, so als fände sie die eigene Stimme, wenn sie eine Rolle spielte, sich in einen anderen Charakter versetzte. Im zartesten Hellblau mit einer großen weißen Schleife war sie Alice, die dem Weißen Kaninchen ins Wunderland folgte. Trotz aller Widrigkeiten bewies sie mitten im Krieg als stummes Mädchen in ›Mutter Courage‹ ihren Mut und rührte nicht nur ihre Eltern zu Tränen.

All das bewirkte, daß sie beachtet wurde, gab ihr zumindest oberflächlich Selbstsicherheit, sie gewann Freunde, die Aufmerksamkeit der Jungen. Mit fünfzehn war sie unsterblich verliebt – in einen Siebzehnjährigen mit Tattoos auf dem Rücken und den Armen, der Wodka aus der Flasche trank und gelegentlich Klebstoff schnüffelte. Susans Eltern lasen ihr die Leviten, machten ihr Vorschriften. Sie hielt sich nicht an die Ausgangssperre, sie drohte, bettelte, weinte, blieb bis nachts um zwei weg. Ihr versteht mich nicht, schrie sie, ihr könnt mich einfach nicht verstehen. Ihre Mutter allerdings verstand nur allzu gut.

Eines Tages schwänzte Susan die Schule, um sich mit dem Jungen zu treffen, den sie so liebte, aber er kam nicht. Sie sah ihn zufällig auf der Straße, er wendete sich ab. Als er mit seinen Freunden im Pub saß, nahm sie all ihren Mut zusammen und ging auf ihn zu – er lachte ihr ins Gesicht.

Sechs Wochen lang blieb ihr Herz gebrochen, bis sie eines Morgens aufwachte, sich anzog, tat, was zu tun war, und schließlich merkte, daß sie gar nicht an ihn gedacht hatte. Zum Ärger ihres Vaters kicherten Susan und ihre Mutter an diesem Abend wie Schwestern, flüsterten stundenlang miteinander, hielten sich in den Armen und weinten.

Die Ferien in Whitby markierten für sie einen neuen Lebensabschnitt: Im September würde sie auf ein Oberstufencollege wechseln und Kurse in Englisch, Schauspiel, Medienkunde, Kunst und Design belegen. Dann aber verschwand sie am dritten Dienstag im August. Das war jetzt vierzehn Jahre her.

Elder trug zwei Pullover gegen die frühmorgendliche Kälte und lief beide Piers entlang, die den äußeren Hafen schützten. In regelmäßigen Abständen standen dort Angler, deren Angelruten am Geländer lehnten. Sie trugen Allwetterkleidung, die Zigaretten in ihren Händen glommen schwach. Ein Stückchen weiter beim Fischmarkt wurde der nächtliche Fang eines Boots entladen, ein anderes Boot kam gerade herein. Elder wußte, daß in Großbritannien jährlich fast zehntausend Menschen verschwanden und daß ungefähr ein Drittel von ihnen keine Spur hinterließ und nie gefunden wurde.

Er hatte Susans Eltern trotzdem versprochen, daß er sie finden würde, er hatte es geschworen, und das Vertrauen in ihren erwartungsvollen und besorgten Gesichtern war ihm Ansporn gewesen. Sein Bauchgefühl jedoch ließ ihn fürchten, daß sie schon lange tot war und nur ihre unentdeckt gebliebene Leiche immer noch darauf wartete, nach all den Jahren gefunden zu werden.

Nach dem Frühstück stieg Elder die Stufen zu St Mary's und der Abtei hinauf und warf einen Blick zurück auf die Stadt. Auf der Westklippe an der anderen Seite des Hafens ragte der Kieferknochen eines Wals in die Höhe, nicht weit davon entfernt stand die Statue von Captain Cook. Jenseits der Stadt und der Bäume, die das Flußtal des Esk säumten, erhoben sich unter einem fleckigen grauen Himmel die Moore, düster und eindrucksvoll.

Er lief ein Stückchen landeinwärts und mußte bei einem Bauernhof durch Matsch stampfen, bevor er auf den Küstenpfad gelangte. Von dort war es etwa eine halbe Meile bis zu einer schroffen Klippe, die weit ins Meer hineinragte, mit Grasbüscheln bewachsen war und jäh zu den Felsen am Strand abfiel. Ein wildes Stück Natur, aber nicht ganz und gar abgelegen, denn der Pfad wurde bei fast jedem Wetter von Wanderern benutzt. Hier war Susan Blacklock irgendwann zwischen halb vier und vier Uhr nachmittags zuletzt gesehen worden, hier war sie letztendlich verschwunden.

Elder lief weiter, an den beiden Hügeln aus rötlichem Stein vorbei, die bei Saltwick Nab aus dem Meer ragen, bis er zum Ferienpark kam. Weiße Wohnwagen scharten sich um einen zentralen Platz. Auf dem etwas höher gelegenen Grund hatten ein paar Mutige ihre Zelte aufgeschlagen.

Wenig schien sich geändert zu haben: derselbe kleine Gemischtwarenladen, allerdings mit neuem Schild über der Tür, derselbe Waschsalon, das Büro, der Familienclub, wo es Billardtische und Kleinigkeiten zu essen gab. Auf einem freien Gelände stürmten sechs oder sieben kleine Jungen gegen einen Vater in einem behelfsmäßigen Tor. Eine junge Frau in adretter Uniform sah ihn erwartungsvoll an, aber Elder nickte nur und lief weiter. Am anderen Ende, wo an einer weißen Fahnenstange der Union Jack wehte und die Einfahrt für Fahrzeuge markierte, drehte er um und ging denselben Weg zurück, den er gekommen war.

Wo der Pfad bei Saltwick Nab der Kontur der Küste folgte und eine Rundung machte, sah Elder eine Frau in grünem Mantel ungefähr dort stehen, wo Susan zuletzt gesehen worden war. Er sah, wie sie die Beine über den niedrigen Drahtzaun schwang und auf den Klippenrand zuging. Elder begann zu rennen. Auf sein Rufen hin drehte sie sich kurz um. Dann zog sie einen kleinen Blumenstrauß unter ihrem Mantel hervor, Rosen und Iris, und legte ihn behutsam auf den Boden.

Die Hände ineinandergelegt, stand Helen Blacklock bewegungslos da, eine Silhouette vor dem Hintergrund der graublauen See. Ihr Haar war dunkler als früher und hier und da mit Grau durchsetzt. Sie trug einen weiten Mantel, dreiviertellange graue Hosen und Stiefel. Vernünftige Kleidung. Ihr Gesicht war ungeschminkt, sie hatte Falten um die Augen und am Mund, war schmallippig und lächelte nicht. Sie ist erst fünfundvierzig, dachte Elder, sechsundvierzig vielleicht, aber sie sieht älter aus.

Jetzt, da sie sich gegenüberstanden, wußte er nicht, was er sagen sollte. »Ich bin …«

»Ich weiß, wer Sie sind.« Ihre Stimme war schnell und scharf.

»Ich wollte Sie mit meinem Rufen nicht erschrecken.«

»Sie glaubten, ich würde mich hinunterstürzen.«

»Ja.«

»Wenn das meine Absicht gewesen wäre, hätte ich es vor Jahren getan.«

Er sah an ihr vorbei auf die Blumen, die der Wind schon zu zerzausen begann. Sie drehte den Kopf und folgte seinem Blick.

»Ich habe versucht, hier einen Garten anzulegen, eine Art Gedenkstätte. Aber es war schwierig, die Stelle ist so ungeschützt, und wenn irgend etwas wuchs, kamen die Kinder aus dem Ferienpark und rissen die Blumen ab, um sie ihren Müttern zu bringen. Deshalb lege ich jetzt nur ein paar Blumen ab, wenn ich vorbeikomme.« Sie machte eine Pause. »Manchmal ist der Wind so heftig, daß er sie mir fast aus den Händen reißt. Im einen Moment noch da, im nächsten schon verschwunden. Das paßt doch, finden Sie nicht auch?«

Er drückte den Draht nach unten, als sie wieder über den Zaun stieg.

»Was machen Sie eigentlich hier?« fragte Helen Blacklock.

Elder schüttelte den Kopf. »Ich weiß es selbst nicht genau.«

»Aber es ist kein Zufall?«

»Nein.«

Möwen kreisten über ihren Köpfen, lärmten in der Luft.

»Sind Sie auf dem Weg zurück in die Stadt?« fragte Helen, und als er nickte, ging sie mit Elder den Pfad entlang.

Nachdem sie mehr oder weniger schweigend hinuntergestiegen waren, fragte Helen am Fuß der Stufen, ob Elder einen Kaffee wolle. Das Lokal, das sie auswählte, war von außen nicht sehr ansprechend, eines von vielen an einer Touristenmeile voller Läden, die hausgemachten Fondant und schwarzen Gagat aus Whitby, Meeresfrüchte und Antiquitäten verkauften.

Sie setzten sich an einen Resopaltisch am Fenster, die Kellnerin, noch im schulpflichtigen Alter, nahm ihre Bestellung nur widerwillig und mit mißmutigem Blick entgegen. Der einzige weitere Gast, ein älterer Mann in einer beigefarbenen Windjacke, saß an der Wand, vor sich eine Kanne Tee und die ›Sun‹.

Helen holte eine Schachtel Zigaretten aus der Manteltasche. »Sind es Schuldgefühle?«

»Glauben Sie das?«

»Woher soll ich das wissen?«

»Was sollte ich fühlen?«

»Ich weiß nicht.« Sie nahm eine Zigarette aus der Schachtel und klopfte mit dem Filter gegen die Tischkante, zündete sie aber nicht an, sondern legte sie zur Seite. »Ich bezweifle aber, daß Sie jemals wieder hier waren, in der ganzen langen Zeit.«

Elder schüttelte den Kopf.

»Vierzehn Jahre. Susan wäre jetzt dreißig. Im letzten März wäre sie dreißig geworden.«

»Ja.«

»Sie glauben, daß sie tot ist, stimmt's? Diese beiden – McKeirnan und der andere –, Sie sind überzeugt, daß die sie umgebracht haben. Wie dieses andere arme Mädchen. Lucy.«

»Es gibt keine Beweise.«

»Nein.«

Die Kellnerin brachte ein Tablett mit Kaffee, Zucker in kleinen Papierröhrchen, dem Rosinenbrötchen, das Helen bestellt hatte, aber nicht mehr wollte, und Elders Toast.

»Haben Sie etwas gehört? Ist es das?« Helen beugte sich vor beim Sprechen, der Ton ihrer Stimme hatte sich gewandelt, gespannte Erwartung in den Augen.

»Eigentlich nicht.«

»Was meinen Sie damit? Entweder haben Sie etwas gehört oder nicht. Spielen Sie keine Spiele.«

Elder setzte seine Tasse ab, stellte sie ordentlich in die Untertasse. »Shane Donald, McKeirnans Komplize, wird bald entlassen.«

»Wann?«

»Ich weiß es nicht. Nicht genau.«

Helen lehnte sich zurück, schob das Rosinenbrötchen beiseite, griff nach dem Aschenbecher und zündete die Zigarette doch noch an. »Deshalb sind Sie also hier und schnüffeln herum. Sie wollen beweisen, daß Sie damals recht hatten, damit er wieder ins Gefängnis kommt.«

Elder behielt seine Meinung für sich; mit einer reflexhaften Geste vertrieb er den Rauch vor seinen Augen.

»Was wird es diesmal sein? Werden Sie wieder Felder umgraben und Bauernhöfe durchsuchen lassen? Die Abwassergrube bei den Wohnwagen, die hatte es Ihnen das letzte Mal besonders angetan. Der Bach draußen bei Hawsker Bottoms. Die alte Eisenbahnlinie. Taucher in der Bucht für den Fall, daß sie ins Meer geworfen wurde?« Ihre Stimme klang böse und bitter, sie reckte angriffslustig das Kinn. »Überflüssig, sie wäre schon vor langer Zeit angeschwemmt worden.«

Inzwischen liefen ihr Tränen die Wangen hinab, und sie

wandte sich ab. Als Elder nach ihrer Hand griff, zog sie diese so schnell zurück, als hätte sie glühende Kohlen berührt.

»Sagen Sie es nicht. Sagen Sie gar nichts. Ich will es einfach nicht wissen.«

Er drückte ihre glimmende Zigarette aus und wartete darauf, daß das Schluchzen nachließ. Hinter ihnen raschelte der alte Mann mit der Zeitung und goß noch mehr heißes Wasser in seinen Tee. Die Kellnerin schwatzte am Handy über das Wenn und Aber des vorigen Abends.

Nach einigen Minuten zog Helen ein paar zerknüllte Papiertaschentücher aus der Tasche und wischte sich die Wangen und Augen. »Es tut mir leid.«

»Nein. Das ist in Ordnung.«

»Ich habe das lange nicht mehr gemacht.«

»Wirklich, das ist in Ordnung.«

Sie trank ihren Kaffee, der inzwischen lauwarm war.

»Wollen Sie einen frischen?«

»Nein. Nein danke, der hier ist völlig in Ordnung.«

»Ich hätte nie geglaubt, daß ich hier einfach so auf Sie treffen würde«, sagte Elder. »Es tut mir leid, daß ich Ihnen solchen Kummer bereitet habe.«

Er ließ das Geld für die Rechnung auf dem Tisch liegen. Draußen zögerten beide einen Moment, während sich eine Gruppe kleiner Kinder auf dem schmalen Bürgersteig in Zweierreihen an ihnen vorbeidrängte.

»Wann fahren Sie zurück?« fragte Elder.

»Zurück?«

»Ja, ich dachte …«

Aber sie schüttelte den Kopf. »Ich bin schon vor einer ganzen Weile hierhergezogen. Trevor und ich, wir … also wir haben uns getrennt. Schon vor Jahren. Ich habe ein kleines Haus gekauft. Es liegt auf der anderen Seite der Stadt, hinter dem Hafen. Susan, verstehen Sie? Ich glaubte, ich könnte ihr wenigstens hier nahe sein, wo ich sie das letzte Mal gesehen habe.« Sie machte einen Schritt vorwärts. »Wenn Sie irgend etwas herausfinden ...«

»Natürlich. Ich werde Sie informieren.«

Sie nannte ihm ihre Adresse, er prägte sie sich ein und blieb noch stehen, bis sie um die Ecke verschwand, eine Frau mittleren Alters, nicht anders als viele andere, abgesehen davon, wie sie ihr fast erwachsenes Kind verloren hatte. Im einen Moment noch da, im nächsten schon verschwunden.

Elder fragte sich, was Helen Blacklock mit ihrem Leben anfing, wie oft sie die abgetretenen Steinstufen hinaufstieg, alle hundertneunundneunzig, ein paar Blumen an die Brust gepreßt, bevor sie sie dem Wind übergab. Wie füllte sie die Zeit dazwischen?

7

Als Shane Donald Alan McKeirnan zum ersten Mal begegnet war – auf einem Stückchen Ödland außerhalb von Newark-on-Trent, wo der Regen niederprasselte, der Wind peitschte und McKeirnan mit dem Reifen eines Jahrmarktswagens kämpfte, die Kleidung völlig durchnäßt, das dunkle Haar an den Kopf geklatscht –, hatte McKeirnan einen kurzen Blick auf ihn geworfen. »Willste da stehenbleiben wie 'ne beschissene Statue oder willste mir helfen?«

Etwas später hatte Donald zitternd in McKeirnans

Wohnwagen gestanden, während sich dieser die Kleider vom Leib riß, Jeansjacke, T-Shirt, Hosen, bis er in Unterhosen dastand und plötzlich nicht einmal mehr die anhatte. Donald sah die Tattoos, die sich über seinen Körper schlängelten, und die blaue Vene auf McKeirnans Schwanz, die sich bis zur Eichel erstreckte, aber er versuchte, sie nicht anzustarren.

»Zieh die Klamotten aus«, sagte McKeirnan, »du holst dir noch den Tod.« Als Donald zögerte, fügte er mit einem Augenzwinkern hinzu: »Keine Sorge, ich bin nicht auf deinen Arsch aus. Noch nicht.«

Lachend begann er, sich mit einem Handtuch abzutrocknen, während Donald langsam sein durchnäßtes Sweatshirt über den Kopf zog, sich dann schamhaft halb umdrehte und den Rest auszog.

»Mein Gott!« rief McKeirnan aus, als er Donalds Rippen unter der fahlen Haut erblickte. »Wann zum Teufel hast du das letzte Mal was zu fressen gekriegt?«

In einer Imbißbude beim Marktplatz trank McKeirnan Cola und rauchte diverse Zigaretten, während Donald erst einen, dann zwei fettige Hamburger, mehrere Portionen Pommes frites, Krautsalat, Ketchup, Apfelkuchen und Bananenmilch verschlang, bevor er auf die Toilette rannte, wo er das meiste wieder erbrach.

»Du mußt regelmäßig essen«, sagte McKeirnan später. »Du solltest deinen Körper wie einen Scheißtempel behandeln, wenn du verstehst, was ich meine.«

Mit vier oder fünf anderen vom Rummelplatz, alle Mitte zwanzig wie McKeirnan und älter als Donald, hatten sie auf dem Marktplatz rumgelungert und selbstgedrehte Zigaretten geraucht. Ein paar Joints machten die Runde, dazu hochprozentiger Cidre in Dosen. Unter großem Gelächter machten sie die Mädchen an, sofern die sich überhaupt in die Nähe trauten, denn sie fühlten sich unsicher auf ihren hohen Absätzen und in ihren knallengen Oberteilen. Alle gingen noch zur Schule, obwohl sie das zu verbergen suchten. Einer der Kerle, groß und schlank, mit wasserstoffblonden Haaren, lockte schließlich eine Vierzehnjährige in scharlachroten Hosen mit aufgesprühten Mustern in den Eingang eines Geschäftes, wo er ihr Zungenküsse gab und sie mit der einen Hand unter der Bluse befummelte, während er sich mit der anderen über den Schritt strich.

Mit einem Lächeln im Gesicht sah McKeirnan zu, registrierte jede Bewegung, und Donald sah McKeirnan zu, wie er den beiden zusah.

Als sie wieder zurück waren, tranken sie Wodka aus der Flasche. Donald wollte gar nicht, wollte aber auch nicht nein sagen. Die Wände und die Decke des Wohnwagens waren mit alten Plattenhüllen und Seiten aus Zeitschriften tapeziert. Sie zeigten Rock 'n' Roller, die Donald nicht kannte, und vollbrüstige Frauen mit gespreizten Beinen.

Inzwischen war er ziemlich betrunken und hatte Angst, er würde sich gleich wieder übergeben müssen, also stand Donald vorsichtig auf.

»Wo zum Teufel willst du hin?«

McKeirnan griff unter das schmale Bett und zog eine Matratze und ein paar Decken von der Army hervor. »Hau dich hier hin. Ein paar Tage kannst du bleiben. Morgen gucken wir, ob du auf dem Jahrmarkt Arbeit kriegst.«

Donald lag lange wach und lauschte dem heftigen Atmen McKeirnans und dem gelegentlichen Geräusch des Verkehrs von der nahen Straße. Außer seiner Schwester

Irene hatte sich nie jemand um ihn gekümmert oder etwas anderes als eine abfällige Bemerkung für ihn übrig gehabt.

Am nächsten Tag bekam er Arbeit. Er sammelte das Geld im Autoskooter ein und half beim Dosenwerfen. McKeirnan lieh ihm ein schwarzes Kordhemd, das mehrere Nummern zu groß war, und eine Levi's, die er mit einem Ledergürtel in der Taille festzurrte und deren Hosenbeine er zweimal umschlug. Sorgfältig schrieb Donald mit Kugelschreiber seinen Namen – Shane – auf beide Handrücken, so kräftig, daß er die Haut einritzte.

In der dritten Nacht glitt McKeirnan, den Schwanz mit Vaseline eingeschmiert, vom Bett auf die Matratze und vögelte ihn, nicht anders, als Donald es erwartet hatte, nicht anders, als er es verdiente, wie er meinte.

Der Frühling ging, es wurde Sommer, Donald blieb. Newark wurde zu Retford, Grantham, Boston, Skegness. Als Donald eines Nachmittags mal zum Wohnwagen ging, waren die Rollos heruntergelassen und McKeirnan hatte ein Mädchen da. Sie lag mit dem Rücken halb auf dem einen Ende des herausgezogenen Klappbetts, die Brüste nackt, den Rock hoch über die Taille geschoben. McKeirnan trug immer noch seine Lederjacke – die mit den Nieten –, war aber nackt von der Taille abwärts und war dabei, sie zu stoßen. Als Donald eintrat, verdunkelte sich einen Augenblick lang sein Gesicht vor Zorn, aber dann grinste er und rief: »Mach die Scheißtür zu.« Das Mädchen starrte Donald erschrocken an und rief: »Nein! Mach, daß er verschwindet.« Da versetzte McKeirnan ihr mit dem Handrücken einen so harten Schlag, daß Donald der Atem stockte. Ihr Kopf fiel zur Seite und schnellte zurück; die scharfe Kante von McKeirnans Ring hatte sie an der Oberlippe und am Augenwinkel verletzt.

»Bleib!« schrie McKeirnan. »Wenn du schon da bist, guck mir beim Ficken zu.«

Donald war fasziniert und brauchte McKeirnans Aufforderung nicht, um hinzusehen, als das Mädchen zusammenzuckte und die Augen zusammenpreßte. Er sah, wie das Blut langsam an ihrem Ohr vorbeifloß und über den Hals rann; er sah McKeirnans dicken Schwanz, wenn er ihn rauszog, er sah ihn wieder verschwinden, und sein eigener Schwanz wurde hart dabei.

Hin und wieder blickte McKeirnan über die Schulter auf sein gebanntes Publikum.

Das war der Anfang, aber nicht das Ende.

Ein paar Abende später tranken sie Wodka, der Donald zu schmecken begann, und schmissen ein paar Pillen ein, wobei McKeirnan auf seinem schäbigen Kassettenrekorder in voller Lautstärke Musik laufen ließ. Es war dieser Sänger, über den er ständig redete, der Kinderlähmung oder so gehabt hatte; aber vielleicht hatte auch ein Autounfall sein Bein versaut, Donald konnte sich das nicht merken. Jedenfalls, der war es. McKeirnan sang mit, hörte aber plötzlich auf, zog sein Portemonnaie aus der Gesäßtasche und holte ein zerknittertes Polaroidfoto heraus, auf das er grinsend einen Blick warf, bevor er es umdrehte und Donald zeigte.

»Guck mal. Was sagst du dazu?«

Es war das Bild einer Frau. Das Gesicht war verschwommen, sie saß nackt auf einem Stuhl, ein Stück Seil hing vom Handgelenk herab, die Innenseiten ihrer Schenkel zeigten dunkle Flecken, die von Blut herrühren konnten.

Auf dem Boden, neben ihrem Fuß, lag ein altmodischer Schürhaken, oder war es eine Art Werkzeug?

»Na? Was meinst du?«

Unfähig, den Blick von der Fotografie abzuwenden, wußte Donald nicht, welche Antwort von ihm erwartet wurde.

»Michelle«, sagte McKeirnan. »Nettes Mädchen. Du hättest sie gemocht. Ruhig.« Er lächelte. »War letztes Jahr 'ne Weile bei mir.«

Er fischte sein Feuerzeug aus der Tasche und entzündete es mit einem Klicken.

»Bringt nichts, das noch zu behalten. Wir können das nämlich besser, was? Du und ich.«

Er hielt das Polaroidfoto an einer Ecke fest, sah zu, wie es sich einrollte und verbrannte, ließ es schließlich fallen und betrachtete es, bis nur noch Asche übrig war.

»Du und ich, Shane.« Lachend hob er die Flasche, prostete Donald zu und trank.

8

Aus einer Vielzahl von Gründen, von denen er einige vielleicht selbst nicht verstand, hatte Elder seiner Arbeit den Rücken gekehrt, sobald er seine dreißig Dienstjahre voll hatte. Ganz anders Don Guiseley, Elders Kollege von der Polizei in North Yorkshire. Dieser hatte sich noch weitere zehn Jahre abgeplagt, war schließlich kurz vor seinem sechzigsten Geburtstag zusammengeklappt und hatte sich für ein ruhiges Leben auf dem Land entschieden. Das Dorf, in dem er und seine Frau Esme eine kleine Poststelle und einen Gemischtwarenladen betrieben, lag westlich der Cleveland Hills und des North York Moors National Parks.

Es war ein erstaunlich feuchter Tag Ende April, und Elders Hemd klebte an seinem Rücken.

»Du schwitzt, mein Junge«, bemerkte Guiseley, als er Elder die Hand schüttelte.

Guiseley trug ein weites kariertes Hemd und dunkle formlose Hosen, das graue, fast weiße Haar fiel ihm über die Augen. Er war gerade dabei gewesen, einen Sack Zwiebeln zu inspizieren und jene Exemplare auszusortieren, die zu weich waren oder sonstige Zeichen des Verfalls aufwiesen.

»Komm hier durch. Wenn wir Glück haben, belohnt Esme uns mit Tee.« Bei den letzten Worten erhob er die Stimme, damit seine Frau ihn hören konnte. Sie stand hinter dem kleinen Postschalter am anderen Ende des Ladens und besprach mit einer Stammkundin weibliche Leiden und Totaloperationen.

In einem kleinen Wintergarten an der Rückseite des Hauses standen zwei Korbsessel mit Kissen, der Blick fiel auf die offene Tür, hinter der ein ausgedehnter, unebener Garten bis zu einem kleinen Bach abfiel. Am unteren Ende gab es einen Gemüsegarten mit Gurken in Frühbeeten, der Rest war Rasen oder prangte mit Rosen, Dahlien und Wicken.

»Großartig«, sagte Elder. »Der Blick, der Garten, alles.«

»Aha. Du könntest es dir vorstellen? Solch ein Leben?«

Elder grinste. »Vielleicht doch nicht.«

»Tja. Ich stehe um fünf auf, um die Zeitungen zu sortieren. Ganz zu schweigen davon, daß ich die verdammten Dinger austragen muß, wenn das Mädchen verschläft, deren Aufgabe das eigentlich ist. Und was den Garten betrifft, ich kann dir sagen, der macht meinem Rücken ganz schön zu schaffen.«

Guiseley nahm eine Pfeife aus der einen Jackentasche, einen Tabaksbeutel aus der anderen. »Cornwall war es doch, oder? Wie bist du dort gelandet?«

»Die Gegend ist so gut wie jede andere.«

»Aber weit weg von Heim und Herd.«

»Vermutlich war das meine Absicht, jedenfalls am Anfang.«

»Und jetzt?«

Elder zögerte. »Ich weiß es nicht.«

»Du bist noch verheiratet?«

»Nicht richtig.«

»Aber du bist auch nicht geschieden?«

»Das schien nicht sinnvoll zu sein.«

»Eine klare Trennung würden manche für gut halten. Außer man denkt, es ist noch nicht vorbei.«

Elder scharrte mit den Füßen.

»Hast du Kinder?« fragte Guiseley.

»Eine Tochter. Katherine. Sechzehn.«

Guiseley stopfte mit dem Daumen Tabak in den Pfeifenkopf, dann zündete er ein Streichholz an. »Unsere sind schon lange aus dem Haus. Mein Ältester hat sich in Australien niedergelassen, ist verheiratet und hat zwei Kinder. Der andere Sohn ist bei Scotland Yard in London, Betrugsdezernat. Ihn kriegen wir hin und wieder zu sehen.« Guiseley nahm die Pfeife aus dem Mund und lachte. »Wenn man ihn so reden hört, könnte man mich für einen Dinosaurier halten. Er ist auf Wirtschaftskriminalität spezialisiert, und ich sage immer, dann könnte er genausogut in einem Unternehmen in der City arbeiten und richtig Geld verdienen.«

»Und das Mädchen? Hattest du nicht auch eine Tochter?«

»Hat einen Inder geheiratet, irgendeinen Großhändler, sie haben ein großes Haus westlich von Bradford. Esme fährt manchmal hin und besucht sie.«

Elder schwieg, und einen Augenblick später kam Guiseleys Frau mit einem Tablett und brachte Tee und Gebäck. Ihre Hand war zwar klein, aber schwielig und kräftig, wie Elder feststellte, als er sie schüttelte, und was immer ihr Mann behaupten mochte, Elder hätte gutes Geld darauf gewettet, daß sie mindestens die Hälfte der Gartenarbeit verrichtete.

Sie tauschten ein paar Höflichkeiten aus, dann verschwand sie wieder, um nach dem Laden zu sehen.

Mit einer Geste forderte Guiseley Elder auf, den Tee auszuschenken.

»Also«, sagte er nach dem ersten Schluck, »das ist bestimmt kein Anstandsbesuch, und ich bezweifle, daß du jetzt Sozialarbeit machst. Also sag mir lieber, was du von mir willst.«

»Susan Blacklock.«

»Hätte ich mir denken können. Die liegen einem im Magen, was? Die Fälle, die man nicht abschließt.«

Er schlürfte Tee und sah hinaus auf den Rasen.

»Du erinnerst dich an den Fall«, sagte Elder. »Was ist deiner Meinung nach geschehen? Was würdest du sagen?«

»Dasselbe, was ich damals gesagt habe, achtundvierzig Stunden, nachdem sie spurlos verschwunden war. Sie ist tot. Irgendein Dreckskerl hat sie umgebracht. Obwohl es mich wundert, daß die Leiche nicht aufgetaucht ist, das muß ich zugeben. Das gibt noch ein wenig Hoffnung, wenn du darauf hinauswillst.«

»Ich weiß es nicht«, sagte Elder.

»Als die Geschichte da unten in Gloucester passiert ist – Fred und Rosemary West, all die Leichen, die da ausgegraben und anhand von Zähnen und dergleichen identifiziert wurden –, da habe ich irgendwie erwartet, daß sie dabei sein würde. Wäre leicht für sie gewesen, abzuhauen und von einem Ende des Landes zum anderen zu trampen, ist ja nicht so weit. Jugendliche machen so was, ganz spontan.«

Elder goß aus einem Kännchen heißes Wasser in die Teekanne, schwenkte sie ein bißchen und schenkte nach. Er dachte an Katherine, wie sie mit dem Rucksack über der Schulter den Weg zu seinem Cottage entlanglief und auf ihn zukam.

»Diese beiden, die ins Gefängnis gesteckt wurden«, sagte Guiseley. »McKeirnan und Donald. Glaubst du immer noch, sie waren es?«

»Bis mich jemand vom Gegenteil überzeugt.«

Guiseley nickte und hantierte mit seiner Pfeife.

»Ich möchte gerne die Akten des Falles einsehen«, sagte Elder.

»Das ist nicht so einfach.«

»Ich dachte, vielleicht schuldet dir jemand einen Gefallen, vielleicht könntest du jemanden anrufen.«

»So wie du dich aufgeführt hast, als du hier aufgetaucht bist«, sagte Guiseley, »hast du viele gegen dich aufgebracht.«

»Ein Mädchen war bereits tot, einem anderen drohte dasselbe Schicksal. Ich hatte nicht genügend Zeit, um höflich zu sein und das Protokoll zu beachten.«

»Trotzdem.« Mit der Miene eines Menschen, der in die Ecke gedrängt wurde, seufzte Guiseley. »Gib mir

Gelegenheit, ein paar Anrufe zu machen. Ich werde sehen, was ich tun kann. Versprechen kann ich allerdings nichts.«

Elder nickte. Ob widerwillig oder nicht, Guiseley würde tun, was er konnte. Das wußte er.

»Danke, Don.«

»Das kostet was. Ein paar Pints auf jeden Fall.«

9

Shane Donald trat aus dem Gebäude, blieb auf der untersten Stufe stehen und sah sich um. Unsicher. Die hohen Säulen sahen aus, als wäre das hier der Buckingham Palace oder irgendein Herrenhaus und nicht das verflixte Polizeirevier von Huddersfield. Der Reiseschein, den er heute morgen beim Verlassen des Gefängnisses erhalten hatte, steckte in seiner Tasche. Der Seesack über seiner Schulter, zwei Tragetaschen: das war alles, was er besaß.

Er hatte zugenommen im Knast, war fülliger geworden, die Muskeln an Armen und Beinen waren ganz hart. Er war stark, auch wenn man das vielleicht nicht auf den ersten Blick bemerkte. Das gefiel ihm. Er war inzwischen auch größer, eins siebzig oder so. Sein Haar war kurz geschnitten, und feine Stoppeln zierten sein Gesicht.

Er war kein Kind mehr.

Im Polizeirevier hatten sie ihm den Weg beschrieben und auf einem Stück Papier aufgezeichnet, damit er das Wohnheim fand. Er konnte natürlich jemanden fragen, aber dazu hatte er keine Lust. Laß dich mit niemandem ein, vermeide es, irgend jemandem in die Augen zu sehen – das hatte er im Knast gelernt. Das war eine der Lehren. Es gab noch andere. Laß dich mit niemandem ein, aber wenn es nicht anders geht ...

Er trat vom Bordstein und überquerte die Straße.

Das Bewährungsheim befand sich in einem großen viktorianischen Gebäude. Etwas zurückgesetzt stand es an einer dieser breiten Straßen, die von Bäumen gesäumt wurden und vom Stadtzentrum aus leicht anstiegen. Etliche der anderen freistehenden Häuser in der Umgebung schienen umgebaut worden zu sein und wurden als Pensionen oder kleine Hotels genutzt.

Auf dem Weg hatte Donald mehrmals das Stück Papier mit der Zeichnung aus der Tasche gezerrt und wieder hineingestopft, hatte es zusammengefaltet und wieder auseinandergefaltet und dann wieder zusammengefaltet. Jetzt zog er es noch einmal hervor, weil er sich vergewissern wollte, ob es die richtige Hausnummer war.

Als er an dem Haus hochblickte, bewegte sich jemand hinter einem der Fenster im oberen Stockwerk, und plötzlich verspürte er den Drang, sich umzudrehen und zu rennen, den Weg entlang, den er gekommen war, und immer weiter. Zu verduften. Das hatte er früher schon gemacht.

Die Haustür öffnete sich, und ein Mann stand da. Helle Haare, in den Vierzigern, eine offene graue Strickjacke über einem ausgeblichenen grünen Hemd, graue Hosen, Sandalen.

»Shane Donald? Gut. Hervorragend.« Er kam auf ihn zu. »Sie ziehen heute bei uns ein. Ich habe Sie um diese Zeit erwartet. Obwohl man heutzutage nie so genau sagen kann, wann ein Zug wirklich ankommt.«

Er streckte die Hand aus.

»Peter Gribbens. Stellvertretender Heimleiter. Ich bin der für Sie zuständige Sozialarbeiter.«

Sein Atem roch nach Pfefferminz, und seine Augen waren blitzblau.

Im Haus roch es schwach nach Desinfektionsmittel. Von irgendwoher kam Musik aus einer Stereoanlage, nur die Bässe waren deutlich zu hören. Der Ton eines Fernsehers oder vielleicht eines Radios. Das Klappern von Besteck, das ausgelegt wurde. Ärgerlich erhobene Stimmen, schrilles Gelächter, dann Stille. In den oberen Stockwerken benutzte jemand einen Staubsauger.

»Kommen Sie«, sagte Gribbens und ging auf die Treppe zu. »Ich zeige Ihnen Ihr Zimmer. Nehmen Sie sich ein wenig Zeit, um sich einzurichten. Und danach haben Sie sicher nichts gegen eine Tasse Tee. Dann können wir reden.«

Das Zimmer lag im zweiten Stock, es war quadratisch und hatte eine hohe Decke. Zwei Einzelbetten standen an den beiden Seitenwänden, außerdem gab es einen zerkratzten Schrank aus dunklem Holz mit Schnitzereien an den Türen. Zwei identische Kommoden. Das Fenster war vergittert.

»Machen Sie sich keine Gedanken«, sagte Gribbens, der Donalds Blick gefolgt war. »Die Fenster waren schon vergittert, als wir hier einzogen, zumindest in den oberen Stockwerken.« Ein Anflug von Lachen. »Es dient nicht dazu, Sie einzusperren.«

Das eine Bett war gemacht, wenn auch nicht allzu ordentlich, Zeitschriften lagen herum, auf einem Stuhl stand ein Wecker.

»Ihr Zimmergenosse ist Royal. Royal Jeavons. Er ist

seit fast zwei Monaten bei uns. Er wird Ihnen alles zeigen.«

Royal, dachte Donald, dann ist er schwarz, ganz bestimmt.

Gribbens ging zur Tür.

»Kommen Sie nach unten, sobald Sie fertig sind. Mein Büro ist im Parterre, schräg gegenüber vom Eingang. Mein Name steht an der Tür.«

Donald setzte sich auf sein Bett und starrte zu Boden.

Peter Gribbens' Büro war ein langer schmaler Schlauch, eines von mehreren, die man mit Hilfe von Trennwänden in einem größeren Raum geschaffen hatte. An der einen Wand war ein Diagramm mit Namen und Daten in verschiedenen Farben befestigt, das mit Pfeilen und Sternchen in Schwarz und Rot versehen war. An der anderen Wand hingen gerahmte Fotos, mehr als ein Dutzend, und auf den meisten war Peter Gribbens zu sehen, lächelnd im Kreis seiner Kollegen oder mit seinen Schützlingen, die nur für die Kamera lächelten. Auf seinem Schreibtisch stapelten sich Hefter aus Pappe und Plastik in verschiedenen Farben, außerdem mehrere Notizbücher und zwei mit Stiften vollgestopfte Gläser. Um Platz für das Tablett mit zwei Bechern, Zucker und einer Schachtel Kekse zu machen, hatte Gribbens seinen Laptop auf das Telefonbuch gestellt. Durch das hohe Fenster hinter dem Schreibtisch sah man auf einen Rasen, der von Büschen gesäumt wurde, und auf eine mit Efeu bewachsene Mauer am Ende des Gartens.

»Shane, kommen Sie herein. Ist nicht gut, wenn der Tee zu lange zieht. Zucker, ja? Ein Stück oder zwei?«

Donald setzte sich auf den leeren Stuhl, nahm seinen Becher in Empfang und sah sich unsicher um.

»Hier. Nehmen Sie einen Keks. Vollkornkekse mit Schokolade, hier wird nicht gespart.« Wieder ein Anflug von Lachen, das steckenblieb. »Sie müssen hungrig sein nach der langen Reise. Mußten Sie nicht sogar umsteigen? Aber ich nehme an, Sie haben im Zug gegessen. Ein Sandwich oder so was. Auf jeden Fall bekommen Sie bald eine richtige Mahlzeit. Niemand beklagt sich hier über das Essen, das ist doch etwas. Es gibt absolut keine Klagen. Die meisten unserer Jungs sind wie Oliver Twist. Bitten um Nachschlag.«

Die Kekse waren etwas weich, und die Schokolade blieb an Donalds Fingern kleben. Er wußte nicht, ob er sie ablecken sollte oder ob er es riskieren konnte, sie an der Unterseite des Stuhls abzuwischen.

Gribbens öffnete einen Hefter, ließ ihn wieder zuschnappen. »Die Sache ist so: Solange Sie hier sind, gibt es bestimmte Regeln …«

Donald sah ihn aufmerksam an und dachte an gar nichts.

»Unter den Bedingungen Ihrer Haftentlassung … Halten Sie sich an die Regeln und Vorschriften … Vermeiden Sie den Kontakt mit Personen, die in kriminelle Aktivitäten verwickelt sind …« Die Stimme sprach weiter und weiter und hörte dann auf. Zum ersten Mal bemerkte Donald das Ticken einer Uhr.

»Shane?«

»Ja.«

»Verstehen Sie das alles? Was ich gerade gesagt habe?«

»Ja.«

»Gut.« Gribbens schob ein weiteres Papier auf seinem Schreibtisch hin und her. »Ist bei Ihrer Ernährung etwas zu beachten? Sind Sie vielleicht Vegetarier?«

Donald schüttelte den Kopf.

»Sind Sie gegen irgend etwas allergisch? Gegen Weizen? Nüsse? Nein? Gut, gut. Wie steht es mit Ihrer Konfession?«

»Meiner was?«

»Ihrer Religionszugehörigkeit. Sie wissen schon: katholisch, Kirche von England, dergleichen.«

»Nein, nichts.«

»Also nur christlich. Wir haben eine ganze Menge ...«

»Nein, habe ich gesagt. Gar nichts. Ich glaube an nichts.«

Gribbens machte ein Häkchen in dem entsprechenden Kästchen und schob das Formular zur Seite. »Ihre Bewährungshelferin wird Sie morgen aufsuchen. Nur um sich zu vergewissern, daß Sie sich hier einleben.« Gribbens stand auf. »In Ordnung, Sie können gehen. Im Untergeschoß finden Sie ein paar von den anderen. Es gibt einen Billardtisch und einen Fernseher.«

Als Donald schon an der Tür war, rief Gribbens ihn zurück.

»Es ist wichtig, daß Sie sich Mühe geben. Damit es funktioniert. Alle müssen sich Mühe geben.«

Royal Jeavons saß auf seinem Bett, den Kopf gegen die Wand gelehnt, Kopfhörer auf den Ohren, ein tragbarer CD-Player in Reichweite. Er öffnete kurz die Augen, als Donald eintrat, ein paar Sekunden nur, nicht länger. Donald ging zum Fenster und sah hinaus. Die Rückseiten von Häusern, weiter unten die Umrisse von Bäumen. Die Gitterstäbe waren mit Vogelkot verschmiert, und die Farbe war im Lauf der Zeit abgeblättert. Er ging zu seinem eigenen Bett hinüber und setzte sich. Er versuchte abzuschätzen, wie spät es war: er hatte keine Armbanduhr.

Jeavons war kräftig und hatte einen muskulösen Hals. Sein Kopf war kahlrasiert, er trug Trainingshosen, ein passendes Oberteil und Turnschuhe ohne Socken.

»Shit, Mann, was guckste so?« Jeavons beugte sich ein wenig vor, die Augen immer noch geschlossen.

»Hä?«

»Was guckste so?«

»Ich guck nicht. Gibt nichts zu gucken.«

»Nichts?«

»Nein, nichts.«

»Nennste mich etwa nichts?«

»Nein.«

»Was?«

»Mach ich nicht.«

»Was machste nicht?«

»Ich nenn dich nicht nichts.«

»Nein?«

»Nein.«

»Dann isses gebongt, was?« Jeavons sah Donald jetzt direkt an und lächelte. Sein breites Gesicht verzog sich zu einem Grinsen.

»Neu, was?«

»Ja.«

»Heute gekommen?«

»Ja.«

»Nachmittags?«

»Ja.«

»Nicht sehr gesprächig, was?« Jeavons stellte den CD-Player aus und setzte die Kopfhörer ab. »Geht in Ordnung, Mann, das ist cool.« Er kam mit ausgestreckter Hand auf Donald zu. Donald erhob sich und befürchtete schon, der andere würde die Nummer mit dem Abklatschen abziehen, aber nein, sie schüttelten sich ganz altmodisch kurz die Hand. Bemerkenswert war nur, daß zwei von Jeavons' Fingern so breit waren wie Donalds ganze Hand.

»Roy-al«, sagte Jeavons mit der Betonung auf beiden Silben. »Roy-al Jeavons.«

»Shane. Shane Donald.«

Jeavons nickte, trat zurück. »Also, Shane. Hat er dir den Vortrag gehalten? Gribbens?«

»Ja.«

»Und hat er gefragt, ob du Christ bist?«

»Ja.«

Jeavons lachte und schüttelte den Kopf. »Mann, ich hab ihm erzählt, daß ich Baptist bin. Und er fragt mich, ob sie mich ganz untergetaucht haben, bei der Taufe. Und ich sag, klar, in diesem Schwimmbad, wo sonst. Im Süden von London. Stimmt sogar. Ich dachte, gleich grabscht er meine Hände und sagt, ich soll auf dem Scheißteppich niederknien und beten. Ich kann dir sagen! Ein trauriger Typ, aber wenigstens halbwegs anständig, was man nicht von allen hier sagen kann. Drückt auch mal 'n Auge zu. Wenn du vielleicht mal 'n bißchen spät kommst oder so. Klar, dann hält er dir seinen Vortrag, den mußte über dich ergehen lassen. Und wenn er fertig ist, sagste, tut mir leid. Darauf fährt er voll ab, auf diesen Es-tut-mir-leid-Scheiß.« Jeavons lachte noch einmal. »Mach ihm was vor, spiel den Reumütigen, dann frißt er dir aus der Hand. O Mann!«

Er boxte Donald in die Schulter, spielerisch, ohne böse Absicht, nicht heftig genug, um einen blauen Fleck zu hinterlassen.

»Du und ich, Mann, wir werden uns verstehen, das weiß ich. Paß bloß auf, daß du nicht so laut schnarchst und so viel Krach machst, wenn du kommst.«

10

Rob Loake von der Polizei in North Yorkshire war enorm füllig geworden, und der mittlere Knopf seines blauen Anzugs spannte gefährlich. Er saß hinter seinem Schreibtisch, trug ein hellblaues Hemd, einen gestreiften Schlips und den duldsamen Gesichtsausdruck eines Mannes, für den Aktenstapel das tägliche Brot sind.

»Sie wissen ja, daß Ihre Bitte gegen die Vorschriften verstößt?«

Elder verlagerte das Gewicht von einem Fuß auf den anderen.

»Das ist auf keinen Fall drin.«

»Warum bin ich dann hier?« fragte Elder.

Draußen summte unablässig der Verkehr.

»Don Guiseley ist ein Freund von mir, ein wirklich guter Mann. Er hat Sie immer geschätzt. Ich persönlich glaube, Sie sind wie Scheiße am Schuh.«

Elder nickte und sagte nichts. Als das Telefon ging, hatte Loake den Hörer vor dem zweiten Läuten in der Hand. Er sagte ein paar knappe Worte, dann stand er auf. »Etwas Wichtiges, um das ich mich kümmern muß. Sie können hier warten.«

Nachdem sich die Tür geschlossen hatte, wartete Elder ein paar Sekunden, bevor er den Schreibtisch umrundete. Auf der Schreibtischplatte lag Susan Blacklocks Akte; es waren drei Akten, um genau zu sein, jede zum Bersten voll. Sein Magen verkrampfte sich vor Anspannung, als er begann, sie durchzublättern, das Nebensächliche überflog und sich auf den Rest konzentrierte.

Da war die ausführliche Aussage Trevor Blacklocks: die Protokolle der Befragungen, bei denen die Beamten nach

Anzeichen von Spannungen zwischen Susan und ihm geforscht hatten – war der Vater seiner heranwachsenden Tochter fremd gewesen oder möglicherweise zu vertraut? Trevor Blacklocks Antworten waren manchmal verärgert, dann wieder ausweichend, und es war klar, daß er eine Weile als Verdächtiger angesehen worden war. Und trotzdem schienen Elder Blacklocks Gefühle denen der meisten Väter von Töchtern in diesem Alter zu gleichen: Verwirrung, Verzweiflung, Zuneigung. Sein Alibi – nachdem er Susans Mutter nach dem Mittagessen im Wohnwagen geholfen hatte, war er mit dem Auto nach Whitby gefahren, wo er einen fast vollständig abgefahrenen Reifen ersetzen ließ – war überprüft und noch einmal überprüft worden und galt als weitgehend wasserfest.

Elder sah auf die Uhr. In seinen Handflächen und auf seiner Kopfhaut hatte sich Schweiß gebildet. Schritte kamen auf die Tür zu, hielten inne, gingen weiter.

Die Frau aus dem Laden im Ferienpark hatte ausgesagt, daß Susan an jenem Nachmittag besonders nachdenklich gewirkt habe, sogar nervös. Ängstlich.

Elder schrieb den Namen »Christine Harker« in sein Notizbuch, und ein paar Minuten später fügte er den Namen eines Mädchens hinzu, »Kelly James«. Sie war aus Whitby, und Susan hatte sich im Laufe mehrerer Ferienaufenthalte mit ihr angefreundet.

Er war noch beim Lesen, als Rob Loake in sein Büro zurückkehrte. »Sie wissen ja, wie es ist. Hat länger gedauert, als ich dachte.«

»Das passiert.« Elder schloß die Akte und ging um den Schreibtisch herum.

»Jetzt haben wir gar keine Zeit mehr, zu plaudern.«

»Nein.«

»Sie finden den Weg raus?«

»Ja.«

Loakes Atem roch stark nach Zigarettenrauch.

Manchmal, dachte Elder, als er über den Parkplatz ging, ist man zu nahe dran, um wirklich etwas zu erkennen, sieht man nicht, was man vor Augen hat. Allzu bereitwillig glaubt man, was einem gesagt wird, was man meint, gesehen zu haben.

Er kannte die Prozedur: Gehe zu den Anfängen zurück, nimm nichts als gegeben hin, wirf einen frischen Blick auf die Dinge. Mit ein bißchen Glück konnte er vor Mittag wieder an der Küste und in Whitby sein.

Kelly James war jetzt Kelly Todd.

Montags, mittwochs und freitags arbeitete sie als Kosmetikerin: Gesichtspflege, Maniküre, Pediküre, die Entfernung von Körperhaaren. Als Elder den Salon betrat, beendete sie gerade die Wachsbehandlung an Unterschenkeln, Achseln und Bikinizone einer Zahntechnikerin, die zehn Tage Halbpension auf Ibiza gebucht hatte.

»Nehmen Sie da drüben Platz«, rief sie. »Ich bin in zehn Minuten bei Ihnen.«

Elder blätterte in einer alten Ausgabe von ›Vanity Fair‹. Aus zehn Minuten wurden fünfzehn. Das Radio schien unentwegt dasselbe Lied zu spielen, wieder und wieder.

»Hier bin ich. Tut mir leid, daß es so lange gedauert hat.« Sie war in ein fuchsiafarbenes Wickelkleid gehüllt, und ihr Make-up erreichte Hochglanz-Perfektion. »Sie kommen wegen Susan Blacklock, haben Sie am Telefon gesagt.«

»Ja.«

»Hat man sie etwa gefunden?«

Elder schüttelte den Kopf.

»Das arme Mädchen. Ich weiß, es klingt schrecklich, aber ich habe seit Jahren nicht mehr an sie gedacht.«

Sie setzten sich auf die Stufen an der Rückseite des Salons, mit Blick auf etliche Mülleimer, ein paar Geranien in Hinterhoffenstern und die unvermeidlichen Möwen. Kelly hatte Pulverkaffee gemacht und hielt ihren Becher in der einen und eine Zigarette in der anderen Hand.

»Jemand hat sie umgebracht, oder? Niemand verschwindet einfach so und meldet sich nie wieder. Auch wenn es noch so viel Ärger, Kummer oder Streitigkeiten gegeben hat. Man schickt eine Postkarte, oder nicht? Man ruft an. Wenigstens nach einer Weile. Mach dir keine Sorgen, mir geht's gut.« Sie nahm einen langen Zug aus ihrer Zigarette, inhalierte tief.

»Und gab es das?« fragte Elder. »Ich meine Dinge, die Susan bedrückt haben? Kummer?«

»Ach, nur das Übliche. Taschengeld. Kleidung. Wen sie treffen durfte, wen nicht.« Kelly nippte an ihrem Kaffee. »Im Jahr davor war die Sache mit diesem Jungen gewesen, in den sie verknallt war. Zu Hause in Chesterfield. Anscheinend ein etwas ätzender Typ. Älter als sie. Aber welches Mädchen hat mit fünfzehn schon Lust, sich mit einem mickrigen Pickeltypen abzugeben, der in dieselbe Klasse geht? Auf jeden Fall sind ihre Eltern ganz schön ausgerastet. Vielleicht haben sie besonders heftig reagiert, weil sie ein Einzelkind war. Sie haben ihr Vorschriften gemacht. Besonders ihr Vater. Nach dieser Geschichte hat er sie die ganze Zeit überwacht. Wollte ständig wissen, wo sie war, mit wem sie zusammen war und so weiter.«

»Und glauben Sie, es war so schlimm, daß sie von zu Hause weglaufen wollte?«

Kelly betrachtete einen beinahe perfekten Ring aus

Rauch, bis er sich in Luft auflöste. »Nein, eigentlich nicht. Wie schon gesagt, es waren die ganz normalen Sachen. Man jammert darüber und bemitleidet sich selbst. Das machen alle Mädchen in dem Alter, und Susan war nicht anders. Auf ihre Weise konnte sie ganz schön dramatisch sein. Also, kein Schreien und Heulen, verstehen Sie mich nicht falsch. Nein, sie war eher still und stumm. Ich meine, sie tat gerne so, als wären die Dinge viel schlimmer, als sie in Wirklichkeit waren.«

»Und dieser Junge, mit dem es den ganzen Ärger gegeben hat, traf sie sich immer noch mit ihm? Was glauben Sie?«

»Nein, da bin ich mir ziemlich sicher. Sie hätte es mir erzählt.«

»Hat sie über andere gesprochen? Über irgendeinen Freund?«

»Eigentlich nicht. Also, da war so ein Typ, der sie zu mögen schien, in dieser Theatergruppe. Aber ich glaube nicht, daß da je was gelaufen ist. Wahrscheinlich wartete Susan darauf, daß er den ersten Schritt tun würde. Sie wissen ja, wie Mädchen sind.« Sie grinste. »Manche Mädchen.«

»Und an seinen Namen erinnern Sie sich nicht?«

Kelly betrachtete ihre langen Finger, zwischen denen sie die Zigarette hielt. »Nein, tut mir leid. Ich weiß gar nicht, ob sie den Namen je erwähnt hat.« Sie lächelte und schüttelte den Kopf. »Das hilft Ihnen alles nicht weiter, oder?«

Elder zuckte die Achseln. »Sie können nicht erzählen, was Sie nicht wissen.«

»Das stimmt.«

Elder trank seinen Kaffee nicht aus, dankte ihr und sagte, er wohne im White Horse and Griffin, falls ihr später noch etwas einfallen sollte. Das sei nicht ungewöhnlich, wenn man die Erinnerungen erst einmal aufgerührt habe.

»Susans arme Mutter«, sagte Kelly. »Diese Ungewißheit, das ist doch nicht fair.«

»Nein, das ist nicht fair.«

Als er durch den Salon wieder hinausging, merkte Elder, daß es nicht dasselbe Lied war, das immer wieder gespielt wurde, sondern daß alle Lieder irgendwie gleich klangen. Genau die Art Bemerkung, dachte er, die sein Vater über die Beatles und die Stones gemacht hätte.

Christine Harker arbeitete immer noch in dem Ferienpark, sie stand hinter der Theke des Gemischtwarenladens, der in Everydays umbenannt worden war. »Ich helfe nur aus. Hin und wieder, wissen Sie. Ansonsten habe ich einen guten Job in der Stadt. Obst und Gemüse. Nachmittags. Da verdiene ich ein bißchen was. Allerdings fehlt mir die Sendung ›Countdown‹.«

Sie war eine kleine, recht üppig gebaute Frau, Ende fünfzig, vermutete Elder, und hatte die Art Allzweckdauerwelle, die noch zwanzig Jahre oder länger zu ihren grauen Haaren passen würde. Sobald er Susans Namen erwähnte, leuchteten ihre Augen auf.

»Sie ist also wieder da?«

Die Hoffnung verwandelte sich in Enttäuschung, als sie seinen Gesichtsausdruck bemerkte.

»Ich habe immer geglaubt, daß sie wieder auftauchen würde. Eigentlich blöd. Gegen alle Vernunft. Aber das wollte ich gerne hören. Daß sie weggelaufen ist, nach London vielleicht, daß sie sich irgendwo niedergelassen hat, daß sie Kinder bekommen hat.« Sie lächelte. »So wie im Fernsehen. Wie bei dieser Sarah Lancashire, deren Tochter verschwunden ist, und am Ende wird alles gut. Alle fallen sich in die Arme und weinen. Nur, daß das Leben nicht so ist. Manchmal vergißt man das. Im wirklichen Leben gehen sie einfach weg, und das ist es dann.«

Elder trat zur Seite, als mehrere kleine Einkäufe getätigt wurden: Zigaretten, eine Büchse Cola, Papiertaschentücher, ein Plastikball. Er hörte zu, wie Christine Harker mit ihren Kunden scherzte; er wunderte sich über die Bitterkeit, die er aus ihren Worten herausgehört hatte, und fragte sich, was sie mit ihren eigenen Kindern erlebt hatte, als diese erwachsen wurden.

»Bei der Polizei haben Sie ausgesagt«, sagte Elder, als es im Laden wieder ruhig geworden war, »daß Susan an jenem Nachmittag anders wirkte als sonst.«

»Ich weiß. Und es stimmt. Ich würde es schwören, auch heute noch. Sie war nachdenklich. Als ob sie mit den Gedanken ganz woanders wäre. Sie wirkte irgendwie angespannt.«

»Und Sie haben keine Ahnung …?«

»Nein.«

»Sie hat nichts gesagt?«

»Das war es ja, sie hat gar nichts gesagt. Sie reichte mir nur den Riegel Schokolade, bezahlte und wartete auf das Wechselgeld. Ich habe eine Bemerkung gemacht, daß sie bald nach Hause fahren würde, etwas in der Art. Sie hat nur kurz genickt, und dann war sie weg. Ich dachte, sie hätte vielleicht wieder Streit mit ihrem Vater gehabt, aber ich wollte nicht fragen. Es wäre sowieso zu spät gewesen, denn sie hatte den Laden schon verlassen.«

»Streit mit ihrem Vater?«

»Oh, nichts Besonderes. Nichts im Vergleich zu dem, was man hier manchmal so mitkriegt. Ein paar Tage vorher hatten die beiden sich direkt vor dem Laden gestritten, daß die Fetzen flogen. Sie weinte und sagte, er solle sie in Ruhe lassen. ›Du hast kein Recht, so mit mir zu reden. Kein Recht.‹ Und er hielt dagegen: ›Doch, das habe ich. Solange du unter meinem Dach lebst, habe ich jedes Recht dazu.‹ Ich weiß nicht, worum es ging, wohl um etwas, das sie hätte tun oder lassen sollen. Am Ende lief sie weg, zu den Wohnwagen zurück, und er lief schimpfend hinter ihr her. Als ich sie am nächsten Tag sah, war alles in Ordnung.«

Einen Augenblick lang sah sie zur Seite. »Es hilft kein bißchen. Das Schimpfen, meine ich. Ab einem gewissen Alter lassen sie sich nicht von ihren Absichten abbringen, egal, was man sagt. Man muß sie gewähren lassen. Und auf das Beste hoffen.«

Mit einem zaghaften Lächeln schüttelte sie den Kopf. »Haben Sie Kinder?«

»Eins. Ein Mädchen.«

»Wie alt?«

»Sechzehn.«

»Dann wissen Sie ja Bescheid.«

Elder dankte ihr und kaufte für den Weg zurück in die Stadt einen Marsriegel. Bei Saltwick Nab, wo der Weg an der Klippe eine Biegung machte, sah er ein paar blaue Irisblätter im Gras liegen.

11

Helen Blacklocks Haus lag versteckt in einem Teil der Stadt, den Elder nicht gut kannte. Ein winziges Reihenhaus in einer der engen Straßen auf dem Hügel, die steil hinauf bis zur Hauptstraße von Whitby nach Scarborough führten. Vom oberen Fenster aus, vermutete er, hatte man einen Blick auf die Flußmündung, den Jachthafen und den Kai, wo bis vor kurzem Schiffe aus Skandinavien ihr Holz gelöscht hatten.

Helen war vor dem Haus und putzte das Wohnzimmerfenster. Ein Eimer stand zu ihren Füßen, und aus einem Transistorradio, das auf dem Sims stand und auf Radio 2 eingestellt war, kam leise Musik.

Elder blieb auf dem Gehsteig stehen und wartete, daß sie seine Anwesenheit bemerken und sich umdrehen würde. Als sie den Kopf hob, sah sie sein Spiegelbild in der frisch geputzten Fensterscheibe.

»Was machen Sie hier?« Keine Ablehnung in ihrer Stimme, lediglich Überraschung. »Vermutlich kein Zufall, oder?«

»Vermutlich nicht.« Er lächelte, aber eine Reaktion blieb aus.

Sie trug schwarze Hosen und ein weites schwarzes Oberteil, ihr Haar war mit einem schmalen blauschwarzen Tuch zurückgebunden. Ihre Wimperntusche hatte dunkle Spuren hinterlassen, gerade so, als hätte sie sich am Abend zuvor nicht abgeschminkt. Die Hand, die den Putzlappen hielt, war breit und rauh.

»Woher wußten Sie, daß ich zu Hause bin?«

»Wußte ich nicht.«

»Ich arbeite nämlich.«

»Natürlich.«

»In einer dieser Buden am Hafen. Doughnuts. Zuckerstangen und Zuckerwatte.«

»Aber heute arbeiten Sie nicht.«

»Nur, wenn das hier nicht zählt.«

»Ich dachte, wir könnten reden«, sagte Elder.

»Das tun wir doch.«

»Nein, ich meine …«

»Ich weiß, was Sie meinen.«

Eine alte Frau, die trotz der Wärme einen Wintermantel trug und einen Einkaufsroller aus Korbgeflecht hinter sich herzog, ging langsam vorbei, und Elder trat näher an das Haus heran, um ihr Platz zu machen. »Susans Verschwinden, ich bin die Akten durchgegangen.«

Eine Haarsträhne hatte sich gelockert. Helen griff sich ins Haar und schob sie zurück.

»Ich sage nicht, daß ich etwas Neues gefunden habe. Glauben Sie das bitte nicht. Es kann sein, daß meine Nachforschungen zu nichts führen. Aber manchmal versteht man die Dinge anders, wenn man sie neu betrachtet. Das denke ich zumindest.«

Sie sah ihn an, wartete. Das war das letzte, was er wollte: unbegründete Hoffnungen in ihr wecken.

»Wenn wir reden würden, wenn ich ein paar Fragen stellen dürfte … Es könnte vielleicht helfen.«

»Hier«, sagte sie und hielt ihm ihre Hand hin.

»Was?«

»Nehmen Sie diese Hand. Nur zu.«

Er tat es. Die Knochen waren fest, die Haut alles andere als glatt, der Griff kräftig.

»Sie brauchen mich nicht mit Samthandschuhen anzufassen«, sagte sie. »Ich bin nicht aus Glas.«

Nein, dachte Elder, aus Fleisch und Blut. Er folgte ihr ins Haus.

Das Haus war eng und behaglich und überfüllt mit Möbeln, die wahrscheinlich von dort stammten, wo sie früher gelebt hatte, wo sie mit Trevor und Susan zusammengelebt hatte. Möbelstücke, von denen sie sich nicht trennen oder die zu ersetzen sie sich nicht leisten konnte. Orangefarbene Vorhänge an den Fenstern, ein braungemusterter Teppich. Der schwache, durchdringende Geruch nach Zigarettenrauch.

»Man muß es nehmen, wie es kommt, so sagt man doch? Ich will nur schnell die Putzsachen wegräumen, dann stelle ich Wasser auf. Sie trinken doch eine Tasse Tee?«

»Ja, bitte.«

»Dann setzen Sie sich. Es dauert nicht lange.«

An der Wand hingen zwei kleine Aquarelle von Whitby, in einer Vase standen getrocknete Blumen. Ein gerahmtes Foto von Susan auf dem Kamin, ein anderes, auf dem sie zwischen ihren Eltern stand, auf dem Fernseher. Auf dem ersten trug sie ein violettes Oberteil, die langen Beine steckten in engen weißen Hosen, an den Füßen hatte sie pinkfarbene Flip-Flops. Da es ein strahlender Tag war, blinzelte sie ein wenig gegen das Licht, wandte die Augen von der Kamera ab. Die Spitzen ihres rotbraunen Haares leuchteten wie Feuer.

Es würde noch mehr Fotos geben, da war Elder sicher, sorgfältig aufbewahrt, chronologisch geordnet. Auch Schulzeugnisse, Urkunden, Briefe, Geburtstagskarten, Kinderzeichnungen aus der Zeit, in der Susan nichts als ihren eigenen Namen schreiben konnte, Abdrücke einer Kinderhand und Blätter mit Kartoffeldruck, deren Farbe langsam verblaßte, Schmetterlinge mit beschädigten Flügeln. Ein Sammelsurium. Ein Leben.

»Da bin ich.«

Helen betrat vorsichtig das Zimmer, einen Becher in jeder Hand, und Elder nahm ihr einen ab. Der Becher zeigte eine Ansicht der Abtei und hatte einen feinen Riß in der Glasur.

»Danke.«

Er lächelte, und sie reagierte mit einem verhaltenen Blick.

»Es ist gemütlich«, sagte er und setzte sich wieder.

»Beengt, wollen Sie sagen.«

Sie hatte das Tuch abgebunden, und jetzt fiel ihr Haar fast bis zu den Schultern, umrahmte ihr Gesicht. Die Krähenfüße waren recht tief eingegraben, die Haut unter den Augen war ein wenig angeschwollen. Aber die Überreste der Wimperntusche hatte sie weggewischt, wie er feststellte.

»Was wollen Sie von mir wissen?«

Der Tee war schwach, als wäre der Beutel zu schnell herausgenommen worden. »Der letzte Tag. Alles, woran Sie sich erinnern können«, sagte Elder. »Bis zu dem Zeitpunkt, als Susan den Wohnwagen verließ.«

»Alles?«

»Ja. Lassen Sie sich Zeit.«

Helen hielt den Becher mit beiden Händen. »An dem bewußten Morgen haben wir lange geschlafen, daran erinnere ich mich. Trevor war immer schlecht gelaunt, wenn das passierte, selbst in den Ferien. Er mochte lieber früh aufstehen und etwas tun – auch wenn es gar nichts zu tun gab. Ich glaube, er hat einen Spaziergang gemacht. Auf dem Rückweg hat er eine Zeitung gekauft, wahrscheinlich den ›Express‹, aber hin und wieder nahm er auch die ›Mail‹. Ich hatte das Frühstück fertig, als er zurückkam.« Sie nahm einen Schluck Tee. »Nach dem Frühstück sind wir nach Robin Hood's Bay gefahren. Mit dem Wagen. Wir waren vielleicht eine Stunde dort. Trevor streifte gerne durch die Felsenbuchten, wenn das Wasser zurückgegangen war. Ich vermute, es *war* Ebbe. Susan und ich saßen auf einer Bank oberhalb des Strandes. Wir haben uns unterhalten, würde ich sagen.«

»Können Sie sich erinnern, worüber Sie gesprochen haben?«

»Über dies und das. Es könnte eigentlich so gut wie alles gewesen sein. Fast alles. Wir haben kurz über Susans College gesprochen, das im September beginnen sollte. Das weiß ich.«

»War sie nervös deswegen?«

»Nein, kein bißchen. Sie freute sich darauf. Siobhan und Lynsey, ihre Freundinnen aus der Theatergruppe, gingen auch hin. Sie schloß nicht so leicht Freundschaft, wissen Sie. Sie kam zwar einigermaßen mit ihren Mitschülern zurecht, aber das war eigentlich auch alles. Erst als sie mit der Schauspielerei anfing, liefen die Dinge besser. Die Gruppe machte auch Ausflüge und sah sich Theaterstücke an. Sie waren überall. Leeds. Manchester. Einmal sogar London. Newcastle-on-Tyne. Als sie dort waren, ist sie erst um vier Uhr morgens nach Hause gekommen. Trevor wollte schon die Polizei anrufen, solche Sorgen machte er sich.«

»Aber es war alles in Ordnung?«

»O ja. Es war ein Stück von Shakespeare, das ewig gedauert hat. Und dann hatten sie auf dem Rückweg zu allem Überfluß eine Reifenpanne.«

»Und Susan ...?«

»Sie hat es genossen. Hatte viel Spaß. Ein Abenteuer. Man konnte es ihren Augen ansehen.«

»Diese beiden Freundinnen waren auch dabei?«

»Siobhan und Lynsey. Ja, vermutlich. Sie waren einfach unzertrennlich.«

Beide Mädchen waren befragt worden, das wußte Elder. Man hatte wissen wollen, ob Susan vielleicht Beziehungen zu Jungen gehabt hatte, von denen ihre Eltern nichts wußten. Abgesehen von einigen Geschichten über Partys und jugendliche Trinkgelage, gelegentliche Verliebtheiten und das übliche heimliche Gefummel, hatten all diese Befragungen nichts ergeben.

»Als Sie sich an jenem Vormittag mit Susan unterhielten«, sagte Elder, »machte sie da den Eindruck, als ob sie etwas bedrückte?«

»Nein. Warum fragen Sie?«

»Die Frau aus dem Laden im Ferienpark sagte, daß sie ein wenig – wie war das? – angespannt wirkte.«

Helen sah auf ihre Hände, dann hob sie den Blick. »Ich wüßte nicht warum. Wirklich nicht.«

»Sie hat ebenfalls gesagt, daß sie ein paar Tage vorher einen Riesenstreit zwischen Susan und ihrem Vater beobachtet hat.«

Helen sah ihn fest an. »Das ist mir neu.«

»Überrascht es Sie?«

»Nein. Eigentlich nicht ...«

Elder wartete.

»Sie waren immer ein Herz und eine Seele gewesen, Susan und Trevor, als sie klein war. Mummy, Daddy soll das machen. Daddy. Daddy. Ich bin ehrlich: Manchmal war ich richtig eifersüchtig. Schließlich war ich diejenige, die sie im Buggy durch die Geschäfte schob, die sie auf der Schaukel anstieß. Ich habe ihr immer wieder dieselben Geschichten vorlesen müssen. Ich mußte ihre Launen aushalten. Sieben, acht Stunden pro Tag. Und dann tauchte er abends plötzlich auf und fragte, wie geht es meinem kleinen Mädchen? Und sie hatte nur noch Augen für ihn.«

Von ihrer Zigarette fiel Asche auf ihren Rock, und ohne hinzugucken, wischte sie sie weg.

»Das änderte sich, als sie in die Oberschule kam. Sie schien sich abzusetzen. Und Trevor nahm das übel, das war nicht zu verkennen. Die Art, wie er sie manchmal angeguckt hat, als hätte sie ihn – ich weiß nicht – verraten. Als wäre sie zu seiner Gegnerin geworden.«

»Und glauben Sie, all das war Teil ihrer Pubertät, wenn Sie so wollen?«

»Das nehme ich an.«

»Schuld war keine Veränderung an ihm? Nicht, wie er mit Susan umging? Etwas, das er getan hat?«

»Getan?«

Das Wort hing zwischen ihnen – verbotenes Terrain.

»Nein«, sagte Helen. »Es war Susan, die sich geändert hatte. Unter anderem wurde das Verhältnis zwischen ihr und mir enger. Wir waren fast wie ... also, fast wie Schwestern, würde ich sagen.«

»Und Trevor fühlte sich ausgeschlossen.«

»Ja.«

Elder dachte an Katherine, an Katherine und Joanne. Wie die beiden die Köpfe zusammensteckten und vor ihm herliefen, Arm in Arm, wie sie stundenlang in diversen Läden verschwanden und schließlich mit geröteten Gesichtern und Tüten voller Beute wieder auftauchten, wie sie auf dem Sofa saßen und mit gedämpfter Stimme Unterhaltungen führten, die entweder in einem hemmungslosen Gekicher endeten oder abgebrochen wurden, sobald er den Raum betrat.

»Wie hat Trevor darauf reagiert?« fragte Elder.

Helen zog an ihrer Zigarette. »Teilweise tat er so, als ließe es ihn kalt. Dann wieder regte er sich maßlos auf. Er ließ ihr keine Ruhe und fragte sie aus – nach der Schule, nach Freunden. Er drängte sich ihr förmlich auf. Wenn er das tat, verschloß sie sich natürlich um so mehr. Das hielt er eine Weile aus und tat so, als bemerke er es nicht, wissen Sie. Und dann – der Anlaß konnte irgendeine Kleinigkeit sein, manchmal war es überhaupt nichts –, dann explodierte er. Echte Wut überkam ihn. Einmal im Monat, einmal in der Woche, mehr oder weniger oft. Es war, als lebte man mit einer Zeitbombe, und man wußte nie, was sie auslösen würde.«

»Er hat sie geschlagen.«

»Nein. Doch. Ein- oder zweimal. Ein paarmal vielleicht. Als sie zwölf war, dreizehn. Sie brachte ihn auf die Palme und wußte ganz genau, was sie tat. Sie wissen, wie Kinder das machen. Wenn er es nicht mehr aushalten konnte, schlug er zu. Wenn er nicht mehr wußte, was er tun sollte. Ich erinnere mich, daß wir einmal bei meinen Eltern waren, sonntags zum Mittagessen. Er gab ihr über den Tisch hinweg eine Ohrfeige. Sie können sich vielleicht vorstellen, was für ein Theater daraufhin folgte. Susan rannte schreiend aus dem Zimmer, meine Mutter lief ihr hinterher, um sie zu beruhigen, mein Vater war entrüstet. Trevor knallte schließlich Messer und Gabel auf den Tisch und stürmte raus. Wenn meine Eltern nach diesem Vorfall zu Besuch kamen, fand er immer einen Vorwand, um nicht zu Hause zu sein. Entweder das oder er gab vor, Kopfschmerzen zu haben, und lag oben im abgedunkelten Schlafzimmer, bis sie wieder weg waren.«

»Aber das passierte, als sie jünger war? Die Ohrfeigen, meine ich.«

»Ich habe ihm gesagt, wenn er nicht damit aufhört, würde ich ihn verlassen. Mit Susan natürlich. Sie war fast vierzehn. Er wußte, daß ich es ernst meinte. Ich schlug vor, er solle sich helfen lassen, wenn er es nicht alleine in den Griff bekäme. Mit jemandem darüber sprechen, einem Therapeuten, was auch immer. Und genau das hat er getan, das muß ich ihm lassen. Er hat niemals mehr die Hand gegen sie erhoben.«

»Aber er wurde immer noch wütend?«

Helen sah ihn nicht an, sondern starrte blicklos zu Boden. »Hin und wieder, ja. Wenn er etwas für wichtig hielt.«

»Jungen?«

»Jungen, ja. Oder wenn er glaubte, sie hätte ihn angelogen oder getäuscht.«

»Und hat sie das getan?«

Jetzt sah Helen ihn an. »Vermutlich. Mädchen tun das. Sie sind beinahe dazu gezwungen.« Sie drückte ihre Zigarette aus.

»Haben Sie noch Kontakt zu Trevor?« fragte Elder.

»Nein. Eigentlich nicht.«

»Haben Sie vielleicht seine Adresse?«

»Er wohnt irgendwo in Tamworth.« Sie stand auf. »Ich hole sie Ihnen.«

»Diese Mädchen, die Sie erwähnt haben. Deren Adressen haben Sie wohl nicht?«

Helen schüttelte den Kopf. »Ich glaube nicht. Nicht mehr. Am Anfang haben sie die Verbindung aufrechterhalten, besonders Siobhan. Auch einer der Jungen. Ich glaube, es war Rob. Sie waren wirklich lieb, schickten Karten zu Susans Geburtstag und machten andere freundliche Dinge. Aber nach einer Weile, Sie wissen ja, wie das ist. Ich schaue mal, ob ich etwas finde.«

Solange sie nicht im Zimmer war, betrachtete Elder das

Familienfoto genauer und dachte an Trevor, der alleine nach Seesternen gesucht hatte, während Mutter und Tochter schwatzten und kicherten wie beste Freundinnen.

Helen kam zurück und hielt ein kleines Adreßbuch in der Hand, das etwas ramponiert aussah. »Da ist sie, Siobhan Banham. Und hier ist Trevors Adresse. Die von Siobhan ist aber etliche Jahre alt. Ich bezweifle, daß sie dort noch lebt. Sie könnten natürlich in der Schule nachfragen. Die große Gesamtschule in Chesterfield. Ganz früher war sie mal das Gymnasium. Dieser Lehrer, der die Theatergruppe geleitet hat, ist vielleicht noch da. Mr Latham. Ich vermute, ein paar der Schüler stehen immer noch mit ihm in Verbindung.«

»In Ordnung. Danke.« Elder notierte die Adressen in seinem Notizbuch.

Helen begleitete ihn zur Tür.

»Wie lange bleiben Sie noch in der Gegend?«

»Vielleicht noch einen Tag, ich bin mir nicht sicher.«

Sie wirkte, als wolle sie noch etwas sagen, aber dann überlegte sie es sich anders. Ob nun ihr Handgelenk seinen Arm streifte oder umgekehrt – es war ganz bestimmt ein Zufall. Sie sah ihm ein paar Augenblicke nach, drehte sich aber um, bevor er die Straßenecke erreichte.

12

Pam Wilson hatte ihrem Vater hoch und heilig versprochen, daß sie auf keinen Fall denselben Beruf ergreifen würde wie er. Dieses Versprechen war ihr nicht schwergefallen. In ihrer Kindheit hatte sie gesehen, wie er jeden Morgen gegen sieben, halb acht aufbrach, seinen arthritischen Vauxhall über die Hügel zwischen Todmorden und Huddersfield quälte und wie er abends – ebenfalls zwischen sieben und halb acht – mit Akten nach Hause kam. All das hatte Pam davon überzeugt, daß ein vernünftiger Mensch einen Beruf niemals anstreben würde, nämlich den des Bewährungshelfers. Der brachte nichts ein als Überarbeitung, mangelnde Anerkennung und indiskutable Bezahlung.

Sie und ihre damalige beste Freundin Julie Walker hatten an ihrem gemeinsamen fünfzehnten Geburtstag geschworen, daß sie in ihrem Leben nur Designerklamotten tragen, ausschließlich mit Italienern ausgehen, Bacardi trinken und in ihren Jobs so viel verdienen würden, daß sie sich eine Dachterrassenwohnung im Zentrum von Leeds leisten konnten, bevor sie fünfundzwanzig waren. Nachdem sie Betriebswirtschaft studiert hatte, war Julie jetzt, im fortgeschrittenen Alter von siebenunddreißig, für das Marketing der Kartoffelchips jener Marke verantwortlich, die sich landesweit am zweitbesten verkaufte, verfügte über ein Jahreseinkommen von mehr als 70000 Pfund, Prämien nicht eingerechnet, fuhr einen geleasten Firmenwagen und lebte in einer Wohnung direkt an der Themse. Pam fand, daß Julie auf den Bildern in der Zeitschrift ›Hello!‹ ziemlich überkandidelt ausgesehen hatte, wie sie da auf dem weißen Ledersofa mit diesem Darren Sowieso Händchen hielt, der sich als Fußballer in Highbury einen Namen gemacht hatte und jetzt von Glück sagen konnte, wenn man ihn bei West Ham von der Reservebank holte.

Pam dagegen, die in ihrem ersten Studienjahr von Geschichte zu Psychologie und Soziologie gewechselt war, hatte zeitweilig mit dem Gedanken an eine schnelle Karriere bei der Polizei gespielt, kam davon aber wieder ab und landete irgendwie beim Vermarkten von Werbezeit im Fernsehen, eine Tätigkeit, für die sie jedoch charakterlich ungeeignet war. Daraufhin absolvierte sie neun Monate als Management-Trainee in einem Kaufhaus, bevor sie sich für eine Lehrerausbildung entschied – mit dem Ziel, in einem warmen Land Englisch als Fremdsprache zu unterrichten. Nachdem sie sich in Barcelona einen bösen Nesselausschlag und privat etwas unendlich Schlimmeres eingefangen hatte, war sie völlig pleite und mutlos wieder in ihr altes Zimmer zu Hause eingezogen und hatte eine Ausbildung zur Bewährungshelferin begonnen.

Das war eine Entwicklung, die ihren Vater bei jeder Gelegenheit zu Hohn und Spott animierte. Meistens ergab sich diese Gelegenheit morgens auf dem Parkplatz in Huddersfield, wenn sie in ihrem rostigen Toyota hinter ihm hergefahren war.

Jetzt, mit siebenunddreißig, trank sie lieber Bitter als Bacardi, und der letzte Mann, mit dem sie ausgegangen war, kannte zwar die Worte *espresso* und *Di Matteo*, aber damit war sein italienischer Wortschatz vermutlich erschöpft. Darüber hinaus wohnte sie genau wie ihre Eltern im Tal des Calder, nämlich in einem schmalen Reihenhaus in Hebden Bridge. Und obwohl sie es vielleicht nicht zugegeben hätte, fand sie die Arbeit als Bewährungshelferin befriedigend. Anstrengend und frustrierend – zweifellos, aber merkwürdig befriedigend.

Normalerweise wäre Pam als Bewährungshelferin für Shane Donald nicht in Betracht gekommen. Nicht, daß es ihr an der nötigen Erfahrung gemangelt hätte. Aber da Donald wegen eines Sexualdelikts verurteilt worden war und eine Vorgeschichte der Gewalttätigkeit gegenüber

Frauen hatte, wäre die Aufgabe mit Sicherheit einem männlichen Kollegen übertragen worden. Vor einigen Monaten jedoch, als eine Regelung für Donalds Entlassung gefunden werden mußte, war der eine Kollege aufgrund einer streßbedingten Krankheit ausgefallen und der andere hatte sich beim Badminton eine Zerrung im Rücken zugezogen, so daß der Schwarze Peter bei Pam gelandet war.

Bei ihrem ersten Treffen mit Donald war sie erstaunt gewesen, wieviel jünger als dreißig er wirkte, und hatte sogar unauffällig sein Geburtsdatum in der Akte überprüft. Seither hatte er sich diesen Mehrtagebart zugelegt, der ihn zusammen mit seinen Stoppelhaaren nicht unbedingt älter, aber doch reifer und verschlossener wirken ließ. Er hatte Pams Fragen völlig unaufgeregt beantwortet, kurz, präzise und mit einer Höflichkeit, die ihm zu widerstreben schien. Er war sich der Schwere seiner Tat bewußt. Empfand Reue. Wollte ernsthaft einen neuen Anfang machen. Pam meinte, aus Erfahrung richtig einschätzen zu können, wem sie glauben durfte und wann ihr Sand in die Augen gestreut wurde. Bei Shane Donald war sie sich immer noch nicht sicher.

Barg seine Entlassung ein Risiko? Kein rational zu erklärendes. Da war nur das ungute Gefühl, das sie verspürte. Andere Fachleute hatten das Risiko ebenfalls beurteilt, es abgewogen und dann entschieden, was angemessen und richtig war.

Auf dem Weg zum Wohnheim und ihrem dritten Termin an diesem Vormittag besorgte sie sich einen Kaffee und einen Doughnut und nahm sich zehn Minuten Zeit, um auf einem Rastplatz Donalds Akte noch einmal zu lesen. Ungenügende Schulbildung, gestörte Familie, darüber hinaus sexuell mißbraucht und leicht zu beeinflussen. Bei seinem Prozeß hatte seine Anwältin behauptet, ihr Mandant sei auf seine Weise genauso Opfer wie das Mädchen, das er und McKeirnan vergewaltigt und getötet hatten. Pam war sich da weniger sicher. Es gab nicht viel, das sie nicht kannte, aber was Donald und sein Kumpan der jungen Frau in ihrer Gewalt angetan hatten, erzeugte immer noch eine Gänsehaut auf ihren Armen. Es überlief sie kalt, und sie blickte sich nervös auf dem Rastplatz um – eine Frau, die allein in ihrem Wagen saß und die elementarste Vorsichtsmaßnahme außer acht gelassen hatte, nämlich die Türen zu verriegeln.

Als sie den Toyota schließlich am Straßenrand vor dem Wohnheim abstellte, hatte sie sich wieder unter Kontrolle. Sie prüfte im Rückspiegel, ob ihr Mund auch keine Spuren von Zuckerguß aufwies, und machte sich zur Eingangstür auf: 1,72 Meter groß, knapp 68 Kilo, kräftige Schultern und Oberarme vom Volleyball, ein locker sitzender, hellgrauer Hosenanzug über einem schwarzen Rollkragenpullover, kurze Haare, die einmal blond gewesen, aber mit der Zeit nachgedunkelt waren, eine Ledertasche im A-4-Format über der Schulter.

»Pam.« Wie üblich begrüßte Peter Gribbens sie mit ausgestreckter Hand am Eingang. »Schön, Sie zu sehen.«

»Ganz meinerseits, Peter.«

»Gehen wir in mein Büro. Dort können Sie mit Shane sprechen.«

»Wenn es Ihnen nichts ausmacht.«

Als sie sich das erste Mal begegnet waren, hatte Gribbens sie gefragt, welcher Konfession sie angehöre; beim zweiten Mal hatte er sie zu einer Tageswanderung mit ihm und seiner Frau auf dem Pennine Way eingeladen. Sie hatte beide Male abgelehnt, und seitdem versteckte er sich hinter der auffälligen Munterkeit, die er stets an den Tag legte.

»Wie macht er sich?« fragte Pam.

»Oh, recht gut, glaube ich. Recht gut. Er ist ruhig, nicht sehr kontaktfreudig. Bis jetzt zumindest. Keine Anzeichen von Aggressivität. Aber wir sind noch am Anfang, ganz am Anfang.«

»Nun, je schneller Sie ihn herbeischaffen ...«

»O ja. Ja, natürlich.«

Als Donald den Raum betrat, schloß Gribbens die Tür hinter sich.

»Shane, kommen Sie. Setzen Sie sich.«

Das tat er, sein Blick schnellte ruhelos von Pams Gesicht zum Fenster, zu den Wänden, zu seinen abgewetzten Schuhen.

»Nun, wie gewöhnen Sie sich hier ein? Was würden Sie sagen?«

»Ganz gut, schätz ich mal.«

»Keine Probleme mit den anderen Bewohnern?«

Donald schüttelte den Kopf.

»Wie steht es mit den Betreuern?«

Donald blinzelte und kaute an einem Fingernagel.

»Shane?«

»Nee, da ist nix. Alles okay.«

»Sicher? Sollte es etwas geben, das Ihnen Sorgen macht, wäre jetzt der richtige Zeitpunkt, es zu sagen.«

»Nee, wie gesagt, alles okay.«

»Und Ihr Zimmergenosse? Sie wohnen doch in einem Doppelzimmer?«

»Royal, ja. Der ist in Ordnung. Läßt mich in Ruhe.«

»Gut. Nun, wir sollten Ihre Bewährungsauflagen noch

einmal durchgehen und uns vergewissern, daß Ihnen alles klar ist und feststellen, ob Sie Fragen haben. Ja?«

Donald nickte. Regeln und Vorschriften. Er wußte, daß es Regeln gab, kannte die Spiele, die man spielen mußte. Tu dies, tu das. Diesmal hatte er die Uhr sofort gehört, das leise Klicken, das sie bei jeder Bewegung der Zeiger machte. Melden Sie sich regelmäßig bei mir, sagte Pam gerade. Versuchen Sie, pünktlich zu sein. Halten Sie sich an die Zeiten, die das Wohnheim vorschreibt. Sollte Sie irgend etwas ernsthaft beunruhigen, sprechen Sie zuerst mit Ihrem Betreuer und dann mit mir, in Ordnung? Shane? In Ordnung? Donald zappelte ein wenig auf seinem Stuhl herum.

»Worauf es hinausläuft, ist folgendes«, sagte Pam. »Sie müssen unbedingt alles vermeiden, was die Bedingungen ihrer Bewährung verletzen könnte. Unbedingt.«

Sie nahm ihn hart ran, das war ihr klar. Nicht die beste Art, Vertrauen aufzubauen, ganz bestimmt nicht, aber jedesmal, wenn sie in sein Windhundgesicht sah oder die wunde, abgenagte Haut an seinen Fingernägeln bemerkte, tauchten vor ihrem inneren Auge die Bilder auf. Was er mit diesen Händen gemacht hatte.

»Shane? Verstehen Sie das?«

»Ja. Ja, natürlich.« Jetzt lächelte er sein schnelles, schmallippiges Lächeln, und es war Pam, die wegsah.

»Wir werden Ihnen helfen, Arbeit zu finden«, sagte sie, als sie sich gefaßt hatte. »Wir helfen Ihnen, sich wieder in den Alltag einzuleben, die Hauptarbeit müssen Sie allerdings selbst leisten. Sie haben sich diese Chance sozusagen verdient, aber es liegt an Ihnen, ob es funktioniert.«

Donald murmelte etwas, das sie nicht verstand.

Pam zog ein Blatt aus der Akte und legte es über ein

anderes. »Haben Sie schon Kontakt mit Ihrer Schwester Irene aufgenommen?«

Ein Kopfschütteln.

»Aber Sie haben es vor?«

»Ja, heute abend. Ich wollte sie heute abend anrufen.«

Donalds ältere Schwester und ihre Familie lebten ganz in der Nähe, in Marsden, das wußte Pam. Auf dem Weg nach Oldham oder Manchester war sie oft durch diesen Ort gefahren, der kaum mehr als ein Dorf war, das sich zu beiden Seiten der A62 hinzog. Irene war das einzige Familienmitglied, das Donald einigermaßen regelmäßig im Gefängnis besucht hatte, und ihr Wohnort war einer der Gründe gewesen, warum man Donald nach Huddersfield geschickt hatte.

»Wir haben doch darüber gesprochen«, sagte Pam. »Daß es gut für Sie wäre, Zeit mit ihr und ihrer Familie zu verbringen. Am besten vereinbaren Sie ein Wochenende, an dem Sie hinfahren.«

Donald erinnerte sich an Irenes Mann Neville und an die abgrundtiefe Verachtung, die sich in seinem Gesicht gezeigt hatte, als sie sich das letzte Mal begegnet waren.

»Vermutlich kann Irene Ihre Mutter dazu bewegen, bald einmal herzukommen und Sie zu besuchen. Würde Ihnen das gefallen?«

Donald schwieg.

»Shane?«

»Ja, das wär in Ordnung.«

Pam wußte, daß Donalds Mutter ihn nicht öfter als ein halbes Dutzend Mal im Gefängnis besucht hatte. Vielleicht schämte sie sich. Fühlte sich selbst irgendwie verantwortlich für seine Tat.

»Da gibt es noch etwas, das ich erwähnen möchte«, sagte Pam. »Ein paar Lokalzeitungen in der Gegend, in der Lucy Padmore gelebt hat, bringen seit einiger Zeit Artikel über Ihre Entlassung. Der Ton ist relativ aggressiv, fürchte ich. Und Lucys Vater hat Drohungen ausgesprochen für den Fall, daß er Ihren Aufenthaltsort erfahren sollte.«

Donalds Hand war zum Mund gewandert, und seine Zähne zerrten an einem kleinen Fetzen Haut an seinem Daumennagel.

»Wenn die überregionalen Zeitungen es nicht aufgreifen«, sagte Pam, »und ich sehe keinen Grund dafür, wird es hier niemand erfahren. Aber an Ihrer Stelle wäre ich sehr vorsichtig in der Wahl meiner Gesprächspartner. Falls das Thema aufkommt, sagen Sie so wenig wie möglich über Ihre Straftat. In Ordnung?«

Ein schnelles Nicken.

Pam sammelte ihre Papiere zusammen und schob den Hefter in ihre Tasche.

»Wir sehen uns also in meinem Büro, Shane, heute in einer Woche. Um elf Uhr dreißig. Die Einzelheiten finden Sie auf meiner Karte.«

Als Donald gegangen war, drückte Gribbens sich vor der Tür herum. Sie teilte ihm die wichtigsten Fakten mit und mußte noch kurz über einen anderen Bewohner mit ihm sprechen, bevor sie sich auf den Weg machen konnte. Rasch ein Sandwich, dann zurück ins Büro, wo für 14 Uhr eine Fallbesprechung angesetzt war. Ein gewohnheitsmäßiger Ladendieb. Aber vor allem brauchte sie jetzt eine Zigarette. Als sie zusammen mit einem militanten Nichtraucher in das Haus in Hebden gezogen war, hatte sie diese Gelegenheit, das Rauchen aufzugeben, begrüßt. Die Schachtel Marlboro Lights lag nur für Notfälle im Handschuhfach. Nach einer Viertelmeile fuhr sie an den Straßenrand, stellte den Motor aus, kurbelte die beiden vorderen Fenster halb herunter und zündete sich zum ersten Mal nach fast zwei Monaten eine Zigarette an. An dem Gespräch mit Shane Donald hatte sie nicht gestört, daß er es die ganze Zeit vermieden hatte, ihr in die Augen zu sehen, sondern vielmehr das verzerrte Lächeln seines Mundes, als er schließlich ein einziges Mal den Blick auf sie gerichtet hatte.

13

Die meisten Verbrechen an Kindern, das wußte Elder natürlich, wurden innerhalb der Familie verübt. Onkel, Stiefvater, Mutter oder Vater. Trevor Blacklock war innerhalb einer Woche sechsmal vernommen worden. Anscheinend hatte irgend jemand einen Riecher gehabt, ein Gefühl, trotzdem war Blacklock nicht ein einziges Mal auf seine Rechte hingewiesen, also auch nicht offiziell beschuldigt worden.

Das Haus lag an einer kleinen, halbkreisförmigen Straße in einer neueren Siedlung am westlichen Stadtrand von Tamworth – Doppelhäuser mit Garagen und Vorgärten. Am Zaun war ein schönes Rosenbeet angelegt worden, zu beiden Seiten der Haustür standen Kübel mit Geranien in Weiß und verschiedenen Rottönen. Elder hatte am Abend zuvor angerufen und war von Trevor Blacklock mit einem barschen »Hallo« begrüßt worden. Sobald Elder Susans Namen erwähnt hatte, legte Blacklock auf. Als Elder es gleich darauf ein weiteres Mal versuchte, war die Leitung tot. Offensichtlich war das Telefon abgestellt worden.

Jetzt war es kurz nach zehn, und er nahm an, daß Blacklock in der Arbeit war. Das Tor der Garage war nicht ganz geschlossen, und im Inneren befand sich kein Wagen. Auf der einen Seite standen ordentlich gestapelte Farbdosen, auf der anderen war eine Auswahl von Gartenwerkzeugen an der Wand befestigt. In manchen Gegenden, dachte Elder, hätte sie längst jemand mitgehen lassen.

An einem der Fenster erschien für einen Augenblick das Gesicht einer Frau, die hinausspähte.

Elder ging zur Haustür und läutete.

Die Frau war klein und zierlich wie ein Vögelchen; sie war Mitte dreißig, hatte einen dunklen Haarschopf und nervöse braune Augen.

»Ich vermute, Trevor ist nicht mehr da?« sagte Elder.

»O nein. Er ist schon seit mindestens zwei Stunden weg.«

»Nicht gerade ein Langschläfer, was?«

Einen Augenblick lächelte sie. »Schön wär's. Wenn er um acht nicht da ist, ruft jemand von der Werkstatt an und brüllt.«

»Schade«, sagte Elder. »Ich bin auf gut Glück vorbeigekommen.«

»Sind Sie ein Freund von Trevor?«

»Eigentlich mehr von Helen.«

»Helen?« Und dann: »Verstehe.«

»Ich könnte natürlich bei seiner Arbeit vorbeischauen. Um hallo zu sagen.«

»Trevor und Helen haben so gut wie keinen Kontakt mehr ...«

»Ja, ich weiß. Eigentlich schade, nicht? Wenn Sie mir sagen könnten, wie ich fahren muß, mache ich mich auf den Weg.«

Elder bemerkte, daß hinter ihr ein Kinderfahrrad an der Flurtür lehnte.

Der Ausstellungsraum nahm den größten Teil der Vorderfront ein: tadellose neue Autos und Männer in tadellosen Anzügen, die dazwischen ihre Runden drehten, Topfpflanzen mit tadellosen Blättern. Der Empfang befand sich auf der einen Seite, ein flacher, geschwungener Schreibtisch, hinter dem eine schrille Blondine lebhaft telefonierte, während sie mit der freien Hand in die Tastatur des Computers etwas eingab.

Elder wartete, bis sie mit einem Ausdruck von Abscheu im Gesicht den Hörer auflegte. »Manche Leute«, sagte sie, »erwarten Wunder.«

Fast unmittelbar darauf läutete das Telefon schon wieder, und sie schaltete den Anrufer in die Warteschleife.

»Trevor Blacklock«, sagte Elder. »Wo finde ich ihn?«

»Bei den Ersatzteilen. Durch die Tür da drüben, an dem ersten Büro vorbei, und dann ist es rechts.« Ein pinkfarbener Fingernagel wies ihm den Weg.

An der Wand hing eine gerahmte Urkunde: Trevor Blacklock hatte beim landesweiten Ausbildungsprogramm der Firma den Goldstandard im Verwalten von Ersatzteilen erlangt. Blacklock selbst stand hinter der Theke, auf der Brusttasche seines kurzärmeligen gelben Hemdes war ein Schild mit seinem Namen befestigt, falls irgendwelche Zweifel an seiner Identität aufkommen sollten. Er ist fünfzig, dachte Elder, zweiundfünfzig vielleicht. Sie waren etwa gleichaltrig.

»Ja bitte«, sagte Blacklock. »Wie kann ich Ihnen helfen?«

Die Finger seiner linken Hand spielten auf der Computertastatur, als wollten sie sofort mit der Suche beginnen.

»Ich möchte gerne ein paar Fragen stellen«, sagte Elder. »Es geht um Susan.«

Blacklock trat zurück und klammerte beide Hände fest an die Theke. »Wie zum Teufel sind Sie hergekommen? Woher wußten Sie, wo ich arbeite?«

»Das tut nichts zur Sache.«

»Doch, tut es.«

»In Ordnung. Ich habe gefragt. Ihre Frau, Ihre Lebensgefährtin. Was immer sie ist.«

»Dazu haben Sie kein Recht.«

»Hören Sie, ich verstehe gar nicht, warum Sie sich so aufregen. Ich möchte nur zehn Minuten mit Ihnen reden. Das ist alles.«

»Nein.«

»Warum nicht?«

»Weil Sie nicht das verdammte Recht dazu haben.«

»Passen Sie auf«, sagte Elder. Seine Stimme war ruhig, weil er die Sache wieder unter Kontrolle bringen wollte. »Ich bin kein Reporter. Und ich bin auch nicht von der Polizei.«

»Ich weiß, wer Sie sind.«

»Dann wissen Sie, daß ich damals an der Ermittlung von Susans Fall beteiligt war.«

»Ich weiß, daß Sie gelogen haben.«

»Bestimmt nicht mit Absicht.«

»*Ich werde sie finden.* Das haben Sie gesagt.«

»Ich weiß.«

»Und? Haben Sie sie gefunden? Sind Sie deshalb hier?«

»Nein.«

»In diesem Fall verschwinden Sie und lassen mich in Ruhe. Ich habe nichts zu sagen.«

Ein Mechaniker kam herein und wollte Bremsbeläge

für irgendwelche Vorderräder haben, ein Kunde verlangte neue Scheibenwischerblätter für einen zwölf Jahre alten Vauxhall Corsa. Elder drehte sich um und ging.

Am Abend machte er noch einen letzten Versuch. Die Sechs-Uhr-Nachrichten waren vermutlich gerade vorbei, und das Abendessen stand höchstwahrscheinlich neben der Mikrowelle oder köchelte auf dem Herd.

Es war die Frau, die an die Tür kam. Ihre Hände waren voller Mehl, trotzdem war sie energisch und geschäftsmäßig.

»Mein Mann hat Ihnen nichts zu sagen …«

Und dann war er selbst da, stand hinter ihr, in einem bequemen Karohemd. Seine Augen und sein fest zusammengepreßter Mund allerdings verrieten keine Feierabendstimmung.

»Was seiner Tochter vor all diesen Jahren passiert ist, wird Trevor immer bedauern. Aber das war in einem anderen Leben. Jetzt lebt er hier mit uns. Ich hoffe, Sie verstehen das.«

Es klang wie eine vorbereitete Rede, eine Presseerklärung. Wie um die Sache abzurunden – den perfekten Kurzauftritt in den Fernsehnachrichten –, erschien jetzt auch noch ein sieben- oder achtjähriges Mädchen, das ihrer Mutter wie aus dem Gesicht geschnitten war.

»Daisy«, sagte die Frau. »Geh bitte wieder rein.«

Das Mädchen jedoch lehnte sich an Blacklock, der automatisch den Arm um sie legte und ihr über das Haar strich.

So standen sie immer noch da, als Elder in seinen Wagen stieg, den Zündschlüssel umdrehte, den Gang einlegte und zurücksetzte.

14

»Auf neutralem Boden also«, hatte Maureen Prior gesagt, als Elder anrief und vorschlug, sich im Arboretum zu treffen, dem Park zwischen Friedhof und Mansfield Road im Stadtzentrum von Nottingham.

Es war allerdings nicht Maureen, die Elder zuerst traf, sondern Detective Inspector Charlie Resnick, der die Hände in die Taschen des formlosen beigefarbenen Regenmantels gesteckt hatte, den er bei jedem Wetter trug, und an dem runden Musikpavillon vorbeilief, auf den Ausgang zur Waverley Street zu. Von dort konnte er über den Friedhof zum Canning Circus laufen, wo seine Abteilung ihre Büros hatte.

»Charlie.«

»Frank.«

Die beiden Männer waren ungefähr gleich groß, etwas über 1,80 Meter, aber Resnick war mindestens zehn Kilo schwerer.

»Und«, sagte Resnick, »wie ist der Ruhestand?«

»Gar nicht so schlecht.«

Resnick schien nicht überzeugt.

»Du mußt deine dreißig Jahre doch inzwischen auch voll haben, Charlie. Probier es aus. Vielleicht gefällt es dir ja.«

Resnick schüttelte den Kopf. »Ich mache noch ein bißchen weiter.«

»Du willst wohl im Dienst sterben, was?«

»Das hoffentlich nicht.«

Elder bemerkte einen gelben Fleck, der auf Resnicks Hemd eingetrocknet war, gleich neben dem Schlips.

»War es nicht Devon?« sagte Resnick. »Wo bist du hingezogen?«

»Cornwall.«

»Was bringt dich hierher zurück?« fragte Resnick.

»Ach, du weißt schon ...« Elder machte eine unbestimmte Geste.

Resnick nickte. »Ich glaube, ich muß weiter. War schön, dich zu sehen, Frank.«

»Dich auch, Charlie.«

Elder sah ihm nach, für einen so schweren Mann war Resnick sehr leichtfüßig. Er war noch nicht ganz aus seinem Blickfeld verschwunden, als Maureen mit energischen Schritten den Hauptweg vom Rosengarten herunterkam.

»Habt ihr über alte Zeiten gesprochen?«

»Etwas in der Art.«

Maureen nickte. »Ich habe nur ein einziges Mal mit ihm zusammengearbeitet. Ich mochte ihn. Ein guter Polizist.«

»Es wundert mich, daß er immer noch am Canning Circus ist, immer noch Detective Inspector.«

»Nicht aus Mangel an Aufstiegsmöglichkeiten. Damals, als die Abteilung Schwerverbrechen eingerichtet wurde, hätte er Chief Inspector werden können. Ich habe gehört, man hat ihm das Angebot förmlich auf dem Silbertablett serviert.«

»Und er hat abgelehnt?«

»Zuviel Verwaltung, zuviel Büroarbeit. Er mag immer noch gerne durch die Gegend ziehen, der gute Charlie. Sich die Hände schmutzig machen.«

»Das kann ich verstehen.«

»Und außerdem – erinnerst du dich noch an die Frau, mit der er zusammengearbeitet hat? Detective Constable Lynn Kellogg?«

Elder meinte sich zu erinnern: ein rundes Gesicht, eine sanfte Stimme, stämmig, Ende zwanzig.

»Vor ein paar Jahren, als die Abteilung aufgebaut wurde, hatten sie gerade was am Laufen. Kellogg hoffte auf einen Posten als Detective Sergeant. Wäre vielleicht nicht gutgegangen, wenn beide ... Du weißt schon.«

Elder hatte oft genug miterlebt, wie solche Beziehungen kaputtgegangen waren.

»Also hat Resnick den Job abgelehnt und blieb, wo er war. Kellogg machte den Sprung in die Abteilung für Schwerverbrechen. Das war, bevor die Abteilung aufgeteilt und auf zwei Standorte verlegt wurde. Sie hat was draus gemacht. Ist inzwischen Detective Inspector in Carlton.«

Der zweite Standort war der, an dem Elder und Maureen zusammengearbeitet hatten. Er lag in Mansfield, ungefähr dreißig Minuten außerhalb der Stadt, und befand sich inzwischen in einem neuen Gebäude, das einem zweitklassigen Hotel verdächtig ähnlich sah.

»Und«, fragte Elder, »sind sie noch zusammen? Resnick und Kellogg?«

»Soweit ich weiß, ja«, sagte Maureen und fragte, als sie Elders trauriges Grinsen bemerkte: »Was ist daran so komisch?«

»Resnick. Ich hätte nie gedacht, daß er zu dieser Sorte Mann gehört.«

»Zu welcher Sorte?«

»Du weißt schon. Jüngere Frauen. Heimliche Affären. Romantik.«

»Verurteilst du das?«

»Nein, das nicht«, sagte Elder, obwohl er sich nicht so sicher war. »Ich habe ihn eigentlich immer für einen armen Kerl gehalten.«

»Vielleicht ist das ja sein besonderer Reiz.« Maureen

grinste. »Außerdem ist er knuddelig. Was man schließlich nicht von jedem sagen kann.«

»Laß uns gehen«, sagte Elder energisch. »Ich wollte über Shane Donald mit dir sprechen.«

Maureen hatte nicht viel Neues zu berichten. Die beiden Lokalzeitungen brachten immer noch Berichte über Donalds Entlassung und gaben keine Ruhe. Lucy Padmores Eltern hatten in der Zwischenzeit mehrere tausend Unterschriften gesammelt und forderten eine gesetzliche Grundlage, die es ermöglichte, Mörder für den gesamten Rest ihres Lebens einzusperren. David Padmore erzählte immer noch jedem, der es hören wollte, was er mit Donald machen würde, wenn er die Gelegenheit dazu bekäme.

»Wie lange, glaubst du, wird es dauern, bevor die ganze Affäre groß aufgeblasen wird?« fragte Elder. »Ich meine, bis alle Boulevardzeitungen sie aufgreifen und die Reporter anfangen, Donald zu jagen?«

»Man weiß es nie, vielleicht hat er ja Glück.«

Elder glaubte nicht, daß das Glück und Shane Donald sich überhaupt kannten.

»Hast du oben in Yorkshire etwas erreicht?« fragte Maureen. »Ist es dir gelungen, irgend etwas Neues in Erfahrung zu bringen?«

Er gab einen kurzen Bericht und erzählte auch von dem mißlungenen Besuch bei Susan Blacklocks Vater. Dann waren da noch Susans alte Freunde aus der Theatergruppe, die er aufzuspüren versuchte.

Maureen wirkte nachdenklich, sie schwieg eine Weile.

»Was ist?« fragte Elder schließlich. Sie standen am östlichen Rand des Parks, in der Nähe der Batterie von Kanonen, die von der Krim hergebracht worden waren.

»Fürchtest du nicht, daß es zuviel für sie sein könnte, für Susans Mutter, meine ich, wenn du die ganze Geschichte jetzt wieder aufrührst?«

»Natürlich fürchte ich das.«

Sie gingen weiter, nahmen die Unterführung unter der Addison Street und kamen auf der anderen Seite wieder heraus.

»Du bist doch nicht nur deswegen nach Nottingham gekommen«, sagte Maureen. »Das hätten wir auch am Telefon besprechen können.«

Elder lächelte. »Es ist wegen Katherine. Sie läuft morgen. Die Vereinsmeisterschaften in Harvey Hadden.«

»Du bleibst also über Nacht?«

»Das habe ich vor. Ich suche mir ein *Bed and Breakfast* in der Mansfield Road.«

Maureen verzog das Gesicht. »Liebst du etwa die Gesellschaft von Vertretern? Zum Frühstück Tomaten aus der Dose und Tee, der zu lange gezogen hat? Warum fragst du nicht bei Willie Bell an? Er lebt ganz allein in diesem Haus in der Nähe von Mapperley Top. Manchmal vermietet er an Kollegen von der Polizei. Er hat gern Gesellschaft, glaube ich, vom Geld ganz zu schweigen. Nichts Großartiges, aber sauber.«

Elder kannte Willie Bell. Ein Detective Sergeant, der vor zehn Jahren aus Dumfries und Galloway in den Süden gekommen war und das charakteristische schottische »Rrr« immer noch nicht abgelegt hatte. Er war mal verheiratet gewesen, meinte Elder sich zu erinnern. Aber das traf schließlich auf alle anderen auch zu.

»Wenn du mir seine Nummer gibst«, sagte Elder, »rufe ich ihn nachher an.«

Sie zog ihr Handy aus der Tasche, wählte *Menü*,

dann *Telefonbuch* und dann *Anrufen.* »Hier«, sagte sie und reichte ihm das Telefon. »Warum machst du's nicht gleich?«

15

Am späten Vormittag stand Pam Wilson in Peter Gribbens' Büro und betrachtete das Foto auf seinem Schreibtisch. Gribbens und seine Frau. Hieß sie nicht Vanessa? Die beiden trugen Wanderkleidung und waren auf halbem Weg zum Gipfel irgendeines Berges, vermutlich im Lake District. Beide trugen ein seliges Lächeln im Gesicht, dieser spezielle Teil von Gottes Garten schien ihnen zuzusagen. Als einer seiner Schützlinge sein Vertrauen auf übelste Weise mißbraucht hatte und abgehauen war, hatte Pam Gribbens einmal gefragt, wie er es schaffe, so positiv zu bleiben, wie er Tag für Tag nach all den Enttäuschungen immer noch lächeln könne.

»Ich bete«, hatte Gribbens geantwortet, ohne eine Sekunde zu zögern. »Ich bitte den Herrn um Stärke.« Und lachend hatte er hinzugefügt: »Und Marmite natürlich, Toast mit Marmite. Das und eine gute Tasse starker Tee.«

Pam hatte den dunklen Brotaufstrich aus Hefe nie gemocht, nicht einmal als Kind, obwohl ihr Vater immer Marmite auf ihr Toastbrot gestrichen, die Scheibe in Streifen geschnitten und kreisförmig auf ihrem Teller angeordnet hatte. Und was den Rest betraf … einmal Sonntagsschule und die Tatsache, daß sie mit zwölf unsterblich in Cliff Richard verknallt gewesen war, machten noch keine Christin aus ihr.

Die Tür öffnete sich und Shane Donald kam in den Raum geschlichen.

»Shane. Kommen Sie herein. Setzen Sie sich.«

»Was ist los?«

»Was meinen Sie?«

»Ich sollte zu Ihnen ins Büro kommen. Haben Sie doch gesagt.«

»Das ist richtig.«

»Also?«

»Ich war in der Gegend, das ist alles. Und ich habe vielleicht gute Nachrichten.«

Sie setzte sich und wartete darauf, daß Donald dasselbe tat. Sein Blick schien sich auf gar nichts zu richten, er blinzelte unter halb gesenkten Lidern hervor. Pam trug an diesem Morgen eine schwarze Baumwolljacke über einem weiten grauen Oberteil, schwarze Kordhosen und abgetragene blaue Sportschuhe, die sie seit Jahren besaß.

»Es geht um einen Job. Es gibt eine Stelle im Supermarkt, es ist einer von den großen ...«

»Nicht für mich.«

»Was soll das heißen?«

»Sie werden mich nicht nehmen.«

»Warum sagen Sie das?«

»Sie wissen, warum.«

»Sagen Sie es mir.«

»Nicht, wenn sie erfahren, was ich getan habe.«

»Das werden sie nicht. Sie werden nichts Genaues erfahren. Schon gar keine Einzelheiten.«

»Sie wissen aber, daß ich im Knast war.«

»Natürlich.«

»Also, warum ...«

»Hören Sie, Shane, darüber haben wir doch schon gesprochen. Und außerdem habe ich mit den Leuten vom Supermarkt geredet. Sie kennen mich. Sie haben früher schon geholfen. Es gehört zu ihren Grundsätzen.«

»Tatsächlich?«

»Ja.«

»Und was ist das für ein Job?«

»Hauptsächlich arbeiten Sie im Laden, füllen Regale auf, solche Sachen. Hin und wieder müssen Sie die Einkaufswagen vom Parkplatz holen und überprüfen, ob sie richtig weggestellt wurden. Also, Sie helfen praktisch überall.«

Donald rutschte auf seinem Stuhl hin und her, kaute an den Fingernägeln, sah zu Boden.

»Es ist ein Anfang, Shane …«

»Es ist totaler Schwachsinn, weiter nix.« Die Schärfe in seiner Stimme überraschte sie. »Das is'n schwachsinniger Job für Schulkinder.«

»Shane, wie gesagt, es ist ein Anfang, das ist doch das Entscheidende. Beweisen Sie, daß Sie es durchhalten, und dann sehen wir weiter. Suchen nach etwas Geeigneterem. In Ordnung?«

Keine Antwort.

»Shane?«

Plötzlich sah er sie an, den Blick fest auf sie gerichtet. »War's das?«

»Was meinen Sie?«

»War das alles, was Sie mit mir besprechen wollten?« Er hatte sich halb erhoben.

»Nein. Nicht ganz. Ich frage mich, Ihre Schwester …«

Langsam setzte er sich wieder hin.

»Sie wollten doch Kontakt mit ihr aufnehmen.«

»Hab ich auch. Was ist los? Glauben Sie mir nicht?«

»Natürlich glaube ich Ihnen. Ich würde aber gerne wissen, wie es gelaufen ist, was Sie verabredet haben. Es interessiert mich.«

»Ich treffe mich in der Stadt mit ihr, in einem Café.«

»Aber Sie besuchen sie nicht zu Hause?«

»Hab ich doch gesagt.«

»Vielleicht ist ein Café gar keine schlechte Idee. Für das erste Treffen.«

Donald schnaubte. »Da steckt er dahinter. Dieser Wichser, Neville.«

»Sie meinen Irenes Mann?«

»Den Wichser, klar.«

»Shane, bitte …«

»Was ist los?«

»Diese Ausdrücke sind nicht hilfreich.«

»Ausdrücke?«

»Ja.«

»Für den?« Donald lachte kehlig. »Sie haben ihn getroffen, oder?«

»Ja, einmal. Kurz.«

»Dann wissen Sie ja, daß er 'n Wichser ist.«

Anstatt langsam bis zehn zu zählen, erinnerte sich Pam an einen Vortrag über ›Angemessene Formen des Sprechens in einer multikulturellen Gesellschaft‹ – im Gespräch mit einem Klienten waren Ausdrücke wie »Eiertanz«, »Fisimatenten« oder »Ringelpiez mit Anfassen« unter allen Umständen zu vermeiden. Soweit Pam sich erinnern konnte, war nichts über das Wort »Wichser« gesagt worden.

»Shane, warum denken Sie so über Ihren Schwager?«

»Warum? Weil er mich haßt wie die Pest, darum. Weil er nicht will, daß Irene sich mit mir abgibt. Weil er mir den Tod an den Hals wünscht.«

»Das ist sicher eine Übertreibung. Wir wissen doch, daß Irene Ihnen helfen möchte. Wir müssen einfach hoffen, daß Neville im Laufe der Zeit seine Einstellung ändert.« Sie schob ihren Stuhl zurück. »Wann treffen Sie sich mit ihr?«

»Heute nachmittag. Um drei.«

»Gut. Und das Vorstellungsgespräch im Supermarkt ist nächsten Montag. Um elf. Ich werde Sie begleiten, wenn Sie wollen.«

Das Café war in der Nähe der alten Markthalle, es war klein und niedrig, hatte Stühle mit Holzlatten und runde Tische, die zu wackeln anfingen, sobald man sie berührte. Die Fenster waren alle beschlagen. Glücklose Pflanzen in Plastiktöpfen befanden sich in verschiedenen Stadien des Verfalls. Am falschen Ort und zur falschen Zeit plärrten aus Lautsprechern Lieder von Meer und Brandung: ›Surf's Up‹, ›California Dreaming‹, ›California Girls‹, ›Surfin' USA‹.

»Total beschissen, diese Musik.« Das hätte McKeirnan dazu gesagt, dachte Donald. »Richtig zum Abkotzen.«

Ihm selbst war es eigentlich egal.

»Shane, hier bin ich!«

Irene erhob sich schwerfällig, um ihn zu begrüßen – Gott! Sie hatte mächtig zugelegt. War sie etwa wieder schwanger? In ihrem Alter?

»Shane, wie schön, dich zu sehen.«

Sie küßte und umarmte ihn, als wolle sie ihm das Rückgrat brechen.

»In Ordnung, in Ordnung. Das reicht.« Donald genierte sich und schob sie von sich weg.

»Ich freu mich so, dich zu sehen.« Irene lächelte über

das ganze Gesicht. »Hier«, sagte sie und drückte ihm etwas Geld in die Hand. »Hol dir was zu trinken. Zu essen auch. Die scheinen dich ja auszuhungern in diesem Heim, oder was?«

»Aber du – du hast wohl für mich mitgegessen?«

»Vielen Dank.«

Sie rauchte eine Zigarette, tat Zucker in ihren Tee und wartete darauf, daß er an der Theke an die Reihe kam. Ihr kleiner Bruder. Als sie die Aussagen vor Gericht gehört und erfahren hatte, was er und dieser andere Typ dem Mädchen angetan hatten, war ihr übel geworden. Sie hatte sich erbrochen, bis ihr Hals brannte.

»Also, wie ist es?« fragte sie, als er sich zu ihr setzte. »Behandeln sie dich anständig?«

»Ja, alles in Ordnung. Wie geht's dir und den Kindern?«

»Ach, du weißt ja.« Ihr ältester Sohn, dachte Irene, war nicht viel älter als Shane, als er ins Gefängnis gekommen war; ihre Zweitälteste war nur wenig jünger als das Mädchen, das sie ermordet hatten. Ermordet und all das andere.

»Glaubst du etwa, ich lasse ihn auch nur in die Nähe dieses Hauses?« hatte Neville gesagt. »In die Nähe unserer Tochter? Nach allem, was er getan hat?«

Er hatte Irene am Arm gepackt und sie auf ihre dreizehnjährige Tochter zugeschoben, die verunsichert und verängstigt neben der Küchentür stand.

»Sieh sie dir an. Sieh sie dir gut an. Nur zu. Denk mal daran, was er getan hat, dein geliebter Bruder. Und dann sag mir, daß du ihn hier haben willst, hier in unserem Haus.«

Er ließ sie los, stürmte hinaus und ließ Mutter und Tochter zurück. Schließlich hatte Alice eine Hand ausgestreckt, aber als Irene sie ergreifen wollte, hatte sie kehrtgemacht und war ihrem Vater gefolgt.

»Er erlaubt nicht, daß ich zu euch komme, stimmt's?« sagte Donald.

»Ja, Schatz. Ja«, sagte sie leise. »Tut mir leid, er will es nicht. Jedenfalls noch nicht.«

»Aber ich bin ihr Onkel. Gehöre zur Familie. Zählt das gar nicht?«

Mit zitternden Fingern zündete sich Irene am Stummel der alten eine neue Zigarette an. Im stillen ermahnte sie sich, daß sie nicht weinen durfte. Und tat es auch nicht.

Donald schaute sich ›EastEnders‹ und ›The Bill‹ an, dann spielte er Poolbillard mit Royal Jeavons und gewann zwei von fünf Spielen, seine Bestleistung bislang. Als er den Job im Supermarkt erwähnte, machte Jeavons ihn nicht blöd an, sondern überraschte ihn. »Shit, Mann, nicht gerade cool, aber immerhin ein Job. Brauchste ja nicht immer machen. Sechs Monate oder so. Wie lange warste im Knast? Zähl die Tage, bring die verdammte Zeit hinter dich, weißt ja, wie's geht.« Gleich darauf war Jeavons mit ein paar anderen ins Gespräch gekommen, mit denen er Witze riß und lachte, und Donald war weggegangen.

»Alles in Ordnung, Shane?« Peter Gribbens traf ihn auf der Treppe. »Haben Sie sich heute nicht mit Ihrer Schwester getroffen? Wie ist es gelaufen?«

»Prima. Ja. Einfach prima.«

»Sie verbringen sicher bald das Wochenende dort, was? Mit der ganzen Familie?«

»Ja. Bald.«

»Großartig. So ist's richtig.«

Donald warf die Tür hinter sich ins Schloß, riß Laken

und Decke von seinem Bett, schleuderte die Kissen durchs Zimmer, stieß das Bett um, zog die Schubladen aus der Kommode, warf den Inhalt auf den Fußboden und versuchte, auch den Schrank umzustoßen, was ihm aber nicht gelang. Schließlich warf er sich gegen die Wand, schlug heftig mit dem Kopf dagegen. Boxte sich ins Gesicht. Einmal, zweimal, dreimal, öfter.

Er lag auf den Knien, seine Nase blutete, und über dem Auge hatte er eine Platzwunde, als Royal Jeavons ins Zimmer kam.

»Shit, Mann. O Shit.«

Er stellte Donalds Bett richtig hin und setzte ihn darauf, ließ ihn den Kopf zurücklegen, damit es aufhörte zu bluten, ging wieder nach unten und kehrte mit einem Handtuch zurück, in das er ein paar Eiswürfel gewickelt hatte. Das legte er auf die Schwellung über dem Auge. »Hier. Halt fest.« Mit einem Waschlappen und Papierhandtüchern säuberte er Donald, so gut er konnte. Verschwand wieder für ein paar Minuten und kehrte mit ein paar Aspirin und einem Plastikbecher Wasser zurück. »Schluck die.«

Er brachte die Kommode in Ordnung, dann sammelte er das Bettzeug auf, das verstreut im Raum lag.

»Am besten legste dich gleich hin.«

Als Donald sich auf der Matratze zusammengerollt hatte, die Knie bis zur Brust hochgezogen, breitete Jeavons sorgfältig erst das Laken, dann die Decke über ihm aus.

»Wir müssen eine Geschichte erfinden, das ist dir doch klar, Mann? Du bist auf der Treppe gestolpert und runtergefallen, irgendeinen Mist, den Gribbens dir abkauft. Hoffentlich sieht das morgen früh nicht mehr so scheiße aus. Jetzt mußte erst mal schlafen.«

Jeavons ging auf seine Seite des Zimmers, setzte sich mit gekreuzten Beinen auf das Bett, griff nach seinem Walkman und setzte die Kopfhörer auf.

16

Katherine würde auf der Außenbahn laufen, und Elder spürte die Anspannung geradezu körperlich, als sie und die anderen sieben Läuferinnen ihre Muskeln dehnten und auf der Stelle trippelten, während sie auf den Start warteten. Dreihundert Meter, nicht einmal eine ganze Runde auf der Aschenbahn. Katherine hatte die Haare zurückgebunden, ihre Startnummer hob sich ein wenig in der Maibrise. Und jetzt begaben sie sich an die Plätze, Katherine streckte sich ein letztes Mal, hob die Arme hoch über den Kopf, bevor sie ihre Füße in die Startblöcke stellte und sich nach vorne beugte, die Finger an der Kante der Startlinie, die Schultern gespannt, die Arme gestreckt, den Blick konzentriert, den Kopf völlig reglos. Der Startschuß kam schneller, als Elder erwartet hatte, und weg waren sie. Katherine kam gut voran, aber die anderen auch: fünfzehn Meter, fünfundzwanzig, dreißig. Die versetzten Startblöcke in den Bahnen machten es unmöglich zu schätzen, welche von ihnen – wenn überhaupt eine – im Vorteil war.

Aufgrund ihrer Bahn kam Katherine als erste in die Kurve, die anderen bildeten einen beinahe perfekten Halbkreis hinter ihr. Die Qualifikationszeit für die Landesmeisterschaften lag bei 40,70 Sekunden, 41,60 war die erforderliche Zeit für die Teilnahme an den englischen Schulmeisterschaften. Diese Zeiten hatten sich ihm eingebrannt.

Eine der drei schwarzen muskulösen Sportlerinnen gewann auf der zweiten Bahn an Boden; mit blasser Haut und langen, flatternden Haaren zog das große Mädchen auf der Bahn unmittelbar neben Katherine gleich. Die drei hatten deutlichen Abstand zueinander und zu allen anderen, als sie aus der zweiten Kurve in die Gerade kamen. Elder merkte, daß er im Lärm der Menge in der Nähe der Ziellinie lauthals Katherines Namen brüllte. Die schwarze Läuferin stürmte voran, zwei Schritte, drei, und dann holte Katherine auf, holte sie auf den letzten zwanzig Metern ein, den Mund geöffnet, die Brust vorgeschoben, den Kopf zurückgelegt. Kopf an Kopf, Hals an Hals strebten die beiden auf die Ziellinie zu, als das große Mädchen zwischen ihnen auftauchte, mit der Brust das Zielband berührte und triumphierend die Hand in die Luft stieß.

Um Elder herum aufgeregte Stimmen, die das Finish bewerteten, während seine ganze Aufmerksamkeit Katherine galt, die mit gesenktem Kopf neben der Bahn hockte und auf den Boden starrte.

»Sie war gut.«

Elder drehte sich um, als er die Stimme seiner Frau hörte. Noch einmal spürte er die Anspannung, aber diesmal war es anders.

»Findest du nicht?« sagte Joanne. »Sie ist gut gelaufen.«

»Stimmt.«

Sie trug eine raffiniert zerknautschte Lederjacke mit künstlicher Patina, ein gebleichtes blaues T-Shirt und offenbar brandneue Bluejeans, dazu rotweiße Nikes an den Füßen. Grüne Augen, blaßrosa Lippenstift. Entweder hatte sie auf der Sonnenbank gelegen oder war mit Martyn irgendwohin gefahren. Sardinien? Bahamas? Teneriffa?

»Sie hatte Pech«, sagte Elder.
»Zweiter Platz.«
»Es war knapp.«
»Glaubst du, sie könnte Dritte werden?«
»Wir müssen auf die offizielle Wertung warten.«
»Ja.«

Um sie herum bewegten sich Leute, suchten sich andere Plätze, warteten auf den nächsten Wettkampf, den nächsten Lauf.

»Ich wußte nicht, daß du hier bist«, sagte Elder.
»Natürlich bin ich hier.«
»Ich habe dich gar nicht gesehen.«
»Nein.«
»Joanne …«
»Ja?«
»Ach, tut nichts zur Sache.«

Sie sah älter aus, dachte er. Die feinen Fältchen an ihren Augenwinkeln waren nicht unter Make-up versteckt, jedenfalls nicht sichtbar. Sie sah älter und gerade deshalb besser aus. Er hätte die Arme nach ihr ausgestreckt, wenn er gekonnt hätte.

»Bist du länger in Nottingham, Frank? Oder bist du nur wegen des Wettbewerbs gekommen?«

»Ein paar Tage vermutlich, zwei oder drei.«
»Wo wohnst du?«
»Mapperley Top. Bei einem Bekannten.«
»Wirst du dich mit Katherine treffen?«
»Das hoffe ich.«
»Ich würde sagen, komm vorbei, Frank, aber …«

Ein Kopfschütteln, ein Lächeln. »Nein, ist in Ordnung.«

Sie trat einen Schritt auf ihn zu, und er wich nicht von

der Stelle. »Warum gehst du nicht zu Katherine, wenn sie sich umgezogen hat? Ich warte im Auto.«

»Wirklich?«

Sie nickte. »Natürlich.« Und dann: »Du siehst gut aus, Frank. Die Luft in Cornwall scheint dir zu bekommen.«

»Könnte sein.«

Er dachte daran, wie er sie kennengelernt hatte, vor etwas mehr als zwanzig Jahren. Er hatte einen freien Tag gehabt und war in Lincoln herumgelaufen. Ziellos wanderte er die kopfsteingepflasterte Straße zur Burg hinauf, eigentlich nur, um sich die Zeit zu vertreiben. Er hatte gar nicht auf den Weg geachtet, als Joanne aus einem Café trat und direkt in ihn hineinlief. Der Zusammenstoß brachte Joanne beinahe zu Fall, aber Elder hatte schnell reagiert und sie aufgefangen, so daß sich Überraschung und Ärger auf ihrem Gesicht in ein Lächeln verwandelten.

»Auf Wiedersehen, Frank«, sagte sie jetzt.

Wie albern, so dazustehen und zuzusehen, wie sie wegging.

Katherine zog eine mißmutige Miene. Sie hatte die Sporttasche über die Schulter gehängt, ihr Haar war noch feucht vom Duschen. Elder nahm sie unbeholfen in die Arme, doch sie wich sofort zurück, so daß sein Kuß ihr Gesicht verpaßte und auf ihrem Hinterkopf landete.

»Gut gemacht.«

»Mach keine Witze.«

»Mach ich nicht.«

»Du hast doch gesehen, was passiert ist.«

»Du bist Zweite geworden.«

»Ich bin dieselbe Zeit gelaufen wie die Dritte.«

»Du warst Zweite, knapp hinter der Ersten.«

»Ich hab verloren, verdammte Scheiße.«

»Katherine!«

»Was?«

Elder schüttelte den Kopf. Die Ermahnung war ihm entschlüpft, bevor er nachgedacht hatte.

»Ich hatte den Sieg schon«, sagte Katherine, »und dann habe ich es vermasselt.«

Elder hielt seine Zunge im Zaum, angesichts ihres Ärgers wußte er nicht, was er noch sagen sollte.

»Ich bin an Beverley vorbeigelaufen. Dann wurde ich übermütig. Ich hab nicht nachgedacht, ich hab nichts gemerkt. Ich habe lockergelassen.«

»Nein.«

Sie legte fragend den Kopf auf die Seite. »Was? Dann bin wohl gar nicht ich gelaufen, sondern du?«

»Nein. Ich habe zugeschaut. Und mir schien es nicht so ...«

»Ich habe lockergelassen.«

»Gut, wenn du meinst.« Er griff nach ihrer Hand, und sie wich zurück.

»Deine Mutter ist im Auto.«

»Ach so.«

»Ich bringe dich hin.«

Schweigend gingen sie zum Parkplatz, wobei Katherine hin und wieder ein paar andere Sportler mit einem kurzen Kopfnicken grüßte.

»Was kommt als nächstes?« fragte Elder. »Beim Laufen, meine ich.«

»Nächsten Monat sind die Grafschaftsmeisterschaften. Und dann die Schulmeisterschaften – immer vorausgesetzt, daß ich mich qualifiziere.«

»Das scheint mir sicher.«

»Nicht unbedingt.«
»Aber deine Zeit reicht doch vollkommen aus.« Sie war 40,43 Sekunden gelaufen.
»Kennst du den Rekord der englischen Schulen?«
Elder schüttelte den Kopf.
»38,35. Wenn ich so laufe wie heute, scheide ich aus. Ich komme nicht mal durch die Qualifikationsrunde.«
»Dann mußt du schneller laufen.«
»Ach ja? Und wie soll ich das schaffen?«
Elder zuckte die Achseln. »Trainiere. Noch härter.«
Katherines Lachen klang nicht sehr heiter. »Dad, du bist echt scheiße.«
»Danke.«
»Keine Ursache.«
Er senkte den Kopf und küßte sie auf die Wange, und dieses Mal ließ sie es zu. Schwach roch er den Anflug von Schweiß, der sich noch nicht ganz verflüchtigt hatte.
»Können wir uns morgen irgendwo treffen? Zum Mittagessen vielleicht?«
»Ich glaube, ich habe keine Zeit.«
Sie nahm seinen enttäuschten Gesichtsausdruck wahr.
»Wie ist es mit einem Kaffee?« sagte sie. »Das könnte ich schaffen.«
»In Ordnung.«
»Ich muß ein Buch bei Waterstone's abholen. In der oberen Etage haben sie ein Café. Wir könnten uns dort treffen.«
Elder zuckte die Achseln. »Wo du willst.«
»Also um halb zwölf. In Ordnung?«
Ein Schwingen ihrer Sporttasche und sie war weg. Elder zögerte. Aber Joanne stieg schon aus dem Range Rover, um sie zu begrüßen, legte die Arme um sie, und

Katherine ließ ihre Sporttasche neben sich fallen. *Es geht um Mum*, hatte Katherine gesagt. *Du hättest* sie *mehr lieben sollen.*

Ich hätte euch beide mehr lieben sollen, dachte Elder, als er sich auf den Weg machte. Und anderes weniger – meinen Beruf, mich selbst. Vielleicht habe ich euch so sehr geliebt, wie ich konnte. Ein melancholischer Gedanke, aber deshalb nicht unbedingt falsch.

17

Donald war sofort wach, ohne zu wissen, was ihn geweckt hatte. Kein Laut. Nichts als das gelegentliche Beschleunigen eines Wagens draußen auf der Straße, die leicht anstieg, nichts als das Knarren einer Diele, wenn sich das Haus nach seinem eigenen Rhythmus zur Ruhe begab. Die Umrisse im Zimmer waren jetzt deutlicher: unförmige, eckige Möbel, Jeavons' zugedeckter Körper im Bett gegenüber. Donald hatte Gänsehaut auf den Armen, und er fragte sich, warum. Im Gefängnis, besonders in den ersten Jahren, war er häufig schweißgebadet aufgewacht. Ein Albtraum von Körperteilen und Gegenständen, bedeckt mit Sperma, Blut und Scheiße. Metall und Glas. Gezackt. Glatt. Schreie und Gelächter. McKeirnans Gelächter. Die Therapie hatte geholfen, die Medikamente auch. All das hatte ihm gestattet, sich zu entlasten, zurechtzukommen. Schlaf. Aber nicht jetzt.

Er griff nach dem Wecker: 2.17 Uhr.

Dann zog er die Decke über die Schultern und drehte sich wieder zur Wand, spürte den schon vertrauten Widerstand der Matratze unter sich.

»Shane.«

Die Stimme war so leise, daß sie aus seinem eigenen Inneren, aus seinem Kopf hätte kommen können.

»Shane.«

Immer noch leise. Und anzüglich.

»Shane.«

Donald hielt den Atem an und schwang herum. In Jeavons' Bett lag jemand anders.

»Wer ...?«

Wo war Royal? Warum war er nicht hier?

»Aufwachen, Shaney. Raus aus den Federn.«

Eine Stablampe wurde angeknipst und unter ein Kinn gehalten. Ein Gesicht schien auf. Donald erkannte den Mann. Er gehörte zu einer Gruppe von vier oder fünf, die zusammenhingen, sich in Ecken herumdrückten, Witze rissen, andere zum Wegsehen zwangen, freche Antworten gaben. Clayton? Carter? Claymore? Cleave? Das war es, dachte er. Cleave.

»Kein Schutzengel, der auf dich aufpaßt, Shane. Nicht heute nacht. Er ist mit ein paar Kumpels von mir unten und guckt Videos. Pornos.« Cleave lachte. »Besser als hier zu liegen und dich im Schlaf wimmern zu hören. Wundert mich sowieso, Shane, daß du schlafen kannst. Nach dem, was du getan hast.«

Cleaves Stimme war nicht mehr sanft, sondern wurde härter.

»Kein schlechtes Gewissen, Shane? Ganz schön traurig.«

Mit einer einzigen geschmeidigen Bewegung war Cleave aus dem Bett und auf den Füßen. Er trug T-Shirt und Unterhosen, in der Hand ein Klappmesser, die Klinge ausgefahren.

»Es gibt Leute, die nach dir suchen, Shane. Wußtest du das? Der Vater von dem Mädchen zum Beispiel, das du umgebracht hast. Er will dich finden. Und dir was antun.«

Mit einem Hieb durchschnitt Cleave das Laken, das Donald sich vor die Brust hielt. Von oben bis unten.

»Guck mal, so«, sagte Cleave. »Und dann das Geräusch, wenn deine Eingeweide rausquellen.« Er lachte. »Deine Gedärme.«

Mit einer schnellen Bewegung brachte er die Klinge nach oben an die Stelle zwischen Donalds Oberlippe und Nase, ein winziger Schnitt, und der erste Tropfen Blut rann in Donalds Mund.

»Das nächste Mal«, sagte Cleave und lachte wieder. Verhalten und höhnisch. »Das nächste Mal, außer ...«

Er beugte sich nach hinten und zog unter Jeavons' Kopfkissen eine zusammengefaltete Zeitung hervor. »Hier.« Er klappte sie auf und hielt die Taschenlampe in die Höhe, damit Donald lesen konnte. »Hat mein Bruder mir geschickt. Er wohnt da unten und weiß, warum du im Knast warst und was du angestellt hast. Und zufällig war er im Pub, als ihr Alter lauthals verkündet hat, was er springen lassen würde, wenn er wüßte, wo du bist. Padmore, verstehst du? Fünf Riesen, schätzt mein Bruder. Mindestens. Und wieso? Was glaubst du, Shane? Glaubst du, er will dir die Hand schütteln?« Er lachte wieder und verstärkte den Druck auf die Klinge ein wenig. »Nein, Shaney, er will dich umbringen, das will er. Aber zuerst will er dir weh tun. Richtig weh tun. Wie du es mit seinem kleinen Mädchen gemacht hast.«

Cleave trat zurück. Ein Stückchen.

»Ein Anruf genügt. Fünf Riesen. Was soll mich davon

abhalten? Von dem Anruf. Das ganze Geld, bar auf die Kralle. Und ich tu nur meine Pflicht. Sorge dafür, daß du kriegst, was du verdienst.«

»Nein.« Donalds Stimme war schwach und unsicher.

»Was? Was soll das heißen?«

»Tu's nicht. Bitte.«

Cleave kicherte. »Bitte. Das gefällt mir. Bitte. Aber was tust du für mich? Was krieg ich dafür, wenn ich dich nicht verpfeife? He, Shane, was?«

»Ich weiß nicht.«

»Was? Sprich lauter?«

»Ich weiß nicht.«

»Ich sag dir was«, sagte Cleave, der jetzt neben dem Bett kniete, das Gesicht ganz nah an Donalds Gesicht. »Du kannst mir Geld beschaffen, das kannst du.«

»Ich hab kein ...«

»Was?«

»Ich hab kein Geld.«

»Aber du kannst welches beschaffen. Du hast 'ne Schwester, oder nicht? Siehst du, ich weiß Bescheid. Hier passiert nichts, was ich nicht weiß. Hol dir Geld von ihr.«

»Nein.«

»Klar. Bettle sie an, leih es dir, klau es, wenn es sein muß. Mir ist das egal. Hauptsache, du schaffst es ran. Hauptsache, du tust, was ich von dir verlange und was ich dir sage.« Die Klinge wanderte von Donalds Nase zu seinem Augenlid, bis sie genau über seinem Auge lag. »Du bist nämlich jetzt mein Sklave, Shane. Du besorgst mir Geld, putzt meine Schuhe, bringst mir Tee. So was wollte ich immer schon haben. Ich hab mal einen Film über Privatschulen gesehen. Da läuft das genauso. Die Kleinen sind die Diener von den Größeren.« Er lachte. »So machen wir das auch. Du bist mein Diener. Ich sage, was Sache ist, und du gehst auf die Knie und lutschst mir den Schwanz, alles, was ich will. Klar, Shane? Klar? Sonst mach ich diesen Anruf. Und sag Lucy Padmores Daddy, wo du bist. Das willst du doch nicht, Shane? Oder? Shaney, hm?«

»Nein«, sagte Donald leise. »Nein, das will ich nicht.« Und schloß die Augen.

Als Elder am Sonntag morgen in der oberen Etage der Buchhandlung eintraf, saß Katherine schon mit angezogenen Knien auf einem Stuhl am Fenster und las eine Zeitschrift. Neben ihr auf einem kleinen Tisch standen ein großer *caffè latte* und ein *pain au chocolat*.

Elder holte sich Filterkaffee und ein Muffin und gesellte sich zu ihr. Mehr als die Hälfte der anderen Plätze war schon besetzt. Auf einem niedrigen Hocker saß eine Frau mit einem Buch und einem Orangensaft und gab unbefangen einem Baby die Brust. An einem der anderen Tische hackte ein Mann mit Brille auf der Tastatur seines Laptops herum. Ein Mann und eine Frau mittleren Alters blätterten die Sonntagszeitung durch und reichten sich Seiten zu. Hin und wieder vertieften sie sich in Artikel, die ihr Interesse erregten.

»Ist das so etwas wie dein Stammcafé?«

Katherine zuckte die Achseln. »Eigentlich nicht. Es ist ein Ort, an den man gehen kann.«

»Und das brauchst du?«

»Ja, manchmal.«

»Heißt das, zu Hause ist es schwierig?«

»Nein.«

»Aber wenn ...«

»Laß gut sein, Dad, okay?«

Okay. Er brach ein Stück von dem Muffin ab, der in seiner Hand zerbröselte. Der Kaffee war frisch, aber nicht ganz so stark, wie er gehofft hatte.

»Tut mir leid wegen gestern«, sagte Katherine. »Ich war ziemlich schlecht drauf nach dem Lauf.«

»Schon in Ordnung.«

»Na ja, ich hätte dich nicht so anblaffen sollen.«

»Du warst aufgeregt, böse.«

»Aber ich hätte nicht böse mit *dir* sein sollen.«

Elder aß noch ein Stückchen Muffin, bot auch Katherine etwas an, aber die schüttelte den Kopf. »Hast du über Mittag wirklich etwas vor?«

»Wirklich.«

»Können wir nicht wenigstens spazierengehen, wenn wir hier fertig sind? Ich würde gerne ein bißchen in der Stadt rumlaufen. War lange nicht mehr hier. Anscheinend hat sich viel verändert.«

»Klar.«

Etwas später liefen sie die Bridlesmith Gate entlang und kamen an Cut and Dried vorbei, einem von Martyn Miles' Frisiersalons. Soweit Elder wußte, leitete Joanne diesen speziellen Salon immer noch. Aber weder er noch Katherine erwähnten ihn oder schauten auch nur in seine Richtung. Low Pavement, Castle Gate und die Unterführung, mit der sie dem beständigen Verkehr auf dem Maid Marian Way entgingen. Dann zur Burg, ein schneller Gang über das Gelände, eine Umrundung des Musikpavillons. Hin und wieder wechselten sie ein Wort über dies und das, nichts Wichtiges, nichts Ernstes. Er kaufte Katherine ein Eis, und einen Augenblick lang war sie wieder ein Kind. Dad, kann ich was Süßes haben? Wann kann ich was Süßes haben?

Sie verließen das Gelände der Burg und liefen eine Reihe enger Straßen hinauf bis zur Upper Parliament Street, an einem Gebäude vorbei, das bei Elders letztem Besuch in Nottingham noch ein großer Co-op-Laden gewesen war. Fünf Minuten später gingen sie zum Old Market Square hinunter, wo auf einer der Grasflächen die übliche Truppe aufrechter Trinker lagerte.

»Sehe ich dich noch mal?« fragte Elder. »Solange ich hier bin, meine ich?«

»Hängt von dir ab.«

»Ich ruf dich an.«

»Auf meinem Handy.«

»Dieselbe Nummer wie bisher?«

»Immer noch dieselbe.«

»In Ordnung.«

Er küßte sie auf die Wange, und sie küßte ihn zurück, dann drückte sie seinen Arm und war verschwunden. Elder überquerte den Platz und lief die King Street hinauf zu einem Pizza Express, den er kannte. Das Odeon im Zentrum war geschlossen worden, genauso wie das ABC, aber wo früher das Gebäude der ›Evening Post‹ gewesen war, gab es jetzt ein neues Multiplex-Kino. Er wollte ein paar Leute aus Susan Blacklocks alter Theatergruppe aufstöbern, aber das Wochenende war ungünstig dafür. Er würde sich die Zeit vertreiben, indem er einen Film ansah.

Allerdings schlief er ein, sobald er in Reihe G saß, woran ihn nicht einmal der Geruch und das ständige Rascheln von Popcorn hinderten.

Sein Zimmer in Willie Bells Haus hatte ein französisches Bett – ein Doppelbett, wenn man einigermaßen miteinander auskam, wie Willie erklärte – und ein Bücherregal, das teilweise mit Fußball-Jahrbüchern und alten Nummern des ›Penthouse‹ und der ›Police Review‹ gefüllt war. Es gab zwei Stühle und einen kleinen viereckigen Tisch, einen schmalen, aber tiefen Sessel mit unzuverlässiger Federung und einen Einbauschrank, in dem etwa ein Dutzend Metallkleiderbügel klimperten, wenn man die Tür öffnete. Ein kleiner Fernseher stand auf einer Holzkommode in der Ecke, ein Wecker mit Leuchtziffern auf dem Boden neben dem Bett. Vom Fenster aus blickte man auf eine Reihe von Gärten und auf die Rückseiten von Häusern, hinter deren halb geschlossenen Gardinen oder bunten Rollos Lichter brannten.

Als Willkommensgruß hatte Bell eine Flasche Aberlour und ein einzelnes Glas mit dickem Boden auf den Tisch gestellt.

Elder saß eine Weile da, lauschte auf den Ton von Bells Fernseher, der von unten heraufkam, und auf die gedämpften Bässe der Musik, die durch die Brandmauer des Nachbarhauses drangen. Hin und wieder bellte ein Hund und erhielt Antwort von diversen anderen, bis sie alle wieder still waren, und dann hörte Elder den hohen und unwirklichen Brunstschrei eines Fuchses.

Er nahm die Flasche und das Glas und trug sie nach unten.

Ein paar Stunden später hatten die beiden Männer es sich im Wohnzimmer des Hauses gemütlich gemacht. Die Überreste eines indischen Essens zum Mitnehmen stapelten sich auf dem Tisch, von dem Aberlour waren zwei Drittel verschwunden. Willie Bell hatte sich wortreich über den FC Partick Thistle und den FC Kilmarnock ausgelassen, außerdem die Hinterlist der Frauen, namentlich der Ehefrauen beklagt und die Schönheit des bäuerlichen

Landes gelobt, in das er hineingeboren worden war. Elder hatte genickt und hin und wieder ein Wort zur Unterhaltung beigetragen.

Als das Telefon läutete, nahm Bell ab und knurrte seinen Namen. Nachdem er einen Moment lang zugehört hatte, gab er den Hörer an Elder weiter.

»Shane Donald«, sagte Maureen. »Er ist abgehauen. Wir sind gerade davon in Kenntnis gesetzt worden. Er befindet sich widerrechtlich auf freiem Fuß.«

18

Pam schloß die Tür hinter sich und überquerte die Terrasse, um zu dem Pfad zu gelangen, der schnell in die Höhe und über die Stadt führte. Turnschuhe, graue Trainingshosen und ein passendes Oberteil mit Kapuze. Als sie in das Haus in Hebden Bridge gezogen war, hatte sie das morgendliche Joggen trotz der Hügel nicht aufgegeben. Aber nachdem sie auf dem unebenen Boden zweimal gestolpert war, drohte ihr ohnehin schwaches linkes Knie beim geringsten Vorwand zu streiken. Also machte sie jetzt den strammsten aller 30-Minuten-Märsche, bei dem sie die Arme kraftvoll schwang, damit ihr Herzschlag sich erhöhte. Der erste Teil ihrer Strecke führte an einem Wäldchen vorbei, und dann brachte sie ein schmaler, auf der einen Seite von Blaubeersträuchern gesäumter Weg nach oben zu einem teils überwucherten Pfad, der von Ost nach West verlief und weiter hinauf führte, bis er sich ebnete und sie eine Pause machen und sich umdrehen konnte. Unter ihr lag das ganze Tal, und sie atmete langsam und tief durch.

Vor langer Zeit stillgelegte Fabrikschornsteine überragten die dicht gedrängten Häuserreihen, dazwischen wie ein Band der Rochdale Canal, der früher dem Transport von Tuch gedient hatte. Auf der anderen Seite des Tals zogen sich Felder steil in die Höhe, von niedrigen Steinmauern kreuzweise durchschnitten. Dort waren nur wenige Bauernhöfe errichtet worden, denn auf den Nordhängen waren sie dem Wetter allzusehr ausgesetzt.

Zur Rechten erhob sich über einer Ansammlung ferner Dächer der Kirchturm von Heptonstall, wo die Dichterin Sylvia Plath begraben war, wie ihr Mitbewohner Danny ihr erzählt hatte – mit feierlichem Ernst, als erwartete er, sie würde unverzüglich und maßlos beeindruckt zu einer Pilgerfahrt aufbrechen. Pam hatte Sylvia Plath gelesen, als sie noch Psychologie studierte: ›Lady Lazarus‹ und ›Daddy‹. Hysterisch und überhitzt, das war Pams Einschätzung. Die arme Frau war ja völlig verhuscht gewesen. Und dann einfach Schluß zu machen, weil sie das Leben mit dreißig nicht mehr ertragen konnte, das Gas voll aufzudrehen und den Kopf in den Ofen zu stecken! Warum andere Studentinnen sie als feministische Ikone verehrt und ihr Poster neben Virginia Woolf und Janis Joplin an die Wand gehängt hatten, konnte Pam absolut nicht verstehen. Märtyrerinnen mochten sie gewesen sein, alle drei. Auf ihre Weise. Aber Vorbilder – nie im Leben!

Sie drehte sich um und ging mit energischen Schritten weiter, nach ein paar hundert Metern würde sie eine Mauer erklimmen, eine Schafweide überqueren, über ein Gatter klettern und mit dem Abstieg beginnen.

Shane Donald. Gribbens hatte sie gleich am Morgen angerufen, nachdem er verschwunden war. Irgend etwas hatte seine Flucht ausgelöst, vielleicht war es Panik gewesen. Gribbens hatte mit seinem Zimmergenossen gesprochen und nichts herausbekommen, er würde auch die anderen Bewohner noch befragen. Kaum Geld, wenig Kleidung – Gribbens glaubte, er würde nicht allzuweit kommen und es sich eventuell sogar anders überlegen, zur Vernunft kommen, zurückkehren.

Inzwischen würde auch die Polizei wissen, daß Donald sich abgesetzt hatte, und nach ihm suchen. Wie energisch diese Suche ausfallen würde, wußte sie allerdings nicht. Man erinnerte sich natürlich daran, was zu Donalds und McKeirnans Verurteilung geführt hatte, auch wenn die Einzelheiten mit der Zeit vage geworden oder aufgebauscht worden waren. Aber der Fall war nicht in der kollektiven Erinnerung verankert wie andere: Brady und Hindley zum Beispiel, der Yorkshire Ripper, Mary Bell oder die Jungen, die den armen Jamie Bulger umgebracht hatten. In manchen Teilen des Landes lauerten Donald und McKeirnan trotzdem in den düsteren Ängsten der Eltern, wenn die Töchter abends nicht nach Hause kamen und kein Bus mehr fuhr.

»Wie sehen Sie das heute, was Sie und Alan damals getan haben, Shane?«

»Es war falsch, ist doch klar. Total falsch.«

Als Pam den Schlüssel in der Haustür umdrehte, beschloß sie, einen Termin aus ihrem überfüllten Kalender zu streichen und Donalds Schwester zu besuchen, um festzustellen, ob sie etwas wußte, und wenn ja, was.

Hinter der ungeschnittenen Hecke beherbergte der Garten mehrere Kinderfahrräder – fast allen fehlte ein Rad oder der Lenker –, einen umgekippten Kinderwagen und eine Auswahl an Spielzeugen. Die Blumenbeete waren in Hundekacke und Verwahrlosung untergegangen. Die Haustür stand einen Spalt offen, die Klingel funktionierte nicht mehr.

Pam kündigte sich durch lautes Rufen an, und nach einigen Augenblicken erschien Irene. Über einem Männerhemd und einem zerknitterten Rock trug sie eine Schürze, an den Füßen hatte sie Hausschuhe, wie Pams Mutter sie trug, wenn sie alleine war. Pink und bequem und mit Pompoms.

»Vielleicht erinnern Sie sich an mich?« sagte Pam und zeigte ihre Karte.

»Geht es um Shane? Ist er wieder in Schwierigkeiten?«

»Er ist aus dem Bewährungsheim verschwunden, fürchte ich.«

»Der dumme kleine Scheißer. Aber kommen Sie erst mal rein.«

Nachdem die Kinder, fünf an der Zahl, am Morgen aufgebrochen waren, sah es aus, als hätte ein Hurrikan das Haus verwüstet. Teller, Socken, Schulbücher, Trinkbecher und Zeitschriften, verirrte Turnschuhe und durcheinandergeworfene Kleidungsstücke lagen wie Kraut und Rüben auf jedem Stuhl, auf jeder Oberfläche und auf dem Boden. Ein kleines Mädchen mit großen braunen Augen und verfilzten Haaren war unter einer schäbigen Decke auf dem Sofa zurückgeblieben.

»Das ist Tara, sie ist krankgemeldet«, erklärte Irene. »Tara, mein Schatz, möchtest du etwas trinken? Saft? Ein Glas Milch? Ich setze nur schnell das Wasser auf und mache dieser Dame und mir ein bißchen Tee.« Und dann, über die Schulter, an Pam gerichtet: »Wenn ich behaupten würde, ich hätte seit heute morgen um sieben auch nur zwei Minuten Ruhe gehabt, wäre ich eine Lügnerin. Und Neville ist völlig nutzlos. Er stachelt die Kinder noch an, ja, das macht er. Er brüllt, bis sie schreien und jammern, der Älteste brüllt zurück, dann geht er und knallt die Tür hinter sich zu. Er überläßt alles mir. Sie nehmen sicher Milch und Zucker. Ein oder zwei Stückchen?«

»Keinen Zucker, danke.«

Pam räumte ein paar Sachen von einem Stuhl und setzte sich. Als sie das kleine Mädchen anlächelte – sie war fünf, schätzte Pam –, zog es sich die Decke über den Kopf.

»Sie sind hoffentlich nicht gekommen, um ihn hier zu suchen«, sagte Irene, als sie Pam ihren Tee reichte. »Das wäre nämlich Zeitverschwendung. Er hat keinen Fuß in dieses Haus gesetzt. Neville würde das nie erlauben. Wegen der Kinder, wissen Sie. Ich weiß, ich weiß. Aber als wir darüber gesprochen haben, daß Shane aus dem Gefängnis kommt, glaubte ich noch, ich könnte Neville umstimmen. Aber er bleibt stur. Weil ... Sie wissen schon. Na ja, Sie verstehen ihn vielleicht.«

Pam glaubte, ihn zu verstehen. »Ich dachte, Sie hätten vielleicht eine Ahnung, warum Shane aus dem Heim verschwunden ist und wohin er gegangen sein könnte.«

»Ich?«

»Sie haben doch neulich erst mit ihm gesprochen. Hat er da eine Andeutung gemacht?«

»Nein. Um ehrlich zu sein, er hat eigentlich nicht viel gesagt. Ist nicht seine Art. Hat nach den Kindern gefragt und so. Ach, und er hat erzählt, daß Sie ihm einen Job besorgen wollen. Im Supermarkt.« Irene trank einen Schluck Tee. »Ich habe auch Kekse, wenn Sie mögen. Hab ich ganz vergessen. Vollkornkekse und vielleicht noch ein paar mit Vanillecreme.«

Pam schüttelte den Kopf. »Nein, vielen Dank. Hat er irgend etwas darüber gesagt, wie er sich im Heim einlebt?«

Irene mußte nachdenken. »Sein Zimmergenosse ist in Ordnung, hat er gesagt. Besonders für einen Schwarzen. Das war ungefähr alles.«

»Er hat nicht angedeutet, daß er ans Abhauen denkt?«

»Nein, nein. Nicht die Spur.«

»Und Sie können sich gar nicht vorstellen, wo er hingegangen sein könnte, Irene?«

»Nein, tut mir leid, ich habe keine Ahnung.«

»Was ist mit seinem Zuhause? Könnte er nach Sunderland gegangen sein?«

»Bestimmt nicht. Der letzte Ort der Welt, würde ich sagen.«

»Und hat er Freunde ...?«

Irene griff nach einer Zigarette und zündete sie an. »Wenn Sie ihn so gut kennen würden, wie Sie eigentlich sollten, würden Sie so was nicht fragen. Shane schließt nicht leicht Freundschaft. Wär vielleicht besser für ihn, wenn er das könnte. Also, natürlich nicht mit solchen verdammten Mistkerlen wie dem, der ihn auf Abwege gebracht hat.«

Pam nickte und trank noch ein wenig von dem schwachen Tee, in dem viel zu viel Milch war. »Wenn er sich bei Ihnen meldet ...«, fing sie an.

»Wird er nicht.«

»Wenn doch, sagen Sie ihm bitte, daß er sich mit mir in Verbindung setzen soll. Ich kann ihm helfen. Vielleicht ist es noch nicht zu spät, um die Sache geradezubiegen. Sonst, fürchte ich, wird er wirklich Schwierigkeiten bekommen.«

Sie legte eine ihrer Karten auf die Lehne von Irenes Sessel.

Aus keinem ersichtlichen Grund begann das kleine Mädchen zu schniefen und zu weinen.

»Ich helfe ihm«, sagte Pam, die aufgestanden war. »Das ist mein Job.«

»Um Gottes willen, Tara, hör auf damit«, sagte Irene. »Ich hab keine Lust, daß du den ganzen Tag rumnölst.«

Sie begleitete Pam auf dem kurzen Weg durch den Vorgarten zum Gartentor, das allerdings nicht mehr vorhanden war.

»Shane hatte ein echtes Drecksleben, wissen Sie. Die ganze Familie hat ihn gepiesackt. Er war ein richtiger armer Wicht, wenn Sie wissen, was ich meine. Hätte mich nicht gewundert, wenn er sich irgendwann umgebracht hätte.«

Pam nickte und verabschiedete sich. Als sie am Ende der Straße gewendet hatte und noch einmal an dem Haus vorbeifuhr, stand Irene immer noch da. Pam winkte ihr zu, aber Irene reagierte nicht.

»Hab schon gedacht, die verschwindet nie«, sagte Shane Donald, als seine Schwester wieder ins Haus trat. »Hab gemeint, ihr würdet noch stundenlang dasitzen und blöd rumquatschen. Dieses neugierige Miststück.«

Donald hatte gewartet und das Haus beobachtet, bis Neville und die Kinder – alle bis auf Tara – gegangen waren. Irene hatte die Tür geöffnet und überrascht nach Luft geschnappt, bevor sie ihn schnell ins Haus schaffte. Er hatte auf der Straße geschlafen, seine Kleidung war verdreckt, Gesicht und Hände mit einer Schmutzschicht überzogen. Irene hatte ihm ein Bad eingelassen und dann Frühstück gemacht: Speck, Eier und gebackene Bohnen aus der Dose.

Kahlgeschoren und nervös, zuckte Donald bei jedem neuen Geräusch zusammen. Er war dreißig und sah immer noch aus wie siebzehn, wenn man außer acht ließ, was sich in seinen Augen verbarg. Ihr kleiner Bruder. Jahrelang hatte sie ihn in die Arme genommen, wenn er weinte und völlig kaputt war. Pst, Shane, ist ja gut. Pst, mein Liebling, das kommt wieder in Ordnung. Auch jetzt wollte sie ihn umarmen, aber kaum berührten ihre Finger seinen Arm, wich er zurück.

»Dieser Kerl im Heim«, sagte sie. »Du weißt schon, der dich bedroht hat. Könntest du nicht mit jemandem darüber reden? Ich meine, mit jemandem, der was zu sagen hat.«

»Du machst wohl Witze. Du hast ja keine Ahnung, was dann mit mir passiert. Ich kann froh sein, daß ich heil da rausgekommen bin. Und außerdem, wenn nicht der, dann wär's jemand anders.«

»Und wenn du nun gezahlt hättest, wenn du ihm etwas Geld gegeben hättest ...«

»Was für Geld?«

»Du hättest zu mir kommen können, wie er gesagt hat.«

»Und dann?«

»Ich hätte dir alles gegeben, was ich habe.«

Donald lachte. »Das Geld, das du beim Bingo gewonnen hast? Einen Zehner? Fünfzig Piepen? Wie lange, glaubst du, hält der dafür die Fresse? Wenn jemand seinem Bruder fünf beschissene Riesen anbietet?«

»Du weißt ja gar nicht, ob das stimmt. Vielleicht hat er das nur gesagt, um dich einzuschüchtern.«

Verärgert schob Donald seinen Teller und seinen Becher zur Seite. »Ich hab doch die Zeitung gesehen. Da stand drin, was ihr Vater gesagt hat.«

Jetzt sah Irene ihn an. »Hör zu«, sagte sie und beugte sich über den Tisch, »ich räum nur schnell das Geschirr weg.« Sie wollte seinem Blick entkommen, sie wollte nicht, daß er die Tränen in ihren Augen sah, denn sie galten nicht ihm, sondern einem Mädchen, das sie nie gesehen hatte.

Er ging mit ihr nach oben, wo sie die Kleidung ihres Mannes durchsah und nach etwas suchte, das einigermaßen paßte und das Neville nicht sofort vermissen würde.

»Wo willst du hin?«

»Weiß nicht. Wales vielleicht.«

»Um Himmels willen, warum das denn?«

»Da war so 'n Kerl im Knast, der hat immer behauptet, daß man in Wales total billig leben kann. Wenn man Gelegenheitsarbeiten macht.«

»Aber du benachrichtigst uns?«

»Hm?«

»Wo du bist? Du schickst 'ne Postkarte oder so?«

»Ja, klar.«

Inzwischen hatte Irene ein Paar Jeans gefunden, die Shane halbwegs paßten, wenn er sie umkrempelte und einen Gürtel trug. Dazu zwei Hemden, drei T-Shirts, einen Pullover, der auf dem einen Ärmel Farbspuren hatte, und verschiedene, recht mitgenommene Unterhosen und Socken. Neville hatte riesige Füße, die Schuhe, die Shane trug, würden reichen müssen.

»Sie war so alt wie du, oder? Diese Lucy.«

Shane starrte sie an, bis sie wegsah. Als er aufstand und das Zimmer verließ, stopfte sie die Kleidungsstücke in eine alte Sporttasche.

»Noch eine Tasse Tee, bevor du gehst?«

»Nein danke.«

Irene hatte die Karte der Bewährungshelferin in der Hand. »Hier.«

»Was ist das?«

»Nimm sie.«

»Wozu?«

»Vielleicht solltest du zu ihr gehen.«

»Klar. Vielleicht sollte ich mich einfach selbst bei der Polizei melden.«

»Shane, sie könnte dir eventuell helfen.«

»Du meinst, sie könnte mir helfen, wieder in den Knast zu kommen.«

»Nein. Sie hat gesagt, sie könnte die Sache geradebiegen.«

»Klar. Und wie will sie das anstellen?«

»Ich mochte sie. Für eine von ihrer Sorte ist sie anständig, schätz ich mal. Du solltest ihr vertrauen.«

»Meinst du?«

»Ja. Besser, als nach Wales oder irgendwohin zu verschwinden. Wo du dich nicht auskennst.« Sie legte ihre Hand auf seine, und diesmal zog er sie nicht zurück. »Du solltest es probieren. Gib der Bewährungshelferin eine Chance.« Sie drückte seine Hand. »Versprich es mir, Shane. Versprochen, ja?«

»Ich muß jetzt gehen.«

»Hier.« Sie drückte ihm einen Zwanzig-Pfund-Schein und eine Packung Silk Cut in die Hand. Umarmte ihn, und unbeholfen erwiderte er ihre Umarmung. In die Sporttasche hatte sie zwei Käsesandwiches und einen Marsriegel gesteckt. Er hatte bereits das schärfste der kleinen Messer aus ihrer Küchenschublade genommen. Im Heim hatte ihn dieser Schweinehund Cleave kalt erwischt, aber das würde ihm nicht noch einmal passieren.

»Also dann«, sagte Irene. »Geh jetzt lieber.«

Sie schloß die Tür, damit sie nicht mit ansehen mußte, wie er fortging.

Pams Morgenspaziergang in luftiger Höhe schien nicht nur einem anderen Tag anzugehören, sondern einer gänzlich anderen Zeit und einem völlig fremden Land. Von ihrem enttäuschenden Besuch bei Shane Donalds Schwester abgesehen, hatte sie ihre Arbeitsstunden damit verbracht, Klienten nachzujagen, die ihre Termine versäumt hatten, oder denen gegenüber Ruhe zu bewahren, die es geschafft hatten zu kommen. Darüber hinaus hatte der Abteilungsleiter sie zur Rede gestellt, weil er offenbar fand, sie erledige ihren Papierkram nicht akkurat genug, und als sie sein Büro verließ, hatte er zu allem Überfluß noch einmal angedeutet, daß ein Studienabschluß in Betriebswirtschaft ihrer Karriere förderlich wäre. Mittendrin hatte auch noch Gribbens aus dem Bewährungsheim angerufen. Hinter Donalds unvermittelter Flucht schien irgendein Einschüchterungsmanöver zu stecken, er hatte allerdings noch nicht herausgefunden, worum es sich handelte und wer dafür verantwortlich war.

Um fünf nach sieben schaltete sie schließlich ihren Computer aus, steckte neben den Roman von Nick Hornby ein paar Akten zur nächtlichen Lektüre in ihre Tasche, knipste das Licht aus und ging zur Tür.

Der Abteilungsleiter saß noch an seinem Schreibtisch, wie sie befriedigt feststellte, während sich alle anderen bereits aus dem Staub gemacht hatten. Ihr Auto stand am Ende des menschenleeren Parkplatzes, nahe an der Mauer.

Als sie im Wagen saß, drehte sie den Zündschlüssel um und stellte automatisch das Radio an. Sie drückte auf die Tasten verschiedener Sender, fand aber nichts Interessantes und ließ wieder Ruhe im Wagen einkehren. Ihre Schultern waren steif, und das Kreuz tat ihr weh. Was sie brauchte, war ein Besuch im Schwimmbad, hinterher die Sauna, vielleicht eine gute Massage, liebevolle Zuwendung. Statt dessen griff sie ins Handschuhfach, wo ihre Zigaretten lagen. Sie versuchte es noch einmal mit dem Radio, und diesmal erwischte sie Musik, die ihr gefiel: halb Soul, halb Jazz, eine Frauenstimme, ein Saxophon. Sie nahm einen tiefen Zug aus der Zigarette, lehnte sich in ihrem Sitz zurück und schloß die Augen.

»Keine Bewegung«, sagte Shane Donald, als flüstere er in ihrem Kopf.

Einen Augenblick lang dachte sie, es wäre Einbildung, ein Traum.

Dann spürte sie die Spitze des Messers, das er ihr fest in den Nacken drückte.

19

Elder hatte sich mit Katherine im Stadtzentrum verabredet. Sie wollte gleich nach dem Training kommen, inzwischen wartete er jedoch schon eine Viertelstunde und lief immer noch zwischen den Steinlöwen auf der einen Seite des Platzes hin und her. Um ihn herum plapperten, kicherten, rauchten überall Mädchen in spärlichen Kleidern, kurzen Röcken und rückenfreien Oberteilen, bevor sich die Grüppchen in einen der nahe gelegenen Pubs aufmachten. Einige der jungen Männer und Frauen waren allein und taten so, als würden sie nicht auf die Uhr schauen, täuschten Gleichgültigkeit vor, bis die Person, auf die sie warteten, endlich auftauchte.

Zwanzig nach. Fünfundzwanzig nach.

Vorhin hatte er schnell Maureen angerufen und sie gerade noch vor Dienstschluß erwischt: Bislang nichts Neues über Shane Donald. Aber sie waren ganz am Anfang, wie sie sagte. Sie wollten sich am nächsten Abend auf ein Glas treffen, wenn er von seinem Gespräch mit Paul Latham zurückkam. Das war der Lehrer, der die Theatergruppe an Susan Blacklocks alter Schule geleitet hatte. Am Telefon hatte Maureen geschäftsmäßig geklungen, aber nicht unfreundlich, eher nüchtern.

Seine Gedanken wanderten von Maureen zu Maddy Birch, mit der er – wie lange war das her? – vor vierzehn oder fünfzehn Jahren zusammengearbeitet hatte. Auf ihre Art war Maddy eine wirklich gute Kriminalbeamtin gewesen, auch wenn sie nicht dieselbe Zielstrebigkeit wie Maureen besaß. Wegen ihrer besonderen menschlichen und beruflichen Qualitäten hatte er Maddy ausgewählt, Donald mit ihm zu verhören, denn sie verströmte eine gewisse Wärme, etwas Weiches sogar, man merkte, daß ihr die Dinge nicht gleichgültig waren. Bei Maureen dagegen vergaß man meistens, daß sie eine Frau war, es sei denn, ihr selbst gefiel es, auf diesen Umstand hinzuweisen.

Zu seiner Rechten legte ein Mädchen mit dunklen Locken und hohen Absätzen – eigentlich schon eine Frau – die Arme um den Hals eines grinsenden Mannes und küßte ihn auf den Mund.

Er überlegte, wo Maddy Birch jetzt sein mochte. Vermutlich war sie inzwischen Detective Inspector in einer der kleinen Städte in den Lincolnshire Wolds – Market Rasen oder Louth. Vielleicht hatte sie den Job aber auch an den Nagel gehängt, geheiratet, lebte mit Mann und zwei Kindern in einer hübschen Siedlung außerhalb von Lincoln und kutschierte die Kinder in einem Geländewagen morgens in die Schule und nachmittags von der Schule zu den Pfadfindern oder sonstwohin. Eines Abends zu später Stunde waren er und Maddy nach der Abschiedsfeier eines Kollegen ziemlich betrunken in einen Hauseingang gestolpert, und plötzlich hatte seine Hand auf ihrer Brust gelegen. Als sie sich Momente später atemlos aus der Umarmung lösten, hatte er in dem Lichtschein, der aus einem Geschäft auf der anderen Straßenseite fiel, in ihren grünen Augen Belustigung aufblitzen sehen.

»Dad! Dad!« Es war Katherine. Mit der Sporttasche über der Schulter eilte sie an den Brunnen vorbei auf ihn zu. »Tut mir leid, daß ich zu spät komme.«

Als sie vom Platz in die King Street steuerten, hatte Katherine angenommen, ihr Vater wolle zu Pizza Express, statt dessen führte Elder sie jedoch auf die andere Straßenseite zu Loch Fyne Oysters, was etwas ganz Besonderes war.

»Gibt es einen bestimmten Grund?« fragte Katherine.

»Eigentlich nicht«, sagte Elder. »Warum?«

»Es ist nur …« Sie machte eine unbestimmte Geste mit der Hand.

»Was?«

»Nichts, Dad. Wirklich nichts.«

In einer Sitzecke mit hohen Lehnen saßen sie sich gegenüber, das Restaurant war bereits gut gefüllt. Die Kellnerin brachte ihnen die Speisekarte, erklärte die Tagesspezialitäten und ließ sie allein, damit sie ihre Wahl treffen konnten.

»Ich wette«, sagte Elder, »daß du schon x-mal hier gewesen bist. Mit deiner Mutter.«

»Sie und Martyn gehen lieber zu Sonny's.«

»Verstehe.«

Elder bestellte ein Bier, Katherine nach einem verstohlenen Blick auf ihren Vater ein Glas Weißwein. Beide studierten sie sorgfältig die Speisekarte.

»Also gut«, sagte Katherine plötzlich und beugte sich vor. »Ich sag es dir. Weil du mit mir in ein Restaurant wie dieses gehst, dachte ich, du möchtest mir vielleicht etwas Wichtiges mitteilen, oder so.«

»Was denn?«

»Ich weiß nicht.«

»Aber zum Beispiel?«

»Also, du verläßt das Land. Wanderst aus. Nach Neuseeland. Kanada. Oder du hast jemanden kennengelernt. Du heiratest wieder.«

»Dazu müßte ich mich erst scheiden lassen.«

»Mach keine Scherze darüber.«

»Entschuldigung. Ich wußte nicht, daß es dir etwas ausmacht.«

»Was?«

»Wenn ich eine Beziehung habe.«

»Hast du?«

»Nein.«

»Na, siehst du.«

»Aber ich meine mich zu erinnern, daß du gesagt hast, es wäre eine gute Idee.«

»Das war etwas ganz anderes. Ich meinte, du solltest mit jemandem schlafen. Ich glaubte, es würde dir guttun.«

Elder konnte sich ein Lächeln nicht verkneifen. »Herzlichen Dank.«

»Ich meinte nichts wirklich Ernstes. Du verstehst schon: zusammenleben, zusammenziehen, das ganze Programm.«

»Und wenn ich wirklich eine Partnerin hätte oder wie immer du das nennen willst, etwas Dauerhaftes, wäre das irgendwie wichtig?«

»Für mich, meinst du? Natürlich.«

»Aber warum?«

»Weil sich alles ändern würde.«

Elder griff nach ihrer Hand. »Aber die Dinge haben sich verändert, mein Liebling. Schon vor drei Jahren.«

»Ich weiß.«

Katherine aß Krebsschwänze und dann Kabeljau, Elder eine kleine Portion Miesmuscheln, gefolgt von einem Heilbuttsteak.

»Also«, sagte Katherine und erhob ihr Glas. »Ich habe etwas zu feiern, im Gegensatz zu dir.«

»Und was?«

»Die Grafschaftsmeisterschaften. Ich bin qualifiziert.«

»Hervorragend.«

»Sag bitte nicht, du hast es doch gesagt.«

»Ich habe es doch gesagt.«

Katherine streckte ihm die Zunge aus, und für einen Augenblick verwandelte sie sich in Elders Augen in eine Zwölfjährige zurück: langbeinig, die Haare im Nacken zu einem Zopf gebunden, die Schuluniform verrutscht.

Nach dem Kaffee traten sie auf die Straße und stießen beinahe mit einem Paar zusammen, das Arm in Arm vorbeilief und dabei laut lachte.

»Entschuldigung«, sagte Elder automatisch, und als der

Mann eine Hand hob, um sein Verständnis zu signalisieren, fiel sein Blick auf Katherine, und er blieb stehen und lächelte.

»Hallo, Kate.«

»Hallo.«

Er war in den Zwanzigern, schätzte Elder, trug Lederjacke und Jeans. Das Mädchen an seiner Seite war jünger, sie hatte sich ein dunkelgrünes Tuch um den Kopf geschlungen, trug seidige cremefarbene Hosen und ein Paillettentop. Das Lächeln des Mannes wurde breiter, als sein Blick von Katherine zu Elder wanderte.

»Oh, das ist mein Vater. Dad, das ist Alan. Er unterrichtet an unserer Schule.«

»Freut mich, Sie kennenzulernen, Mr Elder.«

Elder nickte.

»Also, wir müssen weiter. Schönen Abend noch.«

Elder und Katherine blieben einen Augenblick stehen und sahen die beiden die Straße überqueren.

»Hast du bei ihm Unterricht?« fragte Elder.

»Nein.« Katherine schüttelte den Kopf. »Er unterrichtet moderne Fremdsprachen, Französisch und Spanisch. Hauptsächlich in den unteren Klassen.«

»Hübsches Mädchen, das er da bei sich hatte«, sagte Elder.

»Ja«, sagte Katherine. »Sie ist in der Oberstufe.«

20

Pam wußte nicht, wie lange sie schon so verharrt hatte: an die Kopfstütze des Fahrersitzes gelehnt, im Nacken die Spitze des Messers, das von Donalds nicht allzu ruhiger

Hand gehalten wurde. Lange genug jedenfalls, denn ihre Atmung war inzwischen ruhiger geworden. Im Radio spielte jetzt ein anderer Song: schmachtend und völlig unangemessen. Die ganze Zeit über zwang sie sich, nicht allzu offensichtlich auf das Gebäude zu blicken, wo noch immer ein einziges Licht brannte. Schräg gegenüber parkte der Volvo des Abteilungsleiters. Wenn er jetzt Feierabend machte und herauskam, müßte er eigentlich ihre Silhouette hinter dem Lenkrad sehen, auf sie zukommen und fragen, ob alles in Ordnung sei.

Aber nichts passierte. Niemand kam oder ging.

»Shane«, sagte sie und versuchte, ihre Stimme so unaufgeregt klingen zu lassen wie möglich. »Bitte, legen Sie das Messer weg.«

Als er sich vorbeugte, spürte sie seinen warmen Atem am Hals und am Ohr. »Das können Sie sich abschminken.«

»Es ist völlig unnötig.«

»Ich trau Ihnen nicht.«

»Aber Sie sind doch hier.«

»Irene hat gesagt, Sie würden mir helfen.«

»Das kann ich auch. Ich kann das. Aber nicht so.«

Sie begann sich umzudrehen, Donalds Hand zuckte, und das Messer ritzte ihre Haut.

»Ich habe Sie gewarnt.«

»Ich weiß, ich weiß.«

In der Enge des Wagens konnte sie ihn riechen, seinen Schweiß, seine Angst, die sich mit ihrer eigenen vermischte.

»Hören Sie, Shane, ich kann Ihnen absolut nichts tun. Warum legen Sie das Messer nicht weg und wir reden. Vernünftig. Wir könnten hineingehen, in mein Büro …«

»Nein!«

»In Ordnung, verstehe. Dann reden wir eben hier. Sie müssen bloß das Messer wegnehmen.«

»Woher weiß ich, daß ich Ihnen trauen kann?«

»Weil es so ist.«

»Sie übergeben mich doch bei der ersten Gelegenheit der Polizei.«

»Das ist nicht wahr.«

Die Musik im Autoradio wurde von einem Jingle unterbrochen, und dann ertönte eine selbstgefällige Männerstimme, die Lebensversicherungen anbot.

»Shane«, sagte Pam, »ich bewege mich jetzt.«

»Nein.«

»Ich muß. Mein Rücken tut mir wirklich weh. Ich möchte mich nur aufrichten, das ist alles.«

Jetzt konnte sie sein Gesicht im Rückspiegel sehen: sehr bleich, nervös, eine Schweißschicht über den Augenbrauen und auf dem Nasensattel.

»Shane«, sagte sie und sprach zu seinem Spiegelbild, »Ihre Schwester hat recht, ich kann Ihnen tatsächlich helfen. Aber zuerst müssen Sie das Messer weglegen. In Ordnung?«

›Street Life‹ erklang aus den kleinen Lautsprechern in den Wagentüren, munter und hell.

»Shane?«

Sie hielt den Atem an, als der Druck der Klinge nachließ und dann gänzlich aufhörte.

»Also, ich drehe mich jetzt um.«

»Nein!«

»Dann lassen Sie mich wenigstens das Radio abstellen. Damit wir uns verstehen können.«

Abrupt hörte der Song auf. Im Wagen herrschte Stille,

der Verkehrslärm von der Straße war gedämpft und weit weg.

»Also«, sagte Shane, »legen Sie los. Wenn Sie mir helfen wollen, sagen Sie mir, was Sie tun können.«

Unsicher, was sie sagen sollte, zögerte Pam, während ihr mögliche Lügen durch den Kopf schossen. Seine Situation war schwierig und wurde von Minute zu Minute schwieriger. Diese lachhafte Nummer mit dem Messer. Was hatte er sich dabei gedacht? Selbst wenn sie diesen Übergriff verschweigen würde, hätte sein Handeln schwerwiegende Folgen.

»Hören Sie«, begann sie, »eines muß Ihnen klar sein. Da Sie das Heim unerlaubt verlassen und die Auflagen mißachtet haben, wird der Straferlaß zurückgenommen. Dagegen kann man nichts tun.«

»Sie meinen, ich muß zurück in den Knast.«

»Ja.«

Er schlug mit der Faust seitlich gegen das Wagenfenster. »Dann hat das Ganze doch sowieso keinen Sinn!«

»Doch. Der Sinn ist, daß wir der Sache auf den Grund gehen. Ich kann Ihnen dabei helfen, Ihre Handlungsweise zu erklären.«

Donald sagte nichts, rutschte auf seinem Sitz hin und her.

»Was den Grund Ihrer Flucht aus dem Heim betrifft«, sagte Pam, »hat Sie vielleicht jemand irgendwie bedroht? Wenn Sie geglaubt haben, Sie wären in Gefahr, nun, das wäre doch ein plausibler Grund, oder nicht?«

»Und dann wäre alles paletti?«

»Nicht unbedingt. Aber der Bewährungsausschuß würde es berücksichtigen, da bin ich mir sicher.«

»Und Sie sagen es denen.«

»Ja, ich könnte versuchen ...«

»Sie sagen es denen. Sie treten für mich ein. Sie erklären die Sache.«

Pam holte Atem. »Ich würde einen Bericht machen ...«

»Ich will keinen beschissenen Bericht!« Das Messer war wieder da, nahe an ihrem Gesicht.

»Also gut. Gut. Ich spreche direkt mit ihnen, ich bin sicher, das geht. Aber hören Sie zu, Shane, das ist wichtig. Sie müssen das Messer jetzt weglegen. Endgültig. Geben Sie es mir. Und dann müssen Sie zur nächsten Polizeiwache gehen – ich komme mit, wenn Sie wollen – und sich stellen.«

»Nein.«

»Shane, hören Sie zu. Je eher Sie das tun, desto besser. Dann können wir klarstellen, was passiert ist, und ich kann Ihnen helfen, den Vorfall zu erklären. Aber Sie müssen sich selbst bei der Polizei melden. Sie müssen. Sie haben keine andere Wahl.«

Keiner von beiden hatte die Schritte gehört, bis sie beim Wagen anlangten und der Abteilungsleiter Pams Namen rief, wobei er sich zum Fenster hinunterbeugte und die Hand ausstreckte, um gegen die Scheibe zu klopfen. Im selben Augenblick öffnete Donald schon die hintere Wagentür, griff blitzschnell zum Beifahrersitz und schnappte sich Pams Tasche. Sekunden später kletterte er über die niedrige Mauer und war verschwunden. Der Abteilungsleiter rief ins Leere, und Pam beugte sich vor, lehnte den Kopf an die Windschutzscheibe und hielt mit beiden Händen das Lenkrad fest umklammert.

Der Abteilungsleiter begleitete Pam zum Polizeirevier und blieb vorsichtshalber bei ihr, während sie ihre Aussage machte. Trotz ihrer wiederholten Versicherung, daß es ihr gutgehe und sie nur ein bißchen aufgewühlt sei, hatte der Polizeiarzt sie untersucht, ihren Nacken mit einer antiseptischen Salbe und einem Pflaster versorgt und vorgeschlagen, sie solle zwei Nurofen nehmen. In der Mittagspause war Pam beim Geldautomaten gewesen, und so befanden sich neben den üblichen Kreditkarten fast einhundert Pfund in ihrer Geldbörse. Die Kreditkarten würde sie natürlich sperren lassen, sobald sie in Ruhe telefonieren konnte. Etwa eine Stunde nach Ankunft im Polizeirevier saß sie mit einer Tasse Tee und einer Zigarette da, als sie plötzlich geräuschlos zu weinen begann. Die Tränen flossen ihr über das Gesicht, und sie fing an zu zittern. Der Abteilungsleiter klopfte ihr sanft auf die Schulter, nahm jedoch Abstand davon, ihre Hand zu halten, denn in solchen Dingen ließ er gerne Vorsicht walten.

Der Polizeichef war neu im Amt und darauf bedacht, daß seine Beamten mehr in den Griff bekamen als den Drogenhandel an Straßenecken, die üblichen ausweglosen häuslichen Übergriffe und Betrunkene, die am Freitagabend wegen ungehörigen Verhaltens in der Öffentlichkeit festgenommen wurden. Einen verurteilten Mörder am Hals zu haben, der sich widerrechtlich auf freiem Fuß befand, das war eine Sache. Wenn dieser Mörder jedoch mit einem Messer auf seine Bewährungshelferin losging, war das etwas ganz anderes. Das war Raubüberfall mit gefährlicher Körperverletzung. Da hieß es, den Scheißkerl schnell zu finden und wieder ins Gefängnis zu stecken, und dann würde der gegen Alzheimer ankämpfen, ehe er wieder vor einem Begnadigungsausschuß saß.

Die erhöhte Aktivität der Polizei wiederum entging dem Kriminalreporter der Lokalzeitung nicht, so daß er umgehend einige Leute daran erinnerte, daß sie ihm noch etwas schuldeten, nicht zuletzt den Detective Sergeant, mit dem er regelmäßig ein Feierabendbier trank. Dann sorgte er dafür, daß ein Fotograf ein paar Schnappschüsse von Pam machte, als sie das Polizeirevier verließ und immer noch ein wenig benommen aussah. Der Reporter war zufällig auch Korrespondent für eine der großen überregionalen Zeitungen, die wie die Konkurrenz den Wirbel um Donalds Entlassung im Auge behalten und abgewartet hatte, ob aus der Geschichte etwas herauszuholen war. Jetzt jedoch dachte der zuständige Redakteur an Auflage und Marktanteile und ließ schnellstens ein paar Schreiberlinge die Akten nach möglichst vielen Details der ursprünglichen Straftat und des Prozesses durchforsten, die sich im gegenwärtigen Klima gut machen würden. Sechzehnjährige, die einer Sexualstraftat zum Opfer fielen, brachten die Gemüter zwar längst nicht mehr so auf wie wesentlich jüngere Opfer, aber trotzdem hatte der Fall das Potential, der Frage »Warum kommen solche Monster frei?« einige pikante Aspekte hinzuzufügen. Rechtschaffene Empörung plus eine Prise sexuelle Perversion, und schon traf man Mittelengland ins Herz.

Macht schon, brüllte er durch die Redaktion, bewegt eure Ärsche nach Huddersfield, besorgt euch die Geschichte von dieser Bewährungshelferin und jede Menge Fotos, wenn sie nicht total beschissen aussieht. Überprüft das Bewährungsheim, wenn ihr schon da seid, seht zu, was ihr den anderen Insassen entlocken könnt. Ach, unser Korrespondent glaubt, daß dieser Kerl, der abgehauen ist, in der Gegend Familie hat, eine Schwester oder so. Quetscht sie aus, bevor es jemand anders tut. Dann ist da noch dieser Padmore, der in der gesamten Lokalpresse von Nottinghamshire das Maul aufgerissen hat. Das ist der, dessen Tochter vergewaltigt und ermordet wurde. Guckt mal, ob wir das nicht ein bißchen auffrischen können. Und was ist mit dem Kerl, der diesen Donald damals verhaftet hat? Wie fühlt er sich, wenn er sieht, daß seine Arbeit den Bach runtergeht? Für wie verkommen hält er diesen Scheißkerl Donald überhaupt? Also, warum steht ihr hier noch rum? Auf geht's!

21

Ein Unfall versperrte die Autobahn in Richtung Norden. Ein Sattelschlepper hatte Ladung verloren und eine Massenkarambolage verursacht, an der dreiundzwanzig Wagen beteiligt waren. Alle drei Spuren waren blockiert, der Stau reichte bereits vierzehn Meilen zurück und wuchs weiter. Umleitungen waren ausgeschildert worden. Elder entschied sich für die Landstraße, die ihn durch Langley Mill und Codnor führte und deren Unebenheiten Zeugnis von den stillgelegten Schächten ablegten, die kreuz und quer unter der Erde verliefen. Weiter nach Norden, durch Alfreton und Clay Cross, bis er kurz vor Wingerworth den berühmten schiefen Turm von Chesterfield erblickte, der sich über die Dächer der Stadt neigte.

Er hatte mit Paul Latham ein Treffen auf dem alten Markplatz vereinbart, und Latham hatte sich als durchschnittlich groß, durchschnittlich gebaut und als durch und durch durchschnittlich beschrieben. Aber die Blume im Knopfloch war der Hingucker, das war in Chesterfield nicht häufig zu sehen, es sei denn bei Beerdigungen. Als es soweit war, erkannte Elder ihn sofort: Er saß auf einer Bank, in ein Buch vertieft, eine rosarote Nelke im Knopfloch, unmodisch lange Haare, die auf den Kragen seines hellen Kordanzugs fielen, eine Schultertasche aus weichem Leder neben sich.

»Mr Latham?«

»Paul.«

»Also Paul. Frank. Frank Elder.«

Lathams Handschlag war fest und schnell.

»Nett von Ihnen, daß Sie die Zeit gefunden haben.«

Latham lächelte. »Die Alternative ist eine grausame Variante von Käsenudeln mit Bergen von Pommes frites.«

»Was schlagen Sie vor?«

»Mangel an Pubs herrscht hier nicht. Aber ich nehme an, Sie sind im Dienst und dürfen nicht.«

Elder schüttelte den Kopf. »Seit Jahren nicht mehr.«

»Ich dachte ...«

»Tut mir leid, ich hätte mich vielleicht klarer ausdrükken sollen. Ich habe vor geraumer Zeit den Dienst bei der Polizei quittiert. Das hier ist ... nun, etwas Persönliches, würde ich sagen.«

»Verstehe.«

Elder fragte sich, ob es Einbildung war oder ob Latham tatsächlich erleichtert aussah, als ihm klarwurde, daß es sich um ein inoffizielles Treffen handelte.

»Ein Pub ist in Ordnung«, sagte Elder.

Sie fanden eine ruhige Ecke zum Reden. Elder konnte dem Gedanken an etwas zu essen nicht widerstehen und bestellte eine Fleischpastete zu seinem halben Pint Bitter, Latham entschied sich für einen Fruchtsaft und eine Tüte Nüsse.

»Sie unterrichten also Schauspiel?«

»Ja. Und Englisch. Und Medienkunde. Inzwischen muß ich das auch unterrichten.«

»Sie untersuchen Werbung, Zeitungen, solche Sachen?«

Latham lachte. »Meistens gucken wir alte Folgen von ›EastEnders‹ an und rechtfertigen das dann mit soziologischem Geschwafel.«

Er wirkte jungenhaft, wenn er lachte, dachte Elder, und mit diesem etwas künstlerischen Einschlag sah er gut aus. Schwer, sein Alter zu schätzen, aber er war bestimmt nicht mehr so jung, wie man zunächst vermutete. Eher um die fünfundvierzig. Das hieß, als Susan Blacklock verschwunden war, war er dreißig gewesen oder vielleicht ein, zwei Jahre jünger.

»Sie erinnern sich an Susan?« fragte Elder.

»Natürlich.« Lathams Gesicht wurde ernst. »Ein zauberhaftes Mädchen. Etwas Besonderes.«

»In welcher Hinsicht?«

»Wo soll ich anfangen? Zum einen konnte sie denken. Sie war in der Lage, Dinge mit größerer Reife zu betrachten und zu verstehen als die meisten anderen. Beziehungen zum Beispiel.«

»Beziehungen?«

»Zwischen Charakteren.«

»Sie meinen in Theaterstücken?«

»Sie vermochte, hinter den Text zu schauen, zwischen den Zeilen zu lesen.«

»Und das machte sie zu etwas Besonderem?«

»Für jemanden in ihrem Alter, ja. Besonders, wenn Sie ihren Hintergrund bedenken.«

Elder sah ihn scharf an. »Ich glaube, ich verstehe nicht.«

»Wenn man auf solche Fähigkeiten trifft und hinter die Kulissen schaut, stellt sich normalerweise heraus, daß Dad mindestens Schriftsteller ist und Mum der leuchtende Stern in einem Theaterensemble. Aber in Susans Fall, nun, wenn Sie je ihre Eltern kennengelernt haben, wissen Sie, was ich meine. Sehr anständige Menschen, aber ich wage zu bezweifeln, daß sie zu irgendwelchen originellen Gedanken neigen. Und wenn sie ein Buch im Haus haben, das nicht von Catherine Cookson oder Tom Clancy stammt, würde mich das sehr wundern.« Latham schüttete sich noch ein paar Nüsse in die Handfläche. »Daran gibt es gar nichts zu beanstanden, verstehen Sie mich nicht falsch. Aber es ist nicht gerade eine Atmosphäre, die kreatives Denken und Sensibilität fördert.«

Elder stellte fest, daß Latham ihm auf den Geist ging. »Wie erklären Sie sich dann diese Fähigkeit von Susan? War es eine Art Intuition, oder was?«

»Sie meinen, eine angeborene Fähigkeit?« Latham kaute nachdenklich auf seinen Nüssen herum. »Könnte stimmen, ist aber nicht sehr erhellend. Es war eine Gabe. Das Relikt einer früheren Phase der Menschheitsentwicklung vielleicht. Aber das würde nicht alles erklären. Nein, sie war wach, wißbegierig, vertiefte sich in alles, arbeitete verdammt hart. Es war, als ...« Latham legte die Fingerspitzen aneinander und schloß für einen Moment die Augen. »Es war, als wolle sie nicht sein, wo sie war, und als würde sie durch das Theater, durch das Spielen einer Rolle befreit und an einen anderen Ort versetzt.«

»Wohin genau?«

Latham lächelte. »Wer weiß?«

Elder blieb beharrlich. »Also, sie unterschied sich von den anderen, von ihren Freundinnen. Wie hießen die beiden Mädchen noch? Siobhan und Lynsey.«

»Es ist eine Frage der Intensität, der Ernsthaftigkeit. Für die anderen war es eher ein Spiel. Nicht, daß es ihnen an Talent mangelte, durchaus nicht. Siobhan ist sogar auf die

Schauspielschule gegangen und hat eine Art Beruf daraus gemacht.« Er hob sein Glas. »Hin und wieder taucht sie in ›The Bill‹ auf, normalerweise spielt sie eine Nutte.«

»Wollte Susan das auch werden, Schauspielerin?«

»Schauspielerin? Nein, das glaube ich nicht.«

Elder bestrich seine Fleischpastete mit Senf. »Und Sie haben nach jenem Sommer nie wieder von Susan gehört? Hat sie vielleicht eine Postkarte geschickt, angerufen, irgend etwas in der Art?«

»Nein, nichts. Wenn es so gewesen wäre, hätte ich ihre Eltern informiert, die Polizei.«

»Natürlich.« Elder kaute, dann nahm er einen Schluck Bier. »Und Siobhan? Lynsey?«

»Ja. Sie haben sich immer wieder gemeldet, alle beide. Weihnachtskarten, wissen Sie. Eine Mitteilung von Siobhan, wenn sie im Radio oder Fernsehen kam. Solche Sachen.«

»Also haben Sie die Adressen der beiden?«

Latham dachte nach. »Bei Lynsey bin ich mir nicht so sicher. Aber Siobhan, ich glaube, ja. Sie wohnt irgendwo in London. Ich weiß natürlich nicht, wie aktuell die Adresse ist. Schauspieler führen ein Nomadenleben.«

»Aber Sie würden sie mir trotzdem geben?«

Latham zögerte, wirkte unsicher.

»Ich kann sie auch anders aufspüren«, sagte Elder. »Es würde die Sache nur erleichtern, das ist alles.«

»In Ordnung.« Latham wühlte in seiner Tasche und zog einen prall gefüllten Terminplaner hervor. Fünf oder sechs Adressen unter Siobhan Banhams Namen waren ausgestrichen und durch neue ersetzt worden. »Hier ist sie – London NW1.«

Latham nahm einen Kugelschreiber, zog ein blaues Blatt

Papier aus seinem Terminplaner und schrieb die Adresse in sauberer, etwas verschnörkelter Handschrift auf.

Elder dankte ihm und schob den Zettel in seine Brusttasche.

Latham schaute auf die Uhr. »Ich muß jetzt wirklich in die Schule zurück. Ich habe Unterricht. Darstellendes Spiel, neunte Klasse. Wenn ich nicht pünktlich da bin, schlagen sie die Aula kurz und klein.«

Vor dem Pub gab Elder Latham die Hand. »Die Jungen in der Gruppe. War Susan vielleicht an einem von ihnen interessiert?«

Etwas huschte über Lathams Gesicht – nicht genau zu bestimmen. »Interessiert?«

»Sie wissen schon: Mädchen, Junge. Anziehung. Freundschaft. Sex.«

»Nicht, daß ich wüßte.«

»Sie hätten es aber gewußt, wenn es etwas Ernsthaftes gewesen wäre?«

»Nicht unbedingt.«

»Aber Sie haben die Gruppe doch oft außerhalb der Schule getroffen, bei Exkursionen ins Theater und so weiter. Wenn irgend etwas gelaufen wäre ...«

»Hätte ich das vielleicht bemerkt. Aber nein, nein, tut mir leid, ich fürchte, ich kann Ihnen da nicht weiterhelfen.«

Elder sah ihm in die Augen.

»Warum fragen Sie das eigentlich?« sagte Latham.

»Aus keinem besonderen Grund. Reine Neugier. Ich versuche, ein paar Lücken zu schließen.«

»Verstehe. Nun, wie gesagt, ich muß ...«

»Darstellendes Spiel, neunte Klasse. Sie müssen zurück.«

»Richtig.«

»Noch einmal vielen Dank für Ihre Zeit.«

Elder sah ihn schnell davongehen und den Stadtbummlern und Schaufensterguckern ausweichen: Frauen mit Kinderkarren, jungen Männern, die sich Hamburger oder panierte Hähnchen gönnten, kleinen Kindern in der Trotzphase, die sich weder einschüchtern noch gut zureden ließen. Er dachte darüber nach, was Latham über Susan Blacklock gesagt hatte. Sie wollte befreit werden, woanders sein. Wollten das nicht alle Kinder, alle jungen Leute in einem bestimmten Lebensabschnitt, vor allem in der Pubertät? All diese Tagträume, diese Fantasien: Ich bin ein Findelkind, und die Eltern, bei denen ich aufwachse, sind gar nicht meine richtigen Eltern.

Auf dem Weg zu seinem Wagen war er schon an der Ecke des Marktplatzes angelangt, als sein Blick auf die Schlagzeilen der Zeitungen fiel. MÖRDER AUF FREIEM FUSS. BEWÄHRUNGSHELFERIN MIT MESSER BEDROHT. Er wühlte in seinen Taschen nach Kleingeld. Rechts oben auf der Seite erblickte er ein Bild von Shane Donald, wie er 1989 ausgesehen hatte, und unter dem Falz eine verschwommene Aufnahme, auf der er selbst zu sehen war, wie er das Gerichtsgebäude verließ, nachdem Donald und McKeirnan schuldig gesprochen worden waren.

Maureen stand auf und entschuldigte sich bei ihren Kollegen, als sie Elder das Lokal betreten sah.

»Hast du das gesehen?« fragte er und klopfte mit dem Handrücken auf die Zeitung.

»Sie haben nicht gerade deine Schokoladenseite erwischt.«

Er holte ihr noch ein halbes Pint, ein Wasser und einen

Jameson's für sich selbst, und es gelang ihnen, eine Ecke zu finden, in der sie nicht gegen das elektronische Fiepen der Spielautomaten und gegen den Sportkanal im Fernsehen anbrüllen mußten.

»Weißt du, was mir stinkt?« sagte Elder. »Es ist diese verfluchte Selbstgerechtigkeit. Sie tun so, als leisteten sie der Gesellschaft einen wertvollen Dienst, indem sie Leute wie Shane Donald zu Medienstars machen.«

»Und obendrein noch weiter in den Untergrund treiben.«

Elder nickte. »Ganz zu schweigen von den Einzelheiten, die sie wieder ans Licht zerren und genüßlich auf den Innenseiten ausbreiten.«

»Das macht Auflage.«

»Zweifellos. Aber ich frage mich, was es für die Familien der Opfer bedeutet.«

»Der ›Post‹ zufolge ist Lucy Padmores Vater schon wütend genug, und dies wird ihn vollends ausrasten lassen.«

Elder dachte an Helen Blacklock, die möglicherweise von den grauenhaften Dingen las, die Lucy angetan worden waren, und sich nun vorstellte, daß ihre Tochter dasselbe hatte erleiden müssen.

»Wie geht deine eigene kleine Ermittlung voran?« fragte Maureen.

Als er seinen Kurzbericht über das Treffen mit Paul Latham beendet hatte, breitete sich ein Lächeln auf ihrem Gesicht aus.

»Was ist?«

»Du würdest ihn nicht unbedingt zur Persönlichkeit des Monats wählen, stimmt's?«

»Nicht unbedingt.«

»Glaubst du, da steckt mehr dahinter? Ich meine, außer daß ihr euch nicht auf Anhieb sympathisch wart?«

»Ich weiß nicht.«

»Aber du würdest es gerne glauben.«

Elder zuckte die Achseln und kostete seinen Whiskey. »Etwas Definitives wäre gut.«

»Fährst du nach London und sprichst mit dieser Frau? Dieser Schauspielerin?«

»Es ist einen Versuch wert.«

Er fragte Maureen nach ihren aktuellen Fällen, und bei einer weiteren Runde redeten sie über die Arbeit. Der eine oder andere Beamte außer Dienst schlenderte heran, um ein paar Worte zu wechseln, Maureen auf Wiedersehen zu sagen und einen Blick auf ihren Begleiter zu werfen.

»Stoff für die Gerüchteküche«, bemerkte Elder.

»Na, da wünsche ich ihnen viel Glück«, sagte Maureen.

»Noch eins?« fragte Elder und zeigte auf ihr leeres Glas.

»Lieber nicht.«

»Maddy Birch«, sagte Elder. »Sagt dir der Name was?«

»Ist sie nicht Detective Inspector? Irgendwo in Lincolnshire. Dein altes Revier. Ich bin ihr ein paarmal über den Weg gelaufen. Aber nicht in letzter Zeit. Warum?«

»Ach, nur so. Ich dachte, du wüßtest vielleicht, wo sie arbeitet.«

Maureen legte den Kopf zurück und lachte. »Bist du scharf auf sie, Frank?«

Elder hatte den Anstand zu erröten und griff nach seiner Jacke.

Draußen fiel ein leichter Nieselregen. »Du hast keine Lust, irgendwo etwas zu essen, oder?« sagte Elder.

Maureen schüttelte den Kopf. »Nein danke.« Und dann

fügte sie lächelnd hinzu: »Du hättest mich fragen sollen, bevor du von Maddy Birch angefangen hast. Allerdings wäre die Antwort trotzdem dieselbe gewesen. Gute Nacht, Frank.«

Er nahm sich einen Döner aus einem Imbiß in der Nähe von Willie Bells Haus mit. Wo immer Willie war, zu Hause war er nicht. Elder fand ein Bier im Kühlschrank, legte sein Essen auf einen Teller und setzte sich vor den Fernseher. Auf eine neonbeleuchtete Straße strömte künstlicher Regen, und zwei New Yorker Polizisten verscheuchten ein paar Drogenabhängige aus Ladeneingängen. Er hatte Katherines Handynummer in seiner Brieftasche, aber es war vermutlich zu spät, um sie anzurufen. Außerdem dachte er gar nicht an Katherine, sondern an Joanne, und zwar an das Blau ihres T-Shirts, den Sitz ihrer Jeans im Stadion. *Ich würde sagen, komm vorbei, Frank, aber …* Joanne, Maddy Birch – was hatte es nur auf sich mit grünen Augen, dachte Elder.

Er aß seinen Döner auf, stellte den Fernseher aus und ging nach oben ins Bett.

Am nächsten Morgen lauerten die Reporter Pam Wilson in aller Frühe vor ihrer Haustür auf, und obwohl sie sich an ihnen vorbeidrängte und sich weigerte zu sprechen, wußte sie, daß sie ihr irgendwelche Worte in den Mund legen würden.

Gegen elf hatte Irene einen mitfühlenden Journalisten auf eine Tasse Tee hereingebeten, was sie bedauerte, noch ehe eine Viertelstunde vergangen war. Aber da war es bereits zu spät. Als es Nachmittag wurde, hatte man Neville einen Exklusivvertrag für seine Geschichte angeboten,

Ein Mörder in meiner Familie, und er hatte auf der gestrichelten Linie unterschrieben.

Von Shane Donald fehlte immer noch jede Spur.

22

Vier Stunden, keine Minute weniger, so lange hatte es gedauert, bis er mitgenommen wurde. Er hatte auf dem Lkw-Parkplatz gelauert und die Fahrer angesprochen, aber die meisten waren an ihm vorbeigerauscht, ohne auch nur ein Wort zu verlieren. Manchester, Kumpel. Manchester. Komm schon. Wäre er eine Frau mit Netzstrümpfen und einem arschkurzen Rock gewesen wie die Schlampe, die er in das Führerhaus eines Lastzugs hatte klettern sehen, der Autoteile transportierte, hätte es kein Problem gegeben. Aber statt dessen hatte er mit den Händen in den Taschen und vorgebeugten Schultern dagestanden, während ihm der Regen ins Gesicht prasselte. Nimmst du mich mit, he? Scheißkerl. Scheißkerl. Wichser.

Zuvor hatte er sich in der Raststätte aufgewärmt und gestärkt: Fleischpastete und Pommes, Zigaretten, Tee mit viel Zucker. Das Geld, das er in der Tasche der Bewährungshelferin gefunden hatte, würde ihm eine Weile reichen, wenn er sparsam damit umging. Null Chance, die Kreditkarten zu benutzen, auch wenn er die Unterschrift noch so gut fälschte. Nicht einmal eine schielende Verkäuferin würde ihn für Pamela Wilson halten, deren Name dick und fett auf der Rückseite stand. Bei der ersten Gelegenheit würde er die Karten verkloppen, sollte doch jemand anders das Risiko eingehen, geschnappt zu werden.

Am Ende war es ein Ausländer, der ihn mitnahm, ein Holländer. Dreimal die Woche machte er dieselbe Tour: die Fähre von Rotterdam nach Immingham und dann die M180, M62, Leeds, Bradford, Manchester und zurück. Brauchte Gesellschaft. Im Führerhaus die üblichen Pornofotos. Sie waren noch keine fünf Minuten unterwegs, als der Fahrer eine Kassette in das Kassettendeck schob. »Magst du Blues?«

Donald wußte es nicht.

»Die Fabulous Thunderbirds. Hab sie in Holland gesehen. Letztes Jahr.«

»Ach ja?«

»Hör dir das an. ›Look Whatcha Done‹.« Er stellte den Ton noch ein bißchen lauter. »Kid Ramos. Das nenn ich Gitarre, was? Gefällt es dir?«

Auf Donald wirkte es wie eine Kreissäge, die sich durch seinen Kopf arbeitete.

»Also, was für Musik magst du? Hör zu, du mußt reden, mich wachhalten. Was für Musik also?«

»Weiß nicht.«

»Das mußt du doch wissen.«

Der Holländer scherte nach rechts aus, um einen anderen Lastwagen zu überholen, und das Wasser spritzte in einem Schwall von der Straße gegen die Windschutzscheibe. Donald erinnerte sich an die Abende im Wohnwagen, wenn McKeirnan zu ihm gesagt hatte, komm, setz dich hin, setz dich auf deinen kleinen Arsch und hör dir das an.

»Eddie Cochran«, sagte Donald. »Den mag ich. Gene Vincent und Eddie Cochran, Sachen wie die.«

»Ja.« Ein müdes Lächeln breitete sich auf dem Gesicht des Holländers aus. »Eddie Cochran, ›Fifteen Flight Rock‹. Das kenn ich.«

Donald meinte, es wären zwanzig – ›Twenty Flight Rock‹ –, aber er hatte keine Lust zu diskutieren. Er schloß die Augen und gab vor zu schlafen.

Er mußte tatsächlich eingeschlafen sein. Denn irgendwann merkte er, daß er wachgerüttelt wurde, daß der Fahrer sich zu ihm hinüberbeugte und ihn anbrüllte. »Komm schon, wach auf.«

Der Blinker des Lastwagens blitzte rhythmisch auf und spiegelte sich auf dem nassen Straßenbelag.

»Wir sind da. Ende der Reise.«

Sie waren ein Stück von der Autobahn abgefahren und hielten am Eingang zu einem kleinen Industriegelände. Die Gebäude, zumindest die meisten, waren von Dunkelheit überschattet.

»Komm. Du mußt jetzt aussteigen. Sonst krieg ich Ärger.«

Donald gähnte und rieb sich mit beiden Händen die Augen. Ein kalter Schauer überlief ihn. Im Halbdunkel sah er einen uniformierten Wachmann auf das Tor zukommen.

»Wo zum Teufel sind wir?«

»Manchester.«

Der Holländer griff über ihn hinweg, drückte den Griff nach unten und öffnete die Tür des Führerhauses.

»Wiedersehen, Eddie.«

»Was?«

»Eddie Cochran«, sagte der Holländer und lachte. Donald hielt die Tasche seiner Schwester in der Hand, sprang hinunter und trat zur Seite, als der Lastwagen schwerfällig vorwärts ruckelte. Immerhin hat der beschissene Regen aufgehört, dachte er. Aber als er sich endlich bis zur Hauptstraße durchgeschlagen hatte, fing es wieder an.

Zu beiden Seiten der Straße standen nichtssagende Lagerhäuser, dazwischen leere eingezäunte Grundstücke.

»Wo zum Teufel bin ich?« sagte Donald zu sich selbst. »Das soll Manchester sein? Das ist nicht das beschissene Manchester.«

Beim ersten Kreisverkehr traf er auf Wegweiser: Oldham, Rochdale, Stalybridge und das beschissene Ashton-under-Lyne. Nach einer Zeit, die ihm mindestens wie eine halbe Stunde vorkam, tauchte endlich der erste Wagen auf, und Donald trat an die Straße, streckte den Arm aus und hielt den Daumen hoch. Der Fahrer steuerte haarscharf auf ihn zu, schlitterte durch eine Pfütze und ließ ihn durchnäßt zurück – von der Taille abwärts.

»Verdammter Scheißkerl!« schrie Donald ihm nach. »Verdammter Wichser!«

Manchester Zentrum, stand auf dem Hinweisschild, zwölf Meilen.

Sowohl der Direktor als auch der Abteilungsleiter hatten Pam gedrängt, Urlaub zu nehmen, zu verreisen, Ferien zu machen. Bleiben Sie zu Hause, wenn es nicht anders geht, und renovieren Sie das Badezimmer oder malen Sie die Treppe. All die Termine in ihrem Kalender waren plötzlich nicht mehr so wichtig, konnten verlegt, von jemand anderem erledigt, in alle Ewigkeit verschoben werden. Hätte sie geglaubt, diese Fürsorge gelte in erster Linie ihrem Wohlbefinden und nicht der Behörde, wäre sie möglicherweise erfreuter gewesen. Aber so, wie die Dinge lagen, brauchte sie ihre Arbeit und ihren Schreibtisch, sie brauchte Ablenkung.

Als zwei uniformierte Polizisten in ihr Büro traten, war ihr erster Gedanke, daß man Donald gefunden hätte, daß ihm irgend etwas passiert wäre. Sie wußte nicht, warum sie das dachte oder was sie befürchtete, nur, daß es bestimmt etwas Schlimmes war. Aber die Polizisten hatten eine graue Plastiktüte dabei, die einer Mülltüte glich. Und als sie ihre Tasche herauszogen, wußte sie, daß es sich um etwas Harmloseres handelte.

»Erkennen Sie diese Tasche?«

»Natürlich.«

»Gehört sie Ihnen? Ist es die, die Ihnen gestohlen wurde?«

»Ja, von Shane Donald.«

»Daran besteht kein Zweifel?«

Pam sah sich die Tasche noch einmal an. »Nein. Nein, nicht der geringste. Wo wurde sie gefunden?«

»Ich weiß nicht, ob wir …«, fing der eine Polizist zögernd an.

»In einer Raststätte«, sagte der andere. »A62 Richtung Westen. Die Männertoilette. War hinter den Spülkasten gestopft worden.«

»Ich vermute, mein Portemonnaie war nicht dabei?«

»Ich fürchte nicht.«

»Dürfen wir Sie bitten, den Inhalt zu identifizieren?« sagte der erste Polizist.

Aus einer anderen Tüte wurden ihre Habseligkeiten geholt und auf dem Schreibtisch ausgebreitet. Terminkalender, Adreßbuch, Akten, ›How to Be Good‹ von Nick Hornby, mehrere zerknitterte Briefe, die zu beantworten sie nie die Zeit gefunden hatte, verräterisches blaues Glanzpapier von zu vielen Schokoriegeln, Streichhölzer und ein Feuerzeug, aber keine Zigaretten, zwei schwarze Kugelschreiber und ein Bleistiftstummel, Tampons, Visitenkarten, Briefmarken, Schlüssel.

»Gehört das alles Ihnen?« fragte einer der Polizisten.

Pam nickte. »Das gehört alles mir.«

»Tut mir leid wegen des Portemonnaies«, sagte der zweite. »Ich hoffe, es war nicht allzuviel Bargeld drin.«

»Genug.«

Er lächelte mitfühlend.

»Ach egal«, sagte Pam munter. »Vielleicht wurde es ja für einen guten Zweck verwendet.«

Keiner der beiden schien das witzig zu finden, wenn es denn ein Witz war.

»Ich nehme an, es gibt keine Neuigkeiten?« fragte sie. »Über Donald, meine ich.«

»Dazu können wir nichts sagen, Miss.«

Miss? Hatte er etwa an ihrem Ringfinger nach Indizien gesucht?

»Uns teilen sie das nicht mit, auch wenn es welche gäbe.«

»Kann ich die Tasche wiederhaben?« fragte Pam. »Und meine Sachen?«

Die beiden Männer nickten, nuschelten etwas vor sich hin und verschwanden. Sie bezweifelte, daß sie älter waren als vierundzwanzig oder fünfundzwanzig. Nicht allein dieser Besuch ließ sie an ihr eigenes Alter denken, an die Tatsache, daß sie sterblich war. Wenn einem ein Messer an den Hals gehalten wurde, egal wie zittrig, drängte sich dieser Gedanke geradezu auf. Das war jedenfalls Pams Erfahrung.

Sie schüttelte sich, wenn sie daran dachte, und sie haßte Donald. Wie sie sich dabei gefühlt hatte! Klein, verletzlich, verängstigt.

Genau wie jetzt.

Er hatte sich ein leckeres Brötchen gekauft, mit ausgebratenen Speckscheiben und Ketchup, der an den Seiten heruntertropfte. Dazu Tee in einem Deckelbecher aus Plastik und ein Twix. Gegenüber von den Geschäften lag ein Park. Bänke an einem schmalen Weg, ein zerbrochenes Kinderkarussell, Schaukeln, ramponierte Stellen im Rasen vom Fußballspielen. Am hinteren Ende stand nahe an der Straße ein Toilettenhäuschen aus Backstein. Die Bank, die Donald auswählte, war wie alle anderen mit Graffiti übersät, und in der Rückenlehne fehlte eine Holzlatte. Er setzte sich, aß und trank, spülte das letzte Stück Brötchen mit dem letzten Schluck Tee hinunter und dachte an McKeirnan. Was hätte McKeirnan an seiner Stelle getan? Was wäre McKeirnan in dieser Lage eingefallen?

Zwei Elstern kamen kreischend aus den Bäumen geflattert, hopsten auf dem Boden hin und her und stritten sich um ein glänzendes Stückchen Papier, das aus einem der überquellenden Mülleimer herübergeweht war.

Die Wahrheit war natürlich, daß McKeirnan gar nicht erst in diese Lage geraten wäre.

Alan McKeirnan konnte sich aus so gut wie allem herausreden, die Leute beschwatzen, den Charme einschalten, den Witz. Nicht, daß er Ire war oder so was, jedenfalls nicht richtig. Klar, ein paar Generationen zuvor waren sein Großvater oder sein Urgroßvater möglicherweise aus County Wicklow gekommen, hatten beim Bau der Eisenbahn geschuftet oder einen verdammten Kanal ausgehoben, irgendeine Arbeit getan, zu der man eine Menge Muskeln, aber wenig Grips brauchte. McKeirnans Vater jedoch war Maurer gewesen, jedenfalls tagsüber. Nachts spielte er Gitarre und sang. In den Pubs auf der Kilburn High Road, in Harlesden und Royal Oak. Manchmal mit zwei oder drei anderen, manchmal allein. 1959, drei Jahre vor Alans Geburt, hatte er bei dieser Rock-'n'-Roll-Band vorgespielt, Johnny Kidd and the Pirates. Baßgitarre. Kidd hatte mitten in der Nummer die Schnur des Verstärkers rausgezogen und McKeirnans Vater ins Gesicht gelacht. Aber dann, so hieß es jedenfalls, tat er ihm leid, und er stellte ihn als Roadmanager ein. Für eine Zeitlang. Johnny Kidd and the Pirates.

Wenn McKeirnan richtig betrunken war, sternhagelvoll und mit Pillen zugeschmissen, dann legte er spät in der Nacht ihre Platten auf, sang ihre Songs mit, fuchtelte mit den Armen und spielte Luftgitarre. ›Please Don't Touch‹, ›Shakin' All Over‹, ›Linda Lu‹.

»Mein Patenonkel«, hatte McKeirnan immer gesagt, wenn er um drei Uhr morgens betrunken und erschöpft mit einem Joint in der Hand ausgestreckt auf dem Boden lag. »Mein Scheißpatenonkel, Johnny Scheißkidd.«

Es stimmte überhaupt nicht.

Eines Tages hatte McKeirnan ihm die Wahrheit gesagt, als die beiden auf einem Jahrmarktsgelände in Cleethorpes ihre Zelte aufschlugen. Es war ein strahlender blauer Morgen gewesen, erinnerte sich Donald, kalt, keine Wolke am Himmel. »Er hat ihn drum gebeten«, sagte McKeirnan, »mein Alter hat gesagt, komm zur Kirche, komm zur Taufe, und Johnny hat gesagt – er hieß gar nicht Johnny, sondern Fred, Frederick Heath –, jedenfalls Johnny hat gesagt, klar, ich komm, ich bin da, und dann ist er natürlich nicht aufgetaucht. Egal, meinte mein Alter, er hat gesagt, er macht es, und das reicht. Wenn dich jemand fragt, wer dein Patenonkel ist, sagst du: Johnny Kidd. Das sagst du, und dann guckst du in ihre erstaunten Gesichter. Natürlich war Johnny damals schon tot, hatte einen Autounfall, als ich vier war. Irgendwie ist es meinem Alten immer gelungen, zu vergessen, wie es wirklich war.« McKeirnan lachte bitter. »Wahrscheinlich hat er ihn gar nicht gefragt, der verlogene Wichser.«

Eine Mutter stieß ein kleines Kind auf einer Schaukel an, eine Horde Acht- oder Neunjähriger jagte einem Ball nach. Drei Bänke weiter saßen ein paar Männer in langen Mänteln und Wollmützen und ließen eine Flasche Cidre kreisen. Donald bemerkte, daß auf der Straße neben dem Toilettenhäuschen hin und wieder Wagen hielten, fünf oder zehn Minuten parkten und dann weiterfuhren.

McKeirnans Vater hatte ein solches Ende genommen, schlimmer noch: Er hatte auf einer Bank in Kensal Green gehaust und sich nachts auf den Friedhof geschlichen, wenn er einen trockenen Schlafplatz brauchte. Billiger Cidre, Lager in Büchsen, vier für den Preis von drei. Gelegentlich eine Flasche Portwein. Miniflaschen Whiskey. Einfach alles. Er starb, als McKeirnan knapp zwölf war. McKeirnans Mutter war lediglich eine Erinnerung. Ungefähr ein Jahr lang war er innerhalb der Familie rumgereicht worden wie alte Wäsche. Dann kam er in Pflegefamilien, aus denen er immer wieder abhaute. Jahrmärkte wurden sein Zuhause.

»Also, Johnny Kidd, sag ich dir«, hatte McKeirnan bei einer anderen Gelegenheit gesagt, als sie in Camber Sands zuschauten, wie das Wasser zurückging. »Johnny, der hat's richtig gemacht. Hat sich totfahren lassen, noch bevor er dreißig war. Peng, aus! Genau wie Eddie Cochran und James Dean. Bevor er müde und alt wurde.« McKeirnan hatte eine Pause gemacht, um sich eine Zigarette anzuzünden. »Der Unfall, bei dem Cochran umgekommen ist, hätte beinahe auch Gene Vincent erledigt. Sein kaputtes

Bein wurde noch mal zertrümmert. Wär besser gewesen, er wär krepiert, denn er war sowieso auf dem besten Wege, sich zu Tode zu saufen. Ich hab ihn mal gesehen, irgendein Onkel hat mich zu dieser Rockshow mitgenommen, in Lowestoft oder so. Great Yarmouth. Ich war acht oder neun. Der fette Kerl kam mit einer Beinschiene auf die Bühne. Trug schwarzes Leder. Das Gesicht so aufgedunsen, daß man seine Augen kaum sehen konnte. Einfach erbärmlich. Paar Monate später ist er an Magengeschwüren gestorben. Magengeschwüre. Was für ein beschissener Tod.« Er ergriff Donald an der Hemdbrust. »Wenn ich mit dreißig noch lebe, und du bist noch da, dann kommst du zu mir, hörst du? Du kommst zu mir und bringst mich um die Ecke. Egal wie. Klar? Versprochen?«

Natürlich hatte Donald ihm das versprochen. Was hätte er auch anderes tun können?

Und jetzt war McKeirnan weit über dreißig. An die vierzig und eingesperrt in einem Gefängnis, wo er seit Jahren mit niemandem geredet hatte, jedenfalls nicht auf eine Art, die man Gespräch nennen konnte.

Wenn er jetzt hier wäre, was würde McKeirnan tun?

Die ganze Zeit über waren ständig andere Autos langsam am Park vorbeigefahren. Jetzt kam wieder eins, dieses setzte sogar zurück und parkte ein. Donald war aufgestanden und beobachtete, wie ein Mann in einem blauen Anzug ausstieg, den Wagen abschloß und sich schnell umsah, bevor er in der Herrentoilette verschwand.

Als Donald eintrat und auf das Pinkelbecken zuging, war außer dem Mann im Anzug niemand da. Donald stellte sich zwei Plätze weiter hin und öffnete den Hosenschlitz.

Nach ein paar Sekunden warf er einen Seitenblick auf den Mann, und der Mann zwinkerte ihm zu. Er war um die fünfzig, schätzte Donald, hatte ein rundes, gerötetes Gesicht und Übergewicht. Der Mann zwinkerte noch einmal, und Donald nickte.

Ohne den Reißverschluß hochzuziehen, ging der Mann rückwärts in eine der Kabinen. Er ließ die Tür ein Stück offen, so daß Donald ihn sehen konnte. Er hatte die Hosen runtergezogen und spielte an sich herum.

Donald bewegte sich blitzschnell. Ein paar Schritte, ein Fußtritt, um die Tür ganz zu öffnen. Der Mann schrie auf und versuchte aufzustehen, aber da war das Messer nur noch Zentimeter von seinem Gesicht entfernt.

»Nein! Bitte nicht!«

»Leer die Taschen aus. Sofort!«

Gefummel mit Brieftasche, Kleingeld, Schlüsseln.

»Leg alles unten hin, auf den Boden. Und jetzt schiebst du es mit dem Fuß hier rüber.«

Donald hob die Brieftasche und das Geld auf und kickte die Hausschlüssel an die Wand.

»Autoschlüssel.«

»Nein, das geht nicht.«

Das Messer kam schnell auf die Augen des Mannes zu, er zuckte zusammen und legte schützend den Unterarm vor das Gesicht. Donald versetzte ihm einen Tritt in die Brust.

»Autoschlüssel, sofort.«

Er riß sie dem Mann aus der Hand und sprang zurück, wobei er im Gehen die Toilettentür schloß. McKeirnan hatte ihn ein paarmal fahren lassen, wenn er selbst zu müde oder zu betrunken gewesen war, und Donald fragte sich, ob er noch wußte, wie es ging. Es dauerte eine Weile, bis er den Wagen angelassen und herausgefunden hatte, wie die Gänge funktionierten. Und die ganze Zeit über saß der Mann im blauen Anzug auf der Toilette und weinte, während ihm die Hosenbeine bis auf die Füße gerutscht waren.

23

Ein paar Minuten hin oder her, der Zug nach London St Pancras war pünktlich. Elder hatte während der Fahrt gelesen oder aus dem Fenster gesehen und versucht, das penetrante Stimmengewirr zu verdrängen, das die Benutzer von Mobiltelefonen verursachten. Nach mehreren Tagen mit ziemlich schlechtem Wetter, für das offenbar irgendein Geschehen über den Azoren verantwortlich war, war der Vormittag strahlend sonnig, und das Gras schimmerte silbern auf den Feldern. Er las gerade das Buch ›A Kestrel for a Knave‹ von Barry Hines, das von einem Jungen aus einem Bergarbeitertal handelte, der einen Falken abrichtete. Es war verfilmt worden, aber Elder hatte den Film nie gesehen. Der Junge ist schwächlich und wird ausgenutzt, er wird in der Schule schikaniert und zu Hause kaum beachtet. Ohne den Falken, den *Kestrel*, der es lernt, auf seinen Handschuh zu kommen und den er lieben lernt, hätte er gar nichts gehabt. Er hätte sich treiben lassen. Was wäre aus ihm geworden?

Wenn wir aufwachsen, dachte Elder, gleichgültig, aus welcher Familie wir kommen, brauchen wir etwas, das wichtig für uns ist. Für Katherine war es das Laufen. Susan Blacklock hatte das Theater gehabt, und für Shane Donald … für ihn war es Alan McKeirnan gewesen. Jahrmärkte, Musik aus der Anfangszeit des Rock ’n’ Roll und das Zufügen von Schmerzen. Sex und Schmerzen. Kontrolle. Und jetzt, nachdem er dreizehn Jahre – fast sein halbes Leben – im Gefängnis verbracht hatte, war er auf der Flucht. Irgendwo da draußen. Welches Unheil richtete er an?

Die Sonne strahlte immer noch auf die Felder und brachte die Bäume zum Glitzern. An der Seite seiner Mutter fuhr ein kleines Kind Dreirad. Es hielt an und winkte dem vorbeifahrenden Zug. Elder klappte sein Buch zu und schloß die Augen. In weniger als zwanzig Minuten würden sie ankommen.

Die Gegend von London, in der Siobhan Banham wohnte, war ein gutes Stück von der nächsten U-Bahn-Station entfernt. Die Straßen um St Pancras und King’s Cross waren völlig verstopft, und die Warteschlange für die Taxis war lang. Elder schaute in seinen Stadtplan und beschloß zu laufen. Eine apathische Prostituierte an der Ecke Goods Way würdigte ihn kaum eines Blickes. Siebzehn, dachte Elder, höchstens achtzehn, blaue Flecken am Hals, ein langärmeliges Oberteil, damit man die Einstiche nicht sieht.

Eine seltsame Ansammlung von Autowerkstätten säumte die eine Seite der Straße, und dazwischen gab es Geschäfte, in denen gebrauchte Büromöbel und fragwürdige Antiquitäten verkauft wurden. Ein kleiner Park wurde vom St-Pancras-Hospital abgelöst, dann kamen einige neue Bürogebäude und der Eingang zu einem Gartencenter, bevor die Straße über einem Kanal anstieg. Danach waren es Wohnungen in gelblichen Backsteinhäusern, gefolgt von spätviktorianischen Stadthäusern. Inzwischen war er am Camden Square angelangt, an dessen oberem

Ende South Villas abging: große Häuser, die schon vor langer Zeit in Wohnungen aufgeteilt worden waren. Siobhan wohnte im zweiten Stock des dritten Hauses, und der Name Banham stand adrett und in violetter Farbe neben etlichen anderen an der Tür.

»Sind Sie vielleicht der Klempner?«

»Ich fürchte nein.«

»Dann müssen Sie der Polizist sein.«

»Ich bekenne mich schuldig.«

»Kommen Sie rauf.«

Siobhan war wesentlich kleiner, als Elder erwartet hatte; sie hatte sehr helle Haut und einen Schopf verblüffend roter Haare. Scharlachrot, hätte er getippt, wäre er um seine Meinung gebeten worden. Sie trug Jeans und ein langes, weites, kragenloses weißes Hemd. Ihre Füße waren nackt.

»Immer wenn ich die Waschmaschine benutze, setze ich den Küchenfußboden unter Wasser«, erklärte sie auf der Treppe. »Sie verstehen nicht zufällig was von Waschmaschinen?«

»Tut mir leid. Ich bin eher der Waschsalon-Typ.«

»Da kann man nichts machen. Kommen Sie rein.«

Eine weiße Katze hatte sich auf einem niedrigen Sofa niedergelassen, über das ein braun-orange gestreifter Überwurf gebreitet war. Sie lag zusammengerollt zwischen einer Vielzahl von Kissen in kräftigen Farben. Kleine indische Teppiche auf den versiegelten Dielen. Ein Metalltisch, grau gestrichen. Bücher und CDs auf Regalen, in Schachteln, auch auf dem Fußboden. Theaterplakate an den Wänden. Eines davon stammte vom Gate Theatre in Notting Hill, und Elder erspähte Siobhans Namen ganz weit oben. Allerdings waren die Darsteller alphabetisch aufgeführt.

»Hübsche Wohnung«, sagte Elder.

»Ja, sie ist toll. Ich kann sie mir natürlich nicht leisten. Bis vor einem Monat hatte ich eine Mitbewohnerin, aber sie wurde schwanger und ging zurück nach Kirkwall. Können Sie sich vorstellen, wie es ist, auf den Orkney Islands zu leben?«

»Nein.«

»Ich auch nicht. Tee oder Kaffee?«

»Tee vielleicht?«

»Es tut mir leid, aber ich habe nur Kräutertee. Pfefferminz oder Kamille.«

Elder lächelte. »Der Kaffee ist nicht zufällig Löwenzahn?«

»O nein, es ist Lavazza. Hundert Prozent Arabica. Spezialität des Hauses. Ich habe sogar so eine kleine achteckige Kanne, in der ich ihn machen kann.«

»Dann nehme ich Kaffee.«

»Gut. Machen Sie es sich gemütlich. Kümmern Sie sich nicht um Vanessa, sie beißt nicht.«

Vanessa sah so aus, als käme keinerlei körperliche Anstrengung in Betracht, die über das Ausstrecken einer Pfote hinausging. Nachdem sie Elder einen bösen Blick zugeworfen hatte, tat sie wieder so, als schliefe sie.

Siobhan war in der Küchentür stehengeblieben. »Ich könnte das abstellen, wenn es Sie stört.«

Elder, der die Musik gar nicht bewußt wahrgenommen hatte, schüttelte den Kopf. »Nein, es ist hübsch.«

Als sie sieben oder acht Minuten später zurückkehrte, hatte die Musik, eine Art Saiteninstrument, vermutlich aus Nahost, Elders Sinne bereits in Besitz genommen.

Der Kaffee war gut, stark, aber nicht bitter, und Elder trank ihn mit etwas Milch. Siobhan hatte die Katze auf den Boden gesetzt, so daß sie selbst mit gekreuzten Beinen am anderen Ende des Sofas Platz nehmen konnte. Nachdem das Tier ausgiebig die Unterseite seines Schwanzes inspiziert hatte, sprang Vanessa auf das Sofa zurück, legte sich in die Mitte, rollte sich zusammen und streckte die Pfoten in ein kleines blaues Kissen.

»Als Sie anriefen«, sagte Siobhan, »habe ich gedacht ... Also normalerweise denke ich an Arbeit, wenn das Telefon klingelt. In diesen Zehntelsekunden, wenn man abnimmt und der andere noch nicht seinen Namen genannt hat, denke ich immer, jetzt teilt mir gleich mein Agent mit, daß sich die Royal Shakespeare Company bei ihm gemeldet hat, oder jemand hat sich ein Bein gebrochen, und ich soll mich bitte sofort im National Theatre melden. Statt dessen ist es entweder das British Council, das eine Shakespeare-Tournee in Kroatien und Kasachstan plant, oder eine Vierzig-Sekunden-Rolle als sexhungrige Schafhirtin in der Serie ›Emmerdale‹. Das letzte, was ich gemacht habe – das hier ist nicht meine richtige Haarfarbe, wissen Sie, ich habe sie für die Rolle gefärbt –, war eine Bühnenversion von ›Vom Winde verweht‹ im Battersea Arts mit einem Ensemble von vier Personen und einem Dutzend verschiedener Marionetten. Bitte, fragen Sie mich nicht, wie die Marionetten waren.«

Sie hob beide Hände in die Höhe, fuhr sich durch ihren wirren Schopf und schüttelte den Kopf. »Entschuldigung, was wollte ich eigentlich sagen?«

»Als ich anrief ...«

»Ach ja. Nun, ich dachte, es hat vermutlich mit Susan zu tun. Noch bevor Sie gesprochen haben. Ich hatte an sie gedacht, nehme ich an. Weil ich im Fernsehen die Nachrichten gesehen habe über diesen Mann, der abgehauen ist oder sich abgesetzt hat, was auch immer. Jedenfalls läuft er frei herum. Shane Donald, so heißt er doch? Als Susan verschwand, glaubte die Polizei, er hätte sie ermordet, stimmt's? Haben Sie das nicht geglaubt?«

»Die Möglichkeit bestand, ja. Donald und McKeirnan. Alles deutete darauf hin ...«

»Aber haben Sie es geglaubt? Gefühlt?«

Elder antwortete erst nach einer Pause. »Ja.«

»Und jetzt?«

»Jetzt bin ich mir nicht mehr so sicher. Ich halte es immer noch für möglich, aber ...« Er zuckte die Achseln. »Ich weiß es einfach nicht.«

»Die arme Susan«, sagte Siobhan.

»Sie standen sich nahe. Waren Freundinnen.«

»Ja. Die Freundschaft war nicht so eng wie mit Lynsey. Lyns und ich kannten uns seit der Vorschule. Aber ja, ich würde sagen, in dem Jahr standen wir Susan sehr nahe. So nah, wie man Susan kommen konnte.«

Weit davon entfernt, richtig laut zu sein, verursachte Elders Tasse doch ein deutlich vernehmbares Geräusch, als er sie auf die Untertasse stellte.

»Fahren Sie fort«, sagte er.

»Ich weiß nicht. So war sie. Sie ließ einen ganz nah herankommen und dann ...« Siobhan hob beide Hände, die Handflächen nach oben, die Finger gespreizt.

»Manche Menschen sind so«, sagte Elder. »Verschlossen. Es gab also Dinge, die sie für sich behielt?«

»Das vermute ich mal.«

»Hatte es mit ihrer Familie zu tun?«

Siobhan schwang ihre Beine herum, und die Katze hob ihren Kopf, den sie an das Kissen geschmiegt hatte, und guckte beleidigt.

»Teilweise, ja. Sehen Sie, ich ging die ganze Zeit über bei Lynsey ein und aus und umgekehrt. Natürlich kannten wir uns länger, aber trotzdem. Es würde mich wundern, wenn wir in dem ganzen Jahr öfter als zweimal bei Susan zu Hause waren.«

»Und was war der Grund? Was glauben Sie?«

»Also ich glaube nicht, daß sie sich schämte, aber es war ihr etwas peinlich. Nicht, daß es irgendeinen Grund gegeben hätte. Schließlich lebte sie nicht in einem Elendsviertel. Und ihre Mutter war wirklich nett. Eine einfache Frau, aber was ist daran auszusetzen?« Sie lachte. »Besser als eine Mutter, die Sie ständig puscht und zum Vorsprechen zerrt und Gin Tonics in sich reinschüttet, als hätte sie Angst, es gäbe bald keine mehr.«

»Und Susans Vater?« fragte Elder. »Welchen Eindruck hatten Sie von ihm?«

Siobhan trank etwas Kaffee, während sie nachdachte. »Schwer zu sagen. Ich meine, die meiste Zeit war er sowieso bei der Arbeit, und wenn er da war, war er normal, würde ich sagen. Das ist eigentlich alles, was ich weiß. Ich glaube, er hat uns so weit wie möglich ignoriert.«

»Und wie hat er Susan behandelt?«

Siobhan schob die Unterlippe vor. »Auch ganz normal. Sie war allerdings ruhig in seiner Gegenwart, das ist mir aufgefallen. Behandelte ihn wie ein rohes Ei, verstehen Sie? Als wolle sie ihm keinen Vorwand geben.«

»Vorwand?«

»Ich habe mal miterlebt, wie er sie angebrüllt hat. Lyns und ich tauchten etwas zu früh auf, um Susan abzuholen, und da war wirklich was los. Ein handfester Streit. Man konnte ihn schon draußen hören, auf der Straße.«

»Und wissen Sie, worum es ging?«

»Ach, um irgendeinen Jungen. Jemand, in den Susan verknallt war. Ein echter Kotzbrocken. Kein Wunder, daß ihr Vater einen solchen Aufstand gemacht hat. Die Aufregung war allerdings umsonst. Es war im Grunde schon vorbei, bevor es richtig angefangen hatte. Er gab ihr den Laufpaß, es folgten die üblichen Tränen und das übliche Gejammer, und kurz darauf hatte sie ihn vergessen. Sie amüsierte sich lieber mit uns. Sehen Sie …«

Sie schreckte die Katze auf, als sie plötzlich auf die Füße sprang und aus einem Regal ein Fotoalbum holte. »Vielleicht würden Sie die gerne ansehen.«

Auf dem ersten Foto stand die Theatergruppe vor dem Kleinbus der Schule, bevor sie zu einer Veranstaltung aufbrach: Susan Blacklock ganz rechts, einen halben Schritt von den anderen entfernt. Im ganzen waren es acht Mädchen und vier Jungen. Paul Latham in einem weiten naturfarbenen Anzug stand vorne in der Mitte und lächelte. Auf den meisten anderen Fotos – vor dem Royal Shakespeare Theatre in Stratford-upon-Avon, auf dem Bürgersteig vor dem Roundhouse Theatre in London – stand Susan direkt neben Siobhan und einem dunkelhaarigen Mädchen. Lynsey, wie Elder annahm.

»Ja«, sagte Siobhan, als er fragte. »Das ist Lyns.«

Es gab Bilder, auf denen sie allein zu sehen waren, zu zweit oder zu dritt. Sie lachten, schnitten Gesichter oder taten, als ob sie weinten. Siobhan zog ihren Mund mit den Zeigefingern in die Breite, Lynsey streckte die Zunge aus. Witzige Hüte oder Anstecker, verrückte Kleider. Drei Mädchen, drei junge Frauen, die sich königlich amüsierten.

»Sind Sie immer noch befreundet?« fragte Elder. »Sehen Sie Lynsey oft?«

»Ja. Das heißt, bis vor einem Jahr. Da hat sie nämlich einen Entertainer kennengelernt und ist mit ihm nach Kanada gegangen. Toronto.« Sie lächelte. »Nicht gerade das Ende der Welt, aber mir scheint es so.«

»Sie vermissen sie?«

»O ja.«

»Sie waren noch nicht drüben? Um sie zu besuchen?«

Siobhan sah ihn an. »Sie kennen das bestimmt. Man denkt, man kennt einen anderen Menschen wirklich gut, er ist der beste, der engste Freund. Und dann verliebt sich dieser Mensch in jemanden, der alles zu verkörpern scheint, was sie beide je verabscheut haben. Man denkt, wie kann das nur sein? Und nach einer Weile beginnt man zu denken, daß man den anderen gar nicht so gut gekannt hat.«

Als sie zu sprechen aufhörte, glaubte Elder, sie wäre den Tränen nahe, zumindest war sie aufgewühlt.

»Möchten Sie noch etwas Kaffee? Ich glaube, da ist noch ein wenig in der Kanne.«

Während sie draußen war, blätterte Elder in dem Album zurück. Auf einem Foto aus geringer Entfernung sah Susan Blacklock direkt in die Kamera, sie wirkte ernst, obwohl sie lächelte. Sie war schön in diesem Augenblick, dachte Elder. Schön.

»Wer hat das aufgenommen?« fragte er, als Siobhan ins Zimmer zurückkehrte.

»Ich weiß nicht genau. Es könnte … es könnte eigentlich jeder gewesen sein … aber ich würde sagen, es war vermutlich Mr Latham.«

»Warum glauben Sie das?«

»Ach, es ist die Pose, wissen Sie. Wie ein richtiges Foto, nicht nur ein Schnappschuß.«

»Susan mochte ihn also, diesen Mr Latham?«

»Natürlich. Wir mochten ihn alle. Beteten ihn praktisch an.«

»Waren Sie in ihn verknallt?«

Siobhan lachte laut auf. »Nicht die Spur.«

»Warum nicht?«

»Das war einfach nicht angesagt.«

»Weil er Lehrer war?«

»Um Himmels willen, nein. Lyns und ich, wir waren beide in unseren Mathematiklehrer verschossen. Wir verfolgten ihn, versteckten Briefchen in seinem Kursbuch, riefen ihn manchmal zu Hause an. Spät abends redeten wir über ihn, wie es wäre, wenn ... Und der Witz war, er hat die ganze Zeit über so eine Schlampe aus der Oberstufe gebumst. Das flog auf, als sie schwanger wurde und eine Überdosis Tabletten nahm. Man mußte ihr den Magen auspumpen, und sie verlor das Baby. Sie arbeitet jetzt bei Marks and Spencer in Sheffield. Ich treffe sie manchmal zufällig, wenn ich nach Hause fahre.«

»Und der Mann? Der Mathematiklehrer?«

»Hat die Schule gewechselt. Ist Stellvertretender Schulleiter irgendwo in Derbyshire, haben wir gehört. Inzwischen ist er wahrscheinlich Schulrat.«

Elder klappte das Album zu und lehnte es an die Rükkenlehne des Sofas. »Also, wenn Paul Latham kein verbotenes Terrain war, zumindest nicht in Ihrer Fantasie ...«

»Warum wir uns nicht in ihn verguckt haben? Am Anfang glaubten wir alle, er sei schwul. Sie wissen schon: Theater, Kostüme, die Handbewegungen. Kurz, die ganze Übertreibung.«

»Aber er war es nicht?«

»Ich glaube nicht. Ich glaube, er war in Wirklichkeit gar nichts. Sexuell, meine ich.«

»Er ist nicht verheiratet.«

»Damals auch nicht. Es sei denn, er hielt eine Frau auf dem Dachboden versteckt. Er hatte ein Cottage etwas außerhalb der Stadt, auf dem Weg nach Matlock. Alles war picobello. Man hätte vom Boden essen können.«

»Sie waren also dort?«

»Er machte jedes Jahr eine Sommerparty.«

»Und das war alles?«

»Lynsey und ich und ein paar andere waren ein paarmal nach den Proben da. So zur Entspannung, wissen Sie.«

»Und Susan?«

»Sie könnte ein- oder zweimal dabeigewesen sein.«

»Und alleine? Wissen Sie, ob sie jemals alleine dort war?«

Siobhan schüttelte den Kopf, wobei ihre Belustigung mit Erstaunen wetteiferte. »Sie glauben, die beiden hatten eine Affäre? Susan und Paul?«

»Ist das nicht möglich?«

»Nein.«

»Was macht Sie so sicher?«

»Selbst wenn sie es *nicht* erzählt hätte – und das hätte sie, Mädchen behalten so etwas nicht für sich, auch wenn sie noch so verschlossen sind –, hätte eine von uns was gemerkt. Wir haben so viel Zeit miteinander verbracht: nach der Schule, am Wochenende, immer wurden wir in diesem verdammten Kleinbus durchgerüttelt.«

»Ja, vermutlich haben Sie recht.«

»Und dann, wie ich schon sagte, war er nicht der Typ. Die beiden – das paßt einfach nicht zusammen.«

Elder dachte an das, was sie über ihre beste Freundin und den kanadischen Entertainer gesagt hatte, aber er erinnerte sie lieber nicht daran. »Und die Jungen in der Gruppe«, sagte er, »ist es möglich, daß sie in einen von ihnen verliebt war?«

Siobhan griff nach dem Album. »Dieses Paar hier, die beiden in Jeansjacke und Jeans, die waren schwul. Sie haben sich nicht regelrecht geoutet, es aber auch nicht völlig verborgen.« Sie lachte, als sie sich an etwas erinnerte. »Bis sie zu der Feier am Schuljahresende so aufgedonnert erschienen, daß sie wie eine Doppelversion von Boy George aussahen. Also, ich würde darauf wetten, daß sie inzwischen verheiratet sind, Kinder haben, Haus und Hypothek und alles, was dazugehört.« Sie beugte ihr Handgelenk und versuchte sich an einer Parodie. »Es ist eine Phase, Schatz, eine Phase.« Sie lachte.

Das Lachen vermischte sich mit einem leichten Hustenanfall, für den sie sich entschuldigte. Sie riß sich zusammen und zeigte auf eine andere Fotografie.

»Unser Rob hier, Rob Shriver, der war nun wirklich der Schwarm aller Mädchen, aber er ging seit Ewigkeiten mit Linda Fairburn. Die beiden sind immer noch zusammen, verheiratet, drei Kinder, leben glücklich bis an ihr Lebensende in einem pseudo-georgianischen Paradies in Macclesfield. Ich bekomme jedes Jahr zu Weihnachten so einen Rundbrief mit Bildern von den Kindern. Die kennen Sie doch, diese gräßlichen Teile in billigen Papprahmen, auf denen die Kinder in ihren Schuluniformen lächeln. Zum Kotzen. Ach, eigentlich ist es süß.«

»Was ist mit dem da?« fragte Elder und zeigte auf einen großen Jungen mit relativ langen Haaren und randloser Brille, der links von Susan stand.

»Stephen. Stephen Makepiece Bryan. Unser zahmer Intellektueller. Hat jeden Tag schon vor dem Frühstück Brecht gelesen. Hielt Mozart und Jimi Hendrix für Götter. Shakespeare natürlich auch. Aber wenn ich darüber nachdenke, verstanden er und Susan sich sehr gut. Sie waren beide Einzelkinder, ich glaube, das war auch ein Grund. Und einmal ist sie mit ihm ins Konzert gegangen. Etwas Klassisches. Ich erinnere mich, daß Lyns und ich sie damit aufgezogen haben. Trotzdem glaube ich nicht, daß da etwas Sexuelles lief. Stephen war vermutlich zu verliebt in sich selbst, um sich an andere zu verschwenden.«

»Hören Sie noch manchmal etwas von Stephen?«

»Nein, aber ich glaube, Rob und Linda haben Kontakt zu ihm. Ich könnte Ihnen ihre Telefonnummer geben, wenn Sie wollen. Oder Sie probieren es mit dieser Seite im Netz. Sie heißt *Friends Reunite*, glaube ich. Da könnte er aufgeführt sein.«

»Danke. Vielleicht mache ich das. Jetzt sollte ich aber gehen. Ich habe Ihnen genug Zeit gestohlen.«

Siobhan deutete eine Verbeugung an. »Mylord, so nehmt sie hin.«

»Shakespeare?«

»Werbung für Kartoffelchips. Ich suche Ihnen diese Nummer raus, und dann bringe ich Sie nach unten an die Tür.«

Der Himmel hatte sich ein wenig bewölkt, und es sah nach Regen aus. Die Dinge ändern sich ständig.

»Erinnern Sie sich daran, daß Sie mal von einer Fahrt ins Theater nach Newcastle sehr spät zurückgekommen sind?« fragte Elder. »Der Kleinbus hatte eine Panne. Einen Platten.«

Siobhan dachte nach, dann schüttelte sie den Kopf. »Ich kann mich nicht genau erinnern. So was passierte ständig.«

»Aber es muß wirklich spät gewesen sein. Drei oder vier Uhr morgens.«

»Nein, tut mir leid. Meine einzige Erinnerung an Newcastle ist, daß wir dort hingefahren sind, um ein Gastspiel des National Theatre zu sehen, den ›Lear‹, und dann klemmte der eiserne Vorhang. Sie mußten die Vorstellung absagen.«

»Und wissen Sie, wann das war? Ich meine, genau.«

»Nein. Tut mir leid.«

Elder trat einen Schritt zurück. »Noch einmal herzlichen Dank für den Kaffee. Und die Unterhaltung.«

»Hat mir Spaß gemacht.«

»Also, alles Gute.«

Elder hob eine Hand und machte sich auf den Weg. An der Ecke des Platzes guckte er auf die Uhr, dachte an den Fahrplan der Züge nach Hause und ging schneller. Nach Hause, wie war er darauf gekommen? Ein gemietetes Zimmer und wenig mehr als seine Kleider und ein paar Bücher, die ihm gehörten. Würde er nach Cornwall zurückkehren, wenn all dies vorüber war? Und wenn nicht, was hatte er eigentlich vor? Wo würde er hingehen?

Für den Augenblick genügte St Pancras.

Einen Schritt nach dem anderen.

24

Ohne die Sache mit dem Wagen wäre Gerald Kersley nie zur Polizei gegangen. Seine Kunden- und Kreditkarten konnte er sperren lassen, den Verlust des Bargelds verschmerzen. Aber ein fast neuer Renault Vel Satis ohne den geringsten Kratzer auf dem seidenmatten Lack … unmöglich, der Versicherung den Schaden zu melden, ohne daß er den Diebstahl anzeigte.

Auf dem zuständigen Polizeirevier notierte der Beamte in Uniform mühevoll die Details.

»Und als Sie am Park anhielten, um die Herrentoilette zu benutzen, war es ungefähr viertel nach?«

»Ja.«

»Weniger als eine halbe Stunde, nachdem Sie das Haus verlassen hatten?«

»Es war dieses indische Essen von gestern abend, ich mußte mal, Sie wissen ja, wie das ist.«

»Ja, Sir. Natürlich«, sagte der Beamte. Die Toiletten im Park waren ein bekannter Schwulentreff, was die Polizei nur allzu gerne ignorierte, solange kein tugendhafter Bürger den Polizeichef mit einer Beschwerde aufscheuchte.

»Und wie lange haben Sie dort geparkt, Sir? Zehn Minuten?«

»Weniger. Viel weniger. Höchstens fünf.«

»Das heißt, der Autodieb war ziemlich schnell und kannte sich gut aus ...«

»Ist das nicht immer so?«

»Und es besteht keine Möglichkeit, daß Sie die Schlüssel aus Versehen im Wagen gelassen haben?«

»Um Himmels willen, nein. Ich bin doch nicht blöd.«

»Nein, Sir.« Der Beamte mußte sich sehr anstrengen, um ein Grinsen zu unterdrücken.

Der Wagen wurde einen Tag später gefunden, südlich von Stockport um einen Laternenpfahl gewickelt. Shane Donald war es gelungen, sich zu verfahren; er war im Kreis durch Manchester gekurvt und hatte die Stadt schließlich Richtung Südosten verlassen, statt nach Südwesten zu fahren, wie er es vorgehabt hatte. Auf einer der seltenen freien Strecken hatte er ordentlich auf die Tube gedrückt, aber dann mußte er plötzlich einem Postauto ausweichen und hatte die Kontrolle über den Wagen verloren. Von ein paar Beulen, blauen Flecken und einer Schnittwunde an der Stirn abgesehen, war er glimpflich davongekommen. Er hatte seine Tasche geschnappt und sich leicht humpelnd aus dem Staub gemacht.

Etwa eine halbe Stunde später zog er einen seltenen Glückstreffer, als er auf einen kleinen reisenden Jahrmarkt stieß, der soeben auf einem Stück Ödland seine Zelte aufgeschlagen hatte. Ein Autoskooter, eine altmodische Walzerbahn, ein paar Karussells, verschiedene Buden und eine große aufblasbare Rutsche. Die Kinder kletterten auf Seilen in Form eines Kreuzgitters hinauf, um dann geräuschvoll nach unten zu rollen und zu purzeln, wobei sie die ganze Zeit kreischten. Fünf Rutschpartien für zwei Pfund, Erwachsene und Schuhe verboten.

Donald wanderte herum, bis er mit dem Mann ins Gespräch kam, der das Sagen zu haben schien, prahlte ein wenig mit seinen reichen Erfahrungen aus der Vergangenheit und wurde genommen. Er sammelte am Fuße der Rutsche das Geld ein, eine Aufgabe, die er sich mit einem mürrischen Kroaten teilte. Mal der eine, mal der andere.

Mit seinen ultrakurzen Haaren, die ihn aus der Entfernung beinahe kahl aussehen ließen, hätte Donald jeder junge Mann zwischen neunzehn und dreißig sein können, nur das Pflaster an seiner Stirn unterschied ihn von den anderen. Eine Ähnlichkeit mit den Fotos, die bislang in den Zeitungen erschienen waren, war so gut wie nicht vorhanden.

Am Ende des ersten Tages, vielmehr des ersten Abends, als überall die Lichter brannten und der süßliche Geruch nach gerösteten Zwiebeln vom Hot-dog-Stand herüberwehte, fiel ihm das Mädchen auf, das in der Dart-Bude stand. Ein Gewinn ab fünfzig Punkten, keine Doppel, ein Treffer ins Schwarze zwanzig Punkte, eigene Wurfpfeile nicht gestattet. Umgeben von Plüschtieren und Cowboyhüten, stand sie mit müden Augen im bunten Neonlicht, das ihre Haut violett färbte, und hielt einen Satz Wurfpfeile mit grüner Befiederung in der Hand.

»Willst du?«

Donald zuckte die Achseln, schüttelte den Kopf. Inzwischen hatte er sich eine Viertelstunde oder länger bei der Bude herumgedrückt. Zwischendurch war er weggegangen, mit einer Tüte gezuckerter Doughnuts zurückgekehrt, und jetzt stand er wieder ein bißchen herum.

»Komm schon, versuch's doch mal. Du brauchst auch nicht zu bezahlen.«

Sie sprach mit einem leichten Dialekt, kam vermutlich irgendwo aus dem Norden. Er stellte die Tüte mit den Doughnuts ab, und sie reichte ihm die Wurfpfeile. Sie waren natürlich ganz leicht, was er vorher gewußt hatte, denn sie wurden innen ausgebohrt. Das machte es fast unmöglich, zu zielen. Er erreichte fünfzehn Punkte, und sie bot ihm einen orangefarbenen Teddy mit Knopfaugen und einem aufgestickten Mund an. Statt abzulehnen, bedankte er sich und steckte den Teddy in seinen Gürtel.

»Hier«, sagte er und hielt ihr die Tüte hin, die inzwischen dunkel vom Fett war. »Nimm dir einen.«

Sie hatte einen kleinen silbernen Stecker im linken Nasenflügel, wie er jetzt sah. Ihr Haar war kurzgeschnitten. Als sie in den Doughnut biß, hinterließ der Zucker kleine weiße Pünktchen auf ihrer Oberlippe.

»Ich heiße Angel«, sagte sie. »Und du?«

»Shane.«

Überall zogen kleine Gruppen von Jugendlichen umher, sie krakeelten lautstark und tranken Bier aus Dosen. Als einer von ihnen an die Bude kam und zwei von drei Wurfpfeilen nicht einmal im Brett steckenblieben, fing er an, Angel zu beschimpfen, und bezeichnete sie als hinterlistige Schlampe. Donald trat ihm entgegen und sagte, er solle weitergehen, und zu seiner Verwunderung tat der Junge genau das, wenn auch nicht, ohne ihm vorher eine Tracht Prügel anzudrohen, um sich nicht vor seinen Freunden zu blamieren.

»Danke«, sagte Angel. »Aber das war nicht notwendig. Das ist hier nämlich immer so. War noch zahm.«

»Is okay«, sagte Donald.

Als der Jahrmarkt gegen zwei Uhr zumachte und er mit dem Kassieren an der Rutsche fertig war, ging er zu ihr zurück, um ihr beim Aufräumen und Verriegeln der Bude zu helfen.

»Danke«, sagte sie noch einmal.

»Is okay.«

»Rauchst du?« fragte sie.

»Ja. Warum nicht?«

Angel drehte einen schmalen Joint, zündete ein Streichholz an und brachte ihn in Gang, dann reichte sie ihn an Donald weiter. Sie liefen zu einem kleinen Abhang am Rande des Geländes und setzten sich.

»Wo wohnst du? Hier, oder was?«

Donald zuckte die Schultern. »Wollte mir eigentlich 'ne Decke leihen und mich auf den Boden hauen. Is nich kalt.«

Er gab ihr den Joint zurück, und sie behielt den Rauch erst im Mund und zog ihn dann in die Lungen. Sie war noch nicht lange aus der Schule, schätzte Donald. Sechzehn. Siebzehn.

»Und du?« fragte Donald.

Angel zeigte auf eine Gruppe von Wohnwagen. »Ich wohne bei Della. Sie hat mich aufgenommen. Ist schon ein paar Monate her. Della ist in Ordnung.«

Donald nickte. »Du heißt doch in Wirklichkeit nicht Angel«, sagte er.

»Doch. Angel Elizabeth Ryan.«

»Ich dachte, du wolltest mich verarschen.«

»Das war mein Dad.«

Sie saßen und rauchten und lauschten dem gelegentlichen Ausbruch von Gelächter auf dem Gelände, dem Geräusch eines Autos, das mit offenem Fenster und lauter Musik auf der Straße hinter ihnen vorbeifuhr.

»Shane ...«

»Ja.«

»Bleibst du länger hier, oder was?«

»Er hat gesagt, ich kann die Rutsche machen, wenn ich will.«

»Und? Willst du?«

»Ne Zeitlang, vielleicht. Paar Tage, warum nicht?«

»Woher kommt das?« fragte sie, wobei sie das Pflaster an seiner Stirn nicht ganz berührte.

Shane grinste. »Hab ein Auto zu Schrott gefahren.«

Sie schob ihr Gesicht vor seines, und als sie ihn küßte, fühlten sich ihre Lippen trocken und rissig an; ihre Zunge war schnell und feucht, und dann zog sie den Kopf zurück. Er konnte die Gänsehaut auf ihren Armen fühlen. Sie rauchten den Joint ganz bis ans Ende, dann kam Angel auf die Füße und strich sich den Dreck von den Jeans.

»Ich geh lieber rein.«

»Okay.«

Als sie weg war, drehte er sich um, zog den Reißverschluß runter und pinkelte, wo er stand: einen langen gebogenen Strahl, der nicht aufzuhören schien. Als er fertig war, kam sie zurückgelaufen, eine Decke über dem Arm.

»Hier. Della sagt, du kannst sie haben.«

Er versuchte, sie noch einmal zu küssen, aber sie wandte den Kopf ab.

»Bis morgen«, sagte sie.

»Ja. Schätz ich mal.«

Als er einschlief, dachte er noch immer an den Kuß, an die Bestimmtheit, mit der sie ihn geküßt hatte.

Donald arbeitete noch zwei Tage an der Rutsche, sprang ein- oder zweimal beim Autoskooter ein und half Angel, die Bude auf- und abzubauen. Der Besitzer des Jahrmarkts, Otto, entstammte einer Familie, in der es seit mehreren Generationen fahrende Schausteller gab. Vor ihm hatte der Jahrmarkt seinem Vater und seinem Onkel gehört. Die meisten Leute, die dort arbeiteten, waren mit ihm verwandt: Söhne, Neffen, Cousins. Della, die Angel mehr oder weniger adoptiert hatte, war Ottos Schwester.

Einer der Cousins gab Donald einen Schlafsack und sagte, er könne sich in dem Lastwagen, der die Walzerbahn zog, ein Lager aufschlagen. Am zweiten Abend lud Della ihn in den Wohnwagen zum Essen ein: Eintopf mit Fleisch und Kartoffeln und eine Flasche kratziger Rotwein. Ein weißer Schnaps, der Donald zum Husten brachte. An einem gewissen Punkt kam Otto hinzu, trank mächtig, riß ein Stück Brot ab und wischte damit den fast leeren Topf aus.

»Guter Junge!« sagte er und packte Donald hart an der Schulter. »Guter Junge, hä?«

Ich bin dreißig, dachte Donald, kein Junge. Er sagte nichts.

Am nächsten Tag arbeitete er an der Rutsche, und Della kam zu ihm herüber. Ihre langen Röcke schleiften im Dreck. Es war früher Nachmittag und noch sehr ruhig: ein paar kleine Kinder, Mütter mit Buggys oder mit Babys, die sie in einem Tuch vor der Brust trugen.

»Früher ging's Angel ziemlich dreckig, wußtest du das?« sagte Della.

Donald nickte, obwohl er gar nichts wußte, nur das, was er sich zusammengereimt hatte.

»Die Mutter auf Drogen, nicht zu gebrauchen, der Vater nie da, Pflegefamilien, Heime. Sie ist immerzu weggelaufen, aber die Polizei hat sie zurückgebracht. Als ich sie vor sechs Monaten fand, war sie nur Haut und Knochen. Haßte sich. Verletzte sich mit der Rasierklinge. Jetzt nicht mehr. Das ist vorbei.«

Sie kam näher heran und ergriff Donalds Arm.

»Wenn du ihr was tust, und sie fängt wieder damit an, sich zu schneiden, dann schneide ich dir hier was ab.« Sie ließ seinen Arm los, und blitzschnell fuhr ihre Hand zwischen seine Beine. »Verstanden?«

»Mm.«

»Ja?« Sie packte fester zu.

»Ja.«

»Gut.« Als sie einen Schritt zurücktrat, tränten Donalds Augen, und seine Eier taten weh.

»Du warst im Gefängnis«, sagte sie, und es handelte sich nicht um eine Frage. »Im Knast. Lange.«

Sie machte eine ruckartige Bewegung mit der Hand. »Du sollst wissen, daß ich es weiß. Noch ist das deine Sache.« Sie kam wieder näher heran, und ihr warmer Atem streifte sein Gesicht. »Du behandelst Angel gut, oder du kriegst es mit mir zu tun.«

In dieser Nacht kam Angel zu ihm in den Lastwagen, als er schlief.

Zuerst dachte er, es wäre ein Traum. Die leichte Berührung, das Geräusch des Reißverschlusses, der langsam nach unten gezogen wurde. Als sie in die Öffnung des Schlafsacks schlüpfte, fühlte er ihre kalten Füße und Beine an seiner Haut, ihre eckigen Knie. Sie trug ein weißes T-Shirt und einen winzigen Baumwollslip. Als er zu reden begann, küßte sie seine Wangen, seine Augenlider, seine Mundwinkel. Er merkte, daß er steif wurde, und als auch sie es merkte, atmete sie schwer.

»Vorsichtig«, sagte sie, als er sich plötzlich bewegte und eine Hand zwischen ihre Beine schob. »Nein. Halt, halt.«

»Ich dachte ...«

»Hier.« Ihre zarten Finger schlossen sich um sein Handgelenk, und als er ruhig war, führte sie seine Hand wieder nach unten, schob die feuchte Baumwolle zur Seite.

»Da. Jetzt, langsam ... langsam ... sachte!«

Sie veränderte ihre Position ein wenig, preßte sich an ihn, und er fühlte, wie sie sich unter seinen Fingern öffnete, warm und feucht.

»Langsam, Shane. Langsam, um Gottes willen. Bitte, bitte.«

Als sie kam, biß sie so fest in seinen Oberarm, daß die Haut verletzt wurde.

»Mann!«

»Was?«

»Das hat weh getan.«

»Entschuldigung.«

Sanft küßte sie die halbmondförmigen Bißspuren auf seinem Arm. Die verschwitzten Beine der beiden waren im Schlafsack fest ineinander verschlungen. Angel löste sich aus der Umarmung, zog sich das T-Shirt über den Kopf und rollte zur Seite, bis sie auf dem Rücken lag.

»Du bist schön«, sagte Shane, weil er wußte, daß er etwas sagen mußte.

Wenn sie so dalag, verschwanden ihre kleinen Brüste fast ganz. Die dichten Haare zwischen ihren Beinen erstaunten ihn.

»Du hast nicht zufällig was, oder?«

»Was? Was meinst du?«

»Ein Kondom, was denn sonst?«

Donald schüttelte den Kopf. Er hatte geglaubt, sie meinte Aids oder irgendeine andere Krankheit.

»Also gut.« Sie wand sich, rutschte an ihm herunter und nahm ihn in den Mund.

»Du brauchst nicht ...«

Aber innerhalb von Sekunden war er gekommen, und sie hatte es geschluckt, das meiste jedenfalls, dann schmiegte sie sich an ihn und legte ihr Gesicht an seine Brust. Ohne sie wegzuschieben, drehte sich Donald etwas auf die Seite und schloß die Augen, während ihr Herz an seinem schlug.

Er wachte auf, ohne zu wissen, daß er geschlafen hatte. Der eine Arm war taub, weil sein eigenes Gewicht ihn auf eine Rille im Metallboden des Lastwagens gepreßt hatte. Er drehte sich vorsichtig um, zitterte und fummelte am Reißverschluß des Schlafsacks herum, bis er wieder geschlossen war. In einem der Wohnwagen brannte noch Licht, und im Osten begann der Himmel schon heller zu werden. Er fragte sich, wie lange Angel bei ihm gelegen hatte, bevor sie in den Wohnwagen zurückgekehrt war. Er versuchte, sich an jeden einzelnen Augenblick zu erinnern, an alles, was passiert war, aber er schlief wieder ein, ohne es zu wollen.

Als er sie ein paar Stunden später wiedersah, ging sie von Dellas Wohnwagen zu ihrer Bude, winkte mit der Hand in seine Richtung und lächelte kurz, ohne stehenzubleiben.

25

Als Shane Donald innerhalb von achtundvierzig Stunden nicht wieder auftauchte – schuldbewußt und in Handschellen – und innerhalb dieses Zeitraums auch kein abscheuliches Verbrechen verübte, schwand das allgemeine Interesse an seiner Person. Die Enthüllungen seines Schwagers wurden vorerst auf Eis gelegt, obgleich sie mit den Fantasien eines ansonsten gelangweilten Redaktionsassistenten aufgepeppt worden waren. Pam Wilson stellte fest, daß sie den Kopf über den Gartenzaun strecken konnte, ohne daß eine Kamera auf sie gerichtet wurde. Eine der überregionalen Tageszeitungen, von der man so etwas nicht erwartet hätte, brachte einen umfassenden Bericht über Sexualstraftaten, die von zwei Tätern gemeinschaftlich begangen wurden, und ließ auch die jugendlichen Opfer nicht unbeachtet.

Elder rief mehrfach die Telefonnummer an, die Siobhan ihm gegeben hatte, und wurde jedesmal höflich davon in Kenntnis gesetzt, daß augenblicklich weder Rob noch Linda Shriver erreichbar seien, er aber sehr gern für einen der beiden oder auch für Matthew, Dominic und Eliza oder für alle zusammen eine Nachricht hinterlassen könne. Zweimal legte er wieder auf, aber beim dritten Mal hinterließ er Willie Bells Telefonnummer.

Als er das Handy seiner Tochter anrief, weil er sich

gerne auf einen Kaffee, zum Essen oder vielleicht sogar für einen Kinobesuch mit ihr verabredet hätte, wurde er automatisch an den Festnetzanschluß weitergeleitet, und bevor er auflegen konnte, war Joanne am Telefon. Es gab eine peinliche Pause, der eine jener stockenden Unterhaltungen folgte, bei denen jeder dem anderen Fragen stellt, deren Antworten ihn so gut wie gar nicht interessieren. Sie hielten es ein paar Minuten durch, dann glaubte Elder zu hören, wie sich im Hintergrund eine Tür öffnete und eine Männerstimme sprach. Sofort sagte Joanne: »Ich richte Katherine aus, daß du angerufen hast«, und das war es dann.

Elder konnte sich an eine Zeit erinnern, als er und Joanne stundenlang über alles und jedes geredet hatten. Nun, im wesentlichen war es Joanne gewesen, aber er hatte ihr mit Freude die Stichworte gegeben. Sprunghafte Diskussionen über Politik und Mode, Filme, Bücher und Freunde. Dazu die Pläne, die sie geschmiedet hatten! Um nur die Hälfte aller Pläne in die Tat umzusetzen, die Joanne in zwölf Monaten aushecken konnte, hätte man genauso viele Jahre gebraucht. Elder hatte sie meistens daran erinnert, wie unrealistisch einige davon waren, reine Luftschlösser – laß uns einen Laden aufmachen, eine Boutique, einen eigenen Modesalon, ein kleines Hotel; laß uns nach Amerika gehen, nach Lissabon, auf die Balearen, irgendwohin. Zum größten Teil basierten die Pläne darauf, daß er den Polizeidienst quittierte und etwas anderes wurde, als er war: der einfache Kriminalbeamte, den Joanne mit neunzehn in Lincolnshire kennengelernt hatte, den sie sechs Jahre später geheiratet und sieben Jahre danach schließlich überredet hatte, sein Glück in der Großstadt zu suchen und nach London zu ziehen.

Du hast den falschen Mann geheiratet, pflegte er im Scherz zu sagen, aber beide begannen, daran zu glauben. Vielleicht wäre alles anders gekommen, wenn sie Martyn Miles Jahre zuvor begegnet wäre. Nur daß Martyn Miles keine zehn Pferde nach Lincolnshire gebracht hätten – es sei denn, besagte Pferde hätten seinen Sarg gezogen. Und ohne ihre Ehe hätte es Katherine nicht gegeben.

Das war ein Gedanke, den Elder nicht ertragen konnte.

Katherine war das alles wert gewesen.

Hungrig öffnete er eine große Büchse gebackene Bohnen, fügte Worcestersoße hinzu und aß sie mit einem Löffel direkt aus dem Kochtopf. Er spülte gerade den Topf unter dem Wasserhahn aus, als das Telefon läutete.

»Hallo, hier spricht Linda Shriver. Sie haben eine Nachricht hinterlassen und einen von uns um Rückruf gebeten.«

Elder dankte ihr und erklärte, was er wollte.

»Es geht also um Susan Blacklock und ihr Verschwinden?«

»Sie kannten sie sicher«, sagte Elder.

Eine Pause am anderen Ende der Leitung.

»Ja. Nicht so gut wie Rob und die anderen, aber ja.«

»Und Sie mochten sie nicht.«

»Wie kommen Sie darauf?«

»Nur so ein Gefühl.«

Sie lachte. Schrill und falsch. »Sie sollten Detektiv werden, Mr Elder.«

»Danke«, sagte er. »Würde es Ihnen etwas ausmachen, mir den Grund für Ihre Gefühle zu erklären?«

Sie überlegte, bevor sie antwortete. »Ich habe ihr nie … Es ist schwierig, weil ich nie richtig zu der Gruppe gehört habe, ich bin nur durch Rob dazugekommen … Aber ich glaube, ich habe ihr nie … eigentlich wollte ich sagen ›geglaubt‹, aber das ist auch nicht ganz richtig.«

»Sie haben ihr nicht getraut?« schlug Elder vor.

»Ich weiß nicht genau, ob es so war, vielleicht teilweise. Nein, es ist eher so, daß ich nie wirklich an Susan als Person geglaubt habe. Als wäre alles nur Fassade gewesen. Diese etwas exaltierte Begeisterung für das Theater. Als hätte sie eine Show abgezogen.«

Elder dachte an die Fotos, die er bei Siobhan gesehen hatte. »Haben das nicht alle gemacht?«

»Ja. Ich weiß, was Sie meinen.« Sie lachte, diesmal mit mehr Wärme. »Ich fürchte, ich habe mich nicht besonders gut ausgedrückt. Ich verwickle mich nur in Widersprüche.«

»Das ist in Ordnung.«

»In einem Verhör würde ich untergehen, stimmt's? Jemand wie Sie würde mich schwafeln lassen, würde mich auch noch dazu ermuntern, und wenn ich dann völlig konfus wäre, würde er die Wahrheit aus dem Hut zaubern.«

»Und die ist?«

Linda lachte, diesmal laut und nervös. »Ich war natürlich eifersüchtig auf sie.«

»Weil sie sich für Rob interessierte?«

»Meine Güte, nein! Die halbe Schule, die weibliche Hälfte zumindest, lag ihm zu Füßen, aber Susan hat ihn meistens gar nicht zur Kenntnis genommen. Es war umgekehrt: Rob war in sie vernarrt. Manchmal kriegte ich mit, wie er ihr nachsah – wie ein trauriger Hund, der seinen Knochen nicht bekommt. Ich habe sie sogar mal zur Rede gestellt. Es war auf einer Party, und ich hatte mir mit ein, zwei Gläsern Mut angetrunken. Na ja, jedenfalls habe ich zu ihr gesagt, wenn sie Rob jemals … zu nahe käme, würde ich ihr die Augen auskratzen. Schrecklich, nicht? Jetzt tut es mir leid. Nach allem ... Sie wissen schon ... was vielleicht mit ihr passiert ist.«

Elder antwortete nicht.

»Jedenfalls«, sagte Linda, »hat sie mich angeguckt, als hätte ich nicht alle Tassen im Schrank, und ist einfach weggegangen.«

»Und Sie haben gewartet, bis er darüber hinweg war?«

»So ungefähr.«

Elder hörte das Klirren von Glas. Sie trinkt sich schon wieder Mut an, dachte er.

»Wissen Sie, ob Susan mit jemand anderem eine Beziehung hatte?« fragte er. »Mit jemandem aus der Schule?«

»Ich glaube nicht. Sie verbrachte zwar eine Menge Zeit mit Stephen, Stephen Bryan, aber ich glaube nicht, daß mehr dahintersteckte.«

»Sind Sie sicher?«

»Nein. Aber meiner Meinung nach war Stephen gar nicht an Mädchen interessiert. Ist er immer noch nicht, soweit ich weiß.«

»Sie meinen, er ist schwul?«

»Nein, so einfach ist es nicht. Rob trifft sich von Zeit zu Zeit mit ihm, und er hat nie irgend etwas gesagt, weder in die eine Richtung noch in die andere.« Sie machte eine Pause. »Aber wenn zwischen Stephen und Susan etwas gelaufen wäre, würde es natürlich erklären, warum sie nicht an Rob interessiert war.«

»Ja«, sagte Elder. »Natürlich.«

»Hören Sie, ich muß jetzt wirklich das Abendessen vorbereiten. Die Jungen kommen gleich von den Pfadfindern zurück. Soll ich Rob bitten, Sie nach dem Essen anzurufen?«

»Das wäre nett.«

»Was nun die Geschichte mit ihm und Susan betrifft, Mr Elder. Es ist doch nicht nötig, daß Sie …?«

»Absolut nicht.«

»Danke. Vielen Dank.«

Sobald er aufgelegt hatte, läutete das Telefon erneut.

»Hallo. Dad?«

»Ja.«

»Mum sagt, du hast angerufen.«

»Ja. Ich dachte, wir könnten uns vielleicht treffen.«

»Heute abend?«

»Ja.«

»Okay. Ich habe Zeit. Prima.«

»Es ist nur …«

»Jetzt hast *du* keine Zeit mehr.«

»Ich erwarte noch einen Anruf. Ich …«

»Warum besorgst du dir kein Handy, Dad? Du lebst schließlich im 21. Jahrhundert.«

»Kate …«

Aber sie hatte schon aufgelegt. Elder dachte an die Flasche Aberlour in seinem Zimmer, dann an Linda Shriver, die Weißwein trank, während sie auf ihren Mann und ihre Söhne wartete. Nein, eine gute Tasse Tee und ein aufbauendes Buch waren besser. Er hatte ›Kestrel for a Knave‹ zu Ende gelesen und wollte es mit Dickens versuchen. Er hatte sich ›David Copperfield‹ besorgt, und es sah vielversprechend aus. Allerdings war es ein dickes Buch, das man schlecht durch die Gegend schleppen konnte. Aber in Willie Bells einzigem wirklich bequemen Sessel vertrieb es ihm die Zeit, bis Rob Shriver fast eine Stunde später zurückrief.

»Hallo, hier ist Rob.«

Er klingt müde, dachte Elder, als er diese vier Worte hörte, müde und weltverdrossen, älter, als er klingen sollte, älter, als er ist. Vielleicht trug er zuviel Verantwortung, hatte einen aufreibenden Beruf, vielleicht wurde ihm das tägliche Pendeln nach Manchester oder wohin auch immer zu viel, vielleicht hatte er einfach einen schlechten Tag hinter sich.

Elder überlegte, ob seine Fragen ihm den Rest geben würden. »Es geht um Susan Blacklock«, sagte er.

»Ja, Linda hat es mir gesagt.«

Darauf hätte ich gewettet, dachte Elder.

»Es gibt aber nichts Neues?« fragte Rob Shriver.

»Nein, ich fürchte nicht. Ich wünschte, es wäre so.«

»Ja«, sagte er schwermütig, aber dann rappelte er sich auf: »Wollten Sie etwas Bestimmtes? Ich weiß nicht, ob ich helfen kann, es ist alles so lange her, aber ich will es versuchen.«

»Als ich mit Siobhan sprach …«

»Siobhan Banham?«

»Ja. Sie hat mir von einer ihrer Theaterfahrten erzählt, nach Newcastle zu einer Aufführung des National …«

»Nein.«

»Wie bitte?«

»Sie irrt sich. Wenn es Newcastle war, kann es nicht das National Theatre gewesen sein, dann war es die Royal Shakespeare Company.«

»Sind Sie sicher?«

»Absolut.«

»Aber es könnte ›König Lear‹ gewesen sein?«

»Ach, Sie meinen die Vorstellung, die nie stattgefunden hat. Der eiserne Vorhang kam runter, aber ging nicht wieder nach oben. Wir haben uns Pizza geholt und auf dem Heimweg im Bus gegessen.«

»Dann waren Sie also früh zu Hause?«

»Halb zehn. Zehn. Spätestens halb elf.«

»Und wo wurden Sie abgesetzt, alle zusammen vor der Schule?«

»Normalerweise ja. Aber niemand hatte so früh mit uns gerechnet. Ein paar von uns riefen zu Hause an, erinnere ich mich, und unsere Eltern haben uns abgeholt. Bei mir war es bestimmt so.«

»Und die anderen?«

»Ich bin mir nicht sicher. Latham hat sie nach Hause gefahren, nehme ich an.«

»Verstehe. Also, herzlichen Dank.«

»Das ist alles?«

»Im Augenblick ja.«

»Verstehe.«

»Haben Sie zufällig die Telefonnummer von Stephen Bryan?« sagte Elder. »Oder seine Adresse? Siobhan meinte, Sie könnten sie mir eventuell geben.«

»Ja, ich muß beides irgendwo haben. Wenn Sie bitte einen Augenblick warten.«

Der Hörer wurde mit einem kleinen Knall abgelegt. Im Hintergrund hörte Elder Stimmen, das An- und Abschwellen einer Unterhaltung: eine Familie am Abend.

»Hier ist sie«, sagte Rob Shriver. Eine Adresse in Leicester, nur fünfundvierzig Minuten mit dem Auto entfernt. »Hören Sie«, fügte er hinzu und senkte plötzlich die Stimme, »wenn Sie irgend etwas über Susan herausfinden … ich weiß, es ist unwahrscheinlich nach so langer Zeit … aber würden Sie mich informieren?«

»Wenn es geht.«

»Linda würde sich nur darüber aufregen. Darf ich Ihnen vielleicht die Nummer meines Handys geben ...?«

»Legen Sie los.«

»Sie verstehen?«

»Ich denke ja.«

Elder schrieb die Nummer auf, dankte ihm noch einmal und legte auf. Wie war es möglich, dreizehn Jahre lang verliebt zu sein, sogar leidenschaftlich? In jemanden, den man die ganze Zeit über nicht gesehen hatte? Vielleicht verhielt es sich genauso wie mit der Eifersucht. Sie mußte gelegentlich gefüttert werden, und dann konnte man ihr beim Wachsen zusehen.

Dachte er dabei an Rob und Linda Shriver oder an sich selbst und Joanne?

An diesem Abend konnte er sich nicht weiter mit ›David Copperfield‹ befassen. Er hatte genug gelesen, um zu wissen, daß die Dinge erst schlechter werden mußten, ehe sie sich zum Besseren wenden konnten. Eine halbe Stunde später lag er im Bett und schlief, so überraschend das war. Aber dann wurde er in den frühen Morgenstunden von Willie Bell geweckt, der betrunken nach Hause kam, mit den Türen schlug und die Nachbarn mit einer heiseren Darbietung der ›Dancing Queen‹ beglückte, die in seiner Version jedoch verdächtig nach einer schottischen Schimpfkanonade klang.

26

Nachts lag er wach und wartete, daß sie kommen würde. Es war inzwischen kälter geworden, und er hatte zwei Decken über seinen Schlafsack gebreitet. Es gab immer irgendeine Bewegung, selbst an den Rändern der Stadt war es nie ganz ruhig. Und Geräusche. Und Gerüche. Der Geruch von Popcorn und Hot dogs hing immer noch in der Luft; es roch nach Diesel und Gummi, nach langsam brennendem Gummi, das irgendwo in der Entfernung schwelte.

Er horchte auf sie. Einmal hatte er gemeint, den Riegel der Wohnwagentür zu hören, die sie hinter sich schloß, ein anderes Mal hatte er ihre Schritte näher kommen hören. Aber heute war es wie in der ersten Nacht, als sie ihn überrascht hatte, obwohl er jetzt nicht schlief, sondern dalag und wartete.

Wie lange war es her? Eine Woche? Nein, noch keine Woche.

Angel hob die beiden Decken an und zog den Reißverschluß des Schlafsacks so weit herunter, daß sie hineinschlüpfen konnte.

»Vorsichtig«, sagte sie. »Ich bin kalt.«

»Macht nichts.«

»Es ist kalt draußen.«

»Hier drinnen nicht.«

»Meine Füße sind eiskalt.«

»Is okay.«

»Nein. Sie sind wie Eis.«

»Ich mach sie dir warm.«

»Komm nicht an sie ran.«

»Sei nicht blöd. Leg sie an mich.«

»Meinst du wirklich?«

»Hab ich doch gesagt.«

»In Ordnung. Ich hab dich gewarnt.«

»Au! Heilige Scheiße! Die sind ja wie Eis!«

»Siehst du.« Sie lachte.

»Nimm sie sofort weg.«

»Mach ich, mach ich.«

Inzwischen lachte sie so heftig, daß sie ein wenig hin und her rollte, soweit der Schlafsack das erlaubte. Und dann war das Gelächter nicht mehr von Weinen zu unterscheiden, und dann wurden Weinen und Gelächter zu einem Husten, und er hielt sie im Arm, während sie sich schüttelte. Er spürte ihre Wirbelsäule, die harten kleinen Knubbel, und die ganze Zeit über kam dieses bellende Geräusch aus ihrem Mund.

Es war nicht das erste Mal, und es erschreckte ihn.

»Alles in Ordnung?«

»Ja … ja …« Sie kämpfte, versuchte, Atem zu holen und den hartnäckigen Husten abzustellen, der ihre Brust schmerzen ließ.

»Du mußt zum Arzt gehen, das weißt du doch?«

»Alles in Ordnung.« Sie wurde schon ruhiger. »Gleich vorbei. Eine Minute noch. Ich muß nur …«

Sie drehte sich um, und er machte die Bewegung mit und wollte nur, daß der Husten vorbeiging.

»Angel, alles in Ordnung?«

»Ja. Mir geht's gut.«

Er küßte sie und legte seine Hand auf sie. Sie trug einen Pullover über dem T-Shirt, er schob seine Hand darunter und fand ihre Brust. Als er sie berührte, krümmte sie für einen Augenblick den Rücken, dann streckte sie sich aus, schlang ihre Beine um seine Beine und sagte: »Na, wie fühlen sich meine Füße jetzt an?«

»Warm.«

»Wirklich?«

»Ziemlich warm.«

Am Tag zuvor war sie auf ihn zugelaufen, war wie ein kleines Mädchen über den Rummelplatz gerannt und hatte die Arme in der Luft geschwenkt. Sie war so aufgeregt gewesen, daß sie kaum sprechen konnte.

Der Jahrmarkt zog weiter, und Shane konnte mitkommen. Sie hatte Otto gefragt, und es ging in Ordnung. Der Kroate wollte nach Schottland und nahm seine Freundin mit, die eine von Ottos Nichten war, und Shane konnte die Rutsche ganz allein machen. Und nicht nur das: Otto war auch bereit, ihnen den Wohnwagen zu vermieten, in dem seine Nichte und ihr Kroate gelebt hatten. Es war nicht teuer, jedenfalls nicht allzu teuer, sie konnten es sich bestimmt leisten, und wenn nicht, würde Della helfen.

»Also?« hatte Angel gesagt. »Spitze, was?«

»Vielleicht.«

»Was soll das denn heißen? Vielleicht?«

»Ja, ich schätz mal ... ich weiß nicht.«

»Was ist los? Das ist deine Chance. Ich hab geglaubt, du springst vor Freude in die Luft.«

Er sah ihr nicht in die Augen.

»Ach so. Du wolltest mich ein paarmal vögeln, und das war's dann. Ist es das?«

»Nein.«

»Also, was denn?«

»Ich weiß nicht.«

»Was willst du, Shane? Ich muß das wissen. Wir fahren übermorgen los. Was sagst du? Auf Wiedersehen und vielen Dank auch? Komm doch noch mal auf einen Abschiedsfick in den Lastwagen?«

»Hör auf.«

»Was bin ich für dich, Shane? Eine blöde Schlampe, die du vögeln kannst, eine Nutte?«

»Hör auf damit.«

»Ist das alles, was ich für dich bin, eine dumme Nutte?«

»Nein.«

»Nein, Shane?«

»Nein, ich schwör's dir.«

»Dann beweis es.«

Sie gingen zusammen zu Otto, und Shane befürchtete schon, daß der Ältere Fragen stellen würde, als wäre er Angels Vater. Sie hatte ja keinen Vater, keinen richtigen, und Otto wußte das. Otto würde ihn nach seiner Familie ausfragen, würde wissen wollen, wo er gewesen war, wo er gearbeitet hatte, warum er gesessen hatte. Wenn Della wußte, daß er im Knast gewesen war, wußte Otto das auch. Aber nein, Otto erzählte Geschichten, machte Scherze und zog Shane und Angel auf, als wären sie Kinder. Dann holte er Gläser und eine Flasche und sprach von Mann zu Mann mit Shane über die Miete für den Wohnwagen und den Job an der Rutsche. Die ganze Zeit über sah Angel zu und lächelte.

»Wohin fahren wir eigentlich?« fragte Shane.

»Hat Angel es dir nicht gesagt?«

»Nein.«

»Ich wußte es nicht«, sagte Angel.

»Newark.«

Shane konnte es kaum glauben. »Du verarschst mich.«

»Newark-on-Trent. Fünf Tage. Ein guter Ort, gut fürs Geschäft, du wirst es erleben. Aber vielleicht kennst du die Stadt?«

Und wie er sie kannte.

Dort hatte er Alan McKeirnan das erste Mal gesehen, während der Regen fast waagrecht über das offene Gelände peitschte, auf dem der Jahrmarkt aufgebaut wurde.

»Willste da stehenbleiben wie ’ne beschissene Statue«, hatte McKeirnan ihm zugerufen, »oder willste mir helfen?«

Natürlich konnte er nicht dorthin. Ausgerechnet Newark. Das wäre wahnsinnig, strohdumm. Dorthin, wo alles angefangen hatte, wo sie nach ihm suchen würden, wo er bekannt war. Direkt vor die Haustür von dem Scheißkerl, der hinter ihm her war, der ihm drohte und ihm heimzahlen wollte, was mit seiner Tochter passiert war.

»Was ist los, Shane?« hatte Angel gefragt, als sie vor Ottos Wohnwagen standen.

»Nichts. Nichts ist los. Warum?«

»Du bist so still geworden. Das ist alles.«

»Hab nachgedacht.«

»Worüber?«

»Verdammt noch mal, Angel«, hatte er sie angefahren. »Kannst du mich nicht ’ne Sekunde in Ruhe lassen?«

Für den Rest des Tages hatte sie genau das getan. Sie ging ihm aus dem Weg, und wenn er sie sah, scherzte sie mit den Männern, die auf dem Jahrmarkt arbeiteten, und mit denen, die einfach nur rumhingen und sich die Zeit vertrieben. Das hatte an ihm genagt. Aber Newark, Mansfield, Worksop, Nottinghamshire – er konnte einfach nicht dorthin. Und danach? Gainsborough. Lincoln. Louth. Dann Mablethorpe, Ingoldmells, Skegness, Sutton on Sea: die ganze Nordseeküste rauf und runter, mit Anhängern und Wohnwagen über die kurvenreichen Küstenstraßen, wenn der Nebel vom Meer herantrieb. McKeirnan hatte Lucy Padmore auf der Strandpromenade von Mablethorpe entdeckt, und die Sonne ließ ihr helles Haar aufleuchten, als sie sich ahnungslos zu ihnen umgedreht hatte. »Die da«, hatte McKeirnan gesagt und ihm einen kleinen Stoß versetzt. »Die ist es.«

Jetzt lag er auf dem Rücken und rauchte eine Zigarette. Sein Oberkörper steckte nicht im Schlafsack, und Angel schmiegte sich an ihn. Sie hatte Arme und Beine über ihn gestreckt und den Kopf an seine Brust gelegt. Er konnte das leichte Pfeifen und Rasseln ihres Atems hören, die Bewegung ihres Brustkorbs spüren. Am Meer war es niemals wirklich dunkel, dachte Shane, immer gab es ein trübes gelbliches Licht, auch wenn nur ein oder zwei Sterne schimmerten. McKeirnan hatte mal versucht, ihm etwas über die Sterne beizubringen, aber sobald McKeirnan die Namen genannt und auf die schwer auszumachenden Sternbilder gezeigt hatte, hatte Shane alles schon wieder vergessen. McKeirnan war böse geworden, hatte geschimpft und zum x-ten Mal gesagt, Shane wäre so gut wie nutzlos. Nutzlos. Vielleicht wußte Angel etwas über die Sterne, dachte Shane.

Sie bewegte sich ein wenig, ihr Atmen veränderte sich, und er wußte, daß sie wach war.

»Shane«, sagte sie schließlich. »Du kommst doch mit uns? Du kommst doch bestimmt mit?«

Shane antwortete nicht, sondern schloß die Augen.

27

Trotz seiner nächtlichen Exzesse war Willie Bell vor ihm wach, hatte bereits einen Vorsprung von mehreren Scheiben Toast und schimpfte lebhaft über die Sendung ›Today‹, bevor er auf Radio 2 umschaltete und mit Neil Diamond mitsang, während er frisches Wasser in die Kanne goß. »Hier ist Tee, nehmen Sie zum Frühstück, was Sie mögen.«

Elder bediente sich, setzte sich an das andere Ende des Küchentisches und blätterte die ›Post‹ vom vergangenen Abend durch.

»Gut geschlafen?« fragte Bell.

»Nicht schlecht.«

»Keine Träume mehr?«

Elder legte die Zeitung beiseite. »Was für Träume?«

»In den ersten beiden Nächten haben Sie schrecklich geschrien. Entweder hatten Sie eine Frau ins Haus geschmuggelt, Sie gerissener Kerl, und dann möchte ich gar nicht wissen, was Sie da angestellt haben. Oder Sie haben wirklich geträumt, und zwar nichts Schönes. Ein Wunder, daß Sie nicht davon aufgewacht sind.«

Elder nickte. Er hatte geglaubt, er hätte den Traum in Cornwall zurückgelassen.

»Ich muß in die Stadt«, sagte Bell, »wenn Sie wollen, können Sie mitfahren.«

»Gerne. Meine Tochter sagt, ich muß mir ein Handy besorgen.«

Bell lachte. »Als nächstes kommt ein neuer Haarschnitt. Und dann modische Kleidung.«

Zwanzig Minuten später waren sie auf dem Weg, kamen aber wegen des morgendlichen Verkehrs nur langsam voran.

»Wie läuft denn Ihre kleine Ermittlung?« fragte Bell.

»Bin mir nicht sicher, um ehrlich zu sein«, sagte Elder. »Ein paar Tatsachen, Halbwahrheiten, Verdachtsmomente – Dinge, die beim ersten Mal nicht herausgekommen sind. Aber ob das alles irgendwohin führt ...«

»Klingt verdammt nach Polizeiarbeit.«

»Möglich.«

»Vermissen Sie den Job?«

»Manchmal.«

»Tun Sie das, weil Sie nicht loslassen können?«

»Den Fall oder die Arbeit?«

»Das müssen Sie entscheiden.«

Elder wußte es nicht. »Setzen Sie mich einfach irgendwo in der Nähe vom Trinity Square ab«, sagte er. »Es sei denn, das ist ein Umweg.«

Er hatte sich nicht klargemacht, daß der größte Nachteil beim Kauf eines Mobiltelefons war, daß man in einem Laden vor irgendeinem jungen Mann stand, der seine Show abzog. Wenn er auf der gestrichelten Linie unterschrieb, würde er das Geschäft mit einem technologischen Wunderwerk verlassen, das ihm nicht nur erlaubte, Gespräche zu führen und zu erhalten und SMS zu senden und zu empfangen. Darüber hinaus hatte er Zugang zum Internet, konnte E-Mails und Faxe versenden, Bilder verschicken und Informationen auf seinen Computer herunterladen. Und all das, während er mit dem linken Fuß Walnüsse knackte, wie Jimmy Durante gesagt hätte. Wer dachte heute noch an den Komiker mit der heiseren Stimme und der großen Nase?

Elder schnitt dem Verkäufer mitten in seinem Redefluß das Wort ab und sagte, er wolle das einfachste Telefon, das zu haben sei, ohne Extras, ohne Drum und Dran, mit Karte. Aufgeladen und betriebsbereit.

»Tut mir leid, das machen wir nicht«, sagte der Verkäufer.

»Was machen Sie nicht?«

»Wir verkaufen keine aufgeladenen Telefone.«

»Dann machen Sie es jetzt«, sagte Elder.

Als er wieder auf der Straße stand, probierte er sein Handy sofort aus, indem er ein weiteres Mitglied aus Susan Blacklocks alter Theatergruppe ins Visier nahm und Stephen Bryans Nummer in Leicester anrief. Er erreichte nur den Anrufbeantworter. »Hinterlassen Sie eine Nachricht oder rufen Sie mich auf dem Handy an.« Elder wählte die Handynummer und wurde nach einer längeren Pause informiert, daß es ausgeschaltet sei, er jedoch eine Nachricht hinterlassen könne. Er hinterließ eine Nachricht. Es war ungewiß, wann oder sogar ob Bryan zurückrufen würde, aber er wollte keinen weiteren Tag verschwenden.

Schnellen Schrittes lief er über die Cumber Street und Bridlesmith Gate zum Broad Marsh Centre und dann zum Bahnhof. Wenn er in Grantham umstieg, konnte er in weniger als drei Stunden in Newcastle sein. In der Bahnhofshalle kaufte er sich einen Becher Kaffee und einen Muffin. ›David Copperfield‹ beulte seine Manteltasche aus. Der Muffin ließ ihn an Katherine denken. Vielleicht würde er sie vom Bahnsteig aus anrufen, und sie würde den Kauf des Handys gutheißen. Es gab auch noch einige andere, denen er seine Telefonnummer mitteilen sollte, das war schließlich der Sinn und Zweck eines solchen Geräts. Maureen, unbedingt. Willie Bell. Und Helen Blacklock? Er war sich nicht sicher. Den Anzeigetafeln über dem Zugang zu den Gleisen entnahm er, daß sein Zug in sieben Minuten abfahren würde und daß nicht mit einer Verspätung zu rechnen war.

Als Elder in Newcastle ankam, beruhigte sich das Wetter, das während der Fahrt nach Norden mehrmals gewechselt hatte, und bot ein allumfassendes Blau dar. Er vergewisserte sich bei dem Zeitungsverkäufer auf dem Bahnhofsvorplatz, daß das Theater wirklich nur zehn Minuten zu

Fuß entfernt war. Er lief an dem neuen Einkaufszentrum vorbei und stieß auf Gray's Monument, das wie eine kleinere Version der Nelson-Statue auf dem Trafalgar Square in London aussah. War das der Gray, nach dem der Tee benannt war, fragte sich Elder, oder war es ein Verwandter gewesen?

Das Theatre Royal lag ziemlich am Ende der Straße auf der rechten Seite, ein prächtiges Gebäude, dessen kannelierte Säulen den Übergriffen von Tauben und nächtlichen Graffitikünstlern im großen und ganzen widerstanden hatten. Da er vorne kein Glück hatte, machte Elder sich auf die Suche nach dem Bühneneingang. Ein paar erklärende Worte, der eine oder andere Scherz, und eine Assistentin der Theaterverwaltung wurde gerufen und erschien alsbald, eine geschäftige, dunkelhaarige junge Frau, die sich als Rebecca vorstellte.

So direkt wie möglich erklärte Elder sein Anliegen.

»Vor dreizehn Jahren, sagen Sie?«

»Vor dreizehn oder vierzehn.«

»Und warum wollen Sie das wissen?«

»Lediglich zur Überprüfung einer Theorie. Das ist alles.« Er sah, daß sie schwankte. »Aber es ist wichtig. Sonst würde ich Ihre Zeit nicht in Anspruch nehmen.«

Sie seufzte und schob sich eine verirrte Haarsträhne aus den Augen. »Folgen Sie mir.«

Das Büro lag an einem hohen, schmalen Gang, dessen Wände nach frischer Farbe rochen.

»Alle wichtigen Informationen werden inzwischen im Computer gespeichert«, erklärte Rebecca. »Seit fünf oder sechs Jahren. Davor wurde alles in solche Bücher eingetragen.«

Sie zog die mittlere Schublade eines flaschengrünen

Schrankes auf, und ein Durcheinander von Büchern mit Spiralbindung kam zum Vorschein.

»Bedienen Sie sich. Was immer Sie suchen, es ist entweder hier oder nirgendwo.« Sie nahm eines der Bücher heraus und fuhr mit dem Finger durch den Staub. »Die hätten schon vor Ewigkeiten aussortiert werden sollen.«

Elder war froh, daß es nicht geschehen war.

»Kann ich Ihnen etwas bringen? Kaffee? Wasser?«

»Nein danke. Ich brauche nichts.«

Es dauerte gar nicht lange, und er hatte gefunden, was er suchte. November 1987. Ein Dienstag. Die Royal Shakespeare Company. ›König Lear‹. Während der Routineüberprüfung des eisernen Vorhangs vor der Vorstellung hatte sich der Mechanismus verklemmt, und der Fehler konnte nicht behoben werden, so daß die Vorstellung abgesagt werden mußte. Den Besuchern war die Erstattung des Eintrittspreises oder ein Umtausch der Karten angeboten worden.

Als Rebecca wieder erschien, um festzustellen, ob er vorankam, blätterte er neugierig durch das Buch.

»Hat sich wirklich einmal ein Paar mitten im zweiten Akt die Kleider ausgezogen und vom zweiten Rang ins Parkett geworfen?«

»Das ist noch gar nichts. Hatten Sie Erfolg?«

»O ja. Kann ich eine Fotokopie von dieser Seite haben?«

»Warum nicht.«

Fünf Minuten später stand er wieder auf der Straße. Umsichtig hatte Rebecca die Fotokopie in einen braunen Umschlag gesteckt, zusammen mit dem Programm der laufenden Spielzeit. »Sie ist erst um vier Uhr morgens nach Hause gekommen«, hatte Helen Blacklock gesagt. »Trevor wollte schon die Polizei anrufen, solche Sorgen machte er sich«. Rob Shriver zufolge waren sie gegen zehn wieder in Chesterfield gewesen. Es waren also sechs Stunden, für die es keine Erklärung gab. Und Paul Latham hatte Susan Blacklock nach Hause gefahren.

Latham war in der Aula und betreute die Arbeitsgemeinschaft Darstellendes Spiel. Die Schüler waren dreizehn oder vierzehn Jahre alt, gerade hatten sie Paare gebildet und erarbeiteten eine Improvisation zum Thema Verwechslung von Personen. Einige arbeiteten eifrig zu zweit, andere nutzten die Gelegenheit, um über die Stränge zu schlagen. Elder stand am hinteren Ende der Aula in der Nähe der Tür und war sich sicher, daß Latham ihn längst bemerkt hatte. Aber der Lehrer zeigte keine Reaktion. Am Ende der Übung ließ er die Schüler im Kreis Platz nehmen und bat einige Paare, den anderen ihre Erfahrungen mitzuteilen. Applaus, Gelächter, Stöhnen, ein paar Abschiedsworte von Latham, schon holten sie ihre Jacken, zogen die Gymnastikschuhe aus und machten sich lautstark zu zweit oder zu dritt auf den Weg. Latham kam auf Elder zu.

»Ich hätte nicht gedacht, daß ich Sie so bald wiedersehe.«

Zwischen ihnen lag die halbe Aula.

»Ich denke, wir müssen reden«, sagte Elder.

»Legen Sie los.«

»Hier?«

»Warum nicht? Was immer es ist, es dürfte wohl kaum vertraulich sein. Außerdem können uns nur die Putzfrauen hören.«

Elder näherte sich auf ein paar Schritte. »Es geht um Susan.«

»Natürlich.«

»Um Susan und Sie.«

»Hören Sie«, sagte Latham, »ich habe Ihnen bereits geholfen, und zwar gerne.«

»Hat es begonnen, als Sie damals früher aus Newcastle zurückkehrten, weil die Vorstellung abgesagt wurde? War das der Anfang?«

Elder meinte zu sehen, daß eine Seite von Lathams Gesicht ein wenig zuckte, aber er war sich nicht sicher.

»Ich weiß nicht, welchen Fantasien Sie da nachhängen ...«

»Oder war es zu diesem Zeitpunkt schon im Gange? Ich wette, Sie konnten ihr Glück kaum fassen. Eine solche Gelegenheit, so viel Zeit miteinander zu verbringen.«

»Es überrascht mich wirklich, daß Sie so leicht hereingekommen sind«, sagte Latham. »Heutzutage wird das sehr viel strenger gehandhabt mit schulfremden Personen. Oder haben Sie jemandem eine alte – wie heißt das? –, eine alte Polizeimarke gezeigt?«

»Sechs Stunden«, sagte Elder. »Sechs Stunden allein im Kleinbus. Oder sind Sie mit ihr in Ihr Cottage gefahren? Die Zeit hätte gereicht, würde ich sagen.«

»Ich glaube«, sagte Latham, indem er seitlich auf die Tür zuging, in deren Nähe Elder stand, »ich sehe mal nach, ob ich den Hausmeister finde. Vielleicht möchte der sogar die Polizei rufen.«

»Warten Sie«, sagte Elder, und Latham blieb stehen. »Das ist kein Spiel, keine Improvisation.«

»Ach nein? Wie schade.« Mit diesen Worten verließ Latham die Aula.

Als er fünfundvierzig Minuten später auf den Schulparkplatz kam, lehnte Elder an der Seite seines alten Fords und wartete. Latham zögerte, dann marschierte er direkt auf Elder zu, blieb ein paar Meter vor diesem stehen und verschränkte die Arme vor der Brust.

»Ich meine es ernst, auch wenn Sie es nicht glauben. Wenn Sie mich weiter belästigen, gehe ich zur Polizei.«

»Das glaube ich nicht«, sagte Elder.

»In diesem Fall irren Sie sich.«

»Mr Latham, ich weiß, daß Sie und die Theatergruppe an jenem Abend, als die Vorstellung abgesagt wurde, spätestens zwischen halb zehn und halb elf wieder in Chesterfield waren. Es gibt Aussagen, die das bestätigen. Außerdem sagt Susan Blacklocks Mutter, daß Sie ihre Tochter erst um vier Uhr morgens nach Hause gebracht haben.«

»Das sagt sie also.«

»In der Tat.«

»Dann irrt sie sich.«

»Das glaube ich nicht.«

»Sie ist verzweifelt, sie hat Zwangsvorstellungen, in diesem Zustand sagt man alles mögliche.«

»Ich glaube ihr.«

»Das ist Ihre Sache.«

»Warum sagen Sie nicht die Wahrheit? Welchen Schaden kann das nach so langer Zeit noch anrichten?«

»Schaden?« Latham lächelte. »Sie müssen mich für sehr dumm halten.«

»Irregeleitet, würde ich sagen.«

Latham ließ die Arme fallen, die Hände zu Fäusten geballt. »Was Sie da andeuten, ist nicht wahr. Ich hatte keine unangemessene Beziehung zu einer Schülerin, für die ich verantwortlich war. Das ist etwas, das ich niemals gutheißen würde. Ich würde es sogar verurteilen.« Er trat einen Schritt zurück. »Wenn Sie jemals Beweise für eine solche

Anschuldigung anführen können, werde ich die Behauptung in Anwesenheit meines Anwalts widerlegen. Bis dahin lassen Sie mich bitte in Ruhe.«

Elder griff durch das offene Wagenfenster und holte die Sofortbildkamera heraus, die er von Maureen Prior ausgeliehen hatte. Der Blitz leuchtete auf, und Latham konnte seinen Arm nicht schnell genug vor sein Gesicht heben.

»Danke«, sagte Elder, stieg in den Wagen, drehte den Zündschlüssel, legte den Gang ein und fuhr davon. Paul Latham wurde im Rückspiegel kleiner und kleiner.

28

Shane hatte Pam Wilsons Bank- und Kreditkarten verkauft und bis auf eine auch die von Gerald Kersley, dem Mann aus dem Toilettenhäuschen. Das Geld steckte in einer Socke, die ganz unten in seiner Sporttasche lag. Nicht einmal Angel wußte davon. Notgeld. Fluchtgeld. Das hatte McKeirnan ihm beigebracht. Egal, wie abgebrannt du bist, behalte immer ein bißchen zurück. Und dann, wenn du ganz am Ende bist, wenn es nicht anders geht …

McKeirnan hatte ihn noch andere Dinge gelehrt, und zwar solche, die er sich, anders als die Namen von Sternen und Sternbildern, gemerkt hatte.

Behalte immer die Oberhand, gib nie alles preis.

Du mußt immer etwas haben, das dich überlegen macht. Eine Klinge, ein Messer. Und wenn du es benutzen mußt, benutze es zuerst. Übernimm die Führung. Beherrsche dich, spar dir deine Wut für Gelegenheiten, bei denen es um etwas geht. Verschwende sie nicht an Situationen, die dir nur Ärger machen und sonst nichts. Es gibt Ärger genug, du wirst sehen.

Dann hatte McKeirnan ihm Ratschläge für den Umgang mit Frauen erteilt, mit Mädchen: Egal, was sie sagen, sie mögen alle ein bißchen hiervon, ein bißchen davon, sie fahren darauf ab. Haben es gern hart. Und dies … und das …

Im Schlafsack war das mit Angel nicht gegangen. Es war so eng gewesen, was konnte man da groß tun? Aber jetzt hatten sie den Wohnwagen, es gab Platz, sie waren für sich. Sie waren so spät auf dem Gelände in Newark angekommen, daß gar nicht daran zu denken war, etwas anderes zu tun, als ein paar Biere zu trinken und den einen oder anderen Joint zu rauchen – ein ziemlich guter Stoff machte die Runde. Dazu Amphetamine, ein paar Ecstasy-Pillen. Shane amüsierte sich prächtig, und als er high war, sah er Angel auf diese gewisse Art an. Obwohl sie es abgelehnt hatte, selbst mehr als einen oder zwei Joints zu rauchen, meinte er, das wäre egal. Wenn sie erst mal allein wären, würde das schon in Ordnung gehen.

Sobald sie in ihrem Wohnwagen waren, packte er sie von hinten und warf sie auf den Boden, zerrte den Rock hoch über ihren Hintern und griff mit der Hand grob zwischen ihre Beine. Als sie schrie, legte er ihr die Hand vor den Mund, und als sie ihn in den Finger biß, schlug er ihr ins Gesicht. Er griff erneut nach ihr, sie schob seine Hände weg, und er versetzte ihr einen heftigen Hieb, um ihr zu zeigen, wer der Herr im Haus war. Dann preßte er sie wieder auf den Fußboden und kniff ihr fest in die Brust, legte sich auf sie und schob seine Finger in sie hinein, obwohl sie ganz trocken war.

»Shane! Shane! Du tust mir weh! Du tust mir weh! Was zum Teufel soll das?«

Voller Befriedigung verstärkte er den Druck seiner Finger noch, bis sie sein Handgelenk erwischte und festhielt.

»Shane. Hör auf. Verdammte Scheiße, hör auf damit.«

Shane hockte sich hin und atmete schwer.

Über Angels Gesicht rannen Tränen, die sich mit Rotz vermengten. Vorsichtig zog sie die Beine an und strich den Rock nach unten.

»Entschuldigung«, sagte er einen Moment später. »Tut mir leid, ich dachte ...«

»Was hast du gedacht?«

Shane wandte sein Gesicht ab.

»Dachtest du, ich mag das? Daß ich es so wollte?«

»Ja.« Seine Stimme war kaum zu hören.

»Ach, Shane.«

Sie beugte sich langsam zu ihm und legte ihr Gesicht auf seine Brust. Ihr Kopf lag unter seinem Kinn, er spürte ihre letzten Tränen warm an seinem Hals. Dann lehnte sie sich zurück und schlug ihn mit der offenen Hand ins Gesicht, schlug ihn, so hart sie konnte. Und das zweimal.

»Mach das nie wieder mit mir, hörst du. Verstanden?«

Obwohl sein Gesicht brannte und seine Augen tränten, obwohl der Nagel ihres Mittelfingers einen Striemen oberhalb des Wangenknochens hinterlassen hatte, tat Shane nichts. Sagte nichts. Blieb, wo er war. Sogar als Angel nach draußen ging und die Tür schloß.

McKeirnans Regeln. Aber McKeirnan war im Knast. Wahrscheinlich mußte er noch zehn oder zwölf Jahre absitzen, bevor an eine Entlassung zu denken war, bevor er überhaupt den Antrag stellen konnte. Shane dagegen war sozusagen frei, jedenfalls draußen. Der Rummel um seine Flucht war inzwischen abgeklungen. Und würde die Polizei wirklich nach ihm suchen? Hatten die nichts Besseres zu tun? Natürlich war es ein Risiko, daß er in diese Gegend zurückgekehrt war, aber wenn er sich auf nichts einließ, wenn er Schwierigkeiten aus dem Weg ging, vielleicht klappte es dann. Warum denn nicht? Nach der ganzen Scheiße in seinem Leben hatte er eigentlich mal Anspruch auf ein bißchen Glück. Und er hatte Angel. Nahm er wenigstens an. War das nicht Beweis genug?

Er glaubte, sie würde diese Nacht nicht wiederkommen, und dachte daran, sie zu suchen und zu überreden. Aber nein. Wahrscheinlich war sie in Dellas Wohnwagen, und was er absolut nicht gebrauchen konnte, war eine Standpauke von Della.

Also lag er ruhelos da, noch immer aufgeregt. Trotz Angels Reaktion dachte er an den Moment, in dem er sie gepackt und auf den Boden geworfen hatte, und das erinnerte ihn an McKeirnan. An McKeirnan und das Mädchen. Lucy. All die Sachen, die sie gemacht hatten. Die Bilder waren verschwommen, aber er wußte es trotzdem noch genau. Er merkte, daß er steif wurde, und wollte es sich gerade selbst machen, als die Tür des Wohnwagens aufging und Angel zurückkam.

Es war dunkel, und man sah nur ihren Umriß. Er wandte sich ab. Er hörte, wie sie sich auszog, und glaubte, sie würde im Sessel schlafen oder sogar in dem alten Schlafsack auf dem Fußboden. Statt dessen kam sie zu ihm ins Bett, und er hielt den Atem an, als sie sich neben ihn legte. Sie lagen Rücken an Rücken, aber sie berührten sich nicht.

»Angel«, sagte er leise, Minuten später. Sie antwortete nicht, und nach einer Weile glaubte er, sie wäre eingeschlafen. Das war der Moment, in dem sie zu sprechen anfing und mit klarer Stimme erzählte, was man ihr angetan hatte: als sie sieben war und dann wieder, als sie fast elf und als sie dreizehn war. Die Wut, die Shane in sich trug, überkam ihn, und er lag starr da, ballte die Fäuste und wollte nichts sehnlicher, als losgehen und sie finden, diese Männer, die das mit ihr gemacht hatten. Er wollte sie verletzen, bis sie bluteten, bis alles Blut aus ihnen herausgeströmt war und sie kopfüber an einer Stange hingen, an Haken da, wo ihre Schwänze gewesen waren. Am Morgen, als sie noch schlief, holte er sein Messer, ging zum Waschbecken und schnitt sich tief in das Fleisch seiner linken Hand. Er hielt sie in die Höhe und sah zu, wie das Blut floß.

»Was ist passiert?« fragte Angel, als sie aufgestanden war und das Pflaster an seinem Handballen bemerkte.

»Nichts weiter. Hab mich aus Versehen geschnitten.«

»Magst du eine Tasse Tee?« fragte Angel und schlängelte sich an ihm vorbei.

»Warum nicht?«

In dem Waschbecken aus Metall waren immer noch ein paar Blutspritzer, und Angel spülte sie weg, während sie darauf wartete, daß das Wasser kochte.

Alles war in Ordnung, jedenfalls bis zum frühen Abend. Weder Shane noch Angel sprachen über das, was in der Nacht vorgefallen war. Angel ging, um ihre Dart-Bude einzurichten, und Shane begann, die Rutsche mit einem Wasserschlauch abzuspritzen. Bei den Autoskootern spielte Musik, obgleich noch keine Besucher auf dem Gelände und die Skooter nicht in Betrieb waren. Die Musik brachte Shane in Stimmung, einige der Songs von Queen oder Abba hatte er im Gefängnis gehört. Und dann kam Elvis: ›All Shook Up‹ und ›Teddy Bear‹ und ›Loving You‹. Shane sang mit und dachte an McKeirnan. Der hatte gesagt, es wäre besser gewesen, Elvis Presley wäre nie alt und fett geworden, sondern gestorben, als er jung und schlank war. Shane wußte nicht, ob das richtig war oder falsch.

Inzwischen trudelten die ersten Besucher ein, hauptsächlich Kinder in kleinen Grüppchen, Zehn- und Elfjährige, dann die jüngeren mit ihren Müttern und sehr viel seltener mit den Vätern. Shane war sehr beschäftigt: er kassierte und gab Wechselgeld heraus, er paßte auf, daß alle die Schuhe auszogen, bevor sie die Strickleiter erklommen, er versuchte, sich zu merken, wie oft jedes Kind schon gerutscht war. Wenn sie versuchten, sich ein weiteres Mal zu erschleichen, rief er sie wieder nach unten oder nahm ihren Eltern das Extrageld ab, was noch besser war.

Auf diese Weise verging die Zeit sehr schnell, und er konnte vergessen, was geschehen war und was alles noch schiefgehen könnte.

Am frühen Abend sah er, daß Angel eine Pause machte und sich zu einer Gruppe junger Männer setzte, von denen die meisten auf dem Jahrmarkt arbeiteten. Zu der Gruppe gehörte auch einer, den Shane nicht kannte. Es dauerte eine Weile, aber schließlich fand er jemanden, der ihn an der Rutsche ablöste. Er wanderte hinüber und gesellte sich zu den anderen, wo Craig vom Autoskooter den Unbekannten vorstellte. »Das ist Brock.« Bei näherem Hinsehen erwies sich Brock als einer jener bärtigen Rocker mit dicken Bäuchen, die sich gerne als Hell's Angels bezeichneten. Shane war im Knast einigen begegnet, aber noch mehr hatte er während seiner Zeit mit McKeirnan kennengelernt. Dieser hier hatte von oben bis unten Tattoos auf den Armen. Auch sein Hals war tätowiert, und wenn er sich nach hinten beugte und lachte und rülpste und wieder lachte, schob sich sein T-Shirt nach oben und enthüllte eine Schlange und einen Totenkopf auf seinem Bauch, der fett und weiß über dem Gürtel hing.

»Fang«, sagte er und warf Shane eine Dose Heineken aus dem Karton zu seinen Füßen zu.

Shane fing sie auf und öffnete sie, wobei er einige Spritzer Bier abbekam, was Brock zu weiterem Gelächter veranlaßte.

»Was für eine Verschwendung«, sagte er. Er warf Angel einen anzüglichen Blick zu. »Wir hätten es lieber über die Kleine schütten sollen, dann hätten wir wenigstens was zu sehen gekriegt.«

»Denk nicht mal dran«, sagte Angel, und Shane biß sich auf die Zunge.

Ein paar Biere später begann Brock und Craig die Unterhaltung über die jeweiligen Vor- und Nachteile einer Norton oder einer Kawasaki zu langweilen, und irgendwie kam die Rede wieder auf Angel und wie es wäre, wenn ihr auf dem Beifahrersitz einer Harley 750 in schräger Kurvenlage mal die Muschi gebürstet würde.

»Träum weiter«, sagte Angel und stand auf, um zu gehen.

Das war der Moment, in dem Brock ungeschickt nach ihr griff und sie halb stolperte, um ihm auszuweichen. Shane kam schnell auf die Füße und zischte, er solle die Finger von Angel lassen.

»Wenn ich nicht gerade so viel Spaß hätte«, sagte Brock, »würde ich deinen jämmerlichen Kopf von deinem beschissenen Hals rupfen und dir in deinen scheiß Arsch stopfen.«

Craig und seine Kumpel brüllten vor Lachen. Brock lachte lauter als alle anderen, besonders, als Shane sich umdrehte und wegging, gefolgt von höhnischem Johlen.

Angel versuchte halbherzig, ihn abzufangen, aber Shane schob sie zur Seite und ging direkt zum Wohnwagen. Fast unmittelbar darauf kam er wieder heraus, ging zielstrebig auf die Gruppe zu, die er soeben verlassen hatte, beschleunigte auf den letzten zehn Metern seine Schritte noch, stieß Brock sein Messer in den Bauch und schlitzte die schlaffe, bleiche Haut bis oben hin auf.

Brock starrte ihn mit offenem Mund an, zu überrumpelt, um zu schreien oder zu brüllen. Er hielt beide Hände auf den Bauch gepreßt, als wollte er ihn zusammenhalten. Shane spuckte ihm ins Gesicht und drehte sich um. Dann legte er einen Arm um Angel und führte sie zu ihrem Wohnwagen. Keiner folgte ihnen. Keiner traute sich das in diesem Augenblick.

Im Wohnwagen ließ Shane das Messer auf den Boden fallen.

»Das hättest du nicht tun müssen«, sagte Angel.

»Doch«, erwiderte Shane. »Das mußte sein.«

Er holte ein paar Sachen von dem schmalen Regal und stopfte sie in seinen Rucksack: ein T-Shirt, einen dünnen Pullover, Unterwäsche.

»Was machst du da?«

»Was glaubst du denn?«

Angel schloß die Augen und drehte sich um.

Als er zur Tür ging, streifte Shanes Arm ihren Arm.

»Du kommst doch zurück?« fragte sie.

»Vielleicht. Ja.« Er bückte sich, hob das Messer auf und steckte es in die Tasche. »Sag Otto, ein paar Tage, okay?«

Angel wollte nicht sehen, wie er ging, und zog schnell die Wohnwagentür hinter ihm zu.

29

Elder erhielt seine allererste SMS am Samstagmorgen. Sie kam von Katherine. Als er die fehlenden Vokale und Konsonanten hinzugefügt hatte, erkannte er mit etwas gesundem Menschenverstand, daß sie an diesem Nachmittag bei einem Freundschaftstreffen dreier Vereine in Loughborough lief. Ob er Lust habe hinzukommen?

Katherine nahm am Zweihundertmeterlauf und an der Vierhundertmeterstaffel teil, beides nicht gerade ihre Stärken, allerdings ein gutes Geschwindigkeitstraining, und außerdem konnte sie sich so noch einmal an anderen messen. Es waren nur wenige Zuschauer da, aber die Bahn war gut und das Wetter nahezu perfekt: nicht zu heiß, dazu ein Wind, den man nur als leichte Brise bezeichnen konnte. Katherine würde die zweihundert Meter auf der Außenbahn laufen, was gut war, wenn man langgezogene Kurven liebte und das Gefühl, ganz allein da draußen zu sein; nicht so gut, weil man ewig lange nicht wußte, wo die anderen Läuferinnen waren, außer man drehte den Kopf. Und das war etwas, das man auf keinen Fall tun sollte.

Nach der halben Strecke kam das versetzt laufende Feld auf eine Höhe, und es sah so aus, als wäre Katherines Führung unangreifbar; aber in der Mitte der Geraden, als das Zielband in Sicht war, holten plötzlich drei andere Läuferinnen auf. Katherine sah sie im letzten Moment im Augenwinkel und legte zu, gab sich einen letzten Schub, was nicht ganz gelingen wollte. Ein totes Rennen um den dritten Platz, dachte Elder, denn sie und die Sportlerin von den Loughborough Harriers lagen gleichauf. Als die Ergebnisse bekanntgegeben wurden, fiel Katherine allerdings mit einem Rückstand von fünf Hundertstelsekunden auf den vierten Platz zurück.

Elder, der bei der Lautsprecherdurchsage neben ihr stand, dachte an ihre Reaktion im Harvey-Hadden-Stadion und befürchtete, sie würde Trübsal blasen – bestenfalls. Aber nein, sie schien die Sache gelassen zu nehmen.

»Daran muß ich arbeiten, an dem Sprint im letzten Drittel.«

In der Staffel lief sie als Dritte, und ihr Team lag leicht in Führung, als sie den Stab übernahm, eine Führung, die sie ein wenig ausbauen konnte, bevor sie der letzten Läuferin den Stab übergab. Diese rannte mit mehreren Metern Vorsprung ins Ziel, die Arme in die Höhe gereckt.

Nach dem Wettkampf holte sich Elder eine Büchse Cola, setzte sich mit seinem Buch hin und versuchte, seine Gedanken zu sammeln, die immer wieder abschweiften: zu Helen Blacklock in Whitby, die auf Neuigkeiten hoffte und jedesmal zusammenzuckte, wenn das Telefon läutete; zu Shane Donald, der immer noch irgendwo frei herumlief.

»Dad.« Katherine kam auf ihn zu, begleitet von zwei anderen Mädchen. Die eine glaubte Elder wiederzuerkennen, auch sie war in der Staffel gelaufen. »Können Ali und Justine vielleicht mit uns zurückfahren?«

»Natürlich. Warum nicht?«

Elder kam auf die Füße, Katherine stellte die beiden Mädchen vor, er schüttelte ihnen die Hand. Nach ein paar Schwierigkeiten mit dem komplizierten Einbahnstraßensystem waren sie auf dem Weg zur A60, die sie nach Nottingham zurückbringen würde.

»Was machst du später?« fragte Elder und neigte den Kopf zu Katherine auf dem Beifahrersitz.

Als sie nicht sofort antwortete, meldete sich eines der Mädchen auf dem Rücksitz zu Wort. »Sie hat eine Verabredung, Mr Elder. Was ganz Heißes.« Beide Mädchen lachten.

»Stimmt das, Kate?« fragte Elder.

»Natürlich nicht«, gab Katherine zurück. »Die beiden albern nur ein bißchen herum.« Aber sie errötete dabei, seine reife Tochter war plötzlich wieder zwölf oder dreizehn.

»Und du, Dad?« fragte Katherine kurz darauf. »Was hast du vor?«

»Ach, nichts Besonderes.«

»Mußt du keine bösen Buben jagen?«

»Das mache ich doch nicht mehr, hast du das vergessen?«

»Ach nein?«

Elder schwieg.

»Mum ist zu Hause, weißt du«, sagte Katherine. »Und ich gehe jede Wette ein, daß sie alleine ist. Du könntest sie doch mal anrufen.«

»Ich werde darüber nachdenken.«

Sie wußten beide, daß es dabei bleiben würde.

Maureen sagte, sie würde ihn irgendwann zwischen halb und viertel nach zehn im Chand treffen, einem indischen Restaurant am unteren Ende der Mansfield Road.

»Tut mir leid, daß ich es nicht genauer sagen kann, Frank, aber ich muß mich vorher mit jemandem treffen.«

Ein Informant, vermutete Elder. Unbezahlte Überstunden für Maureen. »Keine Sorge«, sagte er. »Ich nehme ein Buch mit.«

»Gut. Und, Frank …«

»Ja?«

»Wir reden nur über unseren Fall, verstanden?«

»Verstanden.« Er wußte, daß es ein Fehler gewesen war, Maddy Birch zu erwähnen.

Elder kam gegen zehn im Restaurant an und bestellte eine Flasche Kingfisher, Chutney und Papadoms, fritierte Teigfladen aus Linsenmehl. Dann schlug er sein Buch auf: David Copperfield, der keine besonders gute Menschenkenntnis besaß, war außer sich, weil sein bester Freund gerade mit der wehrlosen Nichte eines Fischers aus Yarmouth durchgebrannt war. Yarmouth. Im Geiste reiste Elder an der Nordseeküste nach Norden: Great Yarmouth, Cromer, Skegness, Mablethorpe, Cleethorpes, Bridlington, Scarborough, Whitby.

»Das ist ja ein trauriger Anblick, Frank, wie du hier sitzt«, sagte Maureen. »Nur in Gesellschaft eines Buches.«

»War schon schlimmer«, meinte Elder, wobei er den Briefumschlag, der ihm als Lesezeichen diente, an die richtige Stelle steckte.

Maureen setzte sich und bestellte ein Helles, als der Kellner auftauchte. »Noch mal dasselbe?« fragte sie und zeigte auf Elders fast leeres Glas.

»Ach, das reicht mir«, sagte er kopfschüttelnd.

Maureen lächelte. »Vorsichtig wie immer.«

»Du kennst mich ja.« Aus der Plastiktüte, die hinter seinem Stuhl stand, holte er die Polaroidkamera und stellte sie auf den Tisch. »Danke für die Leihgabe.«

»Und? Irgendwelche Erfolge?«

Er schlug das Buch wieder auf, um eine einzelne Fotografie aus dem Briefumschlag zu nehmen und über den Tisch zu reichen.

»Hm«, sagte Maureen, »der Mann sieht gar nicht schlecht aus. Hat so einen künstlerischen Einschlag.«

»Das stimmt.«

»Erzähl mir, wie es war.«

Und das tat er, unterbrochen nur vom Kellner, der ihre Bestellung aufnahm.

»Also«, sagte sie, als er ans Ende gelangt war, »jetzt hast du zwar einen Grund, ihn nicht zu mögen, aber keine Beweise.«

Elder nickte und steckte das Bild von Paul Latham weg, als ihr Essen kam. Hühnchen Rogan Josh, Lamm Pasanda, Pilawreis, Aloo Sag, weitere Papadoms und Peshwari Naan, Fladenbrot.

»Hat das Ermittlungsteam, das damals mit Susan Blacklocks Verschwinden befaßt war, Latham denn nicht verhört?«

Kauend schüttelte Elder den Kopf.

»Wenn er wirklich etwas mit ihr hatte, wird er es auf keinen Fall zugeben. In seinem Beruf kann er sich das gar nicht leisten.«

»Wahrscheinlich nicht, nein.«

»Er hält sich bedeckt und hofft, es geht vorbei, ohne daß ihm etwas angehängt wird. Bestimmt hat er schon geglaubt, alles wäre in Ordnung, bis du aufgetaucht bist und rumgeschnüffelt hast. Aber selbst jetzt hast du keine Gewißheit. Angenommen, er hat sie wirklich in sein Cottage mitgenommen. Dann hat er also fünf oder sechs Stunden mit einem attraktiven Mädchen verbracht. Woher willst du wissen, daß sie nicht bloß das verdammte Stück gelesen haben, das sie eigentlich sehen wollten? Und das bei literweise Tee?«

»Möglich«, stimmte Elder zu.

»Grundsätzlich ist immer alles möglich, Frank. Das lernt man in unserem Beruf.«

Das Lamm war zart und nicht zu scharf gewürzt, das Rogan Josh aromatisch und saftig von den Tomaten.

»Selbst wenn er sie gebumst hat«, sagte Maureen, »bedeutet das nicht, daß er etwas mit ihrem Verschwinden zu tun hatte.«

»Das ist mir klar.«

»Aber du hast so eine Ahnung.«

»Etwas in der Art.«

Maureen grinste. »Du hast dich früher schon geirrt.«

»Herzlichen Dank.«

»Ernsthaft«, sagte sie, »was willst du jetzt tun?«

Elder zuckte die Achseln.

»Ich fahre wieder nach Yorkshire und zeige das Foto herum. Vielleicht fällt jemandem etwas dazu ein.«

Maureen legte ihre Gabel auf den Teller. »Vielleicht hättest du das tun sollen, bevor du ihn mit deiner Anschuldigung konfrontiert hast.«

»Vermutlich.«

Sie schwiegen eine Weile und konzentrierten sich auf das Essen. Jetzt, kurz vor der Sperrstunde, füllte sich das Restaurant. Elder fragte Maureen nach ihren aktuellen Fällen. Da war ein dreifacher Vater, der Frau und Kinder umgebracht und dann versucht hatte, sich selbst zu töten, was fehlgeschlagen war. Weiterhin gab es einen verdächtigen Todesfall, bei dem die Leiche exhumiert worden war, und eine Schießerei in St Ann's, vermutlich im Zusammenhang mit Drogen. Dann die Entführung eines fünfjährigen Jungen im Norden von Nottinghamshire. Die Eltern waren der Lösegeldforderung nachgekommen, bevor sie sich mit der Polizei in Verbindung gesetzt hatten. Jetzt war das Geld weg, und der Junge noch nicht wieder da. So, wie Maureen die Geschichte erzählte, war klar, daß sie einen

Elternteil im Verdacht hatte, irgendwie an der Sache beteiligt zu sein.

»Du hast also gut zu tun«, meinte Elder.

»Reichlich ist noch untertrieben«, sagte Maureen.

Elder lehnte sich zurück, als der Kellner ihre Teller abräumte. »Kaffee?«

»Warum nicht?«

Der Kaffee wurde mit mehreren Pfefferminzbonbons in Silberfolie serviert. Er war gerade gekommen, als ein Handy zu läuten begann.

»Deins oder meins?« fragte Maureen lächelnd und griff in ihre Tasche. Der Gedanke, daß Elder ein Handy besaß, schien sie zu amüsieren.

Sie hörte einige Momente lang zu, und ihr Gesicht wurde ernst.

»Gut«, sagte sie ins Telefon. »Ich komme sofort.«

Sie stand auf, suchte nach ihrer Geldbörse und nach ein paar Scheinen, um die Rechnung zu bezahlen, während sie zu Elder sagte: »Ein Mädchen ist verschwunden. Gerade mal sechzehn. Sie wurde heute nachmittag kurz vor vier zuletzt gesehen. Im Rufford Country Park.«

30

An diesem Junimorgen hatte Emma Harrison ihr Zuhause in Beeston vor den Toren Nottinghams um etwa Viertel nach neun verlassen. Ihre Mutter war mit ihr und ihrer jüngeren Schwester Paula in die Stadt gefahren, weil Paula neue Schuhe brauchte. Sie wollte Emma an dem großen Kreisverkehr bei der Friar Lane in der Nähe des alten Marktplatzes absetzen, wo diese mit ihren Freundinnen

Alison und Ashley verabredet war. Emma, die sich Samstagvormittags nicht immer von ihrer besten Seite zeigte, war an diesem Morgen besonders gut gelaunt gewesen, wie ihrer Mutter aufgefallen war: geradezu fröhlich und ausgesprochen höflich. Als sie den University Boulevard entlangfuhren, hatte Mrs Harrison die jüngere Paula gebeten, nicht mit den Füßen gegen die Rückenlehne zu treten. Paula hatte empört geleugnet, so etwas getan zu haben, und es sofort wieder gemacht. Und es war Emma gewesen, die die Situation gerettet hatte, indem sie ein Lächeln aufs Gesicht ihrer Mutter zauberte und ihre kleine Schwester davon abhielt, eingeschnappt zu maulen, wie es nur Zehnjährige können. Emma wird langsam erwachsen, hatte Mrs Harrison gedacht, sie wird reifer und übernimmt Verantwortung.

»Du kommst doch nicht so spät nach Hause?« fragte Mrs Harrison, als sie bei der Friar Lane angekommen waren. Sie stand im absoluten Halteverbot und blockierte die Fahrspur.

Emma steckte den Kopf durch das offene Wagenfenster. »Mum, das haben wir doch alles schon besprochen. Alisons Vater holt uns am Busbahnhof ab und bringt mich nach Hause. Okay?«

»In Ordnung. Aber vergiß bitte nicht, daß dein Vater und ich Theaterkarten haben. Du mußt auf deine Schwester aufpassen.«

Auf dem Rücksitz simulierte Paula ein qualvolles Stöhnen.

»Klar, Mum. Mach dir keine Sorgen.«

»Also dann. Amüsier dich gut.«

Als sie sich wieder in den Verkehr einordnete, sah Mrs Harrison ihre ältere Tochter einen Moment lang im Rückspiegel, aber dann verlor sie Emma aus den Augen, weil sie die Spur wechseln mußte, um zu dem Parkplatz an der Derby Road zu gelangen.

Emma lief zu der Unterführung zurück, wobei sie einen Blick auf ihr Spiegelbild im Schaufenster eines Geschäftes warf: ein Jeansrock und ein geblümtes rückenfreies Oberteil, das am Hals gebunden wurde, ein Pferdeschwanz, pinkfarbene Sandalen, eine kleine Perlentasche von Accessorize über der Schulter.

Alison und Ashley warteten schon und ließen am Brunnen die Beine baumeln. Ashley hatte einen Rucksack dabei, der prall mit all jenen lebensnotwendigen Utensilien gefüllt war, auf denen ihre Mutter bestanden hatte: Sandwiches und Kartoffelchips, Mineralwasser, Sonnencreme, eine Strickjacke zum Überziehen und eine Regenjacke aus Plastik, die man in einer kleinen Tasche zusammenfalten konnte.

»Um Gottes willen, Mum«, hatte Ashley sich beklagt. »Wir fahren nur mit dem Bus, wir überqueren nicht den Atlantik. Und außerdem gibt es dort ein sehr nettes Café.«

»Spar dein Taschengeld«, hatte ihre Mutter geantwortet und sie aus dem Haus gescheucht. »Gib es für vernünftige Dinge aus.«

Im Sommer verkehrten an Wochenenden und Feiertagen Sonderbusse, die nach Rufford Park fuhren, weiter zum Clumber Park und zur Newstead Abbey. An diesem Tag gab es in Rufford nicht nur einen Skulpturenpfad, der sich durch die Gartenanlagen bis zum See hinzog, sondern auch noch vier Musikgruppen aus Nottingham und Umgebung, die live spielen würden. Alison hatte ihren Freundinnen versichert, daß der Sänger der einen Band Robbie Williams zum Verwechseln ähnlich sähe. Und zwar, bevor

Robbie Williams zu alt geworden war. Es würde ein großartiger Ausflug werden.

Die erste halbe Stunde schlenderten sie durch den Laden in dem alten Stallgebäude und sahen sich Armreifen und Ringe, handgemalte Karten und andere kunstgewerbliche Dinge an, ohne etwas zu kaufen. Dann wollte Alison ins Café, weil sie ein paar total süße Jungen in diese Richtung hatte gehen sehen. Als sie dort ankamen, stellte sie allerdings fest, daß sie doch nicht so süß waren. Typisch Alison. Also setzten sie sich auf Hocker am hinteren Ende des Raumes und lachten und scherzten. Emma und Ashley zogen Alison so lange auf, bis diese wutentbrannt in die Toilette stürmte.

Nachdem Alison sich beruhigt und alle sich wieder vertragen hatten, schlug Emma vor, auf dem Skulpturenpfad durch die Gärten zu gehen. Aber die anderen beiden überstimmten sie, so daß sie in Richtung See liefen und sich auf eine Bank setzten, Ashleys Sandwiches aßen und die Brotrinde an eine ständig größer werdende Schar schnatternder Gänse und Enten verfütterten.

»Kommt schon«, hatte Alison gesagt und war aufgesprungen. »Die Musik fängt an.«

Die erste Band war grauenhaft, fand Emma, irgendwie total folkloristisch. Das war die Art Musik, die ihre Eltern auflegten, wenn sie Leute zum Abendessen eingeladen hatten, hinterher rumsaßen und so taten, als würden sie kein Dope rauchen. Danach kam eine richtige Boygroup, mit Akne und allem Drum und Dran, die die acht- und neunjährigen Mädchen und ihre Omas absolut begeisterte. Ashley schlug vor, wieder ins Café zu gehen, aber Alison hatte einen guten Platz gefunden und wollte ihn nicht aufgeben, so daß sie sich für eine Weile trennten. Emma lieh sich

Ashleys Strickjacke, weil es sich bewölkt hatte und sie in ihrem spärlichen Oberteil Gänsehaut bekam.

Im Café mußten sie eine Ewigkeit Schlange stehen und genauso vor der Toilette. Deshalb war die dritte Band schon bei ihrer zweiten Nummer, als sie endlich zu Alison zurückkehrten. »Hab ich's nicht gesagt?« brüllte Alison über den Lärm hinweg. Emma meinte, der Sänger sehe eher Gareth Gates ähnlich als dem jungen Robbie Williams, obwohl er wirklich nicht schlecht sang. Allerdings war es der Baßgitarrist mit den weißgefärbten Haaren und den engen Schlangenlederhosen, den Emma scharf fand, richtig scharf. Sie stieß die anderen an, und alle lachten, weil sie das auch fanden. Es dauerte nicht lange, bis sie hüpften und auf der Stelle tanzten und die Stimmung so gut war, wie sie es sich erhofft hatten. Einfach toll.

Dann beendete die Band ihre letzte Nummer, der Drummer warf seine Sticks in die Menge, der Sänger sahnte den Applaus ab, und der Baßgitarrist stand an der Seite und kam total cool rüber. Als Emma sagte, daß sie noch einmal auf die Toilette müsse, guckte Ashley auf ihre Uhr und meinte, sie müßten sich beeilen, der Bus fahre in zwanzig Minuten. Sie beschlossen, sich auf dem Parkplatz zu treffen, wo der Bus stand und um vier Uhr abfahren würde. Auf Ashleys Armbanduhr war es 15.41 Uhr.

Weder Alison noch Ashley sahen Emma wieder.

Als Emma um zehn vor vier noch nicht da war, rannten die beiden Mädchen zurück und suchten in der Toilette, im Café und im Laden nach ihr, fanden sie jedoch nicht. An der Bushaltestelle beschworen sie den Fahrer zu warten, und das tat er auch, ein paar Minuten jedenfalls. Alison und Ashley hofften wider alle Vernunft, daß Emma doch noch auftauchen würde.

Dann sagte der Busfahrer, er müsse jetzt losfahren.

»Was sollen wir machen?« fragte Ashley.

»Wir müssen mitfahren«, sagte Alison. »Das ist der letzte Bus.«

Sobald sie im Busbahnhof von Nottingham eintrafen, erzählten sie Alisons Vater, was passiert war. Schweigend fuhr er mit ihnen zu Emma nach Hause, wo Emmas Eltern die kleine Schwester umgehend zu einer Nachbarin brachten und selbst nach Rufford fuhren, um nach ihrer Tochter zu suchen.

Noch am selben Abend erschienen sie kurz nach halb zehn auf der zentralen Polizeidienststelle von Nottingham und meldeten Emma als vermißt.

In dieser Nacht kehrte der Traum mit aller Macht zurück. Weiches Fleisch, das über seine Haut kroch und sich an ihr rieb, etwas Lebendiges, das sich unter seinen Füßen wand und knackte, als er die Treppen hinaufstieg. Die schäbige Decke, die über das Bett gebreitet war, der widerliche Geruch. Er wandte die Augen ab und hielt den Atem an, als seine Hand nach dem schmutzigen Stoff griff. In dem Moment, als er an der Decke zog, um zu enthüllen, was darunter lag, wachte er zum Glück auf.

Elders Schrei verhallte in der Luft.

Das T-Shirt, in dem er schlief, war schweißgetränkt, und seine Haut brannte heiß und kalt.

Im Badezimmer zog er sich aus, rieb sich mit dem Handtuch ab und spritzte sich kaltes Wasser ins Gesicht. Die Züge, die ihm aus dem Spiegel entgegenblickten, waren älter, als er gedacht hätte, und wußten zu viel.

Unten saß Willie Bell am Küchentisch, die Whiskeyflasche war bereits geöffnet und Elders Glas gefüllt.

»Die Kleine draußen in Rufford Park?« fragte Willie.

»Ich denke schon.«

»Vielleicht kommt sie heute morgen nach Hause, kleinlaut und mit schlechtem Gewissen«, sagte Willie.

»Vielleicht.«

Aber keiner von beiden glaubte daran.

31

Die Sonne brach in genau dem Moment durch die Wolken, als Elder die Kuppe des Hügels erreichte, und schien auf die lange Straße, die erst steil abfiel, bevor sie zwischen Heide und Ginster wieder nach oben führte. So hatten die Römer ihre Straßen durch Britannien gezogen: schnurgerade von einem Ort zum anderen. Vor der Abfahrt hatte er Helen Blacklock von Nottingham aus angerufen, schnell gesagt, daß er nichts Neues, nichts Wichtiges entdeckt habe, aber trotzdem gerne mit ihr reden wolle. Vielleicht dürfe er sie zum Essen einladen, wenn sie Zeit hätte?

»Kommen Sie lieber zu mir«, hatte sie gesagt. »Vorausgesetzt, Sie nehmen mit meinen Kochkünsten vorlieb. Ich arbeite bis sechs, dann kaufe ich auf dem Weg schnell etwas ein – sagen wir, um acht?«

»In Ordnung.«

»Das ist nicht zu spät für Sie?«

»Nein. Das paßt gut.«

Jetzt konnte er den ganzen Nachmittag versuchen herauszufinden, welche Erinnerungen sein Polaroidfoto von Paul Latham wachrufen würde. Die Aussichten waren nicht gerade rosig, sie waren sogar eher düster, das war ihm klar.

»Hören Sie«, sagte Kelly Todd, »soll ich Ihnen nicht eine Maniküre machen? Wir könnten uns dabei unterhalten.«

Richtig begeistert war Elder nicht, das merkte sie.

»Das ist absolut nicht tuntenhaft, ganz bestimmt nicht. Alle möglichen Männer lassen das inzwischen machen. Sie würden sich wundern, was für Kerle dabei sind. Sie kommen her, um ihre Frauen abzuholen, und während sie warten, setze ich sie auf den Stuhl. Außerdem sind heute nachmittag zwei Termine abgesagt worden, und ich langweile mich zu Tode. Kommen Sie, Sie müssen nur die Jakke ausziehen. So ist es gut.«

Elder setzte sich, knöpfte seine Manschetten auf und begann, die Ärmel hochzurollen. Kelly, diesmal ganz in Pink mit dem passenden Lippenstift und hoch aufgetürmten Haaren, rollte den Wagen mit den notwendigen Gerätschaften an die richtige Stelle und nahm ihm gegenüber Platz.

»Sehen Sie mal hier«, sagte sie, indem sie eine von Elders Händen ergriff, »diese Nägel sind ganz schön mitgenommen. Sie kauen darauf herum, stimmt's? Nicht auf allen, aber trotzdem. Nun ja, das machen die meisten Männer.« Wenn sie lächelte, sah sie um Jahre jünger aus, fast unbekümmert. »Es gibt kein Gesetz gegen das Benutzen einer Nagelfeile, wissen Sie. Jedenfalls wenn Sie allein im Badezimmer sind.« Sie lachte, und ihr Lachen war überraschend hell. Ihr Atem roch nach einer Mischung aus Tabak und Pfefferminz.

»Nun geben Sie die Hand mal wieder her. Danke.« Sie tunkte seine Finger in eine Schale mit lauwarmem Seifenwasser. »Sie haben also nichts herausgefunden über Susan?«

»Nichts Entscheidendes, nein.«

»Nun ja, vermutlich wären Sie dann gar nicht wieder nach Whitby gekommen. Und außerdem hätte etwas in der Zeitung gestanden. Wenn eine Leiche gefunden worden wäre, meine ich.«

Elder nickte.

»Ehrlich gesagt, es wundert mich sowieso, daß Sie nach so langer Zeit noch Nachforschungen anstellen.« Sie zog seine Hand aus dem Schälchen und tupfte sie trocken. »Heute morgen kam in den Nachrichten, daß in Nottingham ein Mädchen verschwunden ist. Aber damit haben Sie nichts zu tun, oder?«

»Nein, nicht direkt.«

»Die arme Kleine. Gerade mal sechzehn.« Kelly schüttelte den Kopf. »Es ist eine Schande.«

»Sie könnte noch wieder auftauchen, sie ist noch nicht lange weg.«

Kelly unterbrach ihre Tätigkeit, um ihn anzusehen. »Das müssen Sie wohl glauben. Am Anfang jedenfalls. Genauso geht es den Eltern, würde ich denken.«

»Kinder verschwinden immerzu, Jugendliche. Sicher, vielleicht leben sie auf der Straße, aber meistens werden sie nicht … wird ihnen nichts Schreckliches angetan, und sie leben.«

Er kannte die Statistiken und wußte, daß die Zahl der schweren Vergehen gegen Kinder und Jugendliche rückläufig war, wie eifrig auch immer die Medien die Dinge anheizten, um Profit zu machen. Zwischen 1988 und 1999 war die jährliche Anzahl von Morden an Fünf- bis Sechzehnjährigen von vier auf drei Fälle gesunken, bezogen auf eine Million Jugendliche. Bei Kindern unter fünf Jahren war die Zahl von zwölf auf neun gefallen. Im gleichen Zeitraum waren die Fälle schwerer sexueller Übergriffe gegen Kinder um mehr als zwanzig Prozent zurückgegangen. Die meisten Delikte fanden zu Hause statt, auch das wußte er. Selten geschah so etwas am Rande einer Klippe oder im Gebüsch eines Parks. Die Mehrzahl der Täter, die Kinder mißhandelten oder mißbrauchten, waren Mitglieder der Familie des Opfers: eine Tatsache, die für die meisten Leute zu brisant war, um sie zu akzeptieren oder gar zu verstehen.

»Sie glauben also immer noch, Susan könnte am Leben sein?« fragte Kelly. »Könnte irgendwo ein anderes Leben führen?«

Elder seufzte. »Ich weiß es nicht.«

»Halten Sie still. Ich muß mich um die Nagelhaut kümmern.«

Ein Mädchen aus dem Friseursalon streckte den Kopf herein und fragte Kelly, ob sie eine Tasse Tee wolle.

»Aber immer.«

»Tee?« fragte das Mädchen in Elders Richtung.

»Nein danke.«

Jetzt mußte Elders andere Hand ins Wasser. »Als wir das letzte Mal miteinander sprachen«, sagte er, »erwähnten Sie jemanden aus Susans Theatergruppe, der vielleicht in sie verknallt war.«

»Das stimmt, ja.«

»Sagt Ihnen der Name Rob irgend etwas? Rob Shriver?«

Während sie seine rechte Hand abtrocknete, dachte Kelly nach. »Nein, tut mir leid. Sie haben die weite Fahrt hoffentlich nicht nur gemacht, um mich das zu fragen?«

»Nein.« Er drehte sich um und griff in die Innentasche seines Jacketts, um einen Umschlag herauszuholen. »Gukken Sie mal rein.«

Vorsichtig zog Kelly das Foto heraus. »Er sieht ganz schön erschreckt aus.«

»Erkennen Sie ihn?«

Kelly schüttelte den Kopf. »Ich glaube nicht. Tut mir leid.«

Kellys Kollegin brachte einen Becher Tee, stellte ihn auf dem Manikürewagen ab und verschwand.

»Wer ist das?«

»Der Leiter von Susans Theatergruppe.«

»Ein Lehrer?«

»Ja.«

»Und Sie glauben, die beiden ...« Ihr Gesichtsausdruck machte es überflüssig, den Satz zu beenden.

»Könnte möglich sein.«

Kelly nahm das Foto noch einmal in die Hand und betrachtete es genau. »Ja, stimmt.«

»Was meinen Sie?«

»Also, wenn ich ihn so angucke – ich weiß natürlich nicht, was er wirklich für ein Mensch ist, er kann auch ein richtiger Mistkerl sein –, aber nein, er sieht irgendwie verständnisvoll aus. Man kann sich vorstellen, daß sie ihn gemocht hat. Es sind die Augen, wissen Sie. Da. Schauen Sie. Die Augen.«

Elder schaute. Verständnis war nicht unbedingt das, was er sah. »Hat sie ihn nie erwähnt, diesen Latham, wenn sie von der Schule erzählte?«

»Nicht, soweit ich mich erinnern kann.«

»Und Sie haben ihn auch noch nie gesehen?«

»Tut mir leid.«

»Nun gut.«

»Hier«, sagte Kelly, »ich stecke das Foto lieber wieder in den Umschlag, bevor es Nagellack oder so was abbekommt. Dann feile ich Ihre Nägel, eher eckig als rund, denke ich, und poliere sie. Sie werden prima aussehen. Und Sie werden sich besser fühlen. Ganz bestimmt.«

Und so war es.

Christine Harker versah ihren Nachmittagsjob beim Gemüsehändler in der Nähe der Hafenbrücke. An den Seiten zeigte ihr grüner Overall dunkle Flecken, weil sie sich ständig die Hände daran abwischte. Als Elder den Laden betrat, erkannte sie ihn sofort, begrüßte ihn mit einem Kopfnicken und fuhr damit fort, einer Frau mittleren Alters – ungefähr so alt wie sie selbst – Zwiebeln, Zucchini, Kartoffeln und Kohl zu verkaufen.

»Wie geht es?« fragte Elder, nachdem sie der Frau das Wechselgeld gegeben hatte.

»Kann mich nicht beklagen.«

»Dürfte ich Ihnen vielleicht ein Foto zeigen?«

Christine Harkers Augen verengten sich. »Natürlich.«

Sie hielt das Foto zwischen Daumen und Mittelfinger, und Elder war darauf gefaßt, daß sie umgehend sagen würde, der Mann wäre ihr unbekannt. Aber nein, das tat sie nicht. Je länger sie das Foto betrachtete, desto mehr wuchs Elders innere Anspannung.

»Nein«, sagte sie dann jedoch, »ich glaube, er ist es nicht.«

»Wen meinen Sie? Wer ist es nicht?«

»Der Mann, mit dem ich Susan sprechen sah.«

»Wie bitte?« Elders innere Anspannung verstärkte sich.

»Mir ist noch was eingefallen nach unserem Gespräch oben im Ferienpark, das hat meiner Erinnerung auf die Sprünge geholfen. Ich hätte mich vielleicht bei Ihnen melden sollen. Falls es wichtig ist.«

Eine Kundin trat in den Laden, und ein Verkäufer, der den gleichen Overall trug wie Christine, kam von hinten, um sie zu bedienen.

»Sie sahen, wie Susan mit einem Mann gesprochen hat?« Elder gab ihr das Stichwort.

»Ja. Es muß am Tag vor ihrem Verschwinden gewesen sein.«

»Das heißt, am Tag nach Susans und Trevor Blacklocks Streit.«

»Ja. Und zuerst habe ich auch geglaubt, es wäre ihr Vater. Aber nein. Der Mann war zwar ungefähr in Trevors Alter, aber es war nicht Trevor.«

»Und wo war das?«

»Direkt am Haupteingang zum Gelände. Sie stand da und sprach mit ihm. Ich war ein gutes Stück entfernt, ich kam gerade aus dem Büro.«

»Und wie gut kannten sich die beiden? Ich weiß, das ist schwer zu beantworten, aber welchen Eindruck hatten Sie?«

»Ach, das kann ich nicht sagen.«

»Standen sie nahe beieinander oder nicht?«

»Normal, würde ich sagen. Wie Sie und ich. Um ehrlich zu sein, damals glaubte ich, er würde sie nach dem Weg fragen. Entweder das, oder er wollte etwas über den Ferienpark wissen.«

»Sie haben ihn jedoch das Gelände nicht betreten sehen?«

»Nein, er drehte sich um und ging weg.«

»Ging er den Küstenpfad hinunter? Oder zu einem Auto?«

»Ich habe kein Auto gesehen. Aber er sah auch nicht aus wie ein Wanderer, hatte keinen Rucksack oder so was dabei. Sein Auto hätte er natürlich auch weiter oben auf der Straße geparkt haben können, außer Sichtweite.«

Elder nickte. »Sie sagen, daß er nicht wie ein Wanderer aussah. Wie war er angezogen?«

»Ganz normal, wenn ich mich richtig erinnere. Er hatte beigefarbene Hosen an, solche Baumwollhosen, wissen Sie? Und dazu ein Hemd. Wie gesagt, ganz normal.«

»Und was hat Susan gemacht, als er gegangen war?«

»Ich weiß nicht. Ich habe die beiden nur ganz kurz gesehen. Wäre da nicht am Vortag dieser schreckliche Streit mit ihrem Vater gewesen, hätte ich vermutlich gar nicht weiter darauf geachtet.«

»Ist sie ihm vielleicht gefolgt, als er wegging?«

»Nein, das glaube ich nicht. Jedenfalls habe ich das nicht gesehen. Susan stand immer noch da, als ich zum Laden zurückging.« Sie schenkte Elder ein entschuldigendes Lächeln. »Mehr kann ich nicht dazu sagen, es tut mir leid.«

»Nein, das ist schon sehr gut. Besonders, da das alles so lange her ist.«

Christine Harker lächelte. »So ist das, wenn man älter wird. Fragen Sie mich mal, was ich vorgestern gemacht habe. Ich kann mich bestimmt nicht erinnern.«

Elder lächelte ebenfalls. »Haben Sie die Begebenheit damals der Polizei gegenüber erwähnt, als Sie befragt wurden?«

»Ich bin mir nicht sicher, ehrlich gesagt. Vielleicht habe ich es getan, könnte sein. Damals war alles so hektisch. Ich weiß es wirklich nicht mehr.«

Elder meinte, in den Akten keinen entsprechenden Hinweis gefunden zu haben.

»Darf ich Sie bitten«, sagte er, »das Foto noch einmal zu betrachten?«

Das tat sie, und zwar gründlich, aber wieder schüttelte sie den Kopf. »Nein, es ist nicht derselbe. Dieser Mann hier ist vielleicht gar nicht jünger, aber er wirkt so. Und er kleidet sich ganz anders, soweit man das sehen kann. Vielleicht sind es die Haare.« Sie schüttelte den Kopf. »Ich kann es nicht besser erklären. Tut mir leid.«

»Das muß es nicht. Wie schon gesagt, Sie waren großartig. Wenn sich alle Zeugen so gut erinnern könnten, wäre die Arbeit wesentlich einfacher.«

Eine Arbeit, die ich eigentlich nicht mehr mache, dachte er, als sie ihn an die Ladentür brachte.

»Ich glaube nicht, daß ich eine große Hilfe war«, sagte sie noch einmal.

»Ganz im Gegenteil.«

»Sagen Sie mir nur eins«, bat sie besorgt. »Wenn es mir damals eingefallen wäre und ich es deutlicher herausgestellt hätte, wäre dann alles anders gekommen? Hätte man Susan vielleicht gefunden?«

»Das ist schwer zu sagen. Aber im großen und ganzen, nein. Ich würde sagen, eher nicht.« Er legte ihr kurz die Hand auf die Schulter. »Sie müssen sich keine Vorwürfe machen, ganz bestimmt nicht.«

Die Brücke wurde gerade hochgezogen, um ein Schiff mit einem hohen Mast passieren zu lassen, so daß Elder warten mußte. Er stand auf der Straße beim alten Zollhaus und suchte in seinem Notizbuch die Telefonnummer der Guiseleys heraus, die er auf sein Handy übertrug. Es hatte sich inzwischen als recht nützlich erwiesen.

Esme antwortete nach dem vierten Läuten und überraschte Elder, weil sie seine Stimme sofort erkannte.

»Ist Don vielleicht da?« fragte Elder. »Ich hatte gehofft, ihn zu erwischen.«

»Wenn Sie in Whitby sind«, sagte Esme, »könnten Sie Glück haben. Ich habe ihn gebeten, ein paar Sachen bei Safeway zu besorgen, und wenn er das macht, trinkt er normalerweise hinterher ein oder zwei Bier im Board. Es ist ganz in der Nähe der Stufen, die den Hügel hinaufführen.« Ihre Stimme klang, als lächelte sie. »Entweder ist er dort, oder er treibt sich rum.«

»In Ordnung, Esme. Vielen Dank.«

Wenn Don Guiseley überrascht war, ihn zu sehen, so zeigte er es nicht. »Du kannst das hier auffüllen lassen, wenn du willst.«

Elder nickte und ging an den Tresen, wo er ein Pint für sich selbst bestellte und Guiseleys halbleeres Glas auffüllen ließ.

»Du hast diesen Teil der Welt wohl in dein Herz geschlossen?« sagte Guiseley.

»Nicht unbedingt.«

Guiseley stopfte mit dem Daumen Tabak in den Kopf seiner Pfeife. »Jagst du immer noch Schatten nach?«

»Tue ich das?«

»Das mußt du wissen.«

In knappen Worten erzählte Elder ihm von seinem Verdacht, daß zwischen Susan Blacklock und Paul Latham etwas gewesen sein könnte, und von dem bislang nicht identifizierten Mann, mit dem Susan am Tag vor ihrem Verschwinden gesprochen hatte.

Guiseley hielt ein Streichholz an seine Pfeife, legte die Hand darüber und zog kräftig. Immer noch unzufrieden, nahm er ein weiteres Streichholz aus der Schachtel und versuchte es erneut. Das Pfeiferauchen ist ein bißchen wie Angeln, dachte Elder, die Vorbereitung machte mindestens soviel Spaß wie die Sache selbst.

»Das mit dem Lehrer«, sagte Guiseley schließlich, »halte ich für plausibel. Zweifellos ist so was gang und gäbe. Vor einer Weile gab es einen richtigen Trend, nur andersherum. Erinnerst du dich? Lehrerinnen in den Dreißigern, die meisten verheiratet, die es mit fünfzehn- oder sechzehnjährigen Jungen trieben. Die Zeitungen waren voll davon. Nicht schwer zu verstehen, warum. In dem Alter bringen sie es doch vier- oder fünfmal pro Nacht, und die Frauen müssen denken, sie wären im siebten Himmel. Stell ich mir wenigstens so vor.«

Er kicherte und trank einen Schluck Bier.

»Allerdings wirst du dich mächtig anstrengen müssen, um das zu beweisen nach so langer Zeit. Es sei denn, du kannst glaubwürdige Zeugen aus dem Hut zaubern oder ein paar intime Fotos vorweisen. Aber selbst dann, was würde das beweisen? Ein Techtelmechtel, na und? Ein bißchen Liebeskummer für die Kleine. Tränen beim Zubettgehen. Ich bezweifle, daß wir es mit großer Leidenschaft zu tun haben. Auf Leben und Tod. Oder gehen deine Vermutungen in diese Richtung?«

»Ich weiß nicht.«

Einen Moment lang sah Guiseley über die Schulter, angezogen von einem Spektakel unten am Strand. Zwei kleine Hunde stritten sich um einen Ball, und ihre Besitzer versuchten, sie auseinanderzubringen. Es fielen böse Worte, Drohungen wurden ausgestoßen. Der Ball war inzwischen vergessen und trieb mit der Strömung davon.

»Wenn deine Theorie stimmt, war sie heftig in ihren Lehrer verliebt. Oder hat es zumindest geglaubt. Und umgekehrt? Er auch in sie? Unwahrscheinlich.«

»Aber nicht unmöglich«, sagte Elder.

»Nun gut, nehmen wir an, es ist andersherum. Er liebt

sie, sie hat sein Leben umgekrempelt. Er ist besessen von ihr, und für sie ist es nur ein bißchen Spaß. Er meint es ernst, und sie will nichts davon wissen. Es ängstigt sie, sie ist ratlos und sagt, sie will ihn nicht wiedersehen.«

»Und dann?« fragte Elder und sah Guiseley direkt an.

»Du glaubst, er hat sie getötet«, sagte Guiseley.

»Ich halte es für möglich.«

»Wie? Warum?«

»Du hast es doch selbst gesagt. Für sie ist es vorbei, und er will das nicht akzeptieren. Sie schreibt ihm einen Brief, sagen wir mal, während sie mit ihren Eltern in den Ferien ist. Er fährt hin, weil er sie umstimmen will. Sie diskutieren, streiten sich, vielleicht gibt es einen Unfall, oder es geschieht im Affekt, ich weiß es nicht.«

Guiseley fummelte schon wieder an seiner Pfeife herum. »Aber dazu hättest du diese Frau gebraucht, stimmt's? Diese Harker, so heißt sie doch? Sie hätte ihn identifizieren müssen, und das hat sie nicht getan.«

»Sie war gute siebzig Meter entfernt, möglicherweise noch weiter.«

»Sie ist eine gute Zeugin, das hast du selbst gesagt.«

»Aber das heißt nicht, daß er Susan nicht noch ein weiteres Mal getroffen hat.«

»Aber es heißt auch nicht, daß es so war.«

»Ich weiß«, sagte Elder. »Du brauchst nicht darauf herumzureiten.«

»Bleib sitzen«, meinte Guiseley und erhob sich langsam. »Ich bin dran.«

Der Pub war noch relativ ruhig, lediglich ein paar Stammgäste hatten sich an der Bar versammelt. Einige Besucher, Ortsfremde, saßen am Rand. Musik, leise und überflüssig, füllte die Lücken.

»Es gibt etwas«, sagte Guiseley, als er mit den Getränken zurückkehrte, »das du dich fragen solltest. Hätte er sich bei eurem Treffen als großartiger Kerl erwiesen, dieser Latham, wäre er freundlich und engagiert gewesen, ein Typ, mit dem du dich anfreunden und ein paar Gläschen am Abend trinken würdest, so, wie wir das jetzt tun. Wärst du dann mit demselben Eifer hinter ihm her?«

Elder nippte an seinem Bier. »Ich denke schon. Wenn ich davon überzeugt wäre, daß er ihr etwas getan hat. Ja.«

Guiseley seufzte. »Nun, das mußt du natürlich selbst wissen. Aber ich sage dir eins. Wäre ich dein Vorgesetzter und du ein junger Inspektor, würde ich dich fragen, wo deine Beweise sind. Ich würde sagen, du hast den Kopf in den Wolken, Junge, anstatt mit beiden Beinen auf der Erde zu stehen.« Er lachte. »Und du würdest mich als alten Knacker bezeichnen, zumindest hinter meinem Rücken.«

»Nein«, sagte Elder. »Nein, Don, das bist du nicht. Jedenfalls kein Knacker.«

Schweigend tranken sie weiter.

32

Als Elder ein paar Minuten nach acht bei Helen Blacklock ankam, saß sie auf den Stufen vor ihrer Haustür und rauchte eine Zigarette. Neben ihr stand ein Weinglas, halb leer.

»Entschuldigung, ich habe mich verspätet.«

»Das macht nichts.« Lächelnd warf sie ihm vorsichtig einen Blick zu.

»Ich habe jemanden getroffen, wir haben geredet ...«

»Macht nichts.« Ihr Gesicht war leicht gerötet. Elder fragte sich, ob es das erste Glas war. Wahrscheinlich nicht.

»Ich sitze gerne abends hier draußen.« Sie lachte. »Da haben die Nachbarn etwas, worüber sie sich den Kopf zerbrechen können.« Sie zog an ihrer Zigarette und drückte sie an der Treppenstufe aus.

»Ein schöner Abend«, sagte Elder.

Einige Mauerschwalben glitten über das Haus, sie drehten flache Kreise, stießen hinab und drehten erneut Kreise. Mauerschwalben oder Mauersegler, da war er sich nie sicher. Er kannte nur ganz normale Schwalben.

»Vielleicht gehen wir lieber ins Haus«, sagte Helen.

Er bot ihr seine Hand an, aber sie ignorierte die Geste und mußte sich nur ein kleines bißchen an der Wand abstützen, um auf die Füße zu kommen.

»Ich bin nicht betrunken, wissen Sie.«

»Ich weiß.«

»Und auch nicht altersschwach.«

»Nein.«

Er folgte ihr ins Haus.

Der abgestandene Zigarettenrauch, den er bei seinem ersten Besuch bemerkt hatte, ging in dem Geruch nach Möbelpolitur fast unter. Helen hatte Staub gewischt und aufgeräumt. Sie hatte das Sofa etwas näher an die Wand geschoben, um den Eßtisch ausziehen zu können. Er war für zwei gedeckt, eine kleine Vase mit Blumen stand in der Mitte.

»Geben Sie mir Ihre Jacke.«

»Danke.«

Sie verschwand damit, und als sie wiederkam, hatte sie eine offene Flasche in der Hand.

»Sie trinken doch auch ein Glas Wein?«

»Warum nicht?«

Sie goß Wein in sein Glas, dann schenkte sie sich nach.

»Ich hoffe, er ist in Ordnung.«

»Er ist bestimmt sehr gut.«

»Also dann. Zum Wohl.«

»Zum Wohl.«

Sie trug ein blaues Kleid, blau und weiß, mit kurzen Ärmeln, einem eckigen Ausschnitt und einem leicht ausgestellten Rock, dazu weiße Schuhe mit niedrigen Absätzen. Das Kleid war etwas eng in der Taille, und Elder schien es, als hätte sie es längere Zeit nicht getragen. Ihr Lidschatten war blaugrau, und ihr dunkelroter Lippenstift hinterließ Spuren am Rand des Glases.

»Möchten Sie jetzt reden oder später?« fragte Helen.

»Schweigen ist vielleicht keine gute Idee.«

»Das habe ich nicht gemeint.«

»Ich weiß.«

»Also, was?«

»Später, denke ich.«

»Gut. Setzen Sie sich. Das Essen ist gleich fertig.«

Elder setzte sich an das eine Ende des Sofas. Der Wein war rot und recht würzig, er hatte keine Ahnung, welche Sorte es war, aber seinem Gaumen behagte er sehr. Das gerahmte Foto von Susan stand immer noch auf dem Kamin, aber das andere, auf dem sie zwischen ihren Eltern stand – ein wenig unbehaglich, wie Elder fand –, war nicht mehr auf dem Fernsehapparat zu sehen. Vielleicht hatte Helen es beim Staubwischen zur Seite gelegt und noch nicht wieder zurückgestellt. Vermutlich ist Ihre sechzehnjährige Tochter mit ihrem Lehrer ins Bett gegangen – wie ließ man so etwas geschickt in eine Unterhaltung einfließen? Nach dem Hauptgang? Beim Dessert?

»Soll ich nachschenken?« fragte Helen, die den Kopf durch die Tür steckte.

»Nein danke, noch nicht.«

»Dauert nur noch ein paar Minuten.«

Es gab Nudeln, Penne mit einer Soße aus Tomaten, Fleisch und Broccoli und grünen Salat. Geriebener Parmesan in einer kleinen Dose. Knoblauchbrot. Sie unterhielten sich über Urlaubsreisen, als Helen plötzlich einen kleinen Schrei ausstieß.

»Die Melone. Die habe ich ganz vergessen. Sie war als Vorspeise gedacht und liegt immer noch in der Einkaufstüte.«

»Das macht doch nichts.«

»Aber es ist Verschwendung.«

»Vielleicht können wir sie zum Nachtisch essen.«

»Ich habe etwas anderes zum Nachtisch.«

Elder lächelte verständnisvoll und trank seinen Wein aus. Er nickte, als Helen anbot nachzuschenken. Noch ein Schlückchen für sie selbst, und die Flasche war leer.

»Ich hätte eine Flasche mitbringen sollen«, sagte Elder. »Ich habe nicht daran gedacht. Entschuldigung.«

»Nein, Sie sind mein Gast.«

»Aber hätte sich das nicht so gehört? Man bringt Wein mit oder Blumen oder etwas in der Art?«

»Ich weiß es nicht«, sagte Helen und lachte. »Ich habe es vergessen.«

»Ich auch. Früher, als ich noch mit Joanne zusammen war, sind wir oft ausgegangen. Wenn wir einen Babysitter finden konnten. Meistens zu ihren Freunden. Ihr war es lieber, nicht allzuviel Zeit in der Gesellschaft von Polizeibeamten zu verbringen.«

»Sie ausgenommen«, sagte Helen.

Elder antwortete nicht.

»Sie waren bei Trevor, wie ich gehört habe.«

»Er hat es Ihnen erzählt?«

Helen schüttelte den Kopf. »Nein, sie.«

»Seine Frau?«

»Die Spitzmaus. So nenne ich sie insgeheim. Jedenfalls hat sie mir am Telefon die Leviten gelesen. Wie ich dazu käme, Leute zu schicken, die ihren Trevor belästigen, die ihn aufregen und auf die Palme bringen? Offensichtlich konnte er einen ganzen Tag lang nicht zur Arbeit gehen, nachdem er mit Ihnen geredet hatte.«

»Aber genau das hat er nicht getan. Er wollte nicht mit mir reden, hat es rundheraus abgelehnt.«

»Er möchte so tun, als wäre es nicht wahr«, sagte Helen.

»Daß Susan verschwunden ist?«

»Daß sie je existiert hat.«

Sie aßen den Rest der Mahlzeit, ohne viel zu sprechen, und dann räumte Helen das Geschirr ab und trug es in die Küche. Als sie wiederkam, stellte sie zwei Schalen mit Himbeeren und Vanilleeis auf den Tisch, außerdem eine ovale Platte, auf der zwei Sorten Käse, Cracker und Stangensellerie angerichtet waren.

Elder war nicht sicher, ob sie in der Küche vielleicht ein paar Tränen vergossen hatte.

»Sie hatten doch eine Tochter? Ich erinnere mich, daß Sie einmal von ihr gesprochen haben, damals, Sie wissen schon … Wie alt war sie, als Susan verschwand? Achtzehn Monate?«

»Zwei. Sie war ungefähr zwei.«

»Dann ist sie jetzt erwachsen.«

Elder nickte. »Sechzehn.«

»Genauso alt wie …«

»Ja.«

»Sie haben vorhin etwas gesagt ... Sie und Ihre Frau, sind Sie nicht mehr zusammen?«

»Schon eine ganze Weile nicht mehr.«

»Und Ihre Tochter ...«

»Katherine.«

»Sehen Sie sie noch?«

»Nicht so oft, wie ich möchte. Obwohl ich selbst schuld habe, würde ich sagen.«

»Aber Sie sehen sie hin und wieder?«

»Ja.«

Elder aß sein Eis und die Himbeeren, schnitt sich ein Stückchen Käse ab und nahm sich einen Cracker dazu.

Helen schob die Himbeeren auf ihrem Teller hin und her und spielte mit einer Haarsträhne.

»Es war nicht besonders gut, oder?«

»Was?«

»Das Essen.«

»Es war sehr gut.« Die Penne hatten teilweise zusammengeklebt, und der Broccoli war zu lange gekocht worden. »Wirklich, es hat mir geschmeckt.«

Helen sah nicht überzeugt aus.

»Ich räume nur schnell die Sachen weg«, sagte sie einen Augenblick später. »Möchten Sie vielleicht einen Kaffee?«

»Danke, ja, das wäre schön. Aber lassen Sie mich bitte mit dem Geschirr helfen.«

»Das ist nicht nötig. Sie bleiben hier.«

Helen stellte gerade die Teller in die Spüle und drehte sich um, als Elder mit den leeren Gläsern in die Küche kam.

»Ich habe Ihnen doch gesagt, Sie sollen sich keine Mühe machen.«

»Es ist keine Mühe.«

Er beugte sich vor und stellte die Gläser ab. Plötzlich war sein Gesicht ihrem nahe, nahe genug, und sie küßte ihn, oder er küßte sie. Wer auch immer angefangen hatte, sie küßten sich. Elder hielt die Augen geschlossen, als ihr Mund seinen Mund suchte, als seine Zunge ihre Zunge fand. Sie atmete schwer und unregelmäßig, und als er sie berührte, stieß er zufällig auf eine Stelle, wo die Seitennaht ihres Kleides aufgeplatzt war, und seine Fingerspitzen spürten ihre Haut.

»Frank.«

Sie sprach seinen Namen aus, und er bemerkte verwundert, daß sie ihn kannte. Als Antwort küßte er ihre Wange und dann ihren Hals, und sie sagte wieder seinen Namen, nur diesmal lauter. Er strich mit der Hand über ihren Körper und merkte, daß die Naht noch ein wenig nachgab, und dann spürte er unter ihrem Kleid ihre geschmeidige Haut. Sie küßte seine Mundwinkel, seinen Nasenrücken, seine Augen, und als er sie an sich preßte, ging sie halb stolpernd in die Knie, und er ging mit, wobei er sie immer noch hielt. Sie zerrte an dem offenen Kragen seines Hemdes, und als der Knopf nicht nachgab, biß sie ihn in die Unterlippe, nicht fest, aber fest genug, und er zog seine Hand aus ihrem Kleid und berührte ihre Brust. Sie machte eine ruckartige Bewegung, stieß mit dem Kopf an die Holzeinfassung der Spüle und sagte: »Frank, ich bin zu alt, um es auf dem Küchenfußboden zu machen.«

Er stand auf, genierte sich plötzlich, aber sie nahm seine Hand und führte ihn zur Treppe. Einen Moment lang war alles in der Schwebe, war alles offen für ihn, und er hätte den Lauf der Dinge aufhalten können. Er hätte sich absetzen, zur Vernunft kommen und es sich anders überlegen können. Sie aber drehte sich auf halber Treppe um, beugte sich zu ihm und küßte ihn auf den Mund, sehr lange. Und danach gab es keine Fragen, kein Zögern, keine Zweifel mehr.

»Mach die Tür nicht zu, Frank«, sagte sie, als sie im Zimmer waren. »Sonst wird es zu heiß.«

Sie stieß ihre Schuhe zur Seite und ging am Fußende des Bettes vorbei, um die Vorhänge zuzuziehen. Es war ein Doppelbett mit einer in Grüntönen gemusterten Steppdecke und weißen Kissen, die an dem schlichten Kopfteil lehnten.

Elder bückte sich, um die Schuhe auszuziehen.

»Frank, hilf mir bitte.« Sie stand mit dem Rücken zu ihm, als er ungeschickt drei runde Perlenknöpfe aufknöpfte und ganz oben am Ausschnitt eine Stoffschlinge von einem kleinen Haken löste. Und dann ließ sie das Kleid zu Boden gleiten, trat heraus und stand in Slip und pfirsichfarbenem BH vor ihm. Ihre Oberschenkel waren kräftig, ihr Bauch wölbte sich ein wenig, ihre Brüste waren groß und voll.

»Starr mich nicht an, Frank. Das ist unhöflich.«

Er lächelte und fing an, sein Hemd aufzuknöpfen, und als sie ihm helfen wollte, lehnte er ab.

»Warte«, sagte sie, als er nur noch seine Boxershorts anhatte. »Laß mich das tun.«

Sie setzte sich auf die Bettkante und zog die Boxershorts herunter, bis das Gummiband direkt unter seinen Hoden lag. Dann leckte sie die Lusttropfen ab und nahm ihn schnell in den Mund, wobei sie so langsam mit der Zunge über die Kuppe strich, daß Elder Angst hatte, er würde augenblicklich kommen. Mit einem verschmitzten Grinsen ließ sie ihn los, leckte seinen Schwanz von oben bis unten und legte sich dann mit gespreizten Beinen und leicht angezogenen Knien auf das Bett.

Mit der Zunge bahnte er sich in der feuchten Baumwolle ihres Slips einen Weg, schob den Stoff beiseite, und als sie ihr Becken etwas anhob, fuhr er mit der Zunge über die salzige rosa Linie zwischen den dunklen Locken. Er mochte den Geschmack, als sie sich für ihn öffnete, die glatte, salzige Haut und den Moschusgeruch.

Als sie glaubte, er würde aufhören, legte sie ihre Hand an seinen Hinterkopf und hielt ihn, vor und zurück schaukelnd, fest zwischen ihren Beinen, bis sie mit einem kaum gedämpften Schrei kam. Sich aufbäumte. Und noch einmal kam.

Schweiß lief Elder von der Stirn in die Augen, die brannten.

Helen ließ ihn los und schob sich weiter nach oben, und auch Elder bewegte sich, so daß sie schließlich quer über dem Bett lagen und sich ansahen.

»Mein Gott, Frank.« Sie küßte den Schweiß von seinen Augenbrauen und schmeckte sich selbst an seinem Mund. »Mein Gott, das war ...« Sie lachte und hielt ihn. »Ich hatte ganz vergessen, wie das ist.«

Sie lächelte ihn an, und Elder griff nach den Haken ihres BHs, öffnete ihn und küßte ihre Brüste. Sie waren füllig und weich und hatten große dunkle Brustwarzen, die er mit den Zähnen liebkoste. Er schob ein Bein zwischen ihre Beine, und sie sagte: »Warte. Warte einen Moment.« Als sich Elder enttäuscht auf die Seite rollte, fragte sie: »Du hast nicht zufällig ein Kondom?« Er schüttelte den Kopf, sie rutschte vom Bett herunter, ging halb laufend, halb hüpfend zum Badezimmer und kehrte wenig später mit einem kleinen, in Silberfolie verschweißten Teil zurück.

»Ich möchte gar nicht wissen, welches Verfallsdatum da draufsteht.«

Nicht sehr viel später saßen sie aufrecht im Bett, lehnten sich an die Kissen, und Helen rauchte eine Zigarette.

»Und«, sagte sie, »hat die Erde gebebt?«

»Wie bitte?«

»Sagt man das nicht so? Wenn es wirklich gut war? Die Erde hat gebebt.«

»Ich weiß nicht.«

Sie lächelte. »Das muß ich wohl in irgendeiner Zeitschrift gelesen haben. Hundertundeine Art, einen Orgasmus zu beschreiben.«

Elder drehte sich halb zu ihr um, die Hand auf ihrem Arm. »Wie würdest du es beschreiben?«

Helen lachte. »Es hat nicht nur die Erde gebebt, vermutlich ist die halbe Straße abgesackt!«

Er lachte mit ihr, küßte und liebkoste sie spielerisch, aber halbherzig, denn eigentlich wollten sie alle beide nur ein bißchen kuscheln. Und das taten sie.

Elder wußte nicht, wer von ihnen zuerst eingeschlafen war, aber als er aufwachte, war es draußen stockfinster. Helen lag quer über ihm, etwas Speichel rann aus ihrem Mundwinkel auf seine Brust. Ohne sie zu wecken, zog er die Bettdecke über sie und küßte sie auf den Kopf. Und schon machten sich seine Gedanken selbständig: Was war geschehen? Worauf hatte er sich eingelassen? Hatte er sich auf etwas eingelassen? Helen bewegte sich, berührte ihn und wurde wieder ruhig. Er schloß die Augen, stellte sich das ferne Wogen der Brandung vor und versuchte, gar nichts zu denken.

Er mußte wieder eingeschlafen sein, denn als er die Augen erneut öffnete, kam Helen gerade ins Zimmer. Sie hatte einen Bademantel an und trug ein Tablett mit Tee und Toast, Tassen, Tellern, Milch, Zucker, Butter – alles, was dazugehörte. In einer Tasche ihres Bademantels hatte sie zwei Teelöffel und ein Messer, in der anderen ein kleines Glas Kirschmarmelade.

»Ich mag das einfach, du nicht auch? Toast und Marmelade und Tee im Bett. Im Winter, wenn es richtig kalt ist, überwinde ich mich, laufe schnell nach unten, mache Tee und bringe ihn hier herauf.«

»Du machst es nicht nur nach dem Sex?«

»Dann wäre ich schon lange verhungert.«

Helen stellte das Tablett auf dem Bett ab und begann, Tee einzuschenken.

»Es war großartig«, sagte er und beugte sich vor, um ihre Schulter zu küssen. »Danke.«

Sie sah ihn an. »Keine Dankbarkeit, Frank.«

»Tut mir leid. Ich wollte nicht …«

»Ich möchte nicht als Sozialarbeiterin angesehen werden, das ist alles. Jetzt trink deinen Tee, bevor er kalt wird. Und versuche, keine Krümel im Bett zu hinterlassen.«

Als sie auch für sich eine Tasse eingeschenkt hatte, sagte sie mit einem Lächeln: »Wolltest du mir eigentlich etwas erzählen, oder bist du nur vorbeigekommen, um mit mir zu schlafen?«

»Nein, es gibt etwas. Nichts Entscheidendes, ich habe auch keinen endgültigen Beweis, aber ich fand, du solltest es trotzdem wissen.«

»Um Himmels willen, was sollte ich wissen?«

Er erzählte ihr von seinem Verdacht, daß ihre Tochter und Paul Latham ein Verhältnis gehabt hatten, und erklärte, wie er darauf gekommen war. Er berichtete auch, daß Latham es bestritt. Eine Weile sagte Helen gar nichts. Schließlich sprach sie aus, was sie dachte: »Ich hoffe nur, er hat sie gut behandelt, das ist alles.«

»Das ist alles?«

»Es ist fast fünfzehn Jahre her, Frank. Welchen Sinn hat es jetzt noch, sich darüber aufzuregen?«

»Wenn er sie ausgenutzt hat …«

»Wenn.«

»Was soll das heißen?«

»Das heißt, daß es niemals so einfach ist. Das glaube ich jedenfalls. Schau uns doch an. Welches Recht haben wir, zu urteilen? Wir sitzen geradezu im Glashaus.«

»Wir haben keine Verpflichtungen, müssen auf niemanden Rücksicht nehmen und sind alt genug, um Entscheidungen zu treffen.«

»Du glaubst, Susan war das nicht? Alt genug, um zu wissen, was sie tat?«

»Nein.«

»Sag mir noch mal, wie alt deine Tochter ist, Frank.«

»Das hat nichts damit zu tun.«

»Wie alt ist sie?«

»Sechzehn.«

»Und das hat nichts damit zu tun?«

»Nein.«

»Ach, Frank.« Sie schmiegte sich in seinen Arm. »Was glaubst du, wie alt ich war, als Susan geboren wurde?«

»Ich weiß nicht.«

»Ich bin siebenundvierzig, Frank. Rechne es dir aus.«

»Das ist etwas anderes.«

»Wieso?«

»Trevor war nicht doppelt so alt wie du.«

»Nein, Trevor nicht.«

»Also dann …«

»Frank.« Sie rollte sich auf den Bauch, legte ein Bein über ihn, und das Tablett klapperte. »Ich möchte jetzt nicht mehr darüber sprechen.«

»In Ordnung.«

Er lag eine Weile da, hielt sie in den Armen und merkte, daß ihm die Augen zufielen. »Wenn ich gehe …«

»Du gehst aber nicht.«

»Das ist Verschwendung. Ich habe doch ein Zimmer gemietet.«

»Sei still.«

Auf dem Weg ins Badezimmer nahm Elder das Tablett vom Bett und stellte es auf den Fußboden. »Du kannst meine Zahnbürste benutzen«, rief sie ihm nach.

Als er fünf Minuten später zurückkam, war sie eingeschlafen.

Elder legte sich vorsichtig neben sie, lag eine Weile da und lauschte auf all die fremden Geräusche des fremden Hauses, bis er nichts mehr hörte.

33

Elder wachte auf und wußte nicht, wo er war. Helen war bereits angezogen und machte unten in der Küche Frühstück. Sie hatte die Melone vom vergangenen Abend aufgeschnitten und auf Teller gelegt. Das Wasser hatte gerade gekocht, und der Toast war geschnitten. Noch mehr Toast.

»Du sprichst im Schlaf«, sagte sie. »Weißt du das?«

»Habe ich etwas gesagt, das mich belastet?«

»Noch nicht.«

Der Blick, den er ihr zuwarf, ernüchterte sie, obgleich sie über ihn lachen mußte.

»Mein Gott, Frank. Beruhige dich. Ich erwarte nichts von dir, das kannst du mir glauben.«

»Tut mir leid, ich ...«

»Zwei Erwachsene, weißt du noch? Ein seltenes Vergnügen. Für mich jedenfalls. Ich breche nicht zusammen, keine Angst. Also, ich habe Pulverkaffee, wenn du willst. Es gibt aber auch Tee.«

»Tee.«

»Okay, setz dich nebenan hin. Ich bring alles rüber.«

Es war noch nicht einmal acht, und das Wohnzimmer wurde von der frühen Morgensonne hell erleuchtet. Draußen kreischten schrill die Möwen. Man hörte die Stimmen von Leuten, die auf der Straße vorbeigingen. Das Foto von Susan Blacklock auf dem Kamin blickte ihn an, ohne zu urteilen. Es sah so aus, als würde es ein heißer Tag werden.

»Du fährst heute morgen zurück.«

»Ja.«

»Wohin zurück?«

»Nottingham, denke ich. Fürs erste zumindest.«

»Und dann?«

»Wer weiß?«

Helen stellte die Tassen und Teller auf den Tisch, dann setzte sie sich. Sie hatte ihr Haar zurückgebunden und sah älter aus als am Abend zuvor.

Die Melone war süß, und der Saft rann ihm über das Kinn.

»Was ist?« fragte Helen.

»Hm?«

»Du hattest eben so ein dreckiges Grinsen im Gesicht.«

»Ach, ich habe nur an die letzte Nacht gedacht.«

Zum Toast gab es sowohl Marmelade als auch Gelee.

»Glaubst du, an dieser Geschichte mit Latham könnte mehr dran sein? Daß die beiden nicht nur etwas miteinander hatten?«

Elder nickte. »Ich halte es für möglich, ja.«

»Und?«

Er schüttelte den Kopf. »Ich informiere die Polizei von North Yorkshire, die zuständige Dienststelle. Schließlich ist der Fall noch nicht abgeschlossen. Ob sie es weiterverfolgen, ist ihre Sache.«

»Und sonst? Du hast nichts anderes herausgefunden?«

»Eigentlich nicht, nein.«

»Was ist mit diesem Donald«, sagte Helen. »Shane Donald, der Kerl, der neulich abgehauen ist?«

»Was soll mit ihm sein?«

»Als Susan ... du weißt schon, damals hattest du ihn in Verdacht. Ihn und diesen anderen ...«

»McKeirnan.«

»Genau, McKeirnan. Du glaubtest, sie könnten etwas mit der Sache zu tun haben.«

»Ja, das habe ich damals geglaubt.«

»Und jetzt?«

Elder schüttelte den Kopf. »Ich weiß es nicht.« Er sah ihr in die Augen und wandte den Blick schnell ab. »Es tut mir leid, daß ich deine Erwartungen nicht erfüllt habe.«

»Sei nicht albern. Du hast es versucht. Hast dein Bestes gegeben. Es war dir nicht egal.«

»Ich habe dir ein Versprechen gegeben.«

Ein ironisches Lächeln huschte über Helens Gesicht. »Das machen alle Männer. Immerzu. Und dann bedauern sie es ein Leben lang.«

Als das Frühstück beendet war, wußten beide, daß er gerne gehen wollte. An der Tür legte sie die Arme um ihn. »Die Nacht mit dir war wunderschön, du warst genau richtig.«

»Keine Dankbarkeit«, sagte er.

Sie grinste und schnitt ein Gesicht.

»Wir sehen uns«, sagte er.

»Wirklich?«

Diesmal blieb sie nicht in der Tür stehen, um ihn gehen zu sehen.

Rob Loake ließ ihn warten, und zwar nicht zu knapp. Es war ein glühendheißer Junitag, und in Loakes Büro war es noch wärmer. Unter den Achseln von Loakes Hemd zeigten sich dunkle Flecken, sein gestreifter Schlips hing auf halbmast, die beiden obersten Hemdknöpfe standen offen.

»Eine Höllenhitze, was?«

Elder zuckte unverbindlich die Achseln.

»Für die verfluchte Algarve mag es angehen, aber wir sind hier in dem verfluchten York.« Er schien regelrecht gekränkt zu sein.

»Ich werde Sie nicht lange aufhalten«, sagte Elder und erzählte ihm von Latham und Susan Blacklock, was er wußte, was er vermutete. Obwohl Elder es kurz und bündig machte, gelang es Loake, nicht nur einmal, sondern zweimal auf die Uhr zu sehen.

»Und nichts davon ist damals ans Licht gekommen?« fragte Loake, als Elder fertig war.

»Soweit ich weiß, ist Latham nie vernommen worden.«

Loake beugte sich zu ihm hinüber. »Wenn Sie nicht so

scharf darauf gewesen wären, uns auf diesen Shane Donald anzusetzen, wäre das vielleicht geschehen.« Sein Gesicht drückte fast so etwas wie Genugtuung aus.

Elder nahm es hin.

»Was erwarten Sie jetzt von mir?« fragte Loake.

»Nichts. Sie müssen nicht unbedingt etwas unternehmen. Obwohl ich finde, daß man ihm mal die Frage stellen sollte, warum er damals geschwiegen hat.«

Loake gab einen Laut von sich, der zwischen Stöhnen und Seufzen lag. »Ich denke, das ist doch ziemlich offensichtlich. Er wollte nicht, daß die Schulbehörde ihn drankriegt, weil er eine Minderjährige gebumst hat.«

»Das ist *ein* Grund, zugegeben.«

»Okay, Schlauberger, was ist der andere?«

»Fragen Sie ihn.«

»Sie können mich mal, Elder!« Loake kam blitzschnell auf die Füße. »Tauchen hier auf und erzählen mir, wie ich meine Arbeit machen soll!«

Elder nahm einen Umschlag aus der Hosentasche und schob ihn über den Schreibtisch. Die Venen an Loakes Schläfen traten gefährlich hervor.

»Ich habe alles aufgeschrieben, die Daten und so weiter. Wenn Sie sich entschließen, mit Latham zu reden, ist es möglicherweise von Nutzen.«

»Elder ...«

»Wenn ich Don Guiseley sehe, sage ich ihm, daß Sie sich nach ihm erkundigt haben. Sie brauchen mich nicht zur Tür zu bringen.«

Warum wurde der Wunsch, zuzuschlagen, immer größer, je älter er wurde, fragte sich Elder. Wie gut, daß er den Dienst frühzeitig quittiert hatte. Er war fast an seinem Wagen angelangt, als sein Handy klingelte. Maureen Prior war am Apparat. Ein Mann, auf den Shane Donalds Beschreibung paßte, hatte im Zentrum von Nottingham versucht, eine gestohlene Kreditkarte zu benutzen.

34

Sie trafen sich in einem kleinen Café beim Bridlesmith Gate, einem der wenigen, die noch nicht von Starbucks und Caffè Nero verdrängt worden waren. Maureen, die am Vormittag bei Gericht gewesen war, trug ein schickes graues Kostüm, dessen Rock etwas unterhalb des Knies endete. Elder fühlte sich in seinen formlosen Hosen und dem ausgewaschenen blauen Hemd vergleichsweise schlampig und unwohl in der Hitze. Sie hatten noch nicht lange dagesessen, als Maureen ihre Kostümjacke auszog und ordentlich über die Lehne eines freien Stuhls hängte.

»Es war bei Dixon's im Victoria Centre«, sagte Maureen. »Am Samstag. Er wollte einen Discman kaufen. Einen teuren.«

»Wie sicher sind wir, daß es Donald war?« fragte Elder.

»Ziemlich sicher. Der junge Verkäufer, der ihn bedient hat, konnte eine recht gute Beschreibung liefern. Anfang zwanzig, kurz geschorene Haare, Turnschuhe, Jeans. Dünn wie eine Bohnenstange.«

Wenn er sich im Gefängnis nicht sehr verändert hatte, dachte Elder, konnte Donald problemlos für Anfang zwanzig durchgehen.

»Offensichtlich hatte der Verkäufer ihn schon eine Weile im Visier. Er fand nämlich, daß der Mann sich merkwürdig verhielt, irgendwie nervös. Anscheinend war er schon früher in dem Laden gewesen und hatte sich umgesehen. Der Verkäufer fürchtete, er würde etwas mitgehen lassen und fragte vorsichtshalber, ob er ihm helfen könne. Aber der Mann verneinte. Eine halbe Stunde später kam er jedoch zurück und ließ sich den Discman vorführen. Wollte ihn kaufen. Alles war bestens, aber dann wies die Kasse seine Kreditkarte zurück. Der Verkäufer fragte, ob er auf andere Art bezahlen wolle, aber da war der Mann schon halb aus dem Laden. Daraufhin wurde die Kartennummer mit der Liste der gestohlenen Kreditkarten abgeglichen. Bingo.«

»Gerald Kersley.«

»Genau. Kersley wurde zwei Tage, nachdem Donald sich abgesetzt hatte, in einer öffentlichen Toilette im Großraum Manchester beraubt. Autoschlüssel. Brieftasche.«

»Aber sonst gibt es keine Verbindung zwischen den beiden?«

»Nur Indizien. Der Zeitpunkt paßt haargenau.«

Elder hob seine Tasse und führte sie an den Mund, bevor er merkte, daß sie leer war.

»Willst du noch einen?« fragte Maureen.

»Nein danke.«

Elder schüttelte den Kopf und sah sich um. Vor einigen Jahren hatte er sich in diesem Café manchmal mit Joanne getroffen, wenn sie Mittagspause hatte, denn ihr Salon war nur ein paar Minuten entfernt. Er stellte sich vor, wie sie ihm gegenübersaß, in dem Salat auf ihrem Teller herumstocherte und angeregt sprach, während Elder sich ein Sandwich mit Schinken schmecken ließ. Heutzutage war alles *focaccia* dies und *focaccia* das.

»Die Kreditkarte«, sagte Elder, »könnte in der Zwischenzeit ein halbes dutzendmal den Besitzer gewechselt haben. Und die Beschreibung würde auf fast die Hälfte der männlichen Bevölkerung zwischen achtzehn und dreißig zutreffen.«

»Ja, ich weiß.«

»Ohne aktuelles Foto …«

»Die Kriminalpolizei in Huddersfield hat irgendwo eins aufgetrieben. Vermutlich bei der Gefängnisbehörde. Oder bei der Bewährungshilfe. Sie wollten es für Handzettel benutzen, als er abgehauen ist, für Steckbriefe, aber irgendwie sind sie nicht dazu gekommen. Jedenfalls schicken sie es per E-Mail. Es befindet sich wahrscheinlich schon auf meinem Computer in Mansfield.«

»Wie schnell kommen wir an einen Ausdruck?«

»Sobald wir hier fertig sind, gehen wir zur Polizeizentrale. Ich rufe mein Büro an und lasse es weiterleiten.«

Während Maureen ihr Handy benutzte, spielte Elder mit seiner leeren Kaffeetasse. Wenn es wirklich Donald war, warum hatte er bis jetzt gewartet, um eine der gestohlenen Karten zu benutzen? Und warum in aller Welt sollte er ausgerechnet in jenen Teil des Landes zurückkehren, in dem er und McKeirnan früher ihr Unwesen getrieben hatten?

»Gut«, sagte Maureen, steckte das Telefon in die Tasche und griff nach ihrer Jacke. »Los geht's. Falls es dich interessiert, können wir uns über die Suche nach dem verschwundenen Mädchen informieren, wenn wir schon dort sind.«

»Emma Harrison, oder? Immer noch keine Spur?«

Maureens Gesicht verdüsterte sich, als sie durch die Tür auf die Straße trat. »Du glaubst, es könnte Shane Donald sein?«

Elder zuckte die Achseln. »Er taucht hier auf und …«

»Wenn er es ist.«

»Okay, wenn er es ist. Er taucht genau an dem Wochenende hier auf, als diese Emma verschwindet. Sie ist genauso alt wie Lucy Padmore und Susan Blacklock. Das ist verdammt ...«

»Genauso alt wie die meisten Mädchen, die vermißt gemeldet werden«, erinnerte Maureen ihn.

»Also Zufall?«

Maureen schüttelte den Kopf und ging los. Die Straße in der Fußgängerzone würde sie zum Trinity Square und zur zentralen Polizeidienststelle an der Ecke Shakespeare Street und North Church Street bringen.

Maureen meldete Elder am Empfang an und sprach über die interne Leitung mit einem der Dienststellenleiter im dritten Stock. Da die Abteilung Schwerverbrechen an zwei verschiedenen Standorten operierte, die beide nicht im Zentrum lagen, war es manchmal notwendig, Räumlichkeiten oder Einrichtungen in der Zentrale zu benutzen. Nachdem sie ein paar Minuten gewartet hatte, wurde Maureen mitgeteilt, daß es im dritten Stock ein Büro mit Computer gebe, das zur Zeit nicht genutzt werde. Innerhalb von Minuten hatte sie das Foto auf dem Bildschirm.

Elder hielt den Atem an, als das Bild auftauchte. Shane Donald starrte in die Kamera: kampflustig, verletzlich, in den Augen einen gehetzten Ausdruck. In diesem Blick lag, was er im Gefängnis erlebt hatte, vermutete Elder, und das, was er früher durchgemacht hatte. Neu war jedoch die Kampflust und die herausfordernde Miene. Natürlich waren diese Eigenschaften bis zu einem gewissen Grad immer dagewesen, aber verborgen und versteckt, hatten darauf gewartet, daß McKeirnan sie freisetzen würde. Jetzt lagen Wut und Gewaltbereitschaft näher an der Oberfläche. Eine explosive Mischung.

»Erkennst du ihn?« fragte Maureen.

»O ja.«

»Er hat sich nicht sehr verändert.«

»Das stimmt nicht. Er hat sich verändert.«

Maureen klickte auf ein Symbol und druckte das Foto aus.

Das Porträt verlor im Schwarzweiß-Ausdruck etwas von seiner Schärfe, seiner Struktur.

»Ich kann später einen Farbausdruck machen«, sagte Maureen.

»Für den Moment reicht es.«

»Willst du es dem Verkäufer zeigen?«

»Wenn es dir recht ist.«

Maureen stellte den Drucker aus, bewegte den Cursor und schaltete den Computer per Mausklick aus. »Laß uns nach unten gehen und feststellen, ob sie irgend etwas über Emma Harrison herausgefunden haben.«

In der Einsatzzentrale befanden sich vier uniformierte Polizisten, zwei Kriminalbeamte und drei Zivilisten. Die Mehrzahl von ihnen verarbeitete neue Informationen und baute eine Datenbank auf oder benutzte HOLMES, das Computersystem des Innenministeriums, um verschiedene Ermittlungsansätze nach ihrer Priorität zu ordnen. Sowohl Elder als auch Maureen wußten, daß es sich dabei in mehrfacher Hinsicht um die wichtigste Aufgabe schlechthin handelte: Setzte man falsche Prioritäten, konnte es passieren, daß eine wichtige Information übersehen und tagelang nicht überprüft wurde. Tage, die sich als entscheidend erweisen konnten.

An der einen Wand hingen Fotos von Emma Harrison und daneben das Plakat, das zu Tausenden gedruckt und in weitem Umkreis verteilt worden war. Die angrenzende Wand zierte eine Überblickskarte des Gebiets, in dem Emma verschwunden war, und ein stark vergrößerter, detaillierter Plan von Rufford Abbey und dem Country Park, auf dem bestimmte Punkte in verschiedenen Farben gekennzeichnet waren, um den Stand der Suche zu dokumentieren.

Die Anfangshypothese war gewesen, daß Emma den Bus verpaßt hatte und entweder getrampt oder bei jemandem untergekommen war, den sie auf dem Konzert kennengelernt hatte. In beiden Fällen wäre sie jedoch am folgenden Morgen aufgetaucht, kleinlaut und mit verdrückter Kleidung, aber unbeschadet. Als dies ausblieb, wurde der Vorfall zu einer Vermißtenfahndung aufgewertet. Emmas Vater war wütend, weil das nicht sofort geschehen war. »Sie ist nicht dumm«, hatte er gesagt. »Wenn sie nur den Bus verpaßt hätte, hätte sie angerufen.«

Zwar hatten die Harrisons Emma erst kürzlich ihr Handy abgenommen, weil es ständig Debatten um Dauergespräche und steigende Rechnungen gegeben hatte und Emma ein Telefon mit besserer Kostenkontrolle bekommen sollte, aber auf dem zentralen Gelände des Parks mangelte es nicht an öffentlichen Telefonen.

Der leitende Kriminalbeamte, ein besorgt aussehender Detective Inspector mit aufgekrempelten Hemdsärmeln und einer randlosen Brille, stand auf, als Maureen Prior mit Elder im Schlepptau eintrat.

»Gerry, das ist Frank Elder. Er ist vor ein paar Jahren in den Ruhestand getreten. Frank, Gerry Clarke.«

»Hallo Frank, ich habe viel von Ihnen gehört.«

Elder schüttelte die ausgestreckte Hand. »Nur Gutes, hoffe ich.«

»Frank war vor etlichen Jahren mit einem ganz ähnlichen Fall befaßt«, sagte Maureen.

»Dann wissen Sie, wie fatal das ist«, meinte Clarke. »Die Eltern sitzen zu Hause und zucken jedesmal zusammen, wenn das Telefon läutet. Sie raufen sich die Haare, befürchten das Schlimmste und wollen sich das nicht eingestehen. Und wir sind hier, und mit jeder Stunde, die vergeht ... aber das kennen Sie ja.«

Elder kannte es nur allzugut.

»Gibt es immer noch keine Spur?« fragte Maureen.

»Keinerlei Hinweis auf ihre Person, keinen, den wir ernst nehmen würden, und das ist für sich genommen schon merkwürdig. In gewisser Hinsicht könnte man es allerdings als Segen betrachten. Denn sonst würde die Hälfte der Beamten durch die Gegend rennen. In vielen Fällen melden sich die Leute nur aus Langeweile bei der Polizei. Wollen ihren Namen in der Zeitung lesen, ihr Gesicht im Fernsehen sehen. Nicht, daß wir nicht reichlich Anrufe bekommen hätten, aber bis jetzt ist es zu bewältigen.«

»In welche Richtung denken Sie?« fragte Elder.

Gerry Clarke verlagerte sein Gewicht von rechts nach links. »Keine großen Streitigkeiten zu Hause, kein übermäßiger Druck in der Schule, keine sonderbaren Freunde. Die Liste, die man zuerst abhakt, gibt nichts her. Ich vermute, daß sie mit jemandem mitgegangen ist, den sie beim Konzert kennengelernt hat. Deshalb rufen wir alle Konzertbesucher dazu auf, sich zu melden. Das ist die eine Möglichkeit. Die andere ist, daß sie sich immer noch irgendwo hier aufhält.«

Er führte sie zu der Karte von Rufford Park an der hinteren Wand.

»Wie groß ist das Gelände?« fragte Elder.

»Alles in allem ein paar hundert Morgen.«

Elder pfiff leise.

»Ein ziemlich ausgedehntes Gebiet, das erschwert die Suche«, sagte Maureen.

Clarke nickte. »Wir haben Beamte aus der ganzen Grafschaft eingesetzt. Dazu Freiwillige aus der Umgebung. Zunächst haben wir uns auf bestimmte Punkte konzentriert. Die alten Stallanlagen und die Gärten, die sich hinter dem Gebäude erstrecken, das Sie hier sehen. Es ist eine Art Orangerie. Da gibt es jede Menge Mauern, die kreuz und quer verlaufen, dichtes Gebüsch und diesen Bach, der durch das Gelände fließt. An dieser Seite haben wir die alte Abtei. Sie ist im wesentlichen leer, eigentlich nur eine Ruine. Es ist relativ gefährlich, darin herumzukraxeln. Im Moment durchsuchen einige unserer Leute diesen Teil erneut.«

»Und dieses Areal«, fragte Maureen, »hier drüben?«

»Das ist der sogenannte Broad Ride. Ein Weg, der an diesen Bäumen vorbei zum See führt. Es gibt auch einen Weg, der direkt um das Wasser herumführt, wie man hier sieht. Aber er ist schmal und an bestimmten Stellen überwuchert, besonders auf der anderen Seite des Sees, jedenfalls kommt man nicht überall so leicht durch.« Gerry setzte die Brille ab und rieb sich den Nasenrücken. »Man könnte eine Leiche dort lange Zeit verstecken, ohne daß sie gefunden würde.«

»Und der See?« fragte Elder.

»Im Verlauf des Tages werden 3-D-Scanner auf dem Gelände eintreffen, mit denen alle ungewöhnlichen Objekte oder Luftlöcher unter der Wasseroberfläche sichtbar gemacht werden können. Darüber hinaus stehen Taucher in Bereitschaft.« Er seufzte und setzte seine Brille wieder auf. »Wir werden den ganzen See durchkämmen, wenn es sein muß.«

Maureen dankte ihm und sagte, sie würde gerne informiert werden, falls es neue Entwicklungen gäbe. Sie wußten alle, daß die Chancen, Emma Harrison zu finden, nach achtundvierzig Stunden ohne Spur rasch schwanden. Sobald es deutliche Anzeichen für eine Entführung gab, würde die Abteilung Schwerverbrechen offiziell hinzugezogen werden. Wer weiß, wenn sie das nächste Mal mit Detective Inspector Gerry Clarke sprach, würde ihr Interesse vielleicht schon der Ermittlung selbst gelten.

Salim Ratra war gerade dabei, eins der neuen DVD-Geräte von Philips zu verkaufen, die sowohl abspielen als auch aufnehmen können, zu einem Preis von knapp unter fünfhundert Pfund ein echtes Schnäppchen.

»Verstehst du etwas von diesem ganzen Kram?« fragte Maureen.

Elder lachte. »Bei uns zu Hause war Katherine die einzige, die den Videorecorder bedienen konnte. Ich glaube, sie war vier, als sie den Dreh rauskriegte und ›EastEnders‹ aufnahm.«

Bei uns zu Hause, dachte er. Eine Formulierung, die er dieser Tage nicht allzuhäufig gebrauchte.

Sobald Salim mit dem Papierkram des Verkaufs fertig war, kam er zu ihnen herüber. Maureen nahm den Ausdruck von Shane Donalds Foto aus ihrer Tasche. »Ich fürchte, die Qualität ist nicht besonders gut.«

Aber es reichte.

»Das ist er«, sagte Salim mit leiser Erregung in der Stimme. »Haargenau.«

»Sind Sie sicher?« fragte Elder.

Salim lächelte. Es war ein gewinnendes Lächeln, fand Maureen. »Sie haben doch den Mann gesehen, der gerade mit seiner Frau hier war und das Gerät von Philips gekauft hat. Vor zwei Wochen war er alleine hier, hat sich umgeguckt und 'ne Menge Fragen gestellt. Ob er den Samsung mit Multiregion-Playback und diversen Extras nehmen soll oder vielleicht doch den höherwertigen Denon ASV-700 mit Surround-Sound? Vor knapp einer Stunde kam er rein, und ich habe ihn sofort wiedererkannt, im selben Moment, in dem er durch die Tür trat. Mein Kunde, mein Verkauf. Gesichter, Namen, das ist mein Job. So läuft das. Und der da, das ist der vom Freitag mit der faulen Kreditkarte. Das können Sie mir glauben.«

Elder und Maureen standen auf dem breiten Gehsteig vor dem Victoria Shopping Centre, und zu beiden Seiten hasteten die Fußgänger vorbei. Busse warteten in Dreierreihen darauf, daß die Ampel an der Ecke Milton Street auf Grün sprang. Elders Hemd klebte am Rücken, und das nicht nur wegen der Temperatur, die noch immer sehr hoch war. Die Luft war drückend und trug alle Anzeichen eines heraufziehenden Gewitters.

»Es besteht nicht unbedingt eine Verbindung«, sagte Maureen vorsichtig.

»Ich weiß.«

»Shane Donald taucht am Freitag in der Stadt auf, und am nächsten Tag verschwindet ein Mädchen bei einem Ausflug. Zufall.«

»Emma Harrison ist genauso alt wie Susan Blacklock,

als sie verschwand, und genauso alt wie Lucy Padmore, als sie von Donald und McKeirnan umgebracht wurde«, sagte Elder. »Du hast die Fotos gesehen: Emma hat blonde Haare, lange blonde Haare. Genauso wie die anderen.«

»Frank, eine ganze Menge sechzehnjähriger Mädchen verschwindet, und ich wette, daß die Hälfte von ihnen blonde Haare hat. Wenn nicht mehr. Es gibt nichts, was Emma Harrison mit Shane Donald in Verbindung bringt. Nichts.«

»Außer der Tatsache, daß er hier war.«

Elder machte einen Schritt nach vorn, um einer jungen Frau mit einem Zwillingsbuggy auszuweichen. »Wirst du mit Gerry Clarke sprechen?« fragte er.

»Das machen wir beide zusammen.«

Als sie zum Trinity Square liefen, fielen bereits die ersten Regentropfen.

35

Der Mann, der die Strickjacke fand, hieß Harold Edge. Harold war zweiundsiebzig Jahre alt und Gründungsmitglied des Wandervereins für Senioren in East Nottinghamshire. Er war äußerst rüstig und hatte Augen wie ein Adler. Am Mittwochmorgen war er aufgebrochen und hatte den Bus von Newark nach Lincoln genommen, zusammen mit Jess, einer Mischung aus Collie und Labrador. Etwa fünf oder sechs Meilen außerhalb von Newark war er ausgestiegen und hatte eine Wanderung begonnen, die ihn auf einer Reihe von Wegen und nicht gekennzeichneten Pfaden über Norton Disney in die Stadt zurückbringen sollte. Eine anständige Tageswanderung.

Sein Rucksack enthielt eine detaillierte Wanderkarte, einen Kompaß und ein Fernglas, zwei Sandwiches mit Käse und Gurken, einen Keksriegel mit Pfefferminzgeschmack, einen Apfel und eine kleine Fleischpastete. Außerdem Schokoladenbonbons für Jess, eine Flasche Wasser für beide und ein zerfleddertes Buch des Tierschutzvereins über heimische Vögel. Erst vor kurzem hatte er sich dazu durchringen können, den in Deutschland hergestellten Wanderstock mit Federung zu benutzen, den ihm eine seiner Nichten vor drei Jahren gekauft hatte.

Harold war fast eine Stunde gelaufen, als er an einem Feldrand anhielt, um den Weg zu suchen, der am anderen Ende des Feldes abgehen sollte. Zunächst konnte er partout keine Lücke in der Hecke entdecken. Dann fand er sie doch, üppig mit Weißdorn überwuchert, aber breit genug, um sich hindurchzuquetschen. Ein paar schmale Stufen mußten erklommen werden, sobald er jedoch die andere Seite erreicht hatte, war der Weg frei.

Eigentlich hatte Jess sie gefunden, die Strickjacke. Sie schnüffelte in dem Adlerfarn unter der Hecke herum, warf den Kopf zurück und bellte so laut, daß Harold schon glaubte, sie hätte einen Kaninchenbau aufgestöbert, vielleicht sogar Dachse, aber statt dessen war es ein Farbfleck, etwas Violettes. »Hierher, Mädchen, hierher. Gutes Mädchen.«

Harold benutzte die Zwinge am Endes seines Wanderstocks, um das Kleidungsstück vorsichtig von dem dornigen Zweig zu entfernen, an dem es sich verfangen hatte. Dann nahm er es in Augenschein. Eine Damenstrickjacke, dachte er, und gut in Schuß. Eindeutig etwas zu fein, um einer echten Wanderin zu gehören. Er konnte sie natürlich über der Hecke ausbreiten, für den Fall, daß die Besitzerin sie suchen käme, aber das erschien ihm unwahrscheinlich. Deshalb faltete er sie sorgfältig zusammen und legte sie in seinen Rucksack. Der Oxfam-Laden in der Stadt würde sich mit Sicherheit über die Spende freuen.

Erst am Abend, als er sich zu Hause ein heißes, entspannendes Bad einlaufen ließ, während er im Fernsehen die Lokalnachrichten sah, stellte er die Verbindung zwischen seinem Fund und Emma Harrison her. Als sie zuletzt gesehen wurde, sagte der Nachrichtensprecher, hatte Emma ein geblümtes, rückenfreies Oberteil getragen, das am Hals gebunden wurde, einen blauen Jeansrock, pinkfarbene Sandalen und eine violette Strickjacke.

Harold stellte das Badewasser wieder aus, verpackte die Strickjacke in einer Doppelseite Zeitungspapier, steckte das Päckchen in eine Plastiktüte und brachte es unverzüglich zur örtlichen Polizeidienststelle.

Das Gebiet, in dem Harold Edge gewandert war, bestand zum größten Teil aus leicht hügeligem Ackerland. Nördlich von Norton Disney und oberhalb der schmalen Straße, die von der A46 nach Osten abging, befand sich ein Wald. In der Nähe des Dorfes selbst floß der Witham auf seinem langen gewundenen Weg nach The Wash vorbei, wo er in die Nordsee mündete. Im Osten gab es einen kleinen Steinbruch, ansonsten erstreckten sich überall Felder, hier und dort gesprenkelt mit Bauernhöfen und vereinzelten Bungalows. In den vergangenen vier Tagen hatte es einmal heftig geregnet, aber davon abgesehen war es trocken und warm gewesen. Die Strickjacke fühlte sich trocken an, als sie abgeliefert wurde; sie wies nur an der Stelle einen Hauch von Feuchtigkeit auf, wo sich der rechte Ärmel um sich selbst gewickelt hatte. Auf der linken Seite, mit der die Jacke in der Hecke hängengeblieben war, war ein deutlicher Ziehfaden zu sehen.

Ashley Foulkes identifizierte die Strickjacke sofort als das Kleidungsstück, das sich Emma von ihr geliehen hatte, und brach in Tränen aus. Ihre Eltern bestätigten, daß die Jacke ihrer Tochter gehöre. Die Polizistin Eileen Joy, die als Kontaktperson für die Harrisons eingesetzt worden war, überbrachte der Familie die Nachricht.

Das Hauptaugenmerk der polizeilichen Aktivitäten wurde von Rufford Park ins Gebiet um Norton Disney verlagert. Die Beamten aus Nottinghamshire wurden durch Kräfte aus Lincolnshire, Leute vom Stützpunkt der Royal Air Force und eine beträchtliche Anzahl von Freiwilligen aus der Bevölkerung verstärkt. In immer größeren Kreisen wurde das Land systematisch abgesucht: jedes Feld, jedes Gebäude, jede Hecke, jeder Abfluß, jede Scheune. Die Scanner, die eigentlich am See in Rufford eingesetzt werden sollten, wurden jetzt zum Ufer des Witham gebracht.

Wenn Emma Harrison ganz allein denselben Pfad benutzt hatte wie Harold Edge, wenn sie die Stufen erklommen und sich durch die schmale Lücke in der Hecke gezwängt hatte, wohin in aller Welt hatte sie gewollt und warum? Wenn sie – was sehr viel wahrscheinlicher erschien – in Begleitung einer anderen Person gewesen war, war das freiwillig geschehen oder war sie gezwungen worden? War sie eventuell sogar getragen worden? Und wenn ja, wie weit? Die Stelle befand sich in einiger Entfernung von der Straße, dem nächstgelegenen Punkt, den ein Auto erreichen konnte. Eine Person mußte über erhebliche Kräfte verfügen, um jemanden so weit zu tragen. Und noch weiter. Die Umgebung der Fundstelle der Strickjacke wurde genauestens inspiziert: Kriminalbeamte suchten den Boden nach Fußabdrücken ab, machten Fotos und hielten nach Spuren Ausschau, wo die Hecke über die Stufen wuchs.

Inzwischen war es vier Tage her, daß Emma Harrison zuletzt gesehen worden war.

Als Elder und Joanne 1997 von London nach Nottingham gezogen waren, war Katherine elf gewesen und kam gerade in die Oberschule. Bernard Young war damals Detective Chief Inspector in der Abteilung Schwerverbrechen und bekannt für seine Sammlung tropischer Fische, eine gewisse Unverblümtheit, eine Vorliebe für abgehobene Literatur und dreiteilige Anzüge aus Tweed verschiedenster Qualitäten.

Jetzt war Young Detective Superintendent, ranghöchster Beamter und Leiter der Abteilung, hatte einen bedeutsamen Sprung auf der Gehaltsskala gemacht und verfügte über ein Büro mit Aussicht auf den Parkplatz, die umliegenden Dächer und ein Stückchen Himmel. Auf einem Sideboard an der Wand, in dem einheitlich gebundene Ausgaben von Shakespeare, Fielding und Smollett standen, rauschte frisches Wasser durch ein sechs mal drei Meter großes Aquarium, in dem sich derzeit der Überschuß seiner Fischsammlung tummelte und hinter dessen Glas pfeilschnelle Bewegungen in Orange und Gold aufblitzten.

An jenem Nachmittag befanden sich neben Bernard Young zwei weitere Kriminalbeamte im Raum, nämlich Detective Inspector Maureen Prior und Detective Inspector Gerry Clarke, sowie Frank Elder, den der Superintendent gebeten hatte, an der Besprechung teilzunehmen.

Bernard Youngs Jackett hing auf einem Bügel an der Innenseite der Tür, und die Knöpfe seiner Weste waren geöffnet – alle, bis auf einen.

»Ich würde gerne glauben«, sagte er, »daß unsere liebe Emma gänzlich freiwillig die Landschaft genossen hat, als sie das bewußte Feld überquerte, daß sie völlig sorglos durch die Butterblumen und Kuhfladen gestapft ist. Ich würde gerne glauben, daß sie an jenem sonnigen Sonnabendnachmittag von einer Fee verzaubert wurde und seitdem in einem Zustand glückseliger Versunkenheit durch die Welt läuft. Nur, daß wir es hier nicht mit dem verdammten ›Sommernachtstraum‹ zu tun haben. Und früher oder später leider ihre verdammte Leiche finden werden.« Er sah seine Kollegen der Reihe nach an. »Oder möchte einer von Ihnen widersprechen?«

Keiner tat es.

»Gut. Dann war sie also dort, weil jemand sie hingebracht hat, das setzen wir einmal voraus. Jemand, den sie in Rufford oder später getroffen hat. Ursprünglich ist sie vielleicht freiwillig mitgegangen – höchstwahrscheinlich sogar –, oder aber sie wurde von Anfang an dazu gezwungen. Sie könnte ihn gekannt haben, aber vielleicht auch nicht. Es gibt immer noch zuviel, was wir nicht wissen, zu viele unbekannte Größen.«

Maureen wollte etwas einwenden, besann sich aber eines Besseren.

»Gerry«, sagte Young, »was Sie auf die Beine gestellt haben, ist schwer zu überbieten ...« Clarke streifte mit der Hand über sein Gesicht, um ein verlegenes Erröten zu kaschieren. »Deshalb bleiben alle Suchaktionen unter Ihrer Leitung. Maureen, Ihre vorrangige Aufgabe ist es, aktenkundige Täter aufzuspüren und zu vernehmen. Zuerst die

Kartei der Sexualtäter. Alle Personen, die wegen Gewalt- und Sexualdelikten verurteilt und vor kurzem aus dem Gefängnis entlassen wurden.«

Maureen nickte. Bevor die Spreu vom Weizen getrennt werden konnte, mußten etwa achthundert Namen durchgegangen werden, wenn nicht mehr. Wie viele Beamte würde man ihr zur Verfügung stellen? Wenn sie Glück hatte – viel Glück – und wenn andere Grafschaften Hilfstruppen schickten, würden es dreißig oder vierzig sein. Bezahlte Überstunden in der ersten Woche, und danach …?

»Eines versteht sich von selbst, aber ich betone es trotzdem. Es ist entscheidend, daß Sie beide zusammenarbeiten, nichts zurückhalten, dem anderen jederzeit Zugang zu allen Informationen gewähren. Über wichtige Entwicklungen möchte ich umgehend informiert werden. Alle Mitteilungen an die Presse, an die Medien gehen über mich. Keine Selbstdarstellung, verstanden?«

»Verstanden, Sir«, sagte Maureen.

»In Ordnung, Sir«, sagte Clarke.

»Und damit wären wir bei Frank. Sie kennen ihn beide. Sie, Maureen, kennen ihn genausogut wie ich, wenn nicht besser. Sie haben vor nicht allzuvielen Jahren mit ihm zusammengearbeitet, erfolgreich, möchte ich hinzufügen. Daß McKeirnan und Donald eingesperrt werden konnten, ist im wesentlichen Frank zu verdanken, und jetzt läuft Donald frei herum, wie wir alle wissen. Mehr noch, er war genau einen Tag vor Emma Harrisons Verschwinden in der Gegend. Das ist vielleicht nicht mehr als ein Zufall, und wäre ich der Wettleidenschaft erlegen, würde ich sagen, es ist wahrscheinlich einer. Aber dann werfe ich einen Blick auf Emmas Foto und halte mir das Gesicht der Kleinen vor Augen, die von den beiden Scheißkerlen umgebracht wurde. Sie gleichen sich zwar nicht wie ein Ei dem anderen, aber sie sind vom selben Typ.«

Er machte eine Pause, um Atem zu holen und ein wenig Wasser aus dem Glas auf seinem Schreibtisch zu trinken.

»Ich habe vorhin mit dem Stellvertretenden Polizeipräsidenten gesprochen und möchte vorschlagen, Frank als externen Berater in die Ermittlung einzubeziehen. Er kennt Donald besser als jeder andere und hat solche Fälle bereits bearbeitet. Außerdem ist die Abteilung vollständig ausgelastet, so daß wir jede Hilfe gebrauchen können. Frank kennt sich aus, kennt unsere Methoden, und ich bezweifle, daß er Ihnen auf die Füße tritt.«

Elder wußte ganz genau, daß Maureen mit Bernard Young gesprochen hatte, bevor er seinerseits dem Chef den Vorschlag unterbreitet hatte.

»Irgendwelche Bemerkungen? Kommentare?«

»Ich halte das für eine gute Idee«, sagte Maureen, ohne zu zögern.

»Gerry?«

»Nichts dagegen«, sagte Clarke. »Aus dem, was Sie gesagt haben, schließe ich, daß er sowieso größtenteils auf Maureens Seite der Ermittlung arbeiten wird.«

»Also gut«, sagte Bernard Young und begann automatisch, seine Weste zuzuknöpfen. »Sie sind dabei, Frank, wenn Sie wollen.«

»Ich werde mein Bestes tun«, versprach Elder.

Paul Latham wartete bei der Auskunft im Eingangsbereich auf ihn, er wirkte mitgenommen und fehl am Platz. Sein Kennzeichen, der helle Kordanzug, war immer noch derselbe, aber die Schultern hingen herab und die Augen blickten leblos.

»Sie sind nicht leicht aufzuspüren«, sagte Latham.

»Was wollen Sie?«

»Außer Ihnen die Genugtuung zu bereiten, daß ich suspendiert worden bin? Ich weiß es nicht genau.«

»In Ordnung«, sagte Elder. »Wenn Sie sprechen wollen, lieber nicht hier.«

Sie fanden einen unscheinbaren Pub mit Metallaschenbechern und Bierdeckeln von einer Marke, die nicht mehr gebraut wurde. »Sport auf dem Großbildschirm« verkündete ein Schild, aber Elder konnte sich an diesem Ort keine große Zuschauermenge vorstellen. Er bestellte ein halbes Bitter und bedauerte das sofort. Latham trank einen großen Gin Tonic. In dieser Hinsicht zumindest hatte er das bessere Los gezogen.

»Also, was bedrückt Sie?« fragte Elder.

»Außer, daß ich mir einen neuen Job suchen muß, meinen Sie? Keine leichte Aufgabe in meinem Alter, wenn man immer in Schulen gearbeitet hat.«

»Das tut mir leid«, sagte Elder, obwohl er nicht genau wußte, wie ehrlich er das meinte. Er trank noch einen Schluck und verzog leicht das Gesicht. »Was ist passiert?«

»Dieser Rüpel, den Sie geschickt haben, ist bei mir aufgetaucht. Das ist passiert.«

»Ich habe niemanden irgendwohin geschickt.«

»Dieser Vertreter der Kriminalpolizei Ihrer Majestät, dieser vortreffliche Hüter des Gesetzes.«

»Loake.«

»Genau der. Detective Inspector Loake. Der ohne Vorwarnung zu mir in den Unterricht gekommen ist und mich vor dreißig Zwölfjährigen mehr oder weniger beschuldigt hat, ein Pädophiler zu sein. Ich habe natürlich an seinen Vorgesetzten geschrieben, an den Abgeordneten meines

Wahlkreises und an das Beschwerdebüro der Polizei, aber das wird nichts ändern. Denn im Grunde bin ich gefeuert worden. Mein Arbeitsvertrag wurde ausgesetzt, die Kollegen, mit denen ich teilweise seit mehr als zehn Jahren zusammenarbeite, strafen mich mit Verachtung. Ich habe die demütigende Erfahrung gemacht, vom Schulgelände geleitet zu werden und gesagt zu bekommen, daß ich ohne schriftliche Erlaubnis – die ich natürlich nicht erhalten werde – keinen Fuß mehr in die Schule setzen darf. Der Vertreter meiner Gewerkschaft hat mir versichert, daß ich das Recht habe, Widerspruch einzulegen, und bei dieser Mitteilung demonstrativ auf die Uhr geguckt. Nun scheint es, als sei meine Zeit als Mitglied dieses ehrbaren Berufsstandes vorbei.«

»Sagten Sie ehrbar?«

»Das habe ich gesagt.«

»Was ist ehrbar daran, fünfzehnjährige Mädchen zu verführen?«

»Verführen? Ist es so gewesen?«

»Das wissen Sie besser als ich.«

»Wir standen uns sehr nahe. Susan und ich waren Freunde.«

»Weiß Gott«, höhnte Elder.

»Glauben Sie doch, was Sie wollen.«

»Sie war Ihre Schutzbefohlene«, sagte Elder.

»Ja und? Habe ich sie verletzt? Ihr Schmerzen zugefügt?«

»Vermutlich.«

»Das sehe ich anders.«

»Sie haben das Vertrauen mißbraucht, das man in Sie als Pädagoge gesetzt hat.«

»Das Vertrauen, das wirklich zählte, war das zwischen

Susan und mir, und das habe ich nie mißbraucht. Ich habe sie nie belogen, habe ihr nichts vorgemacht und immer die Wahrheit gesagt.«

»Sie haben die Situation ausgenutzt ...«

»Mein Gott! Sind Sie ein selbstgerechter Spießer!«

»Wenn Sie oder jemand wie Sie jemals in die Nähe meiner Tochter käme ...«

»Würden Sie was tun? Mich teeren und federn und durch die Straßen treiben? Mir die Eier abschneiden und sie den Hunden zum Fraß vorwerfen? Mich aufhängen, vielleicht? Aber nein, ich habe die Transparente bei einschlägigen Demonstrationen gelesen. Aufhängen ist noch zu gut für solche wie mich.«

»Sie machen sich lächerlich.«

»Tatsächlich? Ist Ihnen nie in den Sinn gekommen, daß alles, was zwischen mir und Susan geschah, rücksichtsvoll und liebevoll war und vielleicht genau das, was sie in dieser Phase ihres Lebens brauchte?«

»Nein.«

»Genauso, wie es das Richtige für Ihre Tochter sein könnte, wenn Sie eine Beziehung zu einem älteren Mann hätte?«

»Nein.«

Latham senkte den Kopf, hob sein Glas und trank noch etwas Gin.

»Wann haben Sie Susan das letzte Mal gesehen?« fragte Elder.

»Am letzten Schultag vor den Ferien. Die meisten aus Susans Jahrgang waren bereits fort. Die Prüfungen waren vorbei, einige waren schon in den Ferien, andere hatten Ferienjobs angenommen. Susan kam in die Schule, um sich zu verabschieden. Im September wollte sie aufs College gehen und ein neues Leben beginnen. Wir hätten uns sowieso nicht mehr sehen können. Darüber hatten wir bereits gesprochen. Sie überreichte mir eine ganz süße Karte: ein Zitat von Shakespeare, aus den ›Sonetten‹. Ich habe sie immer noch. Sie können sie lesen, wenn Sie wollen. ›In Liebe für Paul und danke für alles‹. Ich habe Susan nie wiedergesehen.«

»Und Sie haben keine Ahnung, was passiert ist?«

»Nicht die geringste.«

Elder starrte ihn an.

»Glauben Sie, daß ich lüge?« fragte Latham.

»Nein.« Elder trank sein Bier nicht aus, sondern schob es weg. »Ich muß zurück.«

»Ich bleibe noch eine Weile hier.«

Elder nickte und stand auf.

»Ich bedaure nichts von dem, was zwischen mir und Susan war«, sagte Latham. »Kein bißchen. Egal, was passiert ist.«

Elder nickte kaum merklich und ließ ihn zurück. Latham starrte in sein fast leeres Glas.

36

Nachdem Elders Ehe in die Brüche gegangen war, hatte er den Scherbenhaufen so weit wie möglich hinter sich gelassen. In den ersten paar Monaten lebte Joanne in einer Art Schwebezustand. Sie hatte sich offener mit Martyn Miles getroffen und manchmal bei ihm übernachtet, war aber meistens nach Hause zurückgekehrt, um mit einem ungemachten Bett und Katherines vorwurfsvollem Blick konfrontiert zu werden. Später wurde ihr klar, daß ein Teil von ihr auf ein Zeichen von Elder gewartet hatte, nämlich, daß er sich melden, streiten, sich geschlagen geben, einen Ausweg finden, die Dinge geraderücken würde. Das hatte er früher immer getan.

Aber das passierte nicht. Also bot Joanne das Haus zum Verkauf an, und Martyn tauschte seine Wohnung gegen etwas Größeres in derselben Gegend: ein modernes, individuell entworfenes Haus, das mitten im größtenteils verblaßten Glanz der Architektur des 19. Jahrhunderts stand. Auf der Vorderseite erblickten Passanten eine geschwungene, fast gesichtslose Fassade aus weißem Beton; auf der Rückseite trennte eine Wand aus schierem Glas hundert Meter Landschaftsgarten von einem Wohnzimmer mit doppelter Deckenhöhe, einer Wendeltreppe und teuren Grafiken an den Wänden.

Als Martyn Joanne vor vielen Jahren in seinem Salon in London kennengelernt und schon nach wenigen Minuten ihren Arm berührt hatte, hatte eine Spannung sie durchzuckt, die sich in ihren Augen widerspiegelte. In diesem Augenblick wußte sie, daß sie sich umdrehen und weggehen müsse oder früher oder später mit ihm schlafen würde, wie angestrengt auch immer sie sich vom Gegenteil zu überzeugen versuchte. Natürlich ging sie nicht weg, sie blieb. Als hätten sie eine stillschweigende Übereinkunft getroffen, zog Martyn sich zurück und nahm von allen Annäherungsversuchen Abstand, so daß die Beziehung rein beruflich und über jeden Tadel erhaben blieb. In der Zwischenzeit arbeitete Elder mehr und mehr, kam später und später nach Hause, wurde immer weniger zu einem Bestandteil von Joannes Leben, wenn man von dem tristen Alltag absah und von seinem Rücken, den er ihr im Bett zuwandte. Am Ende war es beinahe abgedroschen:

eine Party, ein bißchen zuviel Wein, und was auf dem Rücksitz eines Mietwagens begonnen hatte, endete auf einem runden Bett vor einer Spiegelwand, die die verschwitzten Bewegungen der Körper zu einem Ringkampf verzerrte.

Danach folgte eine Unzahl von Versprechen, die Joanne Frank oder sich selbst gab. Sie wurden gegeben und gebrochen. Manchmal schaffte sie es, Martyn monatelang nicht allein zu sehen, nicht zu berühren; und als er versuchte, in Amerika Fuß zu fassen, hatten sie fast ein Jahr lang keinen Kontakt. Sie wußte, daß er andere Frauen hatte, Mädchen vielmehr, aber wie hätte sie sich beklagen sollen, da sie immer noch verheiratet war und mehr oder weniger einen Ehemann in ihrem Bett hatte? Mit der Zeit kühlte das Feuer zwischen ihnen ab, wie nur allzu häufig in solchen Affären.

Als sie schließlich nach Nottingham zog, waren sie und Martyn Geschäftspartner und gute Freunde. Er kümmerte sich um die Salons in London, alles andere blieb zunehmend ihr überlassen. Wenn er gelegentlich nach Nottingham kam und über Nacht blieb, aßen sie zusammen zu Abend und sonst nichts. Aber dann änderte sich das so unvermittelt, als hätte man einen Schalter umgelegt. Sie begehrte ihn, als hätte plötzlich eine Krankheit sie im Griff. Ein Fieber. Und Martyn reagierte darauf, die Veränderung erregte ihn. Sie sahen sich immer öfter, gingen Risiken ein. Einmal rief sie ihn mitten in der Nacht an, schlich sich aus dem Haus und liebte ihn auf dem Gartenweg eines Nachbarn. Unter einem alten Regenmantel von Frank, den sie sich an der Tür gegriffen und übergeworfen hatte, war sie nackt.

All das konnte Frank eigentlich nicht entgehen. Eine

Zeitlang war sie sicher, daß er Bescheid wußte, aber aus irgendeinem Grund nichts sagte. Sie gab ihm immer häufiger Gelegenheit, die Wahrheit zu entdecken, und immer wieder verschloß er die Augen. Urplötzlich jedoch erzählte sie ihm alles, sie legte ein Geständnis ab, und es schien, als hätte er gar nichts gewußt. Die Worte waren kalt und hart wie Stein. »Frank, ich habe mich wieder mit ihm getroffen ...«

Er hatte das Haus nie betreten. Er wußte, wo es lag, war sogar mehrfach daran vorbeigefahren, und einmal hatte er in einem Strandcafé in Cornwall in einem Lifestyle-Magazin geblättert und einen Artikel gefunden: ein Interview mit dem Architekten und Farbfotos. Auf einer der Innenaufnahmen posierte Martyn vor der Wendeltreppe: barfuß, die Hände in den Taschen seines weiten weißen Anzugs. Auf einer anderen saßen er und Joanne auf einem Ledersofa und hielten Händchen.

An diesem Nachmittag war er den anderen Mitgliedern des Ermittlungsteams vorgestellt worden und hatte keine größere Ablehnung bemerkt als erwartet. Einige der Gesichter kannte er von früher, andere waren neu. Er las die Protokolle der Vernehmungen jener Personen, die am fraglichen Samstagnachmittag das Musikzelt besucht hatten. Dann zog er sich mit einem Monitor und dem Überwachungsvideo aus dem Kunstgewerbeladen in Rufford Park zurück. Das Filmmaterial, das Emma, Alison und Ashley an dem bewußten Tag zeigte, war ausgewertet und markiert worden: drei lachende Mädchen, die von einem Teil des Ladens zum anderen zogen, das eine oder andere in die Hand nahmen oder anprobierten. Eine kurze Passage zeigte Alison und Ashley zu einem späteren Zeitpunkt, wie sie durch den Laden liefen, ja beinahe rannten und einen letzten verzweifelten Versuch unternahmen, Emma zu finden, bevor der Bus abfuhr.

Was Elder sehen wollte, war etwas anderes.

Shane Donald oder das Mädchen.

Nach beinahe zwei Stunden war nur eine Passage des Videos übrig, zu der er immer wieder zurückkehrte: Am äußersten Rand der Reichweite der Kamera war ein Mann zu sehen, wenn auch nur für ein paar Sekunden. Sie reichten jedoch, um einen Arm wahrzunehmen, ein verschwommenes Gesicht, dann wieder den Arm und schließlich den Rücken des Mannes. Er drehte sich um, vermutlich, weil jemand ihn angesprochen oder ihm etwas zugerufen hatte. Man erkannte ein dunkles Hemd, kurze Haare, mehr nicht. Diese Bilder vermittelten lediglich einen Eindruck, man konnte den Mann unmöglich erkennen. Aber dann trat das Mädchen vor die Kamera, in die Bildmitte: schlank, mit hellen, ungekämmten Haaren und einem begeisterten Gesichtsausdruck. Sie hatte etwas in der Hand – ein Schmuckstück, eine Halskette, ein Armband, das war schwer zu sagen – und hielt es in die Höhe, als wolle sie sagen, hier, guck dir das an. Dann drehte sich die Kamera weg, und als sie an dieselbe Stelle zurückkehrte, waren sowohl das Mädchen als auch der Mann verschwunden.

War es Donald? Elder bat einen der Techniker, das Bild auf Diskette zu übertragen, so daß es vergrößert und schärfer gemacht werden konnte, bevor es ausgedruckt wurde. Ein Teil seiner Gedanken war immer noch bei diesem Bild, als er vor der Haustür stand und darauf wartete, daß jemand auf sein Läuten reagierte.

Joannes Gesicht zeigte Verwunderung, dann entspannte sie sich und lächelte.

»Frank, du hättest anrufen sollen.«
»Um dir Zeit zu geben, dich aus dem Staub zu machen?«
»Martyn ist nicht zu Hause.«
»Wie schade.«
Joanne zögerte einen Moment, dann trat sie von der Tür zurück.
»Also, komm rein.«
Der Boden der Diele war aus hellem Holz, in die grauen Wände waren Spots eingelassen, eine einzelne lange Blume stand in einer spitz zulaufenden Vase.
»Komm bitte weiter.«
Er folgte ihr in das Wohnzimmer, das mit seiner hohen Decke und dem zarten blaugrauen Anstrich den Eindruck vermittelte, als schwebe man im Weltraum. Draußen auf der Terrasse brannten in regelmäßigen Abständen Lichter in silbrigen Laternen, obgleich es noch nicht dunkel war.
»Kann ich dir etwas zu trinken anbieten? Ein Glas Wein? Ein Bier?«
»Ein Bier vielleicht.«
Elder betrachtete angestrengt sein Spiegelbild in der Schiebetür aus Glas, als könne er sich selbst nicht trauen und wüßte nicht, wozu er fähig wäre.
»Ich hoffe, es schmeckt dir.« Sie reichte ihm eine offene Flasche, die sich kalt anfühlte und auf deren Außenseite sich bereits Kondenswasser bildete. »Es ist Martyns Lieblingsbier. Französisch, glaube ich.«
Elder überging die Bemerkung.
Sie stand da – ein Glas Weißwein in der Hand, nicht ganz unbefangen – und betrachtete ihn.
»Du hast schon besser ausgesehen, Frank.«
»Ich habe mich schon schlechter gefühlt.«
Sie trug einen Rock in einer cremigen Farbe, die sich mit

großer Wahrscheinlichkeit *Taupe* oder *Ecru* nannte, und ein violettes Oberteil, das sich vielleicht einen Hauch zu eng an sie schmiegte, und Elder haßte sie, weil sie so schön war.

»Nun, Frank, wie kommen wir zu der Ehre?«

»Wir?«

»Martyn ist nicht da, irgendein Termin oder so …«

»Das sagtest du schon.«

»Katherine ist noch nicht vom Training zurück. Sie ist oft hinterher noch mit Freunden zusammen.«

»Nur du und ich also.«

»Wie in alten Zeiten.«

»Nein.«

Joanne seufzte, als wäre sie des Spiels schon müde, das sie gar nicht spielten. »Worum geht es, Frank?«

»Das Mädchen, das vor ein paar Tagen in der Gegend verschwunden ist …«

»Es ist ständig in den Nachrichten. Emma Irgendwas.«

»Harrison. Ich bin an der Ermittlung beteiligt. Als Berater. Ab heute.«

»Warum das denn?«

»Möglicherweise gibt es eine Verbindung zu einem meiner früheren Fälle. Nichts Konkretes.«

»Ach, Frank.« Sie wandte sich halb ab. »Ich dachte, das wäre vorbei.«

»Vielleicht ist es das nie.«

Joanne setzte sich auf das Sofa, senkte den Kopf und hielt das Weinglas mit beiden Händen.

»Ich fand, das solltest du wissen«, sagte Elder. »Es heißt natürlich, daß ich noch eine Weile hier bin. Länger, als ich gedacht habe.«

»Und?«

»Die Stadt ist nicht besonders groß, Jo, das weißt du ja.«

»Ja, ich weiß.«

»Und wenn es nur um Katherines willen ist. Ich wollte es dich wissen lassen, das ist alles.«

»Du wirst sie öfter sehen können. Das wird ihr gefallen.«

»Hoffentlich.«

Joanne versuchte sich an einem Lächeln, das nicht ganz gelingen wollte.

»Möchtest du noch ein Bier?«

»Ich habe kaum angefangen zu trinken.«

»Ich glaube, ich brauche noch etwas Wein.«

Keiner der beiden bewegte sich. Das Geräusch eines Autos, das draußen die Kurve nahm, war schwach zu hören. Etwas – eine Katze? – bewegte sich am äußeren Rand der Terrasse und zog Elders Aufmerksamkeit auf sich. Als er sich wieder umdrehte, war Joanne auf den Füßen, das leere Glas in der Hand. Die Haustür öffnete und schloß sich.

»Frank! Was zum Teufel machen Sie hier?«

Martyn Miles stand grinsend in der Türöffnung. Er hatte die Anzugjacke über die Schulter geworfen und hielt sie lässig mit einem Finger fest. Sein Haar war zerzaust, als wäre er mit offenem Verdeck gefahren, und seine Wangen waren gerötet.

»Sie und Joanne, ganz wie in alten Zeiten.«

»Das habe ich auch schon gesagt«, bemerkte Joanne.

Elder sagte nichts.

»Tut mir leid, daß ich so früh nach Hause gekommen bin und euer kleines Tête-à-tête gestört habe.« Martyn hängte seine Anzugjacke über die Lehne eines Stuhls aus Plexiglas, ließ sich an einem Ende des Sofas nieder, stieß seine

Slipper weg und schwang die Beine herum. »Ob ich eventuell einen Kaffee bekommen könnte, Schatz?«

Joanne starrte ihn einen Augenblick fast ein wenig feindselig an, bevor sie sich abwandte.

»Und zwei Aspirin, wenn du schon dabei bist.«

Elder trank noch einen Schluck Bier.

»Um Gottes willen, setzen Sie sich«, sagte Martyn. »Sie machen mich nervös. Aber vielleicht ist das Ihre Absicht.«

Elder schob einen Stuhl zum Sofa und setzte sich.

»Sie sind bestimmt gekommen, um Katherine zu sehen«, sagte Martyn.

»Eigentlich bin ich vorbeigekommen, um zu sagen, daß ich noch eine Weile in der Stadt bleiben werde.«

Martyn sah ihn vorsichtig an. »Schön. Sie müssen mal zum Essen kommen.«

»Wahrscheinlich nicht.«

Sie sagten nichts weiter, bis Joanne mit einem Tablett zurückkam. Darauf Kaffee, Wasser und Aspirin für Martyn, Wein für sich selbst.

»Ich habe gerade gesagt, daß Frank mal zum Abendessen kommen muß. Es macht Ihnen doch nichts aus, wenn ich Sie Frank nenne?«

»Die Tatsache, daß Sie meine Frau vögeln, berechtigt Sie vielleicht dazu.«

»Nur daß sie nicht mehr Ihre Frau ist.«

»Frank«, sagte Joanne, »ich glaube, du solltest gehen.«

»Ich hätte gar nicht kommen sollen.«

»Warum rufst du das nächste Mal nicht vorher an? Das ist vielleicht einfacher.«

»Ja«, sagte Martyn und dehnte seine Worte ein wenig. »Schicken Sie doch eine E-Mail. Sie wissen, daß es E-Mail gibt?«

Weder Joanne noch Martyn bewegten sich von der Stelle, als Elder den Raum durchquerte, um zur Tür zu gehen.

In der kurzen Auffahrt parkte hinter Martyns Audi-Kabrio ein klappriger 2CV. Katherine lehnte daran und wurde von einem großen Jugendlichen in dunkelblauer Sportkleidung geküßt. Sie hatte einen Arm um seinen Nacken gelegt.

Elder hüstelte und verlangsamte seine Schritte.

»Spionierst du mir nach, Dad?« fragte Katherine, indem sie zur Seite trat.

»Nicht direkt.«

»Dad, das ist Stuart. Stuart, mein Vater.«

Die beiden schüttelten sich die Hand.

»Stuart trainiert manchmal mit mir.«

»Verstehe.«

»Ich muß los«, sagte Stuart. Er sprach den örtlichen Dialekt, ohne daß es übertrieben wirkte.

Der Motor wurde stotternd angelassen und machte das typische Nähmaschinengeräusch, als der Wagen zurücksetzte.

»Was Ernstes?« fragte Elder mit einem Nicken in Richtung des losfahrenden Wagens.

Katherine grinste. »Das hätte er gern. Ich weniger.«

»Dann tut er mir leid.«

»Das braucht er nicht«, sagte Katherine. »Du hast Mum besucht?«

»Ja.«

»Wurde auch Zeit.«

»Da bin ich anderer Meinung.«

»Ihr habt euch doch nicht gestritten?«

»Nicht direkt.«

Langsam schüttelte Katherine den Kopf. »Ist Martyn da?«

Elder nickte.

»Mal was ganz Neues.«

»Was soll das heißen?«

»Nichts.«

»Kate ...«

»Nichts. Das soll gar nichts heißen.«

Auf der anderen Straßenseite fuhr langsam ein Wagen mit eingeschalteten Scheinwerfern vorbei. Die Dunkelheit begann sich auszubreiten und kroch in alle Ecken.

»Ich bin gekommen, um deiner Mutter zu sagen, daß ich noch eine Weile hiersein werde, weil ich in dem Fall des verschwundenen Mädchens bei der Ermittlung helfe.«

»Ich weiß.«

»Woher weißt du das?«

»Wir haben den Lokalsender im Auto gehört. Es kam in den Nachrichten.«

»Meine Güte!«

»Du bist berühmt, Dad, mach dir das klar. Auf jeden Fall berüchtigt.« Lächelnd stellte sie sich auf die Zehenspitzen und küßte ihn auf die Wange. »Ich ruf dich an.«

»Mach das.«

Schnell umarmte er sie, dann trat er zurück. Ihr Haar roch frisch und ein bißchen nach Zitrone von der Dusche. Er würde nach Hause fahren, und wenn Willie Bell ausgegangen war, in ›David Copperfield‹ weiterlesen und rechtzeitig schlafen gehen. Denn am nächsten Morgen wollte er früh aufstehen.

37

Sie saßen draußen. Ein kleines Café am Flußufer. Es ist direkt im Zentrum von Huddersfield, hatte Pam Wilson am Telefon gesagt, an der Ampel rechts, und schon sind Sie da. In der Nähe gibt es einen kleinen Parkplatz, und auf der anderen Straßenseite ist eine Buchhandlung. Sie können es gar nicht übersehen.

Der Verkehr war nicht so schlimm gewesen, wie Elder befürchtet hatte, und er war zu früh da. Weder im Café noch draußen saß jemand, auf den die Beschreibung der Bewährungshelferin paßte. Aber die Buchhandlung, in der hauptsächlich Restauflagen verkauft wurden, konnte ihn vielleicht mit Lesestoff versorgen, weil er ›David Copperfield‹ demnächst zur letzten Ruhe betten würde. Nach fünfzehn Minuten jedoch, in denen er zwischen vollgepackten Tischen und gefüllten Regalen umhergelaufen war, stand er immer noch mit leeren Händen da. Jedesmal, wenn er ein Buch auswählte und die Inhaltsangabe auf der Rückseite las oder eines aufschlug und sich die ersten paar Sätze auf der Zunge zergehen ließ, war das Ergebnis dasselbe. Unentschlossen stellte er es zurück.

Als er wieder auf dem schmalen Bürgersteig stand, erkannte er sie sofort, obwohl sie auf der anderen Straßenseite saß. Eine kräftige Frau mit Kurzhaarfrisur. Sie trug ein weites, ausgeblichenes T-Shirt, Turnschuhe und Jeans. Als sie ihn die Straße überqueren sah, stand sie auf und streckte die Hand aus.

»Pam Wilson.«

»Frank Elder.«

»Sie haben es also gefunden.«

»Kein Problem.«

Sie sah ihn direkt an, ohne seinem Blick auszuweichen. Auf dem Tisch vor ihr standen ein Becher Kaffee und ein Teller mit einem prachtvollen Croissant, daneben lagen ein blaues Einwegfeuerzeug und eine Schachtel Zigaretten.

»Gibt es eine Bedienung?« fragte Elder und wies mit dem Kopf auf das Café. »Oder wie funktioniert es?«

»Sie bestellen drinnen, und die bringen es raus.«

Er entschied sich für einen Kaffee und widerstand der Verlockung der aufgereihten Kuchen und Torten.

Als er an den Tisch zurückkam und sich setzte, hatte Pam eine Zigarette angezündet und blinzelte ein wenig, weil ihr der Rauch in die Augen stieg.

»Es macht Ihnen doch nichts aus, hier draußen zu sitzen?«

»Nein, ist in Ordnung.«

»Ich nutze das schöne Wetter, wann immer ich kann. Und gebe mich gleichzeitig meiner Sucht hin.«

»Wie fühlen Sie sich?« fragte Elder.

»Ich? Mir geht es gut.«

»Aber Sie arbeiten noch nicht wieder?«

»Ein paar Tage wohlverdiente Ferien.« Sie legte ihre Zigarette in den Aschenbecher und stach mit der Gabel ein Stückchen von dem Croissant ab. »In Wahrheit bin ich krankgeschrieben.«

»So etwas kann einen umhauen«, sagte Elder. »Er hat Sie mit dem Messer bedroht.«

»Er hat es mir in den Nacken gehalten.« Sie griff nach hinten und berührte die Haut unterhalb der Haare. »Und zwar ganz schön zittrig. Vermutlich hatte er genausoviel Angst wie ich.«

»Hatten Sie Angst vor dem, was er Ihnen möglicherweise antun würde?«

Sie zog an ihrer Zigarette und inhalierte tief. »Mir war bewußt, was er früher getan hat.«

Eine Kellnerin brachte Elders Kaffee, stellte ihn auf den Tisch und ging. Hinter einer niedrigen Mauer floß der Fluß. In Elders Rücken bewegte sich langsam der Verkehr.

»Glauben Sie, daß Donald dazu fähig ist, etwas Ähnliches wieder zu tun?«

Sie sah ihn lange an. »Ja. Ich glaube, ja. An dem Abend im Wagen war ich davon überzeugt.« Unvermittelt lachte sie. »Das ist so dumm, oder? Ich bin intelligenter und größer als er. Ganz bestimmt schwerer. Sportlicher. Ich hätte ihm das Messer aus der Hand schlagen können, ich hätte ihn ohrfeigen und überwältigen können. Statt dessen saß ich da wie ein Opferlamm und habe darauf gewartet, daß er mir was tut.«

»Und trotzdem haben Sie seine Entlassung befürwortet«, sagte Elder.

Pam schüttelte den Kopf. »Ich habe die Entscheidung nicht allein getroffen. Selbst wenn ich dagegen gestimmt hätte, hätte ich meine Meinung nicht konkret untermauern können. Wann immer ich mit ihm gesprochen habe, hat er all die richtigen Antworten gegeben, hat all das gesagt, worauf es ankommt: wie leid es ihm täte, daß er die Schwere seiner Tat ermessen könne – ach, Sie kennen das ja.«

»Haben Sie ihm geglaubt?«

»Ich war mir nicht sicher. Das ist der springende Punkt. Ich hatte irgendwie Bauchschmerzen dabei.«

»Manchmal weiß es der Bauch besser als der Kopf.«

Pam nahm noch einen Zug und drückte ihre Zigarette aus. »Ich gebe das Rauchen morgen wieder auf. Oder übermorgen?«

»Wie wär's mit heute?«

»In Ordnung. Hier, nehmen Sie.« Sie streckte ihm die Schachtel entgegen. »Los, nehmen Sie schon.«

»Sie können jederzeit in den Laden an der Ecke gehen und neue kaufen.«

»Also, was jetzt?«

Elder zuckte die Achseln. »Behalten Sie die Schachtel, dann wissen Sie, daß welche da sind. Aber zünden Sie keine an.«

Sie lächelte. Es war ein gutes Lächeln, dachte Elder, offen und großzügig. Er fragte sich, wie ihr Shane Donald so unter die Haut hatte gehen können.

»Das habe ich schon probiert«, sagte Pam. Sie trennte noch ein Stückchen Croissant ab und steckte es in den Mund. »Als ich Donald im Bewährungsheim besucht habe, haben wir die übliche Prozedur absolviert, und am Ende hat er gelächelt. Und das ist mir an die Nieren gegangen. Ich weiß nicht, es war, als würde er zugeben, daß die ganze Sache nur ein Spiel ist und daß sich im Grunde nichts geändert hat. Daß *er* sich nicht geändert hat. Als wolle er mir mitteilen, daß er alles noch einmal machen würde, sobald sich die Gelegenheit bietet.«

Sie griff nach ihrem Kaffeebecher, aber er war leer.

»Direkt nach diesem Gespräch habe ich nach Monaten die erste Zigarette geraucht.«

»Und Sie glauben das immer noch?« fragte Elder. »Jetzt, meine ich. Daß er jemanden verletzen würde? So wie früher. Aus reinem Vergnügen, wegen des Nervenkitzels, wegen des Kicks.«

»Ich denke, dazu wäre er fähig.«

Elder lehnte sich zur Seite, und sie interpretierte die Bewegung richtig. »Sie stimmen nicht mit mir überein.«

»Ich möchte es nicht glauben.«

»Wegen des vermißten Mädchens?«

»Vielleicht.«

Pam lächelte. »Was sagt ihr Bauch?«

Elder schüttelte den Kopf. »Ich habe Donald fast dreizehn Jahre lang nicht gesehen. Im Gegensatz zu Ihnen. Aber damals, als ich mit ihm zu tun hatte, war es mit Sicherheit McKeirnan, der die Führung übernommen und den Stein ins Rollen gebracht hat.«

»Das Gefängnis verändert die Menschen«, sagte Pam. »Und nicht immer auf die Weise, die wir anstreben. Manchmal bricht es sie, manchmal macht es sie hart. Vielleicht ist Donald im Knast erwachsen geworden. Vielleicht braucht er keinen McKeirnan mehr.«

Während Elder auf der Autobahn nach Nottingham zurückfuhr, fand man den Ort, an dem Emma Harrison festgehalten worden war.

Es war ein arbeitsloser Dachdecker, der die erste Entdeckung machte. Er fand eine pinkfarbene Sandale mit einem einzigen Lederriemen, deren Sohle und Absatz ein wenig abgetreten waren. Sie steckte in einer dichten Ansammlung von Disteln am südlichen Rand einer Wiese, die als Weideland genutzt wurde. Die Sonne bestrahlte sie in eben jenem Augenblick, als der freiwillige Helfer suchend über das Feld ging, von rechts nach links, den Kopf gesenkt. Trotz der Aufregung, in die ihn sein Fund versetzte, hob er die Sandale nicht auf. Schließlich hatte er genügend Fernsehserien gesehen, um zu wissen, daß er sie nicht in die Hand nehmen und keine wichtigen Spuren verwischen durfte. Also markierte er die Fundstelle sorgfältig mit dem kleinen Rucksack, den er dabeihatte, und lief eilig zu dem nächsten uniformierten Beamten, einem jungen Polizisten in Hemdsärmeln. Er kam aus Ollerton, und seine Ohren und der Nacken waren bereits von der Sonne gerötet.

Die Aufgabe, den Fund zu identifizieren, war nicht angenehm, aber schnell erledigt. Es war Emmas Sandale, sie gehörte zu einem Paar, das im Frühjahr gekauft worden war.

Die beiden Fundstücke, die Strickjacke und die Sandale, wurden auf der Karte mit einer Linie verbunden, die einen Hinweis auf die Richtung gab. Ein schmaler Pfad führte durch ein weiteres Gebiet mit Wiesen und stieß an seinem äußersten Ende auf einen Bach, der kärglich an einer Hecke verlief. Fünfzig Meter weiter endete die Hecke unvermittelt an einem Zaun, der größtenteils zusammengebrochen war. Ein überwucherter Pfad führte zu einem ehemaligen Hof oder vielmehr Kleinbauernhof. Das Hauptgebäude war mit Brettern vernagelt und zu einem späteren Zeitpunkt angezündet worden. Übriggeblieben waren geschwärzte Balken und brüchige Ziegelsteine. Aber die zweite der beiden Scheunen war intakt, die Tür war mit einem Vorhängeschloß gesichert, das leicht zu knacken war. Der Gestank im Inneren ließ die Augen tränen und den Hals eng werden. Blut, Erbrochenes, menschliche Exkremente. Zuerst fürchtete der Beamte, daß das Bündel an der hinteren Wand eine Leiche wäre, aber es handelte sich um Stroh und Sackleinen, durchsetzt mit Asche. An einem Pfosten war eine Kette befestigt, ein Seil hing von den Dachbalken herab. In einer Ecke lag Emma Harrisons geblümtes Oberteil, es hatte Blutflecken und war zusammengeballt und weggeworfen worden.

Als Maureen Prior eintraf, kurz nach Gerry Clarke und nur ein wenig früher als die Reporter, war die unmittelbare Umgebung bereits abgesperrt worden. Gerichtsmedizin und Spurensicherung rüsteten sich für ihre Arbeit. Generatoren standen bereit, um die zusätzliche Beleuchtung zu liefern, die man benötigte. Wasserflaschen und Thermosflaschen mit Tee traten in Aktion.

Mit Plastiküberzügen an den Schuhen stand Maureen allein in der Mitte der Scheune, betrachtete die Kette, das Seil, die Flecken, die dunkel auf dem ohnehin dunklen Boden hervortraten. Sie dachte an ein sechzehnjähriges Mädchen und stellte sich vor, was geschehen war.

Später würde sie sich übergeben. Später, wenn sie allein war und unbeobachtet.

»Wissen wir, wie lange sie dort festgehalten wurde?« fragte Elder.

»Schätzungsweise zwei Tage«, sagte Maureen. »Höchstens drei.«

Einen Moment lang schloß Elder die Augen. »Tage und Nächte«, sagte er.

Sie waren am Ufer des Trent, folgten der großen Biegung des Victoria Embankments, liefen an den Memorial Gardens vorbei und auf den alten Viadukt zu. Zu ihrer Rechten lag die abgetretene Fläche des Freizeitgeländes, wo die Leute ihre Hunde spazierenführten und sporadisch Rufe von Fußballspielern erklangen. Auf dem Fluß glitt ein schmales Boot unter dem gleichmäßigen Schlag der Ruder durchs Wasser.

»Es gibt Reifenspuren, die hinein- und hinausführen«, sagte Maureen. »Aber es war in letzter Zeit so trocken, daß sie nicht sehr ausgeprägt sind. Außerdem ist schwer zu sagen, wie alt sie sind. Frühestens morgen werden wir wissen, ob es etwas Konkretes gibt, das uns weiterbringt.«

»Die Zufahrt zum Hof«, sagte Elder, »wohin führt sie in der anderen Richtung?«

»Wenn man links fährt, kommt man auf die A46 zurück, in südlicher Richtung nach Newark, in nördlicher nach Lincoln.«

»Und wenn man rechts abbiegt?«

»Wiederum Lincoln. Oder man umgeht die Stadt und schlägt sich nach Osten durch.«

»An die Küste.«

»Ja.«

Elder schwieg eine Weile.

»Was denkst du?« fragte Maureen schließlich.

Elder schüttelte den Kopf, als wolle er seine Gedanken verscheuchen. Sie gingen noch ein Stückchen weiter, an der Rasenfläche zum Bowlen vorbei, dann blieb Elder stehen.

»Wenn wir voraussetzen, daß die Person, die Emma gefangenhält, über ein Fahrzeug verfügt, warum dann dies Herumgerenne auf den Feldern?«

»Darüber habe ich auch schon nachgedacht. Nimm mal an, die Scheune war nicht seine erste Wahl. Er bringt sie an einen bestimmten Ort, und dann – aus welchem Grund auch immer – muß er weiter.«

»Aber zu Fuß. Warum zu Fuß?«

»Das wäre doch logisch, wenn er das Fahrzeug loswerden wollte, in dem er sie entführt hat. Falls es gesehen wurde.«

»In diesem Fall hätten wir irgendwo ein verlassenes Auto finden müssen. Ein Auto oder einen Transporter.«

»Vielleicht finden wir es noch.«

Sie gingen weiter.

»Die Tatsache, daß er sie mitgenommen hat«, sagte Maureen, »aus der Scheune, meine ich, heißt doch, daß sie noch lebt, oder?«

»Vielleicht.«

»Welchen anderen Grund könnte es geben, Frank?«

»Ich bin mir nicht sicher.«

Als sie beim Viadukt ankamen, blieben sie noch einmal stehen. Im Norden, über den inzwischen nicht mehr neuen Wohnungen von Meadows, konnten sie die Umrisse der Burg erkennen und das runde Dach des Rathauses. Als sie sich umdrehten, erstrahlten jenseits der Brücke zu beiden Seiten des Trent die Flutlichter zweier Fußballplätze, die zum FC Nottingham Forest und zum FC Nottinghamshire County gehörten.

»Du glaubst immer noch, es könnte Shane Donald sein?« fragte Maureen.

»Ich habe nachgedacht«, sagte Elder. »Dieses ganze Hin und Her durch die Landschaft, dazu die Kleidungsstücke, erst die Strickjacke, dann die Sandale – vielleicht hinterläßt er absichtlich eine Spur, der wir folgen sollen.«

»Er will erwischt werden?«

»Nicht unbedingt. Nein, nicht unbedingt.«

Bei der abendlichen Pressekonferenz hielt sich Bernard Young so genau an die Fakten wie möglich. »Ja, wir vermuten, daß es sich bei dem fraglichen Gebäude um den Ort handelt, an dem Emma Harrison gefangengehalten wurde. Nein, wir haben keine präzisen Anhaltspunkte, wo sie sich gegenwärtig aufhält, aber wir gehen weiterhin einer Reihe von Hinweisen nach.«

»Welche Schlußfolgerung«, fragte der Korrespondent einer der seriösen Tageszeitungen, »dürfen wir aus der Tatsache ziehen, daß Frank Elder, der Ihrer Abteilung früher angehört hat, zu den Ermittlungen hinzugezogen wurde?«

»Nur die«, sagte Bernard Young, »daß er ein Fachmann mit erheblicher einschlägiger Erfahrung ist. Wie Sie sehr gut wissen, nehmen wir in Fällen wie diesen häufig die Unterstützung verschiedenster Experten in Anspruch.«

»Frank Elder«, führte der lokale Polizeireporter an, »hat die Fahndung nach McKeirnan und Donald geleitet, wenn ich nicht irre?«

»Er war Mitglied der Ermittlungsgruppe, ja.« Da ihm die Richtung, die diese Fragen nahmen, nicht behagte, stand Bernard Young auf.

»Und Shane Donald befindet sich nach seiner Entlassung aus dem Gefängnis immer noch widerrechtlich auf freiem Fuß. Trifft das zu?«

»Keine weiteren Fragen«, sagte Bernard Young und trat ab.

»Die nächste Pressekonferenz«, sagte der Referent für Öffentlichkeitsarbeit, »findet morgen vormittag um 11 Uhr statt. Sollten sich bedeutsame neue Entwicklungen ergeben, werden wir Sie selbstverständlich informieren.«

38

Die Hoffnung stirbt zuletzt, aber manchmal schnell. Das ausgebrannte Wrack eines vier Jahre alten Honda Civic, der einen Tag vor Emma Harrisons Verschwinden vom Parkplatz des Bahnhofs in Retford gestohlen worden war, wurde nördlich von Newark auf dem Gelände eines verlassenen Zigeunerlagers zwischen dem Trent und der A1 gefunden. Im Kofferraum lagen die verkohlten Überreste einer Sandale, die dem ersten Fundstück glich.

Nach sorgfältiger Untersuchung des Weges, der zu der Scheune führte, in der Emma festgehalten worden war, gelangte die Spurensicherung zu der Überzeugung, daß die spärlichen Reifenabdrücke zu einem mittelgroßen Transporter gehörten, der sowohl hinein- als auch herausgefahren war. Darüber hinaus stimmten die Abdrücke mit denen eines weißen Ford-Transporters überein, der mit neuen Gürtelreifen ausgestattet war und in Newark von der Straße weg gestohlen wurde, während der Besitzer im Haus den Klappmechanismus eines großen Bettsofas entfernte, bevor er es nach unten trug. Der Transporter war bislang nicht gefunden worden.

Am Samstagmorgen kurz vor zehn fuhren zwei Jungen, zwölf und vierzehn Jahre alt, die mit ihren Familien auf einem Campingplatz in der Nähe zelteten, nördlich von Mablethorpe an der Küste von Lincolnshire mit ihren Fahrrädern auf dem Sandstrand herum. Als sie über die Dünen zurückkehrten, gab der Ältere der beiden ein bißchen an und ließ sein Rad gefährlich schleudern, wobei sich das Hinterrad tief in den Sand grub und das flache Grab aufwühlte, in dem Emma Harrisons Leiche lag.

»Mablethorpe«, sagte Maureen Prior, als sie die Nachricht erhielt. »Ist das nicht …«

»Das ist der Ort, an dem Lucy Padmore gefunden wurde«, sagte Elder. »Vor vierzehn Jahren.«

»In den Dünen begraben.«

Elder nickte mit versteinertem Gesicht. »In den Dünen.«

Die Sonntagszeitungen hatten ihr Fressen. Egal, ob Massenblatt oder seriöse Presse, alle füllten ihre Seiten mit Tatsachen und Spekulationen, und die Reporter schrieben

Artikel, die reich an hergeholten Details und abartigen Vermutungen waren. Es gab schematische Darstellungen des Fundorts der Leiche, Interviews mit den beiden Jungen, die das Grab entdeckt hatten, Kartenskizzen, die Emmas mutmaßliche Ortswechsel während der letzten sechs Tage nachvollzogen. Fotos von Emma wurden aus verschiedenen dunklen Quellen ans Licht geholt, andere zeigten ihre Eltern, die ihre Gesichter vor den Kameras verbargen, als sie ins Krankenhaus eilten, um ihre Tochter zu identifizieren. Spalte um Spalte wurde den Erinnerungen gewidmet, die Freunde und Mitschüler an Emma hatten. Sie war immer so voller Energie gewesen, so voller Leben, jeder hatte sie geliebt, buchstäblich jeder. Der Gemeindepfarrer versicherte allen, die es hören wollten, daß sie in ihren Gebeten weiterleben würde.

Wir könnten uns fragen, sagte der Erzbischof, ob wir nicht lediglich die Ernte einer Entwicklung einfahren, die zu einer Gesellschaft geführt hat, in der sich Sex und Geschäft immer enger miteinander verbinden und in der die Sexualisierung unserer Kinder und Jugendlichen zunehmend akzeptiert wird, ohne hinterfragt oder angeprangert zu werden.

Die Spekulationen über die Identität des Mörders blühten. Ein Aufschrei der öffentlichen Empörung forderte dazu auf, Pädophile namentlich zu nennen und bloßzustellen. Elders Mitwirkung bei der Ermittlung verstärkte das Interesse daran, daß zwei Frauenleichen am selben Küstenstreifen gefunden worden waren. Die grauenhaften Einzelheiten der Entführung und des Mordes an Lucy Padmore wurden zur allgemeinen Erinnerung aufgefrischt. Jene Zeitungen, die bereits Material über Shane Donald gesammelt hatten, als er aus dem Bewährungsheim getürmt war, hatten natürlich einen Vorsprung gegenüber der Konkurrenz. IST DIES DAS GESICHT VON EMMAS KILLER? schrie eine von ihnen in drei Zentimeter hohen Lettern heraus. Lucy Padmores Vater bot eine Belohnung für Hinweise an, die zur Festnahme des Mörders führen würden, woraufhin ein überregionales Blatt sofort gleichzog und den Einsatz noch erhöhte.

Elder stand am Rande der Dünen und sah auf die graue kalte See hinaus.

»Glaubst du, daß er es ist?« fragte Maureen.

»Ich weiß nicht.« Seine Stimme war scharf, schärfer, als er beabsichtigt hatte. »Entschuldige, ich …«

»Ist in Ordnung.«

Eine Weile sprachen beide nicht. Beide wußten, daß sie vorerst nur Mutmaßungen anstellen konnten, wenig mehr. Die genaue Todesursache konnte erst durch die Autopsie festgestellt werden. Eine gründliche gerichtsmedizinische Untersuchung der Leiche und des Grabes, der Scheune und des ausgebrannten Autos würde eventuell Spuren von DNA zutage fördern, die Donald eindeutig mit dem Verbrechen in Verbindung brachten. Weitere Anhaltspunkte mochten sich ergeben. Aber ebensogut konnten die Beamten eine Übereinstimmung mit einem der aktenkundigen Straftäter finden, deren Daten immer noch als Teil der laufenden Ermittlung systematisch überprüft wurden. Die Computer würden entsprechende Informationen mit dem CATCHEM-System abgleichen, in dem statistische Angaben zu Vergehen an Kindern aus vier Jahrzehnten gespeichert waren. Aber all das dauerte seine Zeit, und das Warten schuf ein Vakuum, in das sich immer wieder gewisse Gedanken einschlichen.

»Donald und McKeirnan haben Lucy Padmore hier

entführt«, sagte Elder schließlich. »In Mablethorpe. Auch die Tat wurde hier verübt. Emmas Entführung jedoch fand achtzig oder hundert Meilen entfernt statt. Auch der Ort, an dem sie gefangengehalten wurde, liegt in einiger Entfernung, ungefähr siebzig Meilen. Der Täter riskiert, entdeckt zu werden, als er sie nach Mablethorpe bringt, obwohl er sie in dieser Scheune in Nottinghamshire hätte lassen können. Warum?«

Maureen ordnete ihre Gedanken. »Das ist eine Frage, die wir einem Profiler stellen sollten, einem forensischen Psychologen. Das werden wir auch tun. Wenn es ein Muster gibt … ich weiß nicht, vielleicht ist es etwas, das er wiederherstellen muß. Eine Art Fetisch, vermute ich.« Sie sah sich um. »Etwas, das mit diesem Ort zu tun hat.«

Elder erinnerte sich, daß er hier schon einmal gestanden hatte. Es war dieselbe ausgedehnte Sandfläche gewesen, dieselbe Brandung, genau derselbe Fleck, oder zumindest erschien es ihm so.

»Wenn es Donald ist«, sagte Maureen, und der Wind verzerrte ihre Stimme, »wie hoch ist das Risiko, daß er es wieder tut?«

»Wenn er es ist«, sagte Elder, »dann ist es hoch, solange er frei herumläuft.«

Es ist eine Binsenweisheit, daß das Gefängnis jeden verändert, der das System durchläuft: die Aufseher, die Gefangenen, die Bewährungshelfer, alle. Und gleichzeitig zementiert es bei manchen Menschen gewisse Aspekte, die sich nie ändern werden. Während seiner Zeit in Gartree war Alan McKeirnan derselbe geblieben, aber er wirkte wie eine Wachsfigur oder wie die äußere, verknöcherte Hülle jenes Mannes, der lebenslänglich erhalten hatte und den Elder auf der Anklagebank so unverschämt hatte lächeln sehen. McKeirnan war vierzig, sah aber älter aus, ohne daß man hätte sagen können wie alt. Er betrat den kleinen, stickigen Raum mit ungelenken Schritten: eine große, dürre Gestalt, gekleidet in Schwarz und Grau.

»Geben Sie mir 'ne Zigarette.«

Elder schüttelte eine aus der Packung und gab ihm Feuer, dann schob er ihm die Schachtel über den Tisch zu.

»Sie haben sich Zeit gelassen«, sagte McKeirnan. »Der Junge ist schon 'ne ganze Weile weg.« Er lachte – ein metallisches Geräusch, wie eingerostet. »Ist jetzt 'n großer Junge und ganz allein da draußen.«

»Machen Sie sich Sorgen um ihn?« fragte Elder.

McKeirnans Augen schienen tief in den Kopf eingesunken zu sein.

»Um Shane? Nein.«

»Ist er Ihnen etwa egal?«

»Der ist mir egal.«

»Er ist Ihr Junge, das haben Sie selbst mal gesagt.«

»Nicht mehr.«

»Aber Sie sind verantwortlich.«

»Ich? Was kann ich schon tun, hier drin?«

»Sie haben es bereits vor langer Zeit getan.«

McKeirnan blickte ihn mit ausdruckslosen dunklen Augen an.

»Ein Mädchen ist umgebracht worden«, sagte Elder.

»Wir haben Fernsehen, wissen Sie. Ein paar von uns jedenfalls. Sky News. CNN. BBC News 24. Die Aufseher haben alle Fernseher. Sachen sprechen sich rum.«

»Dann wissen Sie, wen ich meine.«

»Sechzehn, stimmt's? Jammerschade. Hübsch war sie auch noch.«

»Wissen Sie, wo sie gefunden wurde?«

»An der Küste, wo man sich das ganze Jahr über den Arsch abfriert.«

»Würde Shane dorthin zurückgehen?«

McKeirnan sah zur Seite.

»Würde Shane dorthin zurückgehen?« wiederholte Elder.

»Möglich.«

»Warum? Warum dorthin?«

»Da ist er erwachsen geworden.«

»Und glauben Sie, er könnte es gewesen sein?«

»Ist er allein?«

Ein Zucken in Elders Gesicht verriet McKeirnan, was er wissen wollte.

»Er würde es nie allein tun«, sagte er.

»Wie können Sie da sicher sein?«

»Alles, was Sie sonst noch wissen wollen«, sagte McKeirnan, »kostet was.«

Elder zog eine zweite Schachtel Zigaretten aus der Tasche und legte sie auf die erste.

»Nein. Ich meine, es kostet Sie richtig was. Viel.«

»Ich mache keine Geschäfte.«

»Wieso glauben Sie dann«, sagte McKeirnan, »daß ich meine Zeit mit Ihnen verschwende?«

»Weil Shane da draußen ist. Ihr Junge. Ihr Schützling. Weil er da draußen ist und Sie nicht.«

»Dann wünsche ich ihm viel Glück«, sagte McKeirnan und hob ein imaginäres Glas in die Höhe.

Elder schob den Stuhl zurück und stand auf.

»Warten Sie«, sagte McKeirnan und streckte die Hand aus. »Einen Moment. Warten Sie.«

Langsam setzte Elder sich wieder.

»Erzählen Sie mir«, sagte McKeirnan, beugte sich vor und senkte die Stimme, »erzählen Sie mir, was er mit ihr gemacht hat. Mit dem Mädchen. Dann erzähle ich Ihnen vielleicht, was Sie wissen wollen.«

Elder sah ihm fest ins Gesicht. »Fahren Sie zur Hölle, McKeirnan.«

McKeirnan lachte sein rohes, häßliches Lachen.

Der Jahrmarkt in Newark hatte nach dem Wochenende geendet. Sie hatten einen Tag verschnauft, zusammengepackt und waren ein Stück nach Norden gefahren, nach Gainsborough, einem reizlosen Marktstädtchen gleich hinter der Grenze zu Lincolnshire. Ein weiteres Stück schmutzigen Ödlands, ein weiterer Tag des Entladens und mühsamen Aufstellens. Donald konzentrierte sich auf die Arbeit, packte zu, tat, was getan werden mußte, aber nicht mehr. Abends war er ruhig, nachdenklich. Als Angel eines Morgens aufwachte, war das Bett leer und Shane nirgends zu entdecken: das zweite Mal, daß er ohne Vorwarnung abgehauen war. Kein Zettel, keine Erklärung. Nach dem Zusammenstoß mit Brock, nach dem Vorfall mit dem Messer, war er zwei ganze Tage fortgeblieben.

Als Shane verschwunden war, holte Della Angel in ihren Wohnwagen. Della machte ein ernstes Gesicht. Auf dem kleinen Tisch lagen mehrere Zeitungen, eine davon war aufgeschlagen. Und was Angel daraus entgegenblickte, war Shanes verschwommenes Gesicht.

»Hier«, sagte Della und hielt Angels Arm fest, damit sie nicht umfiel. »Hier. Setz dich. Trink das hier.«

Angel las jede einzelne Seite, jede einzelne Spalte mehrmals: all die Spekulationen, was Emma Harrison angetan worden war, Spekulationen und einige wenige Tatsachen.

»Was hat das alles mit Shane zu tun?« fragte Angel mit schwacher Stimme.

Della schlug die Seite um und las vor, was da über den Prozeß gegen Shane stand und über die Qualen, die Shane und McKeirnan Lucy Padmore bereitet hatten. In Angels Innerem nagte etwas an ihr. Sie war blaß, als sie Dellas Wohnwagen verließ, blaß wie ein Laken. Bei den ersten Schritten drohten ihre Beine zu versagen.

Als Shane sehr spät am Abend wieder auftauchte, sah Angel seinen Gesichtsausdruck und hielt den Mund.

In dieser Nacht schlief er nicht mit ihr, sondern klammerte sich an sie, und während sie in der Dunkelheit lag, glaubte sie zu spüren, daß sich seine Lippen unablässig bewegten. Hätte sie ihn nicht besser gekannt, wäre sie davon überzeugt gewesen, er würde beten.

Der Morgen kam, und er war still und verschlossen, aber er ähnelte dem Mann, den Angel kannte. Erleichtert gab sie ihm einen Kuß auf den Hals, als sie den Wohnwagen verließen. Und dann wartete sie, bis sie wieder allein und unbeobachtet waren.

»Sieh mal«, sagte sie und schob ihm die Zeitung zu. »Das bist doch du. Du hast sie mit dem Messer verletzt, du hast ihr weh getan. Du hast all diese ... diese Sachen gemacht, und dann hast du sie umgebracht.«

Donald riß ihr die Zeitung aus der Hand und vergrub sein Gesicht darin. Dann ließ er sie fallen.

»Ja«, sagte er.

»O Gott!« rief Angel. »O Gott!«

Am nächsten Morgen waren sie beide verschwunden.

39

Bei der Autopsie konnte die genaue Todesursache nicht mit letzter Sicherheit festgestellt werden, und dafür waren mehrere Faktoren verantwortlich: Der Körper hatte zahllose Verletzungen erlitten und längere Zeit in einem flachen Grab gelegen, und das bei warmem Wetter. Zu irgendeinem Zeitpunkt ihres Martyriums war Emmas Leben erloschen. Daß sie bei ihrer letzten Reise an die Küste bereits tot war, war schwer zu beweisen, aber sehr wahrscheinlich.

Der Transporter wurde in Louth gefunden. Er stand im Parkverbot vor einem jener Antiquitätenläden, die in dieser Stadt zahlreich sind. Diesmal hatte der Täter keine deutlichen Hinweise zurückgelassen, das Fahrzeug war vielmehr von innen und außen gründlich gereinigt worden. Eine vorläufige Suche ließ vermuten, daß man keine Fingerabdrücke finden würde, vielleicht nicht einmal ein einzelnes Haar. Wer immer sie aus Sorglosigkeit oder in voller Absicht zu Emma Harrisons Leiche geführt hatte, wollte sie nicht weiterführen.

Die Beamten, die die Stelle untersuchten, an der Emma gefunden worden war, hatten auch nicht mehr Glück. Das Fahrrad des Jungen hatte den Boden in der Umgebung des Grabes stark aufgewühlt, und in dem trockenen groben Sand war kaum etwas zu entdecken. Die spärlichen Spuren legten nahe, daß der Täter beim Vergraben der Leiche etwas Glattes über seine Schuhe gezogen hatte, genauso, wie es die Beamten selbst taten, obwohl es in seinem Fall vermutlich ganz alltägliche Plastiktüten gewesen waren.

Für die Spurensicherung schien die Scheune vielversprechender zu sein, allerdings befand sich das Gebäude in einem so heruntergekommenen Zustand, daß sich das Sortieren und Identifizieren noch mühsamer und langsamer gestaltete als sonst.

Während Maureen Priors Team weiterhin die in Frage kommenden Täter überprüfte, waren die Beamten unter Gerry Clarkes Leitung jetzt von der Suche nach dem verschwundenen Mädchen befreit und versuchten, die zahlreichen Anrufe zu bearbeiten, die infolge der Medienkampagne und der in Aussicht gestellten Belohnung eingingen. Es waren übergewichtige einsame Frauen, die selten weiter als zum Laden an der Ecke liefen und ihren großen Moment vor den Fernsehkameras erleben wollten. Oder Paare, die wahllos eine Stecknadel in eine Karte piekten und behaupteten, an dieser Stelle einen Mann gesehen zu haben, der wie Donald ausgesehen und mit einem Mädchen gekämpft habe. Die pure Spekulation, als kauften sie Lose für die Lotterie oder setzten beim Pferderennen hundert zu eins auf einen krassen Außenseiter.

Bei diesen Vorgängen blieb Elder weitgehend im Hintergrund. Er versuchte zwar, die Informationen zu bewerten, so gut er konnte, war aber trotzdem frustriert, weil er für sein Empfinden zu weit vom Zentrum der Ermittlungen entfernt war.

Er lief ungeduldig im Korridor auf und ab und überlegte, ob er noch eine Tasse von dem undefinierbaren Kaffee trinken sollte, als Helen Blacklock ihn auf seinem Handy anrief. »Geht es dir gut?« fragte sie und dann nach einer etwas peinlichen Pause: »Ich habe schon ein paarmal versucht, dich anzurufen …«

»Ja.«

»Ich habe mehrere Nachrichten hinterlassen.«

»Ja, ich weiß.«

Eine weitere Pause. »Es wäre dir lieber, ich hätte nicht angerufen.«

»Nein. Nein, überhaupt nicht.«

»Heißt das, du hast viel zu tun?«

»Ja.«

»Dieses Mädchen, das sie gefunden haben, Emma ... Du weißt nicht ...«

»Nein. Wir tappen immer noch im Dunkeln, fürchte ich.«

»Und Donald?«

»Helen, wir ermitteln noch, wir tun, was wir können.«

»Du möchtest nicht darüber sprechen.«

»Es ist schwierig.«

»Natürlich, verstehe.« Er konnte hören, daß sie an einer Zigarette zog. Sie hatte sie vermutlich angezündet, bevor sie gewählt hatte. »Es tut mir leid, ich hätte nicht anrufen sollen.«

»Nein, das ist in Ordnung.«

»Wiedersehen, Frank. Ein andermal.«

Als das Telefon verstummte, fühlte er sich schuldig, ohne genau zu wissen, warum.

Am späten Montag nachmittag registrierte einer von Clarkes jungen Beamten den Anruf eines Mannes, der sich Craig nannte und behauptete, auf einem Jahrmarkt in Gainsborough mit Shane Donald zusammengearbeitet zu haben. Was müsse er tun, um die Belohnung zu bekommen? Bis Dienstag nachmittag war nichts unternommen worden, und erst als sich der junge Beamte, der den Anruf entgegengenommen hatte, direkt an seinen Vorgesetzten wandte, kam Bewegung in die Sache.

»Maureen, hier ist Gerry. Ist Frank in der Nähe?«

Elder war weniger als zehn Meter entfernt. Er hatte den Blick auf eine Reihe von Namen auf einem Computerbildschirm geheftet.

»Da ist etwas, das ihr vielleicht weiterverfolgen solltet. Ich gebe dir mal die Details. Vielleicht ist nichts dran, aber man weiß ja nie.«

Es dauerte nicht einmal zehn Minuten, bis beide, Elder und Maureen, in einem nicht gekennzeichneten Polizeifahrzeug saßen und nach Norden fuhren, die helle, hochstehende Sonne im Rücken.

Craig arbeitete bei den Autoskootern und schwang sich von Wagen zu Wagen. Er war nicht groß, etwa 1,65 Meter, hatte dichte, dunkle, leicht gewellte Haare, trug Flickenjeans und ein ärmelloses Jeanshemd, das die Muskeln seiner Oberarme zur Geltung brachte. Sie ließen sich von der plärrenden Musik berieseln und sahen ihm zu, wie er mit den Kindern scherzte und die Mädchen anbaggerte. Es gab nicht viele Nächte, in denen er nicht wenigstens eine Fummelei auf dem Gras am Rande des Rummels herausschlug.

Weder Elder noch Maureen sahen wie typische Kunden aus, so wie sie dastanden und warteten, daß die Fahrt zu Ende ging.

»Craig«, sprach Maureen ihn leise an, da sie keinen Wirbel verursachen wollte. »Sie sind doch Craig?«

Seine hellblauen Augen flitzten nervös von einem zum anderen.

»Sie wollten mit uns sprechen. Über Shane Donald.«

»Nicht hier.«

Der Wohnwagen, den er sich mit drei anderen teilte, roch nach abgestandener Luft, abgestandenem Bier und

Zigarettenrauch. Ein süßlicher Unterton von Marihuana. Schweiß und Joints. Vier Männer unter dreißig, die auf engem Raum zusammenlebten.

»Können wir vielleicht ein Fenster aufmachen?« fragte Maureen.

»Die klemmen«, sagte Craig. Ein Anflug von Entschuldigung.

Sie einigten sich darauf, die Tür ein paar Zentimeter offenzulassen. Craig öffnete eine Büchse Bier und griff nach seinem Tabak und dem Zigarettenpapier.

»Diese Belohnung«, begann er.

»Erzählen Sie uns einfach, was Sie wissen«, sagte Maureen.

Und das tat er – ohne große Umschweife. Daß Shane vor nicht allzulanger Zeit in der Gegend von Manchester aufgetaucht und eingestellt worden sei. Daß Angel sich kurz darauf mit ihm eingelassen habe ...

»Ist das ihr richtiger Name?« fragte Elder.

»Soweit ich weiß.«

»Erzählen Sie weiter«, sagte Maureen.

Craig erzählte ihnen von dem Vorfall, bei dem Shane seinen Freund Brock völlig grundlos mit dem Messer angegriffen hatte. »Verrückt. Komplett verrückt. Hat ihn aufgeschlitzt. Einfach so. Kam direkt mit dem Messer auf ihn zu. Ich mußte mit Brock ins Krankenhaus und die halbe Nacht warten, bis sie ihn wieder zusammengenäht hatten.«

Es gibt mit Sicherheit einen Bericht, dachte Maureen. Die Sache ist leicht zu überprüfen.

»Einfach so aus heiterem Himmel?« fragte Elder. »Donald wurde nicht provoziert?«

Elders fester Blick bewegte Craig zu einem Rückzieher. »Brock hat vielleicht was gesagt, ich weiß nicht.«

»Worüber?«

»Über das Mädchen.«

»Er hat sie verteidigt?« fragte Maureen.

»Wenn Sie so wollen, ja. Aber Brock hat wirklich nix gesagt. Null.«

»Offensichtlich war Donald anderer Meinung«, sagte Elder.

»Klar, aber der ist doch komplett plemplem. Ist mir sofort aufgefallen. Beim ersten Mal. Der hat diesen irren Blick. Kann einem nicht gerade in die Augen gucken. Weiß nicht, was sie an ihm findet, Angel, meine ich, außer daß sie auch ein bißchen daneben ist.«

»Wann haben Sie ihn zuletzt gesehen?« fragte Maureen.

»Sonntag. Sonntag nacht. Das war das letzte Mal. Am Morgen waren sie dann weg.«

»Und Sie wissen nicht, wohin?«

Craig zupfte sich einen Tabakkrümel von der Lippe und schüttelte den Kopf.

Sie fragten ihn, wie lange der Jahrmarkt schon in Gainsborough sei und wo sie vorher Station gemacht hätten. Bei der Erwähnung von Newark warfen sich Elder und Maureen einen Blick zu. Dann fragten sie Craig, wie oft und wie lange Donald den Jahrmarkt verlassen habe – zum Beispiel letzte Woche. Craig meinte zu wissen, daß er am Wochenende abgehauen war, nachdem er Brock angegriffen hatte. Vielleicht noch einmal danach, er war sich nicht sicher. Darüber hinaus schien Craig jedoch keine aufschlußreichen Informationen zu haben.

»Vielen Dank, daß Sie uns benachrichtigt haben«, sagte Maureen und schickte sich an zu gehen.

»Das ist es?« fragte Craig. »Das ist alles?«

»Im Augenblick, ja. Wir werden natürlich noch mit anderen hier sprechen, bevor wir gehen.«

»Wozu?«

»Zur Bestätigung, das ist alles.«

»Aber ich bin derjenige, der es Ihnen gesagt hat, stimmt's? Wo er sich aufhält, meine ich.«

»Wo er sich aufgehalten hat.«

»Ja. Aber es heißt, Hinweise, die zur Verhaftung führen. Die Belohnung. Für Informationen, die zur Verhaftung führen ...«

»Und zur Verurteilung.«

»Ja. Und zur Verurteilung. Okay.«

»All das ist noch lange hin«, sagte Maureen und stieß die Tür auf.

»Aber er war es doch. Das tote Mädchen, meine ich.«

»Das wissen wir nicht«, sagte Elder. »Wir wissen es einfach nicht.«

»Mann! Das stand doch in der Zeitung. Schwarz auf weiß.«

Della hatte keinerlei Veranlassung, der Polizei zu trauen. Als sie in der Zeitung von Shane Donald gelesen hatte, war ihr einziger Gedanke gewesen, es Angel zu erzählen und sie zu warnen. Danach mußte das Schicksal seinen Lauf nehmen. Das Leben verteilte die Karten, und man konnte sie nur ausspielen und sich möglichst nicht hineinsehen lassen. Sie hatte einen Mann bekommen, den sie geliebt hatte, und auch eine Frau, und ein Kind, das gestorben war. Jetzt lebte sie in ihrem Wohnwagen und reiste mit dem Jahrmarkt herum. Manchmal betätigte sie sich als Wahrsagerin, legte die Tarotkarten aus und blickte in jede Zukunft außer in ihre eigene.

Für Elder und Maureen Prior kochte sie Tee, schwarz und stark.

»Sie hat etwas Gutes in ihm gesehen«, sagte Della. »Sonst wäre sie nicht mit ihm gegangen. Nicht so Knall auf Fall. Ich kenne sie schon eine Weile, und so war sie noch nie. Mit niemandem. Sie liebt ihn. Und ich hatte geglaubt, dazu würde sie vielleicht nie wieder fähig sein, könnte nie wieder jemandem trauen.«

»Wie alt ist sie?« fragte Maureen.

»Siebzehn.«

»Und Sie wissen nicht, wohin die beiden gegangen sind?« fragte Elder.

»Nein, und ich weiß auch nicht, ob ich es Ihnen sagen würde, wenn ich es wüßte.«

»Es wäre vielleicht das beste«, sagte Maureen.

»Was? Das Gefängnis? Können Sie sich vorstellen, wie es Angel im Knast ergehen würde? Und bei ihm ist das nicht anders, schätze ich mal.« Della schüttelte den Kopf. »Mein Gott, nein. Sie sollen glücklich sein, solange sie können.«

»Aber Sie haben Angel gewarnt«, sagte Maureen. »Sie haben ihr von Donald erzählt.«

»Ich wollte, daß sie es weiß. Das ist alles. Ich wollte, daß sie sich entscheiden kann.«

»Hoffentlich hat sie die richtige Entscheidung getroffen.«

»Er wird ihr nichts tun«, sagte Della.

»Sie scheinen sich sehr sicher zu sein.«

»Er liebt sie auch. Auf seine Art.«

»Würde er jemand anderen verletzen?« fragte Elder.

Della sah ihn direkt an. »Ich glaube nicht, daß er es war, wenn Sie das fragen. Ich glaube nicht, daß er dieses arme

Mädchen umgebracht hat. Sie waren hier und haben gearbeitet. Alle beide.«

»Trotzdem müssen wir sie finden«, sagte Elder.

Della sah ihn an, ohne zu sprechen.

»Hat Angel Familie?« fragte Maureen.

»Keine, zu der sie gehen würde.«

»Überhaupt keine?«

»Sie war in Pflegefamilien. Irgendwo in Liverpool. Und dann in Stoke-on-Trent, glaube ich. Mehr weiß ich nicht.«

»Und hat sie einen Namen? Von Angel einmal abgesehen?«

»Angel Elizabeth Ryan, so wurde sie getauft.«

»Die beiden haben in einem Wohnwagen gelebt«, sagte Maureen. »Dürfen wir den mal ansehen?«

Della wollte schon nein sagen, aber dann zuckte sie die Achseln. »Warum nicht? Was kann es schaden?«

Offensichtlich hatten die beiden ihre Sachen gepackt und waren fortgegangen. Nur noch ein paar Zeitschriften lagen herum, die zerknitterten Seiten einer Zeitung, eine Strumpfhose mit Laufmaschen, zwei Socken, die nicht zusammengehörten, ein T-Shirt voller Flecken, das ihr oder ihm gehören konnte, mehrere Teebeutel, eine Flasche Milch, eine Büchse Bohnen, zwei fast leere Shampooflaschen, eine Schachtel, in der noch ein Tampon lag, ein Kamm, dem mehrere Zähne fehlten, und ein Streifen mit Fotos, der hinter die Matratze gerutscht war.

Er stammte aus einer Fotokabine, wie man sie an Bahnhöfen finden kann. Vier Bilder übereinander: Shane und Angel steckten die Köpfe zusammen, lächelten, blinzelten, alberten für die Kamera. Auf einem küßte Angel Shanes Kinn, auf einem anderen sah sie ihn an, das Gesicht nach oben gewandt, während Shane den Blick eisern auf die Kamera gerichtet hielt. Dreißig und siebzehn, aber sie hätten ebensogut einundzwanzig und fünfzehn oder gar noch jünger sein können.

Der Himmel verlor seine Farbe, als sie zurückfuhren, Maureen am Steuer.

»Wie lange kennen wir uns schon?« fragte Elder. Sie waren gerade in Marton und fuhren nach Süden.

»Wie lange? Fünf Jahre, vielleicht sechs.«

»Und wie lange haben wir zusammengearbeitet? Drei Jahre?«

»Worauf willst du hinaus?« fragte Maureen.

»Fünf Jahre«, sagte Elder, »und ich weiß von dir lediglich, daß du eine gute Polizistin bist, deinen Whiskey mit Wasser trinkst und dein Bier lieber frisch gezapft als aus der Dose. Ich weiß ungefähr, wo du wohnst, aber ich war nie bei dir zu Hause. Ich weiß nicht einmal, ob du mit jemandem zusammenlebst oder allein.«

»Du hast recht«, sagte Maureen.

»Und kommt dir das nicht merkwürdig vor?«

»Was soll das?« fragte Maureen. »Hat es mit Joanne zu tun? Ist dir das so unter die Haut gegangen?«

»Siehst du? Du weißt einfach alles über mich. Fast alles.«

»Du erzählst es mir, das ist der Grund.«

»Und du machst es nicht.«

»Stimmt.«

Eines Abends hatten sie eine ganz ähnliche Fahrt gemacht, nur länger, denn sie waren aus Schottland gekommen, und außerdem hatte es geregnet. Bei dieser Gelegenheit hatte er Maureen sein Herz ausgeschüttet und ihr von Joannes Affäre mit ihrem Chef erzählt. Maureen hatte zugehört, wenig gesagt und keinen Kommentar abgegeben, als die Geschichte zu Ende war, obwohl Elder in dem engen Auto ihre Mißbilligung hatte spüren können.

»Glaubst du, daß er es war?« fragte Maureen.

»Ich weiß nicht.«

»Alles scheint darauf hinzudeuten.«

»Ich weiß.«

»Trotzdem bist du nicht davon überzeugt?«

Elder schüttelte den Kopf. »Irgend etwas an der Sache stimmt nicht, ich kann es nicht genauer sagen.«

»Aber warum haut er ab, wenn er nicht schuldig ist?«

»Was würdest du tun, wenn du eines Morgens dein Foto auf allen Titelseiten findest und in den Schlagzeilen des Mordes beschuldigt wirst? Dich stellen und hoffen, es kommt von selbst in Ordnung?«

»Nicht, wenn ich Donald wäre. Dann nicht.«

»Siehst du.«

Ein paar Meilen weiter sagte Elder: »Unschuldig oder nicht, er muß gefaßt werden.«

Maureen nickte. »Wenn sie zusammenbleiben, wird es einfacher sein. Ich setze mich mit dem Sozialamt in Verbindung und stelle fest, ob wir Angels Vorgeschichte in Erfahrung bringen können. Zumindest müßte es einen Nachweis der Pflegefamilien geben. Vielleicht hat sie eine in guter Erinnerung und kommt auf die Idee, dort Zuflucht zu suchen.«

»Sie werden Geld brauchen«, sagte Elder. »In absehbarer Zeit. Sie können es stehlen oder versuchen, Arbeit zu finden. Wir sollten alle kleinen Jahrmärkte überprüfen, denn anscheinend ist es das, was sie beide kennen.«

Es war dunkler geworden, aber nicht richtig schwarz. Am Himmel standen fast keine Sterne, und der Mond war lediglich ein Schimmern in Elders Augenwinkel. Er fragte sich, ob Maureen etwa recht hatte. War ihm der Abend mit Joanne – weniger als ein Abend, kaum eine Stunde – auf eine Weise nahegegangen, die er nicht gleich erkannt hatte?

Wie in alten Zeiten. Nein, so war es nicht gewesen.

»Wo soll ich dich absetzen, Frank?« fragte Maureen, als sie an den Stadtrand kamen.

»Irgendwo. Ganz egal.«

»Ich kann bei Willie Bell vorbeifahren, wenn du willst.«

»Das wäre gut.«

Noch bevor sie von der Hauptstraße abbog, klingelte Maureens Handy. Sie meldete sich, hörte zu, machte eine zustimmende Bemerkung und beendete das Gespräch.

»Das Gefängnis. Gartree. McKeirnan will dich sprechen.«

»Ich war doch gerade dort. Und es hat überhaupt nichts gebracht.«

»Er möchte dich jedenfalls wiedersehen. Er behauptet, es sei wichtig. Anscheinend hat er interessante Post bekommen.«

40

Auf der Postkarte war ein Stück der betonierten Strandpromenade zu sehen, die in der Ferne spitz zulief, als wäre sie ein Bollwerk gegen die See. Außerdem sah man einige Buden, in denen Dinge für den Strand verkauft wurden: Plastikeimer, Schaufeln, schwarzweiße Fußbälle in gelben Netzen, T-Shirts mit witzigen Aufdrucken, Tee und Eis. Auf dem ausgebleichten Sand kauerten Familien hinter

Windsegeln. Wie tote graue Haut erstreckte sich das Meer an einen bleiernen Horizont. Dazu in fröhlichen roten Lettern die Aufschrift: »Willkommen in Mablethorpe«.

McKeirnan hielt die Karte zwischen Zeigefinger und Daumen in die Höhe, damit Elder sie sehen konnte. Als dieser danach griff, zog McKeirnan sie schnell weg.

»Sie haben gesagt, es wäre wichtig«, sagte Elder.

»Ist es auch.«

»Dann spielen Sie keine Spielchen.«

»Immer mit der Ruhe«, sagte McKeirnan. »Wozu die Eile? Wir haben massenhaft Zeit.«

»Sie vielleicht«, sagte Elder.

»Und Sie? Detective Inspector Frank Elder, im Ruhestand. Was machen Sie denn so? Bingo? Bowling? Jeden Freitagnachmittag Seniorenrabatt im Massagesalon?«

»Verarschen Sie mich nicht, McKeirnan.« Elder sah auf die Uhr. »Wenn ich aufstehe und gehe, komme ich nicht wieder. Egal, was passiert.«

McKeirnan hielt seinem Blick noch dreißig Sekunden stand, dann drehte er die Karte um und schob sie über die stumpfe Oberfläche des Tisches, damit Elder sie lesen konnte.

Alan – amüsiere mich köstlich. Schade, daß du nicht hier bist.

Die Worte waren mit blauem Kugelschreiber geschrieben, die Handschrift war unregelmäßig, wirkte etwas gehetzt und neigte sich ein wenig nach rechts. Beim letzten Punkt war der Stift so kräftig aufgesetzt worden, daß er auf der Rückseite eine kleine Ausbuchtung verursacht hatte. Die Unterschrift fehlte.

»Na und?« sagte Elder.

»Gucken Sie mal auf den Poststempel.«

Der war vom Samstag, dem Tag, an dem Emma Harrisons Leiche gefunden worden war.

»Zufall«, sagte Elder.

»Glauben Sie wirklich?«

»Überzeugen Sie mich vom Gegenteil.«

»Sie sind der Detective Inspector. Waren Sie jedenfalls. Sie sind am Zug.«

»Sie behaupten, die Karte kommt von Shane?«

»Tu ich das?«

»McKeirnan ...«

»Nein, tu ich nicht.« Tief in McKeirnans Augen blitzte ein Lächeln auf. »Es ist nicht Shane, nicht direkt.«

»Sie sprechen in Rätseln, McKeirnan.«

»Und Sie haben keine Lust zu raten.«

»Ich habe keine Lust, mich von Typen wie Ihnen zum Narren halten zu lassen.«

»Armer Schatz.«

Elder atmete tief durch. Zählte bis zehn. Dann nahm er die Karte in die Hand und betrachtete sie noch einmal. »Sie behaupten also, die Botschaft hat mit Emma Harrisons Tod zu tun.«

»Tu ich.«

»Sie müssen sich schon deutlicher ausdrücken.«

McKeirnan lächelte. »Er war's. Das ist der springende Punkt.«

»Woher wollen Sie das wissen?«

Das Lächeln wurde zu einem Grinsen. »Er hat's mir nämlich versprochen.«

»Wer?«

McKeirnan setzte sich auf seinem Stuhl zurück. »Sie wissen doch noch, was Sie letztes Mal gesagt haben? Daß Sie keine Geschäfte machen. Also, jetzt ist es doch soweit.«

»Und Sie haben gesagt, daß ich erledigt bin. Selbst wenn ich wollte, könnte ich nichts tun.«

»Ich will ja nichts Unmögliches«, sagte McKeirnan. »Keine Begnadigung, keine vorzeitige Entlassung. Aber die sechs Jahre oder so, die ich noch absitzen muß, die sollen leicht werden. Ich will hier raus. Ich will neu eingestuft werden. Kategorie C.« Er lachte. »Ich will auf die Außenwelt vorbereitet werden.«

Plötzlich beugte er sich vor, so daß sein Gesicht Elder sehr nahe kam. Die Haut über den Augenhöhlen war straff gespannt.

»Er hat das Mädchen nicht sofort umgebracht, stimmt's? Er hat ein paar Tage gewartet. Mußte ein paar Sachen machen. Mit ihr. Sie brauchen mir nicht zu sagen, was für Sachen, weil ich es nämlich weiß. Sie, Sie können sich das nur vorstellen, aber ich weiß es. Und ich weiß noch was. Es ist noch nicht zu Ende. Sie war nicht die letzte. Er macht es wieder, es sei denn ...«

»Was Sie verlangen«, sagte Elder, »liegt nicht in meiner Macht.«

»Dann bringen Sie mir jemanden, der die Macht hat.«

»Woher wissen wir, daß er nicht blufft?« fragte Bernard Young. Sie waren in seinem Büro, es war früher Nachmittag. Young zog eine der Schubladen seines Schreibtisches auf und knallte sie wieder zu. »Mein Gott, wie ich es hasse, wenn so ein Dreckskerl mich in der Hand hat. Gräßlich.«

Im Raum breitete sich Stille aus: nur die Atemgeräusche von vier Leuten und das Plätschern des Wassers im Aquarium waren zu hören. Das beständige leise Rauschen des Verkehrs draußen. Das gedämpfte Läuten von Telefonen in anderen Räumen.

»Ich für meinen Teil«, sagte Elder, »glaube ihm.«

Bernard Young rollte auf seinem Stuhl ein Stück zurück und wieder vor. Vor weniger als einer halben Stunde war er aus einer besonders ungemütlichen Sitzung mit dem Stellvertretenden Polizeipräsidenten zurückgekehrt. Dieser hatte den Ruf der Truppe hervorgehoben sowie die Notwendigkeit, rasch zu einem Ergebnis zu gelangen. Irgendeiner dieser Klugscheißer im Innenministerium hatte dem Polizeipräsidenten in den Ohren gelegen. In London war eine Gruppe von Überfliegern bei Scotland Yard bereits dabei, die Bleistifte zu spitzen und die Stiefelspitzen in Position zu bringen, jederzeit bereit, einzugreifen und zu überprüfen, wie die Ermittlungen geführt wurden. Und außerdem standen ihm die Gesichter von Emma Harrisons Eltern vor Augen, ausgezehrt und ausgeweidet wie ihre Tochter.

»In Ordnung, Frank«, sagte er. »Wie sehen Sie es?«

Elder räusperte sich. »Wir müssen annehmen, daß McKeirnan die Person kennt, von der die Karte stammt. Gut kennt. Das könnte bedeuten, daß sie per E-mail miteinander korrespondiert haben – ich vermute, daß er Zugang zum Internet hat, der nur sporadisch überwacht wird. Oder es wurden Briefe ausgetauscht. Ich nehme an, daß die Zensur in McKeirnans Fall praktisch bei Null liegt. Aber da muß mehr sein. Ich glaube, es ist jemand, mit dem er vertraut ist, mit dem er persönlich gesprochen hat. Also ein Mitgefangener.«

»In diesem Fall«, unterbrach Gerry Clarke, »könnten wir ihn selbst aufspüren.«

»Das heißt, alle Gefangenen durchgehen, die dreißig Jahre alt sind oder jünger und innerhalb der letzten fünf Jahre aus Gartree entlassen wurden.«

»Warum unter dreißig?« fragte Clarke.

»Das ist entscheidend«, sagte Elder. »Ich bin mir ganz sicher. *Es ist nicht Shane, nicht direkt* – McKeirnans Worte.«

»Und wenn er lügt, um Donald zu schützen?«

»Das glaube ich nicht.«

»Warum nicht?«

»Zum einen bezweifle ich, daß die beiden noch viel miteinander am Hut haben. Und zum anderen ...« Er erinnerte sich an McKeirnans Gesichtsausdruck. *Er war's. Das ist der springende Punkt. Er hat's mir nämlich versprochen.* Wie genüßlich er diese Worte ausgesprochen hatte.

»Nein«, fuhr Elder fort. »Ich glaube, es ist jemand anders, jemand, der aus irgendwelchen Gründen tut, was McKeirnan ihm befiehlt. Er strebt nach Anerkennung. Er will wie Shane Donald sein. McKeirnans Gefolgsmann. Sein Helfer. Sein Jünger. Die Postkarte ist eine Art Nachweis und soll zeigen, daß er Wort gehalten hat.«

»Aber warum jetzt?« fragte Maureen. »Warum schlägt er gerade jetzt zu?«

»Wenn Frank recht hat, ist das einfach«, sagte Clarke. »Weil er erst vor kurzem entlassen wurde, wer immer es ist.«

»So ist es«, bestätigte Elder, »und nicht nur das. Ein weiterer Grund ist, daß Donald entlassen wurde. Er weiß, daß Donald auf der Flucht ist. Er will uns täuschen, wir sollen glauben, daß Donald die Tat begangen hat.«

»Aber er will, daß McKeirnan die Wahrheit erfährt.«

»Genau.«

Bernard Young beugte sich vor, die Ellenbogen auf den Schreibtisch gestützt. »Gerry, wenn wir McKeirnan zum Teufel schicken und uns selbst auf die Suche machen, wie lange brauchen wir, bis wir etwas in der Hand haben?«

»Nun, zunächst benötigen wir von Gartree eine Aufstellung all jener Gefangener, die in letzter Zeit entlassen wurden und vermutlich Kontakt zu McKeirnan hatten. Dann müssen wir sie mit den Listen der einschlägigen Straftäter vergleichen, die wir bereits bearbeiten. Wir beginnen mit Nottinghamshire und Lincolnshire, beziehen vielleicht auch South Yorkshire ein und weiten die Suche aus, sollte es notwendig werden. Sobald wir alle relevanten Informationen in den Computer eingegeben haben, finden wir eventuell am Ende des morgigen Tages eine Übereinstimmung. Wahrscheinlich mehr als eine. Vielleicht sogar ein Dutzend.«

»Die überprüft und weiterverfolgt werden müssen«, sagte Maureen.

Clarke nickte.

»Es könnte also noch zwei oder drei Tage dauern, vielleicht sogar länger.«

»Das ist möglich.«

»In Ordnung«, sagte Young. »Wir fahren mehrgleisig. Gerry, Sie starten die Suche. Machen Sie es dringlich. Wenn Sie zuerst im Ziel sind, ist alles in Butter. In der Zwischenzeit spreche ich mit dem Stellvertretenden Polizeipräsidenten und dann mit dem Direktor von Gartree. Auch mit dem Innenministerium, wenn es sein muß. Maureen, Sie und Frank bereiten sich darauf vor, innerhalb der nächsten Stunde loszufahren.«

McKeirnan betrachtete Maureen Prior mit einem müden anzüglichen Grinsen.

»Besorgen Sie es ihr, Frank?«

»Setzen Sie sich, McKeirnan«, sagte Maureen.

Ohne jede Eile setzte er sich. Die beiden Besucher wären nicht hier, hätte er die Zügel nicht in der Hand, und das wußte er.

»Wir müssen wissen, wer die Postkarte geschickt hat«, sagte Elder.

»Sobald wir uns geeinigt haben ...«

»Keine Zusagen, so läuft das nicht.«

»Dann läuft überhaupt nichts.«

Gemächlich schob McKeirnan seinen Stuhl zurück und kam auf die Füße. Er war schon am anderen Ende des Raumes angelangt, und der Aufseher machte sich bereit, die Tür aufzuschließen, als Maureen ihn zurückrief.

Sie ignorierte den selbstgefälligen Ausdruck in seinem Gesicht und wartete, bis er sich wieder gesetzt hatte.

»Folgendes können wir tun«, sagte sie. »Wir übergeben dem Gefängnisdirektor einen Bericht, in dem wir bestätigen, daß Sie uns bei den Nachforschungen im Rahmen einer laufenden Ermittlung wertvolle Hilfe geleistet haben. Wir betonen, daß Sie sich aus freien Stücken gemeldet und uns Informationen übergeben haben, ohne darum gebeten worden zu sein. Wir empfehlen, daß Sie im Lichte eines so verantwortungsvollen Verhaltens neu beurteilt und als Gefangener der Kategorie C eingestuft werden – vorausgesetzt, Sie erfüllen alle anderen Kriterien.«

»Das ist alles?« sagte McKeirnan.

»Das ist alles.«

McKeirnan kippte mit seinem Stuhl nach hinten und strich mit den Fingern seiner linken Hand über die rechte, die er zur Faust geballt hatte.

»Sie haben fünf Minuten, um sich zu entscheiden«, sagte Maureen. »Eine davon ist fast um.«

Vorsichtig setzte McKeirnan den Stuhl wieder auf. »Sie wollen nur den Namen?«

»Das ist ein Anfang«, sagte Elder.

»Zwei Minuten«, sagte Maureen, ohne auf die Uhr zu sehen.

»In Ordnung.«

Sie nahm einen Block aus der Tasche, legte ihn mit einer Drehung des Handgelenks vor McKeirnan hin, drückte die Mine eines Kugelschreibers nach unten und plazierte diesen neben seine Hand. »Schreiben Sie ihn auf.«

McKeirnan sah sie an und fuhr sich mit der Zunge über die Unterlippe, dann nahm er den Stift in die Hand. »Woher weiß ich, daß Sie Ihre Zusage nicht zurücknehmen, sobald Sie den Raum verlassen?«

»Das wissen Sie nicht.«

McKeirnan grinste träge, dann schrieb er sorgfältig mit Druckbuchstaben zwei Wörter in die Mitte der ersten leeren Seite und schob den Block zu Maureen zurück. Als er den Kugelschreiber losließ, rollte er zur Tischkante und fiel zu Boden, wo er liegenblieb. Niemand hob ihn auf.

»*Adam Keach.*«

»Erzählen Sie uns was von ihm«, sagte Elder.

»Lesen Sie es nach. Der Prozeßbericht, die Akten, was auch immer. Sie können das.«

»Etwas anderes. Erzählen Sie uns etwas anderes.«

McKeirnan lächelte. »Er ist mir ständig nachgelaufen und hat mich angebettelt, darüber zu reden. Haben wir auch getan. Er hat Mittel und Wege gefunden, mich zu bezahlen. Sich zu bedanken.« Er lachte sein schepperndes Lachen. »Wenn ich rauskomme, hat er gesagt, dann zeige ich dir, was ich kann.«

Maureen steckte den Block in die Tasche zurück.

»Eine Frage noch«, sagte Elder. »Susan Blacklock.«

»Wer?«

»Susan Blacklock. Sie ist in demselben Sommer verschwunden, in dem Lucy Padmores Leiche gefunden wurde.«

»Sie haben mich schon mal nach ihr gefragt.« McKeirnan schüttelte den Kopf. »Ich weiß jetzt auch nicht mehr als damals.«

»Die Küste von North Yorkshire, McKeirnan. Whitby. Sie und Donald waren da.«

»Wir waren überall, ich und Shane.«

»Was ist mit ihr passiert, McKeirnan?«

»Hab ich doch gesagt. Ich weiß es nicht. Aber eins ist sicher. Wer immer sie begraben hat, hat sie tief begraben, wenn Sie sie noch nicht gefunden haben.«

Adam Keach wurde 1978 in Kirkby in Ashfield geboren, als mittlerer von drei Brüdern. Als er achtzehn Monate alt war, wurde seine Mutter verurteilt, weil sie sich unrechtmäßig Sozialleistungen erschlichen hatte. Sein Vater hatte eine ganze Latte von Bagatelldelikten vorzuweisen und war sowohl der örtlichen Polizei als auch der Bewährungshilfe bekannt. Die Behörden wurden benachrichtigt, als Adams jüngerer Bruder Dean wegen schwerer Blutergüsse und Abschürfungen an Armen und Beinen im Mansfield Community Hospital behandelt wurde. Eine Sozialarbeiterin machte zwei Hausbesuche und vergewisserte sich beide Male, daß die Kinder nicht gefährdet waren. Weitere Maßnahmen wurden nicht ergriffen. Mit fünfzehn wurde Adam der Schule verwiesen, weil er einem Mitschüler einen angespitzten Bleistift in den Handrücken gestochen hatte. Mit siebzehn wurden er und sein älterer Bruder Mark zweimal von der Polizei verhört, nachdem aus dem Haus eines Nachbarn ein Computer und ein

Gameboy gestohlen worden waren. Anklage wurde jedoch nicht erhoben. Nicht lange nach seinem neunzehnten Geburtstag wurde er schließlich wegen schweren Einbruchs zu drei Jahren Haft verurteilt. Nachdem er einen Mitgefangenen mit einem Bleirohr angegriffen und ihm beinahe ein Auge ausgeschlagen hatte, wurde die Strafe verdoppelt, und er wurde in das Gefängnis Gartree überstellt, wo er Alan McKeirnan begegnete.

Ende Mai wurde Adam Keach in die Gesellschaft zurückentlassen, ungefähr zwei Wochen, bevor Emma Harrison verschwand.

Bei der abendlichen Pressekonferenz wurde Bernard Young nicht müde zu betonen, daß sich die Ermittlung an mehreren Fronten nach vorn bewege, daß man aber ungeachtet dieser Tatsache immer noch dringend nach Shane Donald suche, der inzwischen vermutlich von einer gewissen Angel Elizabeth Ryan begleitet werde. Für Bürger, die Informationen über eine der genannten Personen hätten, gebe es eine Sondernummer, und alle Anrufe würden selbstverständlich streng vertraulich behandelt werden.

Zwei von Angel Ryans Pflegefamilien waren ausfindig gemacht worden und wurden befragt, während nach der dritten noch geforscht wurde. Die beiden Flüchtigen waren unterdessen an den verschiedensten Orten gesichtet worden, zum Beispiel in Rotherham und Hull und in Hest Bank an der Morecambe Bay. All diesen Hinweisen wurde nachgegangen.

Je länger sie die Suche nach Adam Keach vor den Medien verbergen konnten, desto größer waren vermutlich die Chancen, ihn zu finden, bevor er seinerseits ein neues Opfer fand.

41

Sie waren in Crewe und verbrachten die zweite Nacht auf der Straße. Diesmal verkrochen sie sich nicht weit vom Zentrum entfernt in einem Eingang auf der Rückseite einer Ladenpassage, breiteten zur Isolierung alte Zeitungen unter sich aus und legten Jacken über sich. Sie wärmten sich auch gegenseitig, und die Temperatur war insofern gnädig, als sie nicht auf einstellige Werte absank. Zum Frühstück tranken sie Milch und aßen Brot, beides war in aller Frühe etwas weiter oben an der Straße vor einem Café abgestellt worden. Angel hatte ihre Haare kurz geschnitten, sie waren jetzt beinahe so kurz wie Shanes.

Den größten Teil des Tages hatte sie im Schneidersitz vor dem Bahnhof von Crewe gesessen, vor sich auf dem Pflaster eine offene Pappschachtel und ein Schild, auf dem stand: »Obdachlos und hungrig, bitte helfen Sie mir«. Sie hatte lediglich 2,55 Pfund bekommen, dazu eine abgefahrene Eisenbahnfahrkarte, was irgend jemand offenbar für witzig gehalten hatte. Ein Mann in einem gutgeschnittenen Anzug, den sie um eine Zigarette angehauen hatte, hatte ihr lächelnd die noch fast volle Schachtel ausgehändigt; eine Frau hatte ihr ein halbes Käsesandwich mit Salat geschenkt; ein Junge, nicht älter als sechzehn oder siebzehn, hatte einen großen Becher Kaffee aus dem Bahnhofsimbiß geholt und ihr mit einer feierlichen Verbeugung überreicht. Das Bahnhofspersonal hatte zwar die Stirn gerunzelt, sie aber nicht verscheucht.

Gegen Ende des Tages war Shane allein fortgegangen und ein paar Stunden später mit fast 50 Pfund in verschiedenen Scheinen zurückgekehrt.

»Wo hast du das her, Shane? Das ganze Geld?«

»Is doch egal.«
»Sag mir's.«
»Das willst du nicht wissen.«
Als sie schließlich ihren ganzen Mut zusammengenommen und ihn nach Emma Harrison gefragt hatte, hatte er dasselbe gesagt. Erst als er sich in dem Eingang an sie kuschelte, und sein warmer Atem ihren Hals und ihre Wange streifte, sprach er darüber. »Dies Mädchen hab ich nicht angerührt. Weiß gar nicht, wer die ist. Was in den Zeitungen und so gesagt wird, ist Schwachsinn.« Er schob die Hand unter ihrem Arm hindurch, um ihre Brust zu berühren. »Du glaubst mir doch, oder?«
»Ja«, sagte Angel in dem verzweifelten Wunsch, das zu tun. »Ja, natürlich.«
Ein paar Augenblicke später fühlte sie, wie sich sein Körper entspannte. Er war eingeschlafen.

Am Tag zuvor war Angel bei dem Haus gewesen, wo eine ihrer Pflegemütter gewohnt hatte: Eve Branscombe, die einzige, die sie wirklich gemocht und die sie Mum genannt hatte. Angel mußte jedoch feststellen, daß sie umgezogen war. Die Frau, bei der sie geklingelt hatte, war zuerst ungehalten gewesen, so als wolle Angel irgendeinen Schwindel abziehen und Geld für eine erfundene Wohltätigkeitsorganisation sammeln, aber als Angel alles erklärte, hatte sie sich beruhigt. Natürlich hatte Angel nicht die ganze Wahrheit erzählt, aber doch genug, um das Mitgefühl der Frau zu erregen. Sie hatte Angel hereingebeten, ihr eine Tasse Tee und ein paar Kekse angeboten und dann eine Adresse auf einen Zettel geschrieben. An die Hausnummer konnte sie sich nicht genau erinnern, aber die Straße war auf jeden Fall richtig.

Heute wollten sie es probieren. Angel wusch sich in einer öffentlichen Toilette so gründlich es ging, zog ein frisches Oberteil an, das zerknittert, aber sauber war, und kämmte sich die Haare. Shane brauchte eine Rasur, und von einem seiner Schuhe löste sich die Sohle.

Sie nahmen den Bus, dann liefen sie. Die Straße, nach der sie suchten, war eine Sackgasse in einer neuen kleinen Siedlung. Einige der Häuser waren noch nicht fertiggestellt, Erdhaufen und aufgestapelte Mauersteine lagen herum, gerade so, als wäre den Bauherren auf halbem Wege das Geld ausgegangen.

Im ersten Haus kannte niemand eine Mrs Branscombe, aber nebenan erfuhren sie, daß sie vielleicht in Nummer zwölf wohnte. An der Haustür hing eine Blumenampel, aus der rote Fuchsien und lila Geranien herunterrankten. Die Haustür selbst war aus geriffeltem Glas, und die Klingel spielte eine Melodie.

Die Frau, die an die Tür kam, sah aus wie Anfang sechzig. Sie war klein und rundlich, hatte Hausschuhe an den Füßen und trug eine geblümte Schürze über einer einfachen Bluse und einem Rock. Sie blinzelte Angel an und begann zu sprechen, aber dann blieben ihr die Worte im Hals stecken.

»Angel«, gelang es ihr schließlich hervorzubringen.

»Mum.«

Shane war das peinlich, und er sah zu, wie sich die Frauen in die Arme fielen. Als Angel ihn schließlich vorstellte, Tränen in den Augen, schüttelte Mrs Branscombe Shanes Hand und sagte, es sei eine Freude, ihn kennenzulernen. Dann bat sie die beiden herein.

»Eve«, sagte sie. »Sie können mich Eve nennen.«

Das Wohnzimmer war hinten. Es war klein und fast

quadratisch, eine Tür führte in den Garten. Ein Zweisitzersofa und ein passender Sessel, Porzellanhunde auf dem Kaminsims über dem Gasfeuer mit Flammeneffekt.

»Ihr beide setzt euch hin, ich stelle nur schnell das Wasser auf. Angel und ich haben eine Menge nachzuholen.«

Nach mehreren Tassen Tee, einem Schinkensandwich und ein paar Scheiben Kuchen – aus dem Laden natürlich, aber fast so gut wie selbstgebacken, das Marzipan ist jedenfalls köstlich – hörte Eve Branscombe interessiert zu, als Angel eine gereinigte Version ihrer Erlebnisse zum Besten gab und erzählte, daß sie hier und dort bei einem kleinen reisenden Jahrmarkt gearbeitet hatte. Und wenn Shane wenig sagte, na gut, er war vielleicht etwas schüchtern, aber das waren ja viele junge Männer.

»Und jetzt reist ihr ein bißchen herum? Nehmt euch Zeit für euch selbst? Macht Ferien?«

»Ja, Mum«, sagte Angel. »Das stimmt.«

»Wo soll's denn als nächstes hingehen?«

»Das wissen wir noch nicht so genau. Wir wollten eigentlich ein paar Tage hier in der Gegend bleiben. Ich möchte gerne, daß Shane sieht, wo ich aufgewachsen bin. Die Stadt kennenlernt, weißt du.«

»Hier warst du glücklich.«

»Ja.«

Shane befürchtete, es würde weitere Tränen geben.

»Hast du gar keine Pflegekinder mehr?« fragte Angel.

»Nein, mein Schatz, nicht mehr. Ich werde langsam zu alt dafür. Ich lebe jetzt ganz allein.« Und als sie den Blick bemerkte, mit dem Angel sie ansah, sagte sie: »Oben ist ein Gästezimmer. Falls ihr eine Weile bleiben möchtet. Es ist natürlich nicht groß. Nur ein Einzelbett. Aber ich vermute, es macht euch nichts aus, etwas zusammenzurücken.«

»Danke, Mum. Das wäre toll. Stimmt doch, Shane?«
»Ja, toll.«
»Das ist also geregelt.« Eve knetete ihre Oberschenkel, als bearbeitete sie Kuchenteig. Einige Minuten später, als die letzten Stücke Kuchen gegessen waren, sagte sie: »Die Arbeit auf dem Jahrmarkt ist anstrengend, nehme ich an. Man macht sich sicher auch schmutzig. Also, wenn einer von euch baden will, es gibt jede Menge heißes Wasser.«

Wenn sie sich im Bett bewegten, quietschte es. Die Matratze war kaum mehr als hauchdünn.
»Das ist mein altes Bett«, sagte Angel.
»Da ist es auf der Straße ja bequemer.«
»Shane, das stimmt nicht.«
»Doch.«
»Schließlich tut sie uns einen Gefallen, das mußt du zugeben.«
»Ja«, sagte Shane widerwillig.
Sie flüsterten, weil sie nicht gehört werden wollten. Ein paar Minuten vor zehn hatte Eve Branscombe den Fernseher ausgemacht und angekündigt, sie würde zu Bett gehen. »Ich möchte auf keinen Fall die Nachrichten sehen. Das halte ich nicht aus. Lauter Erdbeben und Morde und solche Sachen. Ihr könnt natürlich so lange aufbleiben, wie ihr wollt. Im Kühlschrank steht Milch, wenn ihr noch einen Schlummertrunk möchtet.« Sie lächelte weich. »Fühlt euch wie zu Hause.«
Auch Angel und Shane hatte keine Lust auf die Nachrichten. Es war so ungefähr das letzte, was sie wollten. Sie blieben noch ein Viertelstündchen sitzen und lauschten auf die Geräusche aus dem Badezimmer im ersten Stock, dann gingen sie auch schlafen.

»Wie lange hast du eigentlich bei ihr gelebt?« fragte Shane jetzt.

»Ein bißchen länger als drei Jahre«, sagte Angel. »Ich war neun, als ich zu ihr kam, und zwölf, als ich wegmußte, fast dreizehn. Zu meinem zwölften Geburtstag hat sie mir ein Fahrrad geschenkt. Gebraucht natürlich, aber das war mir egal. Ich durfte es nicht mitnehmen, als ich wegging.«

»Warum denn? Ich meine, warum mußtest du weg? Wenn ihr euch so gut verstanden habt.«

Angel spielte mit ihren ungleichmäßig geschnittenen Haarspitzen. »Sie hatte damals noch einen Jungen in Pflege, Ian. Der war ein paar Jahre älter als ich. Also, der fing an ... du weißt schon, mich zu befummeln. Ich habe versucht, mit Mum zu sprechen, aber es war schwierig. Sie hat nicht zugehört. In allem anderen war sie prima, alles andere war in Ordnung, nur das ... das konnte sie nicht. Am Ende habe ich mich gewehrt und ihn mit einem Stück Glas verletzt. Sie haben mich weggeholt. Mum wollte das nicht, sie wollte, daß ich eine zweite Chance bekomme. Aber nein, das erlaubten die nicht. Dann kam ich in ein Heim. Dort habe ich angefangen, mich selbst zu schneiden.«

Sie rückte näher an Shane heran, und er küßte sie, zuerst freundschaftlich, aber dann wurde etwas anderes daraus. Zum zweiten Mal schob Shane eine Hand zwischen Angels Beine, und zum zweiten Mal sagte sie: »Laß das.«

»Was ist los? Kriegst du deine Tage?«

»Nein. Es ist nur ... es wäre irgendwie nicht richtig.«

»Warum nicht? Auf einmal?«

»Hier, in diesem Bett.«

»Was ist mit dem Bett los?«

»Mum würde uns hören.«

»Sie ist nicht deine verdammte Mum.«

»Du weißt, was ich meine.«

»Glaubt sie etwa, du bist noch Jungfrau?«

»Sei nicht blöd.«

»Du bist diejenige, die blöd ist. Verdammt blöd.«

»Ach, Shane ...«

»Was?«

»Laß uns nicht streiten.«

Shane atmete langsam aus. »Okay, okay, tut mir leid. Es ist nur ...«

»Ich weiß.«

Einen Augenblick später legte er sich auf den Rücken, und sie machte es ihm mit der Hand.

Am Morgen fragte Eve Branscombe, wie sie geschlafen hätten, führte sie in die gemütliche Küche, wo zwei Plätze für das Frühstück gedeckt waren, und servierte ihnen Cornflakes, weichgekochte Eier, zwei für jeden, und Toastbrot. Eine Scheibe schnitt sie für Angel in schmale Streifen.

»Erinnerst du dich?«

»Klar.«

»Iß schön auf. Es gibt noch mehr Toast, wenn du willst. Tee ist in der Kanne.«

»Ißt du gar nichts, Mum?«

»Oh, ich habe schon gefrühstückt.«

Ein paar Minuten später merkte Shane, daß er auf die Toilette mußte. Er traf Eve auf dem oberen Treppenabsatz. Sie stand neben dem Telefon und hatte den Hörer in der Hand. Auf dem kleinen runden Tisch lag die ›Daily Mail‹ vom selben Morgen. Sie war aufgeschlagen, und sein Foto prangte auf Seite zwei.

»Alte Hexe!« Angst flackerte in ihrem Blick auf. »Verdammte Hexe!«

Er schlug ihr mit dem Handrücken ins Gesicht, und als sie einen Schrei ausstieß und zurücktaumelte, entriß er ihr das Telefon und versetzte ihr damit einen heftigen Schlag auf den Kopf.

Eve schrie und sank zu Boden.

»Shane! Was zum Teufel machst du da?«

Angel zerrte an seinem Arm, aber er schob sie beiseite.

»Sie wollte uns verpfeifen, die hinterlistige alte Hexe!«

Eve wimmerte, und als er sich herunterbeugte, um noch einmal zuzuschlagen, schützte sie ihr Gesicht mit den fleischigen Armen, so gut sie konnte.

»Shane, laß das! Oh, Mum, Mum, Mum.«

Angel ging in die Hocke, um die ältere Frau zu schützen, aber Shane ergriff ihr Handgelenk und zog sie weg.

»Shane, bitte nicht. Bitte. Nicht noch mal.«

Er winkelte das Bein an und trat Eve Branscombe in die Seite.

»Okay, laß uns abhauen. Wir müssen sofort weg.«

»Wir können sie nicht einfach hier liegenlassen.«

»Die alte Hexe. Hoffentlich stirbt sie.«

Nicht einmal fünf Minuten später hatten sie das Haus verlassen und rannten die Straße entlang, wobei Angel halb gezogen werden mußte, aber trotzdem mitkam. Sie trug einen Rucksack auf dem Rücken, eine Tüte in jeder Hand und kämpfte mit den Tränen.

42

»Was hast du denn?« fragte Shane. Sie waren auf einem Rastplatz an der Straße von Nantwich nach Wrexham, südlich von Crewe.

»Nichts«, sagte Angel.

»Ach? Und warum guckst du dann so?«

»Wie?«

»Wie ein Pferdearsch. Und sagst keinen Ton.«

Angel wandte sich ab, aber er stellte sich ihr in den Weg.

»Also?«

»Ich denke an Mum.«

»Sie ist nicht deine verfluchte Mutter. Sie war nie deine verfluchte Mutter.«

»Du weißt, was ich meine.«

»Sie wollte uns verpfeifen, klar?«

»Shane, du hättest sie umbringen können.«

»Geschieht ihr recht.«

Angel kippte den Rest ihres Tees auf den Boden und ging weg, und diesmal folgte er ihr nicht. Hinter einer schäbigen Weißdornhecke floß der Verkehr, nicht allzu lebhaft. Vielleicht schlug das Wetter um, denn im Westen brauten sich dunkle Wolken zusammen, und die Temperatur sank langsam.

Shane blickte auf Angel, die mit gesenktem Kopf am Grünstreifen stand. Ihr Haar war gerade noch lang genug, um vom Wind ein wenig in die Höhe gehoben zu werden. Er verspürte einen Stich und wollte zu ihr hinübergehen, den Arm um sie legen und sagen, daß alles gut werden würde. Aber er blieb, wo er war.

Ein Autotransporter scherte vorsichtig ein, sechs neue Skoda Fabias in leuchtendem Blau, Rot und Grün auf dem

Anhänger. Als der Fahrer heruntersprang, starrte er Angel einen Augenblick an, und sie starrte zurück. Eine halbe Stunde mit ihm im Führerhaus, dachte Shane, und sie könnte mit Leichtigkeit 50 Pfund machen, vielleicht mehr. Bargeld, das brauchten sie, denn das wenige, was sie hatten – ausgenommen sein Notgeld – ging zur Neige.

Angel meinte, sie sollten nach London gehen und einfach untertauchen. Das wäre ganz leicht. McKeirnan dagegen hatte immer gesagt, London wäre voller Loser, Schwarzer und Schwuler, und Shane glaubte, daß er recht hatte. Inzwischen waren es vermutlich Asylanten: Afghanen, Afrikaner, Iraker, irgend so was, er wußte es nicht. Wales, das war's, sie sollten nach Wales trampen. Dort würde sie keiner finden. Dorthin hatte er immer gewollt.

Als wäre sie zu einem Entschluß gekommen, drehte Angel sich um und kam auf ihn zu, zauberte sogar ein Lächeln auf ihr Gesicht.

»Ich habe Hunger«, sagte sie. »Willst du auch was?«

»Nee, ist in Ordnung.«

»Ich hole mir einen Hamburger.«

»Ich beiß mal bei dir ab.«

»Was du nicht sagst.« Sie küßte ihn auf den Mundwinkel.

Das Fleisch, das in dem Brötchen steckte, war grau und dünn, und Angel bedeckte es mit Ketchup und Senf. Als Shane hineinbiß, floß eine rotgelbe Spur über sein Kinn. Er versuchte, sie wegzuwischen, und hatte das Geschmiere an der Hand. Angel lachte, und Shane tat so, als wolle er sie mit dem Hamburger bewerfen. Dann aber überließ er ihn ihr beinahe liebenswürdig. Alles wird gut, dachte Angel, wir bleiben zusammen und alles wird gut. Eine ganze Minute lang glaubte sie daran, vielleicht sogar zwei. Letzte

Nacht hatte sie ein- oder zweimal versucht, Shane zu sagen, er müsse zur Polizei gehen und sich stellen, aber er hatte sie nur böse angeguckt und geantwortet, sie solle nicht so verdammt dumm sein.

»Wir müssen uns trennen«, sagte Angel jetzt. Sie hatten den Hamburger aufgegessen und tranken Cola, um den Geschmack runterzuspülen. »Nur für eine Weile. Eine Woche oder so.«

»Kommt nicht in Frage.« Shane schüttelte den Kopf.

Sie lehnte sich an ihn und schob ihre Finger in seinen Ärmel.

»Wir müssen. Nach dem, was passiert ist. Zu zweit sind wir viel zu auffällig. Irgend jemand wird uns bestimmt erkennen.«

»Ist doch bis jetzt auch nicht passiert.«

»Das war was anderes. Vielleicht hatte Mum noch gar nicht mit der Polizei gesprochen, aber jetzt hat sie es bestimmt getan.« Sie zog ganz leicht an seinem Arm. »Shane, es ist das einzig Vernünftige, das weißt du selbst.«

»Wie lange?« fragte er nach ein paar Sekunden. »Wie lange müssen wir uns trennen?«

»Nur eine Woche oder so. Dann treffen wir uns wieder.«

»Das sagst du jetzt. Und dann kommst du nicht. Du haust ab. Das ist nur ein Vorwand.«

»Sag das nicht.«

»Es ist die verdammte Wahrheit.«

»Nein. Nein, ist es nicht. Ich versprech's dir. Großes Ehrenwort. Paß auf, wir vereinbaren einen Treffpunkt. Eine Raststätte südlich von Birmingham. An der M5. Die erste Raststätte, an die man kommt. Heute in einer Woche. Am frühen Abend. Sechs oder sieben. Wer zuerst da ist, wartet auf den anderen. Von da aus kommen wir überallhin. Wales, das wolltest du doch. Das hast du doch gesagt. Okay? Shane, okay?«

»Okay.« Er sah sie mit traurigen Augen an.

»Ich werde da sein, ich versprech's dir.« Sie gab ihm einen dicken Kuß und ging los. Sie wußte, wenn sie nicht sofort ging, würde sie es nie tun.

Der Fahrer des Autotransporters kam von seiner Pause zurück. »Willst du mitfahren?« sagte er, als er sah, daß Angel jetzt allein war.

»Ja«, sagte sie. »Augenblick, ich hol nur meine Tasche.«

Shane sah zu, dann wandte er sich ab.

In der Absicht, die Medien von der wahren Zielrichtung ihrer Nachforschungen abzulenken, tat die Polizei nichts, um die öffentliche Meinung zu korrigieren, Shane Donald sei in der Mordsache Emma Harrison immer noch der Hauptverdächtige. Die Pressestelle arrangierte ein Zeitungsinterview und stimmte auch einem Interview im Lokalfernsehen zu, beides unter der Voraussetzung, daß nichts gefragt wurde, was sich abträglich auf einen zukünftigen Strafprozeß auswirken könnte. Also beehrte Elder die Sendung ›Midlands Today‹ mit einem Auftritt von einer Minute und vierzig Sekunden, bei dem er die Fragen nach Shane Donald geschickt, wenn auch etwas schroff abblockte. Dann lieferte er dem jungen Journalisten von der ›Post‹ genügend Material für einen zweispaltigen Artikel, wobei Susan Blacklocks rätselhaftes Verschwinden im Vordergrund stand.

Titelfotos von Shane und Angel füllten reihenweise die Regale der Zeitungshändler. Ein gefährliches Gangsterduo auf der Flucht.

Eine Boulevardzeitung nannte sie die »Neuauflage von Bonnie und Clyde«, obgleich sie bislang noch keine Bank ausgeraubt und keine Waffe geschwungen hatten, soweit man das beurteilen konnte. Selbst das Feuilleton des ›Independent‹ sprang auf diesen Zug auf und veröffentlichte Standfotos aus Filmen, in denen flüchtige Pärchen vorkamen: John Dall und Peggy Cummings in ›Guncrazy‹, Farley Granger und Cathy O'Donnell in ›Im Schatten der Nacht‹, Martin Sheen und Sissy Spacek in Terrence Malicks ›Badlands‹.

Unterdessen ging die Suche nach Adam Keach voran: Verwandte, Freunde und Komplizen wurden aufgespürt und so schnell wie möglich vernommen.

Elder fuhr die relativ kurze Strecke nach Crewe und sprach mit Eve Branscombe, deren Verletzungen glücklicherweise weniger schwer waren als zunächst angenommen. Ihr rundes, teigiges Gesicht wirkte bekümmert, und als sie von Angel sprach, verriet ihre Stimme echte Trauer und Besorgnis: ein braves Mädchen, das auf Abwege geraten war. Als er nach Shane Donald fragte, stiegen ihr Tränen in die Augen, Tränen der Wut und der Angst, und als sie beschrieb, wie er sie angegriffen hatte, zuckte sie zusammen, als würde sie noch einmal geschlagen und getreten.

»Er hat sie umgebracht, stimmt's? Dies arme Mädchen. Emma, wenn ich nicht irre.«

»Wir wissen es nicht, Mrs Branscombe«, sagte Elder.

»Wenn sie ihn nicht weggezogen hätte, Angel, meine ich, hätte er mich auch umgebracht.«

»Wo warst du?« fragte Maureen, als Elder ins Büro zurückkehrte. »Ich habe versucht, dich auf dem Handy zu erreichen.«

»Entschuldigung. Es war ausgeschaltet.«

»Überaus sinnvoll.«

»Worum ging es denn?«

»Angel Ryan.«

»Was ist mit ihr?«

»Sie hat dreimal angerufen. Sie möchte sich mit dir treffen.«

»Warum gerade mit mir?«

Maureen lächelte bissig. »Hat es vielleicht mit dem ganzen Rummel zu tun, den die Presse um dich macht?«

43

Angel saß auf einer Bank im Busbahnhof von Nottingham und rauchte mit gesenktem Kopf eine Zigarette. Ihre Bluejeans hatten Fett- oder Ölflecken auf dem einen Bein und waren an den Knien fast durchgescheuert; sie trug schmutzige Turnschuhe und ein dünnes T-Shirt aus Baumwolle unter einem offenen Männerhemd aus Jeansstoff, darüber eine kurze rostfarbene Kordjacke, die neu genug war, um am selben Tag aus einem Geschäft geklaut worden zu sein.

Elder hatte die Unterführung benutzt. Als er auf sie zukam, sah sie auf.

»Angel Ryan?«

Sie nahm einen letzten Zug aus ihrer Zigarette und ließ sie auf den Boden fallen. »Sie haben mich also erkannt?«

Elder warf einen Blick nach links auf zwei Männer, die mit ihren Büchsen Strongbow dahockten, und nach rechts, wo eine gestreßte Frau vier kleine Kinder in Schach zu halten und zu verhindern versuchte, daß sie nach draußen vor die ankommenden Busse rannten.

»War nicht besonders schwierig«, sagte er und streckte die Hand aus. »Frank Elder.«

»Und Sie sind nicht bei der Polizei?«

»Nicht mehr so richtig.«

Obwohl es alles andere als kalt war, begann Angel, die Knöpfe ihrer Jacke zuzumachen. Und nervös wieder aufzuknöpfen.

»Möchten Sie ein Stück laufen?« fragte Elder.

Angel zuckte die Achseln.

»Kommen Sie. Hat keinen Zweck hierzubleiben.«

Sie folgte ihm durch das Broad Marsh Shopping Centre. Über die Rolltreppe nach oben gelangten sie zum Low Pavement, und dann ging es durch schmale Straßen, an denen alte viktorianische Fabriken lagen, die nach und nach restauriert und zu Lofts umgebaut wurden. Außerdem gab es prätentiöse kleine Läden, in denen Dinge verkauft wurden, die Elder nicht haben wollte und die er sich vermutlich auch nicht leisten konnte.

Während sie liefen, redete Elder über dies und das, lauter belanglose Dinge, um Angel die Befangenheit zu nehmen. An der Ecke Stoney Street und High Pavement zeigte er auf eine Bank im Kirchhof von St Mary's.

»Setzen wir uns einen Augenblick.«

In der Kirche spielte jemand Orgel: Tonleitern und dann eine Melodie, die von Bach war, wie Elder glaubte.

»Sie wollten mit mir sprechen?« sagte er.

»Ja, das stimmt.«

»Über Shane?«

Angel sah zu ihm auf und dann wieder zu Boden. »Ja.«

»Wo ist er?«

»Ich weiß nicht.«

»Wirklich nicht?«

»Im Moment nicht.«

»Aber Sie könnten sich mit ihm in Verbindung setzen, wenn Sie wollten?«

»Vielleicht. Ja, vielleicht.«

Angel warf ihm einen schnellen Blick zu. Er war alt, ungefähr so alt wie ihr Vater, schätzte sie. Schöne Hände. Und er drängte sie nicht, das war gut. Machte auf freundschaftlich. Sie hatte Sozialarbeiter gekannt, die so gewesen waren, ein paar von ihnen jedenfalls, und auch Psychologen. Aber sie fragte sich, ob sie Elder mehr trauen konnte als denen. Ob sie überhaupt jemandem trauen konnte, sich selbst eingeschlossen.

»Was wäre, wenn er sich stellen würde?« fragte Angel mit so leiser Stimme, als wolle sie nicht hören, was sie sagte.

»Hat er das vor?«

»Ich mein, wenn er das tun würde«, sagte Angel, »was würde dann passieren?«

»Das hängt davon ab.«

»Dies Mädchen, die aus der Zeitung, Emma. Damit hat er nichts zu tun. Das schwör ich.«

Elder nickte. Er war inzwischen selbst beinahe überzeugt davon.

»Er muss trotzdem zurück ins Gefängnis, oder?« fragte Angel.

»Es führt kein Weg dran vorbei, tut mir leid. Er befindet sich widerrechtlich auf freiem Fuß. Seine Bewährung würde auf jeden Fall widerrufen werden, und er müßte mindestens den Rest seiner Strafe verbüßen. Aber vermutlich würde es zu einer neuen Anklage kommen. Wegen dieser Frau in Crewe, dieser Eve. Sehr wahrscheinlich auch wegen seiner Bewährungshelferin. Da kommt schon einiges zusammen.«

Angel sah weg.

»Sie haben darüber gesprochen?« sagte Elder nach einer Weile. »Sie und Shane?«

Angel schüttelte den Kopf. »Ja. Nein. Nicht richtig. Ich mein, ich hab es versucht. Aber er wollte nicht drüber reden. Und ich hab Angst ...« Sie sah Elder noch einmal an, versuchte, etwas in seinem Blick zu lesen. »Ich hab Angst, wenn er einfach so weitermacht, daß er ...« Sie blinzelte. »Ich hab Angst, daß er irgendwann die Kontrolle verliert und jemanden umbringt. Nicht mit Absicht, aber trotzdem ...«

»Ich verstehe.«

»Wirklich?«

»Ich glaube schon.«

»Sie haben ihn damals verhaftet, oder?«

Elder nickte.

»Er war doch nur ein Junge«, sagte Angel.

»Ein Junge, der geholfen hat, jemanden zu töten.«

»Das war der andere, McKeirnan. Das war nicht Shane.«

»Die Geschworenen waren nicht dieser Ansicht.«

»Und Sie?«

Elder antwortete nicht sofort. »Selbst wenn Sie recht haben sollten: Er war dabei und hat es geschehen lassen.«

»Und dafür muß er fast sein halbes Leben im Knast verbringen?«

»So ist das Gesetz.«

»Scheiß auf das Gesetz.«

Ein japanisches Paar auf dem Weg zur Kirchentür drehte die Köpfe. Der Organist schien seine spontane Darbietung beendet zu haben oder machte eine Pause.

»Und Ihnen gegenüber war er nie aggressiv?« fragte Elder.

»Nein. Nicht richtig.«

»Bestimmt nicht?«

»Er würde mir nie weh tun.«

Wie oft habe ich das schon gehört, dachte Elder.

»Sie haben also keine Angst vor ihm?« fragte er.

Angel schüttelte den Kopf. Auf der schmalen Straße hinter ihnen fuhr ein altersschwacher Lastwagen vorbei, aus dessen Auspuff schwarze Rauchwolken kamen.

»Weiß er, daß Sie hier sind und mit mir reden?«

»Nein.«

»Und Sie glauben wirklich, er würde sich stellen? In diesem Fall müßte er nämlich nur zum nächsten Polizeirevier gehen.«

»Das würde er nicht tun.«

»Was sonst?«

»Er würde mit Ihnen sprechen.«

»Warum mit mir? Ich bin derjenige, der ihn eingesperrt hat.«

»Er vertraut Ihnen. Glaub ich wenigstens. Er hat ein- oder zweimal was in der Richtung gesagt. Daß Sie ein anständiger Kerl sind. Für einen Bullen. Voll korrekt. Das hat er gesagt.« Langsam wandte sie den Kopf und sah ihm ins Gesicht. »Stimmt das?«

»Ich versuche es zumindest.«

Elder war bereits dabei aufzustehen.

»Lassen Sie uns noch ein bißchen spazierengehen.«

Am anderen Ende des Kirchhofs stiegen sie ein paar

ausgetretene Stufen zur Stoney Street hinab. Er versuchte, die Angel, die er vor sich hatte, mit den spärlichen Angaben in Einklang zu bringen, die Maureen vom Sozialamt erhalten hatte. Er hatte einen Menschen mit noch weniger Selbstvertrauen und offensichtlicheren Narben erwartet. Aber die Stellen, an denen Angel sich mit Rasierklingen und Spiegelscherben geschnitten hatte, waren verheilt oder nicht zu sehen.

Wen wollte sie eigentlich retten, fragte sich Elder, als er Angel einen Schritt vor sich die Straße überqueren sah. Shane Donald oder sich selbst?

In einem Café in einer Seitenstraße trank Elder Kaffee und sah zu, wie sie eine Suppe und dann ein Schinkenbrötchen aß.

»Ich treffe mich mit ihm«, sagte Angel. »In ein paar Tagen. Ich könnte Sie anrufen und Ihnen die Zeit durchgeben.«

»Sie könnten es mir auch jetzt sagen.«

»Nein, später.«

»Sie trauen mir nicht.«

Angel blinzelte. »Sie werden nur mit ihm reden. In Ordnung? Sie versuchen nicht, ihn festzuhalten, oder so. Wenn Sie das tun, rennt er weg. Das weiß ich.«

»Ich verstehe«, sagte Elder.

»Wenn er nicht mit Ihnen mitkommen will, versuchen Sie nicht, ihn aufzuhalten.«

»Ich bin kein Polizist mehr«, sagte Elder. »Ich kann niemanden verhaften.«

»Und keine Polizei. Versprochen?«

»Wenn er mit mir reden will, rede ich alleine mit ihm.«

Elder schrieb ihr seine Handynummer auf und ging zur Theke, um zu zahlen. Als sie das Café verließen, drückte er Angel einen Zwanziger und zwei Zehner in die Hand.

»Sie werden sich melden?« fragte Elder.

»Ja. Hab ich doch gesagt.«

»Und später? Ich meine, wenn er sich dafür entscheidet, sich zu stellen. Was werden Sie dann tun?«

»Weiß nicht. Ich geh vielleicht zurück zum Jahrmarkt. Della nimmt mich bestimmt wieder auf.«

Elder nickte. »Versuchen Sie, noch einmal mit ihm zu reden«, sagte er. »Bearbeiten Sie ihn.«

Sie gingen noch ein Stückchen in Richtung Broad March zusammen, dann blieb er stehen und sah ihr nach. Sie hatte die Hände in die Taschen ihrer Kordjacke gesteckt. Eine echte Überlebenskünstlerin.

44

Er erwachte mit einem Kopf, der sich wie Watte anfühlte. Zuerst glaubte er, Katherine wäre durch seine Träume gegeistert, aber dann wurde ihm klar, daß es Angel gewesen war. Schnell zog er sich an, und da er einen Wunsch nach Weite und frischer Luft verspürte, fuhr er die kurze Entfernung von Willie Bells Haus zum Wollaton Park und lief zum See hinunter. Auf dem angrenzenden Feld grasten Hirsche oder standen zu zweit oder zu dritt unter den Bäumen. Wenn Angel ihm wirklich Shane Donalds Aufenthaltsort mitteilte, konnte er diese Information auf keinen Fall für sich behalten, das wußte er. Er würde sie zumindest an Maureen weitergeben müssen, und sobald er das tat, hätte er die Sache nicht mehr in der Hand.

Elder vergrößerte seine Schritte. Wenn die anderen ihn

zuerst mit Shane Donald reden lassen würden, könnte er diesen vielleicht dazu bewegen, sich zu stellen. Die Chance war gering, aber unmöglich war es nicht.

Er kam an die erste Biegung des Sees, wo der Weg breiter wurde und man einen ungehinderten Blick auf Wollaton Hall hatte, wenn man sich umdrehte. In diesem Augenblick klingelte sein Handy.

»Frank Elder?« Die Stimme gehörte einem Mann, und früher hätte man sie als kultiviert bezeichnet. Vielleicht drückte man sich in bestimmten Kreisen noch heute so aus.

»Ja?«

»Hier spricht Stephen Bryan. Sie haben Ihre Nummer auf meinem Anrufbeantworter hinterlassen und mich um Rückruf gebeten.«

So viel war geschehen, daß Elder einen Moment brauchte, um den Namen einzuordnen.

»Ja«, sagte er schließlich. »Das stimmt. Vor einigen Tagen.«

»Ich war verreist.«

»Es geht um Susan Blacklock«, sagte Elder. »Sie sind mit ihr zur Schule gegangen, wenn ich nicht irre. In Chesterfield.«

»Ist sie etwa wieder aufgetaucht?« Mit jedem Satz kam der regionale Akzent, der hinter seiner gepflegten Aussprache lauerte, deutlicher zum Vorschein.

»Ist das zu erwarten?«

»Hängt davon ab, wer das Drehbuch geschrieben hat.«

»Wie bitte?«

»Düster oder sentimental. David Lynch oder Steven Spielberg. George Eliot, wenn Sie wollen, oder Charlotte Brontë.«

»Wir haben es nicht mit Literatur zu tun«, sagte Elder. »Also haben wir keinen Einfluß darauf.«

Am anderen Ende erklang ein Lachen. »Wollen Sie immer noch mit mir reden? Wenn ja, fürchte ich, daß es nicht mehr allzu viele Gelegenheiten gibt. Übermorgen fahre ich nach Edinburgh.«

»Wie ist es mit heute nachmittag?«

Bryan erklärte ihm den Weg, und Elder machte sich Notizen auf dem Handrücken.

Clarendon Park war nicht weit vom Stadtzentrum entfernt. Es war der Stadtteil von Leicester, wo man als Lehrer lebte, wenn man die Karriereleiter nach oben geklettert war, oder besser noch als Psychotherapeut oder Universitätsdozent. Viktorianische Häuser mit intakten Bleiglasfenstern über den Haustüren, Elektrogeräte aus gebürstetem Edelstahl in den renovierten Küchen und edle Farben an den Innenwänden.

Stephen Bryans Haus gehörte zu einer Reihe von zwölf Häusern, die an beiden Enden jeweils von einer größeren, halb freistehenden Stadtvilla abgeschlossen wurde. Aus den oberen Stockwerken konnte man vermutlich durch die Bäume hindurch bis zum Bahnhof sehen.

Stephen Makepiece Bryan stand in schwarzer Kursivschrift auf der Karte an der Haustür. Für jemanden, der gerade erst dreißig war, dachte Elder, schien es Bryan ziemlich gutzugehen.

Als er läutete, kam er plötzlich in den Genuß von Orchestermusik – schrill und verstörend.

»Entschuldigung«, sagte Bryan, der unmittelbar darauf in der Tür stand. »Die Musik aus ›Psycho‹. Sie soll die Pfuscher von den Gaswerken und missionierende Baptisten abschrecken.« Bryan trug blauschwarze Jeans und ein bedrucktes Hemd aus den fünfziger Jahren, das aus dem Secondhandladen stammte. Seine Füße waren nackt. »Ich nehme an, Sie gehören in keine der beiden Kategorien.«

»Frank Elder. Wir haben telefoniert.«

Bryan schüttelte ihm die Hand. »Treten Sie ein.«

Elder folgte ihm in einen langen, schmalen Flur, dessen eine Seite unpassierbar war, weil eine Ansammlung von Pappkartons und prall gefüllten Plastiktüten den Weg verstellte.

»Untermieter«, erklärte Bryan. »Die einen ziehen aus, die anderen ziehen ein. Der Fluch meines Lebens, könnte man sagen. Aber die einzige Möglichkeit, jeden Monat die Rechnungen zu bezahlen. Eine Tante hat mir dieses Haus hinterlassen, und ich hänge daran, selbst wenn es mir manchmal so vorkommt, als wohne die halbe De-Montfort-Universität bei mir.«

An der anderen Wand hingen Plakate von den Filmfestivals in Berlin und Telluride und ungefähr in der Mitte ein auffälliges Schwarzweißfoto von jemand Jungem und Schönem, das von einem Spot beleuchtet wurde, der an der gegenüberliegenden Wand befestigt war.

»Ist er nicht schön?« sagte Bryan.

»James Dean?«

»Montgomery Clift. ›Ein Platz an der Sonne‹.«

Bryan führte Elder durch die Tür neben der Treppe. Die Wand zwischen den beiden Wohnräumen im Erdgeschoß war durchbrochen worden, um einen großen Raum mit einem viereckigen Durchgang zu schaffen. Läufer auf den abgewetzten, aber polierten Holzdielen. Regale, vom Boden bis zur Decke, angefüllt mit Büchern, Videos und

DVDs. Die vordere Hälfte des Raumes wurde dominiert von einem Fernseher mit Breitbildschirm und separaten Lautsprechern, die auf dem Boden standen; in der hinteren Hälfte war ein altmodischer Holzschreibtisch zu einem Computerarbeitsplatz umfunktioniert worden, ein Drucker stand auf einem Tisch daneben. Über dem gekachelten Kaminsims hing ein gerahmtes Gemälde mit lebhaften Farben, der Kamin selbst beherbergte eine große Rauchglasvase mit Blumen. Auch auf einem niedrigen Tisch standen Blumen, eingezwängt zwischen mehreren Bücherstapeln.

»Ich kann Ihnen Tee à la Yorkshire, Kaffee aus Nicaragua oder schlichtes Wasser anbieten. Entscheiden Sie sich.«

Elder schüttelte den Kopf. »Ich möchte gar nichts. Danke.«

»Macht es Ihnen etwas aus, wenn ich mir einen Tee mache?«

»Nur zu.«

Elder setzte sich in einen tiefen Ledersessel und lehnte sich zurück. Der Verkehr war nur schwach zu hören, und im Haus selbst gab es kaum Geräusche. Vielleicht hatten ihm die letzten vierundzwanzig Stunden stärker zugesetzt, als er gedacht hatte, denn er merkte, daß ihm fast die Augen zufielen.

Er schüttelte sich, setzte sich auf und betrachtete die Bücher auf dem Couchtisch: Charles Barr über ›Vertigo‹, Billy Wilder über Billy Wilder und zwei, die von Bryan selbst stammten: ein kleines Taschenbuch, das ›Vergessene Stars der Fünfziger‹ hieß, und das umfangreichere ›Shakespeare-Verfilmungen, Zeitgenössische Interpretationen‹. Das Bild auf dem Titel zeigte einen jungen Mann in einer knalligen Jacke, der einen verwundeten Kameraden im Arm hielt und eine Pistole schwenkte.

»Meine Abschlußarbeit«, sagte Bryan, der ins Zimmer zurückgekommen war. »Mit ein paar Aktualisierungen und Streichungen, aber es liest sich immer noch sehr flüssig.«

»Der Film«, sagte Elder, »das scheint Ihr Ding zu sein.«

Bryan ließ sich auf die Couch gegenüber plumpsen, wobei er beinahe seinen Tee verschüttete. »Ja. Ich unterrichte ein paar Stunden, rezensiere Filme – hauptsächlich fürs Radio, es gibt eine Sendung, die ›Letzte Reihe‹ heißt – und halte hin und wieder einen Einführungsvortrag über einen Film im Phoenix Arts. Ansonsten bin ich eine Art Privatier, nehme ich an: ich streiche das Geld ein, kümmere mich um verstopfte Toiletten und versuche sicherzustellen, daß meine Gäste die Nachbarn nicht um zwei Uhr nachts mit Coldplay ärgern oder in den gemeinsam genutzten Räumen illegale Substanzen rauchen.«

»Manche Leute würden das ein angenehmes Leben nennen.«

»An den meisten Tagen lägen sie damit auch richtig.«

»Ich habe mit Siobhan Banham und Rob Shriver gesprochen – Rob hat mir auch Ihre Telefonnummer gegeben. Siobhan hat gesagt, Sie und Susan Blacklock seien befreundet gewesen, Sie hätten viel Zeit miteinander verbracht und sich viel zu sagen gehabt.«

Bryan stellte seinen Tee ab. »Ich denke, das stimmt.«

»Darf ich fragen, worüber Sie gesprochen haben?«

Bryan lächelte. »Abgesehen von zeitgenössischen Shakespeare-Interpretationen, meinen Sie?«

»Davon abgesehen.«

»Hauptsächlich wollte sie über ihren Vater reden.«

»Hatte sie Probleme mit ihm?«

»Nein, nur mit Trevor. Denn ich meine nicht Trevor, ich spreche von ihrem richtigen Vater.«

Elder hatte das Gefühl, als wäre ganz plötzlich alle Luft aus ihm entwichen.

»Das wußten Sie nicht?«

»Nein. Ich hatte keine Ahnung.«

»Aha.« Bryan trank einen Schluck Tee. »Nun ja, sie hat es nicht an die große Glocke gehängt, daß Trevor ihr Stiefvater war.«

»Sie klingen so, als ob Sie Trevor kannten?«

»Nicht besonders gut. Aber manchmal hat er sie nach der Theatergruppe abgeholt. Er hat sich immer übertriebene Sorgen um sie gemacht, könnte man sagen. Susan fand das irgendwie ... einengend.«

»Aber sie hat ihn nie behandelt, als wäre er nicht ihr Vater, oder?«

»Nein, nein, das nicht. Und ich glaube nicht, daß irgend jemand anders im Bilde war. Da bin ich mir sogar ganz sicher.«

»Wie kommt es, daß Sie informiert waren?«

Bryan lächelte, als er sich erinnerte. »Das lag an einem unserer Gespräche über Shakespeare. Wir hatten ›König Lear‹ gelesen und ein paar Szenen improvisiert. Wir wollten nämlich die Aufführung in Newcastle besuchen ...«

»Die Vorstellung, die abgesagt wurde.«

»Genau. Jedenfalls hatten wir in Zweiergruppen diese Szene geprobt, wo sich eine der Töchter gegen ihren Vater wendet und sagt, daß er auf dem Holzweg sei, wenn er glaube, sie würde sich in dem Stil um ihn kümmern, den er gewöhnt sei. Ich zitiere natürlich sehr frei.«

»Natürlich.«

»Susan und ich diskutierten dann darüber, und sie sah mich todernst an und sagte: ›Ich würde meinen Vater nie so behandeln, was immer er getan hätte.‹ Ich muß ein bißchen bedeppert geguckt haben, weil ich sie mit Trevor erlebt hatte und oft genug dabei gewesen war, wenn sie über ihn geschimpft hatte. Und in diesem Moment hat sie es mir erzählt.«

»Fahren Sie fort.«

»Ihre Mutter wurde mit sechzehn schwanger. Der Mann war wohl ein ganzes Stück älter als sie. Er arbeitete in einem Plattenladen, und dort lernte sie ihn kennen. Er hat mit ihr geflirtet, sie haben sich verabredet. Keiner wußte was davon, alles ganz geheim, aber dann – Überraschung, Überraschung – war es kein Geheimnis mehr. Jedenfalls nicht die Schwangerschaft. Susan zufolge wollte er nichts damit zu tun haben. Er versuchte, ihre Mutter zu einer Abtreibung zu überreden, und als sie sich weigerte, ließ er sie sitzen. Er sprach nicht mehr mit ihr und kümmerte sich auch nicht um das Baby, nachdem es geboren war.«

»Und Susan wußte das alles?«

»Offensichtlich.«

»Und trotzdem empfand sie etwas für ihn? Obwohl er sie und ihre Mutter im Stich gelassen hatte?«

»Ja, ich denke schon. Sie hätte ihm alles verziehen. Wenn sie gekonnt hätte. Aber ich glaube nicht, daß sie ihn je getroffen hat, nicht wissentlich jedenfalls. Sie wußte nicht mal, wo er lebte, da bin ich mir sicher. Ich glaube, sie hat mal versucht, ihre Mutter danach zu fragen, aber ihre Mutter ist ausgerastet. Susan muß ziemlich viel Zeit damit verbracht haben, über ihn nachzudenken und sich Dinge auszumalen. Was sie zu ihm sagen würde, wenn er eines Tages plötzlich auftauchen würde – so was in der Art.«

»Und Sie meinen, sie hat niemals mit ihren anderen Freunden darüber gesprochen?«

»Nein, das weiß ich genau. Ich mußte ihr nämlich versprechen, daß ich keiner Seele etwas davon verrate.«

»Sie haben Ihr Versprechen gehalten.«

»Bis jetzt.«

Bryan griff nach der Teetasse, aber er trank nicht. »Ist es wichtig?« fragte er.

»Das weiß ich auch nicht so genau«, sagte Elder. »Aber für Susan Blacklock war es natürlich wichtig.«

Als Elder ging, fuhr draußen ein weißer Transporter vor, der die Sachen des ausziehenden Mieters abholte.

»Sollten Sie etwas über Susan herausfinden«, sagte Bryan, »würde ich mich freuen, wenn Sie es mich wissen lassen.«

»Geht in Ordnung«, versicherte Elder, während er ihm die Hand schüttelte. »Und ich versuche, Sie in – wie hieß die Sendung noch? – ›Letzte Reihe‹ zu hören.«

Bryan hob eine Hand, als Elder in seinen Wagen stieg, dann packte er mit an und half, das Durcheinander in seinem Flur zu beseitigen.

45

»Warum hast du es mir verschwiegen?«

Helen Blacklocks Augen waren verschlafen, und sie mühte sich, ihren Blick auf Elder zu konzentrieren, der bedrohlich in der Tür stand. Sie hatte noch die lindgrüne Uniform an, die sie in dem Laden am Hafen trug.

»Tut mir leid, ich muß nach der Arbeit eingenickt sein. Was hast du gesagt?«

»Ich sagte, warum hast du es mir verschwiegen?«

»Was?«

»Die Wahrheit.«

Es war höchstens halb neun, ein Sommerabend noch ohne jeden Anflug von Herbst. Auf der Anhöhe von Blue Bank hatte sich Whitby Abbey mit klaren Konturen gegen das Meer abgezeichnet.

In dem Glas, das Helen mit Tonic und einem Schluck Gin gefüllt hatte, war das Eis fast ganz geschmolzen, zwei Zigarettenstummel lagen im Aschenbecher, die Zeitschrift, die sie gelesen hatte, war ihr aus den Händen geglitten und lag geöffnet am Boden.

»Ich trinke noch einen. Möchtest du auch was?«

»Nein«, sagte Elder ein wenig zu scharf, überlegte es sich aber. »Ja. In Ordnung. Ich nehme doch etwas.«

»Gin? Ich glaube, ich habe nichts anderes da.«

»Gin ist in Ordnung.«

Das Zimmer schien noch kleiner, als er es in Erinnerung hatte. Aber dann wurde ihm klar, daß er gerade aus Stephen Bryans geräumigem Haus in Leicester kam.

»Eis und Zitrone?« rief Helen aus der Küche.

»Ja, bitte.«

Die Hand, die ihm das Glas reichte, war alles andere als sicher, und ihr Blick hielt seinen Augen nicht länger als ein paar Sekunden stand. Sie wartete, bis er sich hingesetzt hatte, dann nahm sie ihm gegenüber Platz, gerade so weit weg, daß sie sich nicht berühren konnten, sollte einer von ihnen das Bedürfnis haben, den Arm auszustrecken.

»Wenn du von Wahrheit sprichst«, sagte Helen, »meinst du dann Dave?«

»Ich kenne seinen Namen nicht.«

»Susans Vater.«

»Ja.«
»David Ulney.«
»Du hast ihn nie erwähnt.«
»Nein.«
»Du hast alle glauben lassen, Trevor wäre Susans Vater.«
Helen nickte. Immer noch wich sie seinem Blick aus.
»Die Polizei, mich, alle anderen.«
»Ja.«
»Susan allerdings nicht, oder?«
»Ich habe es versucht.«
»Aber sie wußte es.«

Jetzt sah Helen ihn an. »Sie hat ein Foto gefunden. Sie war neun, fast zehn. Eines Tages hat sie meine Sachen durchwühlt, wie Kinder es tun. Warum ich es aufbewahrt hatte, weiß Gott allein. Dave Ulney mit seinen Kreppsohlen und dem feinen Anzug – Samtkragen, plissierte Jacke, das ganze Teddyboy-Outfit.« Sie machte eine Pause, um sich eine Zigarette anzuzünden. »Susan fragte, wer das sei, und unversehens habe ich es ihr erzählt.«

»Alles?«

»Daß er mich verlassen und sie im Stich gelassen hat. Daß er nie einen Penny gezahlt hat. Weder für sie noch für mich. Nicht, daß ich darum gebeten hätte. Ja, das habe ich ihr erzählt, warum auch nicht? Und dann habe ich das verdammte Foto vor ihren Augen in kleine Stücke gerissen und in den Mülleimer geworfen.«

Helen zog heftig an ihrer Zigarette, behielt den Rauch in den Lungen, dann atmete sie langsam aus. »Mein Gott, ich war verrückt nach ihm. Total verrückt.« Ihr Lachen war rauh und selbstironisch. »Ich war sechzehn. Was wußte ich schon? Jedenfalls nicht genug, um meine Beine zusammenzupressen.«

»Du wußtest, daß du das Baby behalten wolltest. Du hast eine Entscheidung getroffen.«

»Ich war in Panik, hatte eine Riesenangst. Vor der Abtreibung, meine ich. Und dann meine Eltern. Sie wollten auch, daß ich das Kind bekomme, als sie davon erfuhren. ›Wir stehen zu dir‹, sagten sie. ›Der Kerl taugt nichts.‹ Meine Mutter begleitete mich in die Schule und sprach mit dem Schulleiter, sie kam mit zum Arzt, sie machte alles. Sie war großartig. Jetzt ist sie in einem Heim in Scarborough, in einem dieser ehemaligen Hotels auf der Nordklippe. Sie hat nie verkraftet, daß mein Vater gestorben ist.« Sie verstummte für einen Augenblick und hing ihren Gedanken nach. »Entschuldigung, wo war ich stehengeblieben?«

»Wie du Susan bekommen hast.«

»Ja. Ich hatte Glück. Die Geburt war ganz leicht, ein Kinderspiel. Und dann – sie war erst ein halbes Jahr alt – erschien auch noch Trevor auf der Bildfläche. Er war so verliebt, der Gute, daß er mich praktisch angebetet hat. Eine Zeitlang jedenfalls. Oder war es Susan? Jetzt bin ich mir nicht mehr so sicher. Wie dem auch sei, er wollte mich haben, komplett mit Baby, eine kleine Fertigfamilie sozusagen. Ehrlich gesagt, ich dachte, ein besseres Angebot kriege ich nie wieder. Also heirateten wir, auf dem Standesamt, kein Riesenaufwand, nur seine Familie und meine. Wenn jemand nach dem Baby fragt, sagte er, erzählst du, ich bin der Vater. Und das habe ich gemacht. Es war schließlich nicht zuviel verlangt.«

Elder griff nach seinem Glas. Helen war offensichtlich sehr großzügig mit dem Gin gewesen, und das war ihm recht.

»Wie hat Susan reagiert, als du es ihr gesagt hast?«

»Was glaubst du? Es hat sie umgehauen, die arme Kleine. Zuerst wurde sie ganz still, unheimlich still, weißt du. Und dann begann sie, mich mit Fragen zu bombardieren, immer wieder, bis sie schließlich kapierte, daß sie keine Antwort bekommen würde. Da hörte sie auf.«

»Und hat sie jemals mit Trevor darüber gesprochen? Hat sie ihm auch Fragen gestellt?«

»Nein, ich glaube nicht. Das hätte er mir gesagt.«

»Überrascht dich das?«

Helen antwortete nicht sofort. Irgendwo schlug eine Uhr neun. »Wenn ich jetzt darüber nachdenke: ja, es überrascht mich. Sie haben sich weiß Gott oft genug gestritten, als sie in die Pubertät kam. Trevor behütete sie manchmal zu stark, mischte sich zu oft ein. Das wollte er eigentlich nicht, er wollte nur das Beste, aber ... Es war, als müsse er sich beweisen, daß er ein guter Vater war, als müsse er ständig seine Pflicht tun. Bei einer dieser Streitigkeiten hätte sie es ausposaunen können, um es ihm heimzuzahlen, aus der Wut heraus, weißt du. Aber nein, ich glaube nicht, daß sie das je getan hat.«

»Hatte sie jemals Kontakt zu ihrem Vater? Dave, meine ich.«

»Nein, nie.«

»Bist du sicher?«

»Das hätte ich gemerkt.«

Sie liefen am Hafen entlang zum West Pier hinaus, wo das übliche Grüppchen Fischer herumstand, ein paar Liebespaare auf den Holzbänken schmusten und Männer in Mänteln und Schirmmützen kleine Hunde spazierenführten. Die Lichter von Sandsend, eine gute Meile entfernt, leuchteten klein und gleichmäßig am Rande des Wassers. Helen hatte sich umgezogen und trug jetzt graue Kordhosen und ein flaschengrünes Sweatshirt mit Kapuze, Elder hatte sich einen alten Anorak aus dem Kofferraum seines Wagens gefischt. Wer sie sah, mochte denken, sie wären alte Freunde, nichts weiter.

»Wenn ich dir damals von Dave erzählt hätte«, sagte Helen, »hätte es doch keinen Unterschied gemacht, oder? Ich meine, bei der Suche nach Susan. Was hätte das bringen sollen?«

»Ich weiß nicht. Vermutlich hast du recht, aber ich weiß es nicht. Wir hätten uns dafür interessiert und wären der Sache nachgegangen wie allen anderen Hinweisen …«

»Und wenn es nirgendwohin geführt hätte?«

Elder antwortete nicht. Ein Stückchen weiter auf dem Pier blieben sie stehen und sahen einem Boot zu, das mit starken Lampen zum Nachtfischen auslief.

Helen drehte sich um und wollte weitergehen, aber Elder blieb stehen. »Was wurde aus Dave Ulney?« fragte er.

»Woher soll ich das wissen?«

»Er ist einfach so verschwunden?«

»So gut wie. Ist bei der ersten Gelegenheit ans andere Ende der Welt abgehauen.«

Elder sah sie fragend an.

»Neuseeland. Nach zwei Jahren hat er mir aus heiterem Himmel eine Karte geschickt – eine, wohlgemerkt. Aus Karori, wo immer das sein mag. *Habe mich hier niedergelassen. Hoffe, dir geht's gut. Dave.* Er hat Susan nicht einmal erwähnt, der verdammte Mistkerl. Er hat sich nicht ein einziges Mal nach seinem eigenen Kind erkundigt.« Sie hatte Tränen in den Augen. »Ich habe die Karte augenblicklich verbrannt.«

»Und Susan hat die Karte nicht gesehen? Sie wußte nichts davon?«

»Sie war zwei Jahre alt.«

»Hast du ihr später davon erzählt? Nachdem sie das Foto gefunden hatte?«

»Warum hätte ich das tun sollen? Es war auch so schon schwer genug für sie.«

Verbitterung und Ärger mischten sich in die Tränen.

»Und seither hat er sich nie wieder gemeldet? Du hast nichts von ihm gehört?«

»Kein Wort.«

Sie gingen weiter bis zum Ende des zweiten, kleineren Piers, wo sie stehenblieben und die Lichter eines Containerschiffs betrachteten, das schneckengleich den Horizont entlangkroch. Inzwischen hatte der Wind aufgefrischt, so daß die Wellen gegen die Stützpfeiler schlugen und ihnen Wassertropfen ins Gesicht spritzten.

»Ich habe mich gefragt, ob ich dich wiedersehen würde«, sagte Helen.

Elder küßte sie, und sie nahm seine Hand, schob sie unter das Sweatshirt und legte sie auf ihre Brust. Als sie wieder im Haus waren, zog er sie langsam aus und küßte die Rundungen ihres Körpers, bevor er sich auf den Rücken legte, damit sie ihn ausziehen konnte, erst das Hemd und dann die Hose, während sie im Halbdunkel auf ihn hinuntersah. Helen atmete schwer, als sie sich auf ihn legte. Sie liebten sich langsam und wissend, und er nahm eine ihrer Brustwarzen in den Mund. Aber als ihr Körper ein wenig zuckte und sich zusammenzog, war das zu viel für ihn, und er kam an ein plötzliches und allzufrühes Ende.

»Entschuldigung«, sagte er, als sie von ihm herunterrollte.

»Macht nichts, Schatz«, sagte sie lächelnd. »Du ruhst dich aus und schöpfst neue Kräfte.«

Beide schliefen, als ein Läuten sie aufweckte und Elder einen Moment lang nicht wußte, wo er war, und auch den Klingelton seines Handys nicht sofort erkannte. Joannes Stimme war fern und abgehackt. »Frank, es geht um Kate. Sie ist nicht nach Hause gekommen. Ich mache mir solche Sorgen.«

Elder nahm seine Uhr vom Nachttisch, wobei ihm Helens beunruhigter Blick folgte. Es war halb zwei.

»Hast du die Polizei angerufen?«

»Nein. Ich wußte nicht, was ich tun sollte.«

»Ruf sie sofort an. Ich bin zwei Autostunden entfernt. Vielleicht etwas länger. Ich komme, so schnell es geht.«

Helen stand nackt an der Schlafzimmertür. »Ich koche Kaffee, während du dich anziehst, und gebe dir eine Thermosflasche mit.«

»Danke.« Noch während er nach seinem Hemd griff, wählte er Maureen Priors Nummer.

46

Elder fuhr zu schnell und verlor in einer Kurve auf der engen Straße zwischen Pickering und Malton beinahe die Kontrolle über den Wagen. Dann erwischte er sich dabei, wie er einschlief, als sich seine Augen auf der Überholspur der M18 für einen Augenblick schlossen, und das bei einer Geschwindigkeit zwischen achtzig und neunzig Meilen pro Stunde. Mehr konnte er aus seinem altersschwachen Ford nicht herausholen. Seine Reifen berührten den Asphaltrand auf der rechten Seite, und das reichte, um ihn mit einem Ruck aufzuwecken und davor zu bewahren, in den Mittelstreifen zu rasen. Bei der ersten Tankstelle, an die er kam, spritzte er sich kaltes Wasser ins Gesicht und trank den Rest des Kaffees, den Helen ihm gemacht hatte.

»Bestimmt geht es ihr gut, Frank. Mach dir keine Sorgen.«

Welche Ironie, daß seine eigenen Worte von damals nun auf ihn zurückfielen.

Daß sein Kopf auf Hochtouren ein Szenario nach dem anderen abspulte, erwies sich als eine Art Segen, hielt es ihn doch davon ab, sich den Bildern zuzuwenden, die sich seine Fantasie hätte ausmalen können. Seine Fantasie und seine Erfahrung.

Vor Joannes Haus stand ein Polizeiwagen. Gleich dahinter parkte ein blauer Vauxhall, den er als Maureens Wagen identifizierte. Ein uniformierter Polizist öffnete die Haustür und verlangte, daß Elder sich auswies, bevor dieser sich an ihm vorbeidrängen konnte. Joanne stand wie verloren in der Mitte des riesigen Wohnzimmers. Als sie Elder sah, rannte sie auf ihn zu, hielt inne, und als er die Arme ausstreckte, stürzte sie sich hinein, wobei die Tränen, die sie bislang zurückgehalten hatte, ungehindert zu fließen begannen. Mit geschlossenen Augen preßte er sein Gesicht in ihr Haar, während sie sich an ihn klammerte und ihr tränennasses Gesicht an seiner Brust vergrub.

Der jungen Polizistin, die mit Joanne gesprochen und sich Notizen gemacht hatte, war das peinlich, und sie sah weg. Neben der Wendeltreppe stand Maureen Prior und wartete, bis Elder den Kopf hob. Dann tauschte sie einen schnellen Blick mit ihm und schüttelte kurz den Kopf.

Elder hielt Joanne und ließ sie weinen.

»Ich mache Kaffee, Frank«, sagte Maureen.

Die Polizistin folgte ihr auf der Suche nach der Küche und ließ Elder und Joanne allein zurück. Die beiden spiegelten sich schemenhaft in der Wand aus Glas, hinter der sich der dunkle Garten erstreckte.

»Oh, Frank ...«

Elder führte sie vorsichtig zu dem langen Sofa, löste sich aus ihrer Umklammerung und drückte sie sanft auf die Sitzfläche.

»Erzähl mir, was passiert ist«, sagte er, »wenn du kannst.«

Joanne suchte tastend nach einem Papiertaschentuch, wischte sich über die Augen und putzte sich die Nase.

»Kate war ... sie war beim Training, wie immer, weißt du ... im Harvey-Hadden-Stadion ... das ging ungefähr bis ... ach, bis irgendwann zwischen acht und neun ...«

»Um diese Zeit ist es doch schon dunkel«, unterbrach Elder.

»Vielleicht war es auch halb neun, ich weiß nicht. Aber das tut sowieso nichts zur Sache.«

»Möglicherweise doch.«

»Frank, bitte.«

»Entschuldige. Sprich weiter.« Er drückte ihre Hand.

»Manchmal kommt sie sofort nach Hause, aber nicht immer. Häufig trinken sie noch etwas, hängen noch ein bißchen rum.«

»Du wußtest nicht, wo sie war und wo sie hinwollte?«

»Um Himmels willen, Frank, sie ist sechzehn.«

»Eben.«

»Was soll das heißen?«

»Es heißt, sie ist erst sechzehn, und du hättest dich vielleicht dafür interessieren sollen, wo sie abends ist.«

»Ach wirklich? Wenn du dir solche Sorgen machst, hättest du vielleicht nicht weggehen sollen.«

Elder biß sich auf die Zunge.

»Tut mir leid«, sagte Joanne.

»Nein, ist schon in Ordnung. Sprich weiter.«

»Wenn sie weggeht«, sagte Joanne, »kommt sie normalerweise gegen halb elf, spätestens um elf nach Hause. Besonders unter der Woche. Als sie um zwölf noch nicht da war, habe ich ihre Sportkameraden angerufen, jedenfalls die, die ich kenne. Ein paar hatten sie beim Training gesehen, aber nicht danach.«

»Und wann war das? Genau, meine ich.«

»Frank, ich habe nicht nach der genauen Zeit gefragt, ich habe mir solche Sorgen gemacht, ich ...«

»In Ordnung, kein Problem. Wir können es überprüfen ...«

»Das haben wir bereits getan.« Elder drehte sich abrupt um, als er Maureens Stimme hörte. Er hatte gar nicht gemerkt, daß sie zurückgekommen war.

»Soweit wir das sagen können«, erklärte Maureen, »hat Katherine die Umkleidekabinen für die Läufer zwischen halb und viertel vor neun verlassen. Jemand hat angeboten, sie im Auto mitzunehmen, aber sie hat abgelehnt. Sie wollte mit dem Bus fahren.« Maureen machte eine Pause. »Zu diesem Zeitpunkt wurde sie zuletzt gesehen, das ist zumindest der jetzige Stand.«

Viertel vor neun bis halb fünf: Elder rechnete im stillen. Seit dem Verschwinden seiner Tochter waren fast acht Stunden vergangen.

»Dieser Junge, mit dem sie sich getroffen hat ...«, sagte er zu Joanne.

»Gavin?«

»Nein, nicht der.«

Joanne blickte ihn verwirrt an, während Elder sich an den Namen zu erinnern versuchte.

»Stuart. Ich glaube, so hieß er.«

»Ich kenne keinen Stuart.«

»Er ist in ihrem Sportverein, fährt einen alten 2CV.«

Joanne schüttelte den Kopf.

»Der Name steht nicht auf unserer Liste«, sagte Maureen. »Mit einem Stuart haben wir nicht gesprochen. Ich lasse es sofort überprüfen.«

Als sie den Raum verließ, kam die junge Polizistin mit Kaffeebechern auf einem Tablett herein.

»Du hast einen Gavin erwähnt«, sagte Elder, der sich jetzt wieder an Joanne wandte. »Gavin, und wie weiter?«

»Salter. Er ist Student.«

»Welche Universität?«

»Nicht die Trent, glaube ich jedenfalls. Nein, ich bin sicher, es ist die alte Universiät.«

»Und Katherine ist mit ihm zusammen?«

»War. Sie hatten Streit, glaube ich. Kurz vor den Sommerferien.«

»Weißt du, wo er wohnt?«

»Irgendwo in Lenton. Ich weiß es nicht genau.«

»O Gott!« rief Elder leise aus.

Joanne preßte ihre Stirn gegen ihren Handballen. »Bitte, Frank, mach es nicht noch schwieriger, als es schon ist.«

»Hier ist der Kaffee«, sagte die junge Polizistin.

Keiner rührte sich.

»Sein Name ist Stuart Reece«, sagte Maureen, als sie ein paar Minuten später aus der Diele kam. »Er ist offensichtlich Hochspringer. Wohnt draußen in Lady Bay. Es ist schon jemand unterwegs, um mit ihm zu sprechen.«

Elder nickte und gab ihr den Namen Gavin Salter. Maureen wußte, daß ein Eintrag im Telefonbuch möglich, aber unwahrscheinlich war. Vielleicht war er im Wählerverzeichnis eingetragen, obwohl das keineswegs sicher war, da Studenten nicht besonders seßhaft sind. Höchstwahrscheinlich mußten sie bis zum Morgen warten, um Salters Adresse von der Universität zu erhalten.

»Jo«, sagte Elder leise, »warum gehst du nicht nach oben und legst dich hin? Ruh dich ein bißchen aus.«

»Ich kann nicht schlafen«, sagte Joanne. Aber sie stand trotzdem auf und ging, wenn auch nicht sehr sicher auf den Beinen, zur Treppe, Elder an ihrer Seite.

»Wo ist Martyn heute nacht?« fragte er.

Sie sah ihn an, ohne daß sich ihr Gesichtsausdruck änderte. Dann drehte sie sich um und ging langsamen Schrittes nach oben.

Elder und Maureen Prior saßen auf den Betonstufen, die bogenförmig zur Haustür führten. Die Tür selbst war angelehnt, Joanne lag oben und schlief ruhelos. Im Osten begann der Himmel schon merklich heller zu werden. Die beiden Polizeibeamten waren gegangen, um sich bei der zentralen Polizeidienststelle zu melden, wo eine weitere Ermittlungsgruppe unter der Leitung von Colin Sherbourne eingesetzt worden war, einem noch jungen Detective Inspector aus Humberside, der vor kurzem nach Nottingham versetzt worden war. Sherbourne war vorhin kurz dagewesen, um mit Elder zu sprechen und ihm zu versichern, daß sie alles taten, was in ihrer Macht steht.

»Hat wahrscheinlich gerade erst angefangen, sich zu rasieren, der Junge«, war Elders Kommentar, als Sherbourne gegangen war.

»Er ist ein guter Polizist, Frank. Sehr organisiert. So einer kommt nicht so leicht ins Flattern.«

»Er hat einfach nicht die Erfahrung ...«

Maureen legte ihm eine Hand auf den Arm. »Frank, wir liegen gut in der Zeit. Das weißt du genausogut wie ich.«

»Acht Stunden, mehr inzwischen ...«

»In den meisten vergleichbaren Fällen würden wir vermutlich erst am nächsten Morgen benachrichtigt werden.«

Elder atmete tief aus, es war fast ein Seufzer. »Das hier ist keiner der vergleichbaren Fälle. Keine gesonderte Ermittlung.«

»Frank ...«

»Gib es zu, Maureen.« Elder war aufgesprungen. »Hast du das nicht sofort gedacht, als ich dich angerufen habe?«

»Nein.«

»Nein? Du bist keine gute Lügnerin, Maureen. Es klingt nicht echt.«

»Ich glaube, daß Katherine morgen früh nach Hause geschlichen kommt, Frank. Vielleicht etwas betreten, aber sie wird hiersein. Und das wird nicht mehr lange dauern.«

»Ich würde gerne glauben, daß du recht hast.«

»Willst du wissen, was ich vermute? Ich vermute, sie hat ihren Studenten getroffen – heißt er nicht Gavin? Also, sie haben sich getroffen und sich versöhnt, und dann ist sie über Nacht bei ihm geblieben. Sie ist sechzehn, Frank. Und vermutlich war es nicht das erste Mal, auch wenn du das nicht hören möchtest.«

Aber Elder schüttelte den Kopf. »Er hat sie, Maureen. Keach. Er hat sie in seine Gewalt gebracht, ich weiß es.«

»Frank, du denkst einfach nicht logisch. Es gibt Hunderte von Erklärungen, die plausibler sind.«

»Ach wirklich?«

»Das weißt du genau. Aber davon abgesehen, warum sollte Keach so etwas tun? Selbst wenn wir einen Moment lang annehmen, daß er den Plan hatte und daß er nah genug an Katherine herangekommen ist, um ihn in die Tat umzusetzen – warum sollte er ein solches Risiko eingehen?«

»Warum hat er Emma Harrison am hellichten Tag entführt? Warum hat er sie quer durch die Landschaft getragen? Warum hat er eine Postkarte geschickt und seine Tat ausposaunt? Um McKeirnan zu beeindrucken. Darum. Und gibt es eine bessere Methode, McKeirnan zu beeindrucken, als die Tochter des Mannes zu schnappen, der ihn hinter Gitter gebracht hat?«

Maureen saß da und starrte in die anbrechende Dämmerung. Inzwischen leuchtete hinter einigen Jalousien und Vorhängen schwaches elektrisches Licht; das frühmorgendliche Bellen eines Hundes wurde in großer Entfernung von einem anderen beantwortet. Was Elder anstellte, waren lediglich Vermutungen, aber bislang hatten sie nicht mehr in der Hand. Vermutungen und Elders Intuition. Maureen hatte in der Vergangenheit gelernt, auf Elders Bauchgefühl zu vertrauen.

Sie stand auf und stellte sich neben ihn.

»Die Fahndung nach Adam Keach läuft auf Hochtouren. Und sie wird jetzt noch intensiviert werden, das verspreche ich dir. Wenn er sich von einem Ort zum anderen bewegt, kann er sich nicht lange versteckt halten. Laß Colin Sherbourne in der Zwischenzeit seine Arbeit machen. Ich werde ein wachsames Auge auf beide Ermittlungen halten, Colin wird das nichts ausmachen. Er erwartet es sogar.«

»Und ich stehe untätig herum und quäle mich? Drehe Däumchen?«

»Schlaf ein bißchen, Frank. Das ist das Beste, was du tun kannst.«

»Du machst Witze.«

»Bleib hier im Haus, Frank. Eines dieser unzähligen Zimmer ist bestimmt ein Gästezimmer. Joanne wird dich brauchen, wenn sie aufwacht.«

»Und was tust du?«

»Ich? Zwei Stunden schlafen. Ich rufe dich gegen halb acht an, wenn du dich nicht vorher gemeldet hast.«

47

Katherine Elder kam nicht nach Hause geschlichen, weder betreten noch in anderer Gemütsverfassung.

Ein gründliches Absuchen der Wegstrecke zwischen Stadion und Bushaltestelle ergab nichts: keine weggeworfenen Kleidungsstücke, keine abgerissenen Knöpfe oder Zeichen eines Kampfes. Das ganze Gelände würde erneut durchkämmt werden, Zentimeter um Zentimeter.

Nachmittags um zwei hatten die Polizeibeamten alle Sportler aufgespürt und vernommen, die am vorangegangenen Abend trainiert hatten. Alle Aussagen bestätigten die ursprüngliche Geschichte: Nach dem Training war Katherine allein fortgegangen, die Sporttasche über der Schulter. Diejenigen, die überhaupt einen Gedanken daran verschwendet hatten, waren davon ausgegangen, daß sie mit dem Bus nach Hause fahren wollte. Natürlich war es möglich, daß sie sich verabredet hatte, aber sie hatte keinerlei Verabredung erwähnt. Außerdem konnte sich niemand an ein unbekanntes Auto erinnern, das in der Nähe geparkt hätte.

»Dieser junge Mann«, hatte Elder etwas früher zu Colin Sherbourne gesagt. »Dieser Reece. Wenn Sie ihn vernehmen, will ich dabeisein.«

»Ich weiß nicht, Frank ...«

»Ich kenne ihn, ich habe mit ihm gesprochen.«

»Trotzdem.«

Elder hatte eine Hand leicht auf Sherbournes Arm gelegt. »Ich mische mich nicht ein und bringe Sie nicht in Verlegenheit. Ich verliere nicht die Beherrschung. Versprochen.«

Etwas widerwillig hatte der junge Inspektor zugestimmt.

Stuart Reece erschrak sichtlich, als er hörte, daß Katherine verschwunden war, und wollte helfen. Er war am Abend zuvor gut zwei Stunden im Stadion gewesen, hatte Hochsprung trainiert und außerdem an seiner Fitneß und seiner Geschwindigkeit gearbeitet. Ja, er hatte mit Katherine gesprochen, zuletzt, kurz bevor sie duschen gegangen war und sich umgezogen hatte.

»Welchen Eindruck machte sie?« fragte Sherbourne.

»Sie war ganz normal. Wie sonst auch.«

»Nicht nervös?«

»Nein.«

»Gedankenverloren?«

»Nein.«

»Und was wollte sie nach dem Training machen? Hat sie etwas gesagt?«

Reece zuckte locker die Schultern. »Gar nichts.«

»Sicher?«

»Ja.«

»Sie besitzen ein Auto?«

»Ja, einen alten 2CV. Warum?«

»Sind Sie gestern abend damit gefahren?«

»Ja, das mache ich fast immer. Sonst dauert es ewig. Ich muß den einen Bus nehmen, um in die Stadt hineinzukommen, und dann einen anderen, um wieder aus der Stadt herauszukommen. Auf dem Rückweg ist es dasselbe.«

»Haben Sie Katherine angeboten, sie mitzunehmen?«

Bevor er antwortete, warf Reece einen Blick auf Elder, der ein paar Schritte hinter Colin Sherbourne stand. »Ja, das habe ich. Ich habe sie gefragt, ob ich sie nach Hause bringen soll, aber sie wollte nicht.« Reece zuckte die Achseln. »Das war alles.«

»Hat es Sie überrascht«, fragte Sherbourne, »daß sie nein gesagt hat?«

Reece hob die Hand, um eine Haarsträhne wegzuschieben, die ihm in die Augen hing. »Eigentlich nicht. Ich meine, wir haben keine Abmachung oder so was. Manchmal kommt sie mit und manchmal nicht.«

»Und Sie haben keine Ahnung, warum sie an diesem Abend nein gesagt hat.«

Reece schüttelte den Kopf. »Nein.«

Elder trat einen Schritt vor. »Sie mögen sie, Stuart, das stimmt doch?« fragte er.

»Ja, natürlich. Katherine ist nett, hat immer gute Laune. Alle finden …«

»Nein, ich meine, Sie mögen sie. Sie mögen sie wirklich.«

Reeces Füße führten einen merkwürdigen kleinen Tanz auf. »Nun, ja, wissen Sie, wie gesagt, sie ist … Ja, ja, ich mag sie.«

»Als ich Sie das erste Mal gesehen habe, haben Sie sie geküßt.«

Reece wurde rot. »Das hat nichts zu bedeuten, es war nur …«

»Nur Spaß?«

Die Röte auf Reeces Wangen und auf seinem Hals vertiefte sich und breitete sich aus.

»Für mich sah es nämlich nach mehr aus.«

Reece mußte seinen schlaksigen Körper zwingen, nicht zu zappeln.

»Wissen Sie, was Katherine zu mir gesagt hat, Stuart? Was sie angedeutet hat, nachdem Sie weg waren? Daß Sie gern eine ernsthafte Beziehung eingehen würden. Ist das so?«

Reece starrte zu Boden. »Ja, ich schätze mal, das ist so.«

»Und wie stand meine Tochter dazu?«

»Sie wollte nichts davon wissen.«

»Entschuldigung, könnten Sie vielleicht etwas lauter sprechen?«

»Sie wollte nichts davon wissen.« Reece brüllte beinahe.

»Wie haben Sie sich da gefühlt?«

»Was glauben Sie denn?«

»Ziemlich mies. Klein. Abgelehnt.«

Reece drehte den Kopf von einer Seite zur anderen und atmete tief ein. »Ich bin nicht dumm. Ich weiß, worauf Sie hinauswollen. Daß ich durchgedreht bin, weil ich mir bei Katherine eine Abfuhr geholt habe. Und zwar so komplett, daß ich ihr etwas getan habe und … ich weiß nicht … sie aus lauter Wut verletzt habe.« Er hielt inne, faßte sich und sah Elder direkt an. »Sie haben recht, ich mag sie. Mehr als sie mich. Aber so etwas passiert immerzu. Es gibt reihenweise Mädchen. In der Schule, beim Sport, überall. Und wenn ich an die Uni komme, lerne ich noch mehr kennen. Ich wäre gern mit ihrer Tochter zusammen, das stimmt. Aber daß es nicht geklappt hat, treibt mich nicht in den Wahnsinn. Was ich Ihnen über gestern abend erzählt habe, ist die Wahrheit. Ich bin allein nach Hause gefahren und war um neun oder viertel nach neun da. Sie können meine Eltern fragen, die werden es bestätigen. Okay?«

Elder hielt den Blick des jungen Mannes für ein paar Sekunden, dann nickte er.

»Danke«, sagte Colin Sherbourne. »Wir werden zu gegebener Zeit mit Ihren Eltern sprechen. In Ordnung, Frank?«

Elder nickte noch einmal.

»Ich hoffe, Sie finden Katherine«, sagte Stuart Reece. »Ich hoffe, daß es ihr gutgeht.«

Gavin Salter aufzuspüren, erwies sich als weniger einfach. Die Universität bestätigte, daß er im zweiten Jahr Jura studierte, und nannte zwei Adressen, eine in Nottingham und die seiner Eltern in Hampshire.

Das Haus in Lenton, das er sich mit sechs weiteren Studenten teilte, lag gleich hinter der Hauptstraße: ein dreistöckiges Gebäude, bei dem die Farbe an den Fenstern abblätterte und die Mülleimer im Vorgarten überflossen. Vier der Studenten waren noch da, aber Salter gehörte nicht dazu.

Kurze Zeit später fuhren zwei Polizeibeamte aus Hampshire zu dem Haus von Salters Eltern in Stockbridge. Seine Mutter kam gerade vom Gottesdienst zurück und traf die Beamten in der Auffahrt, Gavins jüngerer Bruder war damit beschäftigt, den Landrover zu waschen, und Gavin selbst lag noch im Bett.

»Tut mir leid«, sagte er verschlafen, während er den

Gürtel seines Bademantels zuzog. »Ist ein bißchen spät geworden gestern abend, fürchte ich.«

Sie setzten sich an einen runden Tisch im Wohnzimmer. Nachdem sie höflich eine Tasse Kaffee abgelehnt hatten, sahen die Beamten zu, wie Salter zwei Alka-Seltzer in einem Glas Wasser auflöste und anschließend trank.

»Katherine Elder«, begann der ältere der beiden Männer. »Wann haben Sie sie zuletzt gesehen?«

Salters Antworten waren vorsichtig, zögerlich, vielleicht kamen seine juristischen Kenntnisse zum Tragen. Er und Katherine hätten Anfang Juni einen Riesenkrach gehabt, vor den Ferien. Er wäre gern mit ihr nach Frankreich gefahren, mit dem Eurostar durch den Tunnel unter dem Ärmelkanal und dann mit dem TGV woandershin, nach Avignon zum Beispiel. Zuerst hatte Katherine behauptet, ihre Mutter würde das nie erlauben, aber dann hatte sie zugegeben, daß sie eigentlich nicht mit ihm verreisen wollte. Salter räumte ein, daß er etwas ziemlich Gemeines gesagt hatte, nämlich, daß sie ein dummes kleines Schulmädchen sei und noch grün hinter den Ohren. Daraufhin hatte sich die Diskussion aufgeheizt und war unangenehm geworden.

»Wie unangenehm?«

»Na ja, ein bißchen Rumgebrülle und ein paar Beschimpfungen, Sie wissen schon.«

»Haben Sie sie geschlagen?«

»Großer Gott, nein.«

»In der Hitze des Augenblicks vielleicht? Sind Sie sicher?«

»Hören Sie, so wurde ich nicht erzogen. Ich schlage keine Frauen.«

»Also, wie sind Sie verblieben nach diesem Streit?«

»Überhaupt nicht. Katherine stürmte davon, knallte die Türen hinter sich zu – wir waren in dem Haus in Lenton –, und das war's dann im wesentlichen.«

»War sie aufgeregt, böse?«

»Sicher.«

»Und Sie?«

»Ich habe mich am meisten darüber geärgert, daß ich die Nerven verloren habe. Ich meine, Kate und ich hatten eine Weile viel Spaß, und Frankreich wäre gut geworden, aber die ganze Sache war sowieso ein Auslaufmodell. In gewisser Hinsicht war es am besten so.«

»Haben Sie sie danach wiedergesehen?«

»Eigentlich nicht. Ein- oder zweimal im Vorübergehen. Nottingham ist schließlich keine besonders große Stadt.«

»Und wann haben Sie sie im Vorübergehen getroffen?«

»Das muß im selben Monat gewesen sein, also im Juni. Ich bin seit Beginn der Ferien hier unten.«

»Hatten Sie Kontakt zu Katherine, seit Sie hier sind?«

»Keinen. Überhaupt keinen.«

»Anrufe, Briefe? SMS, E-Mails?«

»Wie gesagt, nichts dergleichen.«

Ein paar Minuten später saßen die beiden Beamten wieder in ihrem Wagen und fuhren nach Winchester zurück.

»Was hältst du davon?« fragte der erste.

»Von ihm? Er ist ein arrogantes Arschloch und wird Anwalt sein, bevor einer von uns zum Inspektor befördert wird, und er wird im Monat mehr verdienen, als wir nach Abzug der Steuern im Jahr nach Hause tragen. Aber ich glaube ihm, wenn du darauf hinauswillst. Ich glaube, er hat nichts mit der Sache zu tun.«

»Jammerschade.«

»Du sagst es.«

Ungefähr eine Stunde, nachdem Hampshire über die Befragung von Gavin Salter Bericht erstattet hatte, erhielt Elder zwei Anrufe auf seinem Handy. Der erste kam von Helen Blacklock, die es schon mehrfach versucht hatte und sich mit besorgter Stimme erkundigte, ob es Neuigkeiten gebe. Sie fragte Elder auch, wie er mit der Situation zurechtkomme. Der zweite Anruf war von Maureen Prior. Adam Keach sei an der Küste gesehen worden, und zwar in Cleethorpes, etwa zwanzig Meilen nördlich von der Stelle, an der man Emma Harrisons Leiche gefunden hatte. Der Hinweis mache einen seriösen Eindruck.

Elder schien das Blut in den Adern zu stocken. Sein linker Oberschenkel fühlte sich plötzlich taub an, und er rieb ihn kräftig, um die Zirkulation wieder in Gang zu bringen. Wenn Keach Katherine gleich nach dem Training gekidnappt hatte, hätte er problemlos noch in der Nacht die Küste erreichen können.

Colin Sherbournes Beamte sprachen mit der Busgesellschaft und überprüften die Zeiten, zu denen die Busse die Strecke beim Stadion passiert hatten. Sie sprachen mit den Fahrern und zeigten ihnen Fotos: Erinnern Sie sich an dieses Mädchen?

Was konnten sie sonst tun? Was konnte er selbst tun?

Als Elder vor dem Haus vorfuhr, sah er auf die Uhr. Obschon der Tag endlos zu sein schien, raste die Zeit davon. Das Geräusch seines Wagens hatte ihn angekündigt, und besorgt erwartete ihn Joanne an der Tür. Elders Gesichtsausdruck entnahm sie, daß es keine guten Nachrichten gab, aber auch noch nicht die schlimmste.

Sie umarmte ihn kurz, dann trat sie zurück.

»Martyn ist da. Er ist erst vor zwanzig Minuten nach Hause gekommen.«

Martyn Miles war auf der Terrasse und hielt einen Wodka Tonic in der Hand. Er trug ein fliederfarbenes Hemd und olivgrüne Moleskinhosen, und als Joanne und Elder näher kamen, setzte er seine Sonnenbrille ab.

»Frank, es tut mir leid«, sagte Miles. »Sie müssen sich furchtbare Sorgen machen. Gibt es etwas Neues?«

»Nein, eigentlich nicht.«

»Katherine ist nicht dumm, sie wäre nicht weggegangen, ohne jemandem Bescheid zu sagen.«

»Nein.«

»Sie hat doch ein Handy, sie hätte angerufen.«

»Ihr Handy ist ausgeschaltet«, sagte Joanne. »Seit ich es gestern abend das erste Mal versucht habe.«

»Gibt es keine Möglichkeit, es zu lokalisieren?« fragte Miles.

»Nicht, wenn kein Signal da ist. Nein.«

»Man muß doch etwas tun können.«

»Die Polizei spricht mit Katherines Freunden, mit allen, die in den letzten paar Tagen mit ihr zusammenwaren oder mit ihr gesprochen haben, mit allen, die sie gut gekannt haben.«

»Dieser Student, mit dem sie gegangen ist ...«, begann Miles.

»Gavin Salter. Ist unten in Hampshire bei seinen Eltern. Gestern abend hat er sich beim einundzwanzigsten Geburtstag eines Freundes besoffen. Es gibt Zeugen.«

»Und eine Suchaktion?«

»Das Gelände um das Harvey-Hadden-Stadion wurde als erstes abgesucht. Im Augenblick ist eine weitere minutiöse Suche im Gange, um festzustellen, ob es Hinweise auf das Geschehen gibt. Heute abend werden in der ganzen Stadt Plakate hängen, auch am Bahnhof, überall. Dazu Meldungen in den Lokalnachrichten, im Fernsehen und im Radio.«

»Und das ist es? Wir müssen einfach abwarten?«

»Bis es einen Durchbruch gibt, kann man kaum etwas anderes tun.«

»Aber das gibt's doch nicht.« Martyn Miles machte eine ausladende Geste mit den Armen, stieß mit der Hand gegen Joannes Arm, und sein Glas flog in hohem Bogen davon. »Scheiße!«

»Alles in Ordnung?« fragte Elder Joanne.

»Mir geht es gut. Aber du könntest Martyn fragen, was das plötzliche Getue soll.«

Miles war in die Hocke gegangen, um die Glasscherben aufzusammeln, und sah zu ihr auf. »Was soll das denn heißen?«

»Als du hier aufgetaucht bist und ich dir erzählt habe, daß Katherine verschwunden ist, hast du als erstes gesagt, ich solle mich beruhigen und dir etwas zu trinken bringen. Das soll es heißen.«

»Ich brauchte einen Drink. Und du warst so aufgeregt, daß du wirres Zeugs geredet hast.«

»Jetzt, wo Frank hier ist, tust du so, als wärst du besorgt. Als würde es dir etwas ausmachen.«

»Natürlich macht es mir etwas aus.«

»Wirklich?«

Unvermittelt stand er auf und näherte sich ihrem Gesicht. »Leck mich, Joanne.«

»Sehr charmant, Martyn«, sagte sie und wandte sich ab.

Miles ließ die Glasscherben, die er aufgesammelt hatte, auf den Boden fallen.

»Wo waren Sie gestern abend, Martyn?« fragte Elder.

»Was könnte Sie das angehen?«

»Ich frage nur, das ist alles.«

»Bin ich verdächtig, oder was?«

»Jedem, der Katherine nahestand, werden dieselben Fragen gestellt.«

»Aber nicht von Ihnen.«

»Martyn war geschäftlich in London. Das stimmt doch, Martyn? Er hat im Waldorf Meridien übernachtet. Nur, daß du nicht im Waldorf gewesen sein kannst, Martyn, denn als Katherine kurz nach zwölf immer noch nicht zu Hause war, habe ich dort angerufen und erfahren, daß du gar nicht unter den Hotelgästen warst.«

»Der Nachtportier hat einen Fehler gemacht.«

»Du hattest eine Reservierung, aber sie ist abgesagt worden.«

»Also gut, mein Schatz«, sagte Miles, »ich war bei einer Frau in ihrer Wohnung in Notting Hill, und wir waren die ganze Nacht wach und haben uns um den Verstand gevögelt. Bitte, bist du jetzt zufrieden?«

Seine Worte waren triumphierend und laut, und er sah Joanne beim Sprechen direkt ins Gesicht.

Sie schwang die offene Hand, um ihn zu schlagen, aber er ergriff ihr Handgelenk.

»Lassen Sie sie los«, sagte Elder.

Miles lockerte seinen Griff und ging auf die Tür zu. »Wenn ihr euch sehen könntet«, sagte er höhnisch. »So ein erbärmliches Paar. Ihr beide habt euch wirklich verdient.«

Mit geballten Fäusten wollte Elder auf ihn losgehen, aber Joanne trat ihm in den Weg. »Nicht, Frank.«

Miles lachte und schlenderte gemächlich durch das

Wohnzimmer, und ein paar Augenblicke später hörten sie die Haustür krachend ins Schloß fallen.

»Wie lange ist es schon so?« fragte Elder.

Joanne sah ihn an. »Wie lange war es nicht so?«

48

Elder wachte um kurz vor fünf auf, und noch bevor seine Füße den Boden berührten, hatte er sein Handy in der Hand und wählte Maureens Nummer. Sollte Keach Katherine wirklich in seiner Gewalt haben und demselben Muster folgen wie zuvor, dann hatte er im voraus einen abgelegenen Ort ausgewählt, nicht weiter als eine Autostunde entfernt.

Maureen antwortete beim vierten Läuten.

»Das Mädchen, das McKeirnan freigelassen hat«, sagte Elder. »Michelle Guest. Sie wurde nördlich von Retford festgehalten. Und das Auto, das bei Emma Harrisons Entführung benutzt wurde, wurde auf dem Parkplatz des Bahnhofs in Retford gestohlen.«

»Frank, halt«, sagte Maureen. »Wir haben diese Verbindung bereits hergestellt. Sobald es hell wird, macht sich ein Suchtrupp in dem Gebiet an die Arbeit. Ein Polizeihubschrauber, Hunde, alles.«

»Warum zum Teufel hast du mir das nicht gesagt?«

»Ich sage es dir jetzt.«

Elder hielt den Atem an.

»Komm ins Revier«, sagte Maureen. »Wir können uns die Sache auf der Karte ansehen.«

Eine Pause trat ein, und dann fragte Maureen: »Frank – stehst du es durch?«

»Ich bin in einer Stunde da«, sagte Elder und beendete das Gespräch.

Die amtliche Karte erschien detailliert und deutlich auf dem Bildschirm. Bauernhöfe, Straßen, Überlandleitungen, Feldgrenzen, Bäche, öffentliche Wege. Sonnenaufgang war um zwölf nach fünf, die Suche am Boden sollte um halb sieben beginnen. Der Polizeihubschrauber, der über Wärmebildkameras verfügte, würde etwa zwanzig Minuten später zu seinem ersten Versuch starten. Elder und Maureen würden kurz nach sieben auf dem Gelände eintreffen.

»Hier wurde Michelle Guest gefangengehalten«, sagte Maureen. »Ist das korrekt?« Sie zeigte auf einen Punkt auf der alten Römerstraße, die North Wheatley und Clayworth verband.

»Ja«, bestätigte Elder. »Das ist die Stelle. Hier, wo die Straße auf den Chesterfield Canal trifft, stellte McKeirnan seinen Wohnwagen ab. Er hielt sie fast zwei Tage lang gefangen, dann stieß er sie kurz vor Bole Fields aus dem Wagen. Hier.«

Maureen nickte. »Wir planen, North Wheatley als Mittelpunkt zu nehmen und von dort aus bogenförmig auszuschwärmen.«

»Und wenn wir nichts finden?«

»Solange es keine anderen konkreten Anhaltspunkte gibt, erweitern wir das Suchgebiet.« Sie lehnte sich in ihrem Stuhl zurück. »In der Zwischenzeit überprüft Colin Sherbourne alle Fahrzeuge, die im Umkreis von Retford gestohlen wurden.«

»Was ist mit Cleethorpes, wo Keach angeblich gesehen wurde?«

»Wir sind natürlich immer noch dran. Aber es erscheint immer unwahrscheinlicher.«

Als sie die Stadt in nordöstlicher Richtung verließen, waren die Straßen weitgehend frei. Elders Fahrer murmelte ein paar mitfühlende Worte, und der Rest der Fahrt verlief schweigend. Die Suche war bereits in vollem Gange, als Elder eintraf, und er wartete, beobachtete und lief an Feldrainen entlang. Die sich ständig aufdrängenden Bilder in seinem Kopf verdrängte er. Beinahe mit Erfolg.

Entmutigt und der Erschöpfung nahe, gab Elder am frühen Nachmittag ein Zeichen, daß er bereit war, Schluß zu machen. Aber kurz vor Ollerton wurden sie im Wagen angerufen und kehrten wieder um. Die Wärmebildkamera im Hubschrauber hatte auf einem Feld bei Oswald Beck nahe bei den Stromkabeln etwas ausgemacht. Mit aufgeblendeten Scheinwerfern und eingeschalteter Sirene rasten sie mit einer Geschwindigkeit von fast hundertzehn Meilen zurück. Elder saß neben dem Fahrer und atmete schwer, während sich in seinen Handflächen Schweiß bildete.

Ein Weg, der gerade breit genug für landwirtschaftliche Fahrzeuge war, führte nach Süden und dann nach Westen. Polizisten in Schutzanzügen sammelten sich an einer Ecke des Feldes. Mit rasendem Herzen rannte Elder auf sie zu, wobei seine Füße auf der trockenen Erde rutschten. An einer Hecke, nahe bei einem verlassenen, ramponierten Anhänger lagen mehrere schwere schwarze Plastikplanen, die sich wölbten, wo sie an die Hecke stießen. Elder sah zu, wie eine behandschuhte Hand eine Plane nach der anderen lüftete. Darunter kam der verwesende Körper eines toten Schafes zum Vorschein, der sich auflöste und nach und nach mit der Erde verschmolz.

Elder legte das Gesicht in die Hände und weinte.

In die Stadt zurückgekehrt, meldete sich Elder bei Colin Sherbourne. Von vierzehn im Raum Retford als gestohlen gemeldeten Fahrzeugen waren alle aufgespürt worden – bis auf drei: ein fast neuer Ford Fiesta, ein Mini Cooper und ein Fiat-Van.

Die Medien, für die bereits die Geschichte von Shane und Angel ein Fest gewesen war, glaubten jetzt vollends, Weihnachten fiele dieses Jahr auf einen früheren Termin: TOCHTER VON SONDERERMITTLER ENTFÜHRT, EX-SUPERCOP FRAGT: WO IST MEINE KATE?, NACHAHMUNGSKILLER AUF FREIEM FUSS. Die Archive wurden durchforstet und Elders sensationellste Fälle ausgegraben. Ein Foto von Katherine, das sie auf der Ziellinie im Harvey-Hadden-Stadion zeigte, wurde verkauft und in vielen Zeitungen veröffentlicht. Reporter belagerten Joannes Haus, baten sie vergeblich um ein Interview und schossen heimlich Fotos. Es gelang ihnen, durch die oberen Fenster des Hauses Joanne und Martyn im Schlafzimmer zu erwischen, wo sie ganz offensichtlich stritten. Ein anderes Bild zeigte eine verzweifelte Joanne im Garten. Als Martyn Miles an diesem Morgen das Haus verließ, mußte er sich seinen Weg durch ein halbes Dutzend Reporter bahnen und prügelte sich fast mit einem freiberuflichen Fotografen. Als er vierzig Minuten später mit drei riesigen Blumensträußen zurückkehrte, wurde auf Video festgehalten, wie er tonlos sagte: »Verpißt euch, ihr Scheißkerle«, bevor er den Schlüssel in der Haustür umdrehte.

Reporter hin oder her, Elder mußte mit Joanne sprechen.

Mit gesenktem Kopf eilte er durch das Aufgebot an Kameraleuten.

Joanne saß im Eßzimmer an einem Tisch aus gebeiztem Holz, vor sich geöffnete Fotoalben. Überall lagen Fotos von Katherine verstreut: Katherine allein, wie sie am Strand von St Ives gegen die Sonne in die Kamera blinzelte; Katherine im Arm ihres Vaters, mit rotem Gesicht und ganze drei Tage alt; alle drei – Mutter, Vater, Tochter – auf einer Bank in einem Londoner Park, mit Selbstauslöser aufgenommen.

»Ist es wirklich vernünftig, was du da tust?« fragte Elder.

»Sieh mal, dieses Bild«, sagte Joanne, als hätte sie ihn nicht gehört. »Das Fahrrad – ihr vierter Geburtstag, erinnerst du dich?«

Er erinnerte sich an alles und nichts, als entglitte sie ihm bereits.

»Tut mir leid, Frank«, sagte Martyn, der leise ins Zimmer getreten war. »Wegen gestern. Ich war wohl ein ziemliches Arschloch.«

»Was soll daran neu sein?« kommentierte Joanne, ohne sich umzudrehen.

Martyn verließ den Raum und ließ sie allein.

Joannes Haut hatte alle Farbe verloren, sie wirkte fast durchsichtig, und ihre Augen waren unnatürlich groß. Wider besseres Wissen setzte sich Elder zu ihr und betrachtete die Fotos. Als ihm der Kopf nach vorne fiel und Joanne merkte, daß seine Augen geschlossen waren, weckte sie ihn und brachte ihn nach oben ins Gästezimmer. Dort zog sie ihm die Schuhe aus und ließ die Jalousien herunter. Er war eingeschlafen, bevor sie den Raum verlassen hatte, und schlief sechs Stunden am Stück.

Als Joanne ihn sanft wachrüttelte, hatte sie sein Handy in der Hand.

»Das war unten in deiner Jacke. Da ist ein Anruf für dich. Eine gewisse Helen.«

Sie zog sich zurück, damit er ungestört telefonieren konnte, und Elder sprach ein paar Minuten mit Helen Blacklock. Es war eine stockende, schwierige Unterhaltung, denn beide waren sich der Minenfelder bewußt, die sie durchquerten.

Nach einer angemessenen Pause kehrte Joanne mit Suppe und Toast zurück.

»Ich bin doch nicht krank«, sagte Elder. »Du mußt mich nicht bedienen.«

»Aber es gibt mir etwas zu tun.«

Er bedankte sich, und sie setzte sich zu ihm und sprach hin und wieder, während er aß.

»Glaubst du, es gibt Neuigkeiten?« fragte sie.

Elder schüttelte den Kopf. »Maureen hätte angerufen.«

Gänzlich unerwartet schlief er später noch einmal ein, erwachte schließlich kurz nach drei und ging barfuß nach unten. Das Haus war still, abgesehen von jenen kleinen, nicht einzuordnenden Geräuschen, die alle Häuser in der Stille der Nacht machen, selbst die neuen. Er kochte sich in der Küche einen Tee, setzte sich hin und blätterte alte Zeitschriften von Joanne durch, ›Vogue‹ und ›Vanity Fair‹. Er nahm ein Taschenbuch von Anita Shreve zur Hand, das Joanne gelesen hatte, trug es ins Wohnzimmer und las mehrere Kapitel, bevor er es beiseite legte. Er stand auf, löschte das Licht, stellte sich an die Wand aus Glas und starrte hinaus. Er stand immer noch da, als Joanne die

Wendeltreppe herunterkam. Sie trug einen langen, rosafarbenen Morgenrock, der auf dem Fußboden seidig raschelte.

Als sie neben ihm stand, spürte Elder die Wärme ihres Arms an seiner Seite.

»Helen«, sagte Joanne nach einer Weile. »Wer ist das?«

»Eine Freundin.«

»Und das ist alles?«

Als Elder keine Antwort gab, schob sie ihre Finger zwischen seine Finger. In der Stille der Nacht hörte man, wie schwer sie beide atmeten.

Er küßte sie, und sie küßte ihn zurück, und zuerst dachte er, alles würde gut werden. Aber als sie sich nach einigen Sekunden voneinander lösten, sprach sie davon, einen Geist zu küssen. Für Elder klang das wie eine Zeile aus dem Buch, das er gerade gelesen hatte, und er trat einen Schritt zurück. Er küßte sie auf die Stirn und ging wieder nach oben, um seine Jacke und seine Schuhe zu holen. An der Tür hielt er ihre Hand und versuchte, ihr nicht in die Augen zu sehen.

Als das Postauto an diesem Morgen um sieben im Gefängnis Gartree ankam, war der diensthabende Beamte bereits angewiesen worden und suchte die Postkarte heraus, die an Alan McKeirnan adressiert war. Der Hafen von Whitby war in nordwestlicher Richtung fotografiert worden: Die Ansicht zeigte die Klippe und den Walknochen und die Statue von Captain Cook und den sich endlos in die Ferne erstreckenden Sandstrand.

49

Ein Polizist auf einem Motorrad brachte die Karte so schnell wie möglich zur Abteilung Schwerverbrechen in Nottinghamshire und in Bernard Youngs Büro. Die Handschrift war erkennbar dieselbe wie zuvor. *Alan – komm auch rein. Das Wasser ist herrlich!* In einer Plastikhülle ging die Karte von Hand zu Hand: von Young zu Gerry Clarke zu Maureen Prior zu Colin Sherbourne zu Elder und zurück zum Leiter der Abteilung.

»Es tut mir leid, Frank«, sagte Young.

Elder sah ihn an, antwortete jedoch nicht.

»Ich habe mich bereits mit Yorkshire in Verbindung gesetzt, wir erhalten größtmögliche Unterstützung. Bis zum Nachmittag werden fünfzig oder mehr Beamte vor Ort sein und doppelt so viele Freiwillige. Suchhunde, ein Rettungsboot mit Crew und eine Tauchermannschaft stehen in Bereitschaft.«

»Taucher?« fragte Clarke.

»Das Wasser ist herrlich«, zitierte Young.

»Sie glauben also, er meint es wörtlich?«

»Es ist eine Möglichkeit, die wir nicht ignorieren dürfen.«

Es war Maureen, die aussprach, was alle dachten. »Soweit wir wissen, war Emma Harrison bereits tot, als er die Karte aus Mablethorpe geschickt hat.« Geflissentlich mied sie Elders Blick.

»Wir wissen nicht, ob es jetzt genauso ist«, sagte Young. »Wir sollten davon ausgehen, daß es nicht so ist. Und beten, daß wir recht haben.«

Bernard Young sagte das um seinetwillen, das war Elder völlig klar, aber auch, weil er von der Richtigkeit seiner

Worte überzeugt war. Genau wie alle anderen wußte Elder, daß Katherine möglicherweise bereits tot war. Wahrscheinlich sogar. Trotzdem zwang er sich, weiter zuzuhören. Seine Tochter war in der Gewalt eines Mörders, sie aber saßen immer noch hier, mehr als hundert Meilen entfernt, und die Sonne fiel so kräftig in den Raum, daß die Staubkörner im Licht tanzten.

»Frank«, sagte Bernard Young schließlich. »Was denken Sie?«

Elder beugte sich vor. »McKeirnan und Donald haben immer geleugnet, etwas mit Susan Blacklocks Verschwinden zu tun gehabt zu haben. Keach hat den Ort vielleicht gewählt, weil er beweisen will, daß er noch einen draufsetzen kann. Deshalb denke ich, wir sollten die Suche auf das Gebiet konzentrieren, wo Susan Blacklock zuletzt gesehen wurde – bei Saltwick Nab.«

Bernard Young nickte. Clarke und Sherbourne waren bereits auf den Füßen.

»Wir finden sie, Frank«, sagte Young und wollte schon hinzufügen: keine Sorge, hielt sich aber gerade noch rechtzeitig zurück.

Elder hatte den Parkplatz halb überquert, als sein Handy klingelte. Angst und Vorahnung ließen seine Hände zittern, so daß er es beinahe fallenließ.

»Hallo.« Die Stimme gehörte einer jungen Frau, sie war schwach und weit entfernt.

»Hallo, wer ist da? Kate? Kate, bist du es?«

»Hier ist Angel.«

»Wer?«

»Angel.«

Ein Schauer überlief ihn und ihm war kalt.

»Ja, natürlich.«

»Das Treffen, mit Shane ... An der M5 Richtung Süden. Die erste Raststätte nach Birmingham. Wir sind in der Cafeteria.«

»Um welche Zeit?«

»Halb sieben, sieben. Heute abend.«

Elder sagte nichts, schüttelte den Kopf. Um ihn herum wurden Autotüren geöffnet und geschlossen, Motoren angelassen.

»Ist das okay?« fragte Angel mit unsicherer, nervöser Stimme.

»Halb sieben heute abend. Ja, geht in Ordnung.«

»Sie werden kommen?«

»Ja.«

Das Gespräch wurde beendet. Maureen stand neben einer dunkelblauen Limousine und wartete. Es gab keine Möglichkeit mehr für ihn, die Sache allein zu regeln. Jetzt nicht mehr.

»Maureen«, sagte er, als er auf sie zuging. »Shane Donald, ich kann ihn lokalisieren.«

»Gut«, sagte sie. »Wir erledigen das unterwegs.«

In Whitby war in einer Oberschule eine Einsatzzentrale eingerichtet worden, die von Rob Loake geleitet wurde. Er kam sofort auf Elder zu und ergriff seinen Arm, wobei er sowohl Wut als auch Sorge verströmte – schroff, aber echt. In einer schnell einberufenen Sitzung stellte er dem Team vor Ort Elder und Maureen vor, und man einigte sich auf Prioritäten. Die meisten Beamten empfanden Elders Anwesenheit offensichtlich als Belastung, so daß sie nach ein paar mitfühlenden Worten so wenig wie möglich mit ihm sprachen.

Aus dem Polizeihubschrauber sah Elder auf die Vorsprünge und Erhebungen aus schwarzem Fels hinab, die sich bei Saltwick Bay in die Fluten schoben, und als sie erneut einen Bogen flogen, konnte er die Gestalten erkennen, die sich ganz langsam über die Felder hinter dem Ferienpark schoben – genauso wie vor vierzehn Jahren.

Als der Abend dämmerte, hatten die Suchtrupps jeden einzelnen Wohnwagen im Ferienpark inspiziert und auf einer Fläche von zwei Quadratmeilen alle landwirtschaftlichen Gebäude zwischen Küste und Straße überprüft.

Nichts.

»Morgen, Frank«, sagte Maureen. »Wir finden sie morgen.«

Elder nickte und wandte sich ab. Sein Schmerz spiegelte sich in ihren Augen.

In der Zwischenzeit reagierte die Polizei von West Midland auf das Ersuchen, Shane Donald zu verhaften. Zwei Teams mit jeweils vier Beamten wurden eingesetzt, nachdem per Internet Beschreibungen von Donald und Angel übermittelt worden waren.

Der Plan war denkbar einfach. Matt Jolley und Andy Firebrace würden in der Cafeteria auf die beiden zusteuern, während Rose Pearson am Eingang blieb und Malcolm Meade sich am Fuß der Treppe positionierte. Das zweite Team würde zur Verstärkung draußen im Fahrzeug bleiben.

Shane und Angel saßen auf der gegenüberliegenden Seite des Raumes im Raucherbereich, wo man auf die Autobahn hinabsehen konnte. Angel zündete sich gerade mit einem Einwegfeuerzeug eine Selbstgedrehte an. Shane hatte sich halb von ihr abgewandt und stierte wütend vor sich hin.

Andy Firebrace kam unbemerkt auf zwanzig Meter heran.

In diesem Augenblick sah Shane plötzlich auf, bemerkte den Polizisten und starrte ihn an. Anstatt jedoch weiterzugehen, blieb Firebrace stehen und hob eine Hand.

Als er seinen Stuhl hastig zurückschob, machte Shane auch Matt Jolley aus, der sich rechts von Firebrace befand.

»Du Schlampe!« brüllte Shane Angel an. »Du verfluchte Schlampe!«

»Nein, Shane!«

Shane kippte den Tisch um, wobei das Geschirr unter Getöse zerbrach, und ergriff die Flucht, schlug einen Haken erst in die eine Richtung, dann in die andere. Firebrace drehte sich um und wollte ihm folgen, aber eine Frau mit einem kleinen Kind auf dem Arm versperrte ihm den Weg. Jolley dagegen kollidierte mit einem Tisch und fiel hin. Angel war aschfahl geworden und streckte einen Arm aus, als wolle sie Shane zurückholen.

Rose Pearson machte einen Schritt nach vorn, um Shane abzufangen, aber dieser versetzte ihr einen heftigen Fußtritt unterhalb des Knies und erwischte sie mit dem Ellenbogen an der Wange.

»Polizei! Aus dem Weg, Polizei!«

Andy Firebraces Stimme verfolgte Shane nach unten, wo Malcolm Meade ihn bereits verloren hatte, denn Shane war in einer Busladung Senioren untergetaucht, die von einem Ausflug nach Schottland zurückkehrten und verzweifelt nach den Toiletten und einer anständigen Tasse Tee Ausschau hielten.

Eine doppelte Glastür führte auf den Parkplatz. Als Firebrace es endlich bis dorthin geschafft hatte, erblickte er etwa zwei Dutzend Menschen, aber keiner von ihnen war Shane Donald.

»Wo zum Teufel ist die Verstärkung?« rief er blind in die Gegend.

Jetzt tauchte Rose Pearson dicht hinter ihm auf. Sie hielt sich die Wange und sprach in ihr Handy.

Matt Jolley rannte derweil direkt zwischen den geparkten Wagen hindurch, und ja: Da war Donald, ungefähr dreißig oder vierzig Meter vor ihm, fast auf der Höhe der Zapfsäulen.

Firebrace hatte ihn auch gesichtet und machte sich an die Verfolgung, wobei er so laut wie möglich Shanes Namen rief.

Der Wagen mit der Verstärkung kam jetzt ebenfalls schnell – wenn auch reichlich spät – über die Zufahrt hinter der Tankstelle heran, bremste heftig, um einem Ford Mondeo auszuweichen, und kam schleudernd zum Stillstand. Die Beamten sprangen heraus.

Shane lief am Rande des Tankstellengeländes entlang, machte eine plötzliche Kehrtwendung und rannte in die andere Richtung. Matt Jolley verlangsamte seine Schritte, während Firebrace immer noch Shanes Namen rief. Shane reagierte darauf, indem er auf den Seitenstreifen der Autobahn sprang.

Der Fahrer eines Lastwagens, der Stahlverkleidungen nach Bristol transportierte, sah Shane aus dem Augenwinkel, erriet seine Absicht und wechselte mit Mühe auf die mittlere Spur.

Firebraces Hieb erwischte Shane unterhalb der Taille, streckte ihn nieder und ließ ihn über den Asphalt des Seitenstreifens schlittern. Bevor er sich wehren oder mit den Füßen treten konnte, hatte ihm Firebrace die Arme auf den Rücken gedreht. Er angelte gerade nach den Handschellen, als Matt Jolley Shane an den Haaren ergriff und seinen Kopf nach hinten zerrte.

»Da hast du ein Scheißglück gehabt, weißt du das? Wenn es nach mir gegangen wäre, hätte ich dich voll in den Verkehr rennen lassen.«

Firebrace legte Donald Handschellen an.

Zur selben Zeit, als Shane Donald verhaftet wurde, trafen sich Don Guiseley und Elder vor dem provisorischen Hauptquartier in der Schule. »Ich kann dir gar nicht sagen, wie leid es mir tut, Frank.« Er nahm Elders Hand in beide Hände. »Esme schickt ihre besten Wünsche. Sie denkt an dich und an deine Tochter. Sie betet für euch.«

Sie liefen am Hafen entlang und über die Brücke bis zum Board Inn, wo sie sich an denselben Tisch setzten, an dem sie beim letzten Mal gesessen hatten. Guiseley besorgte ihnen zwei Pints.

»Eine furchtbare Sache, Frank.«

»Ja.«

»Was weißt du über diesen Keach?«

»Nicht sehr viel. Wir kennen natürlich seinen Hintergrund. Was man erwarten würde. Beschissene Kindheit und all das.«

»Dann ähnelt er also dem anderen, diesem Donald.«

»Keach ist aggressiver, würde ich sagen. Im Gefängnis hat er fast einen Mann umgebracht, und das nur wegen einer Bemerkung, die ihm nicht paßte. Er ist auch schlauer, hat einen hohen Intelligenzquotienten. Im Gefängnis hat er Kurse belegt und den mittleren Schulabschluß gemacht. Aber trotzdem gibt es Ähnlichkeiten. Beide sind Einzelgänger, soweit man das beurteilen kann.«

»Und beide«, sagte Guiseley, »halten McKeirnan für den Größten.«

»Ja.« Elder trank einen Schluck Bier.

»Und so ein paar wohlmeinende Gutmenschen haben gedacht, es wäre sicher, ihn in die Freiheit zu entlassen.«

»Man kann sie nicht für immer einsperren. Nicht alle.«

»Nein?« Guiseley stopfte Tabak in seinen Pfeifenkopf. »Bei Kerlen wie Keach sollte man beim kleinsten Zweifel eine Ausnahme von dieser Regel machen. Das ist zumindest meine Meinung.«

Sie saßen noch eine Weile über ihren Pints, aber obwohl sich Guiseley nach besten Kräften bemühte, blieb die Unterhaltung schleppend. Eine Stunde später brach Elder auf, lief um den Hafen herum, dann zurück in die Stadt und zu Helens Haus. Es brannte immer noch Licht hinter den Vorhängen, Helen bügelte, und das Radio lief dabei. Elder hatte sie zu einem früheren Zeitpunkt angerufen und gesagt, er würde zu ihr kommen, wenn er könnte, je nachdem. Sie hatte Verständnis gehabt.

Jetzt hielt sie ihn, und zum zweiten Mal seit Katherines Verschwinden weinte er, und sie weinte mit ihm. Die beiden standen da, hatten die Arme umeinander gelegt und kämpften mit den Tränen.

»Ach, Frank …«

»Ich weiß.«

Beide wußten zu viel. Es gab nichts, was sie sagen konnten.

Nach einer Weile bot Helen Elder etwas zu trinken an, aber er schüttelte den Kopf.

»Bleibst du hier?«

»Besser nicht. In diesem Zustand hättest du keine Freude an mir. Ich habe ein Zimmer in der Stadt.«

»Wenn du deine Meinung änderst …«

»Ja. Danke.«

Als er am Hafen entlang zurückging, die Hände in den Taschen, lag eine Kälte in der Luft, die vorher nicht dagewesen war, und am Himmel zeigten sich mehr Sterne als sonst. Katherine, sagte er vor sich hin und wiederholte es immer wieder. Katherine.

50

Elder erwachte um fünf mit verfilzten Haaren auf einem Kissen, das mehr als feucht war. Die letzten Spuren des Traumes hafteten noch an ihm. Eine ekelhafte, verschwommene Nachwirkung, die erst verschwand, als er sich über das Waschbecken beugte und kaltes Wasser ins Gesicht spritzte.

Er ging zum Bett zurück und setzte sich auf die Bettkante. Sein Körper zitterte immer noch ein wenig, und seine Füße und Beine waren fast taub.

Eine Weile später trat er nach draußen. Die Düsternis des frühen Morgens wurde noch gesteigert von einer unruhigen See, die mit jeder Welle Schwaden von Nebel heranschickte und alles in formloses Grau tauchte. Vom oberen Teil der Straße sah man auf die Ostklippe, aber das Licht am Ende des Piers war nur schwach zu erkennen und der Horizont unsichtbar.

Ein Stück landeinwärts war die Luft klarer und die Sicht besser. Kurz vor sechs erkannte ein Jogger den Van, der am Abend zuvor in den Fernsehnachrichten gezeigt worden war: ein weißer Fiat, grau abgesetzt, mit einem zerbrochenen Seitenspiegel auf der Fahrerseite. Er stand am Rande eines breiten Weges, der vom Dorf Aislaby in Windungen zur Kreuzung zweier Straßen hinunterführte, von denen eine den Fluß Esk überquerte.

Der Jogger spähte durch die Scheiben, konnte aber nichts entdecken, so daß er seinen Weg bergab fortsetzte und die Polizei aus einer Telefonzelle anrief, die ein paar hundert Meter weiter an der Hauptstraße stand.

Als das Gespräch eintraf, hatte sich der diensthabende Beamte gerade erst an seinem Schreibtisch niedergelassen, gleich neben der rechten Hand einen Becher Tee in Bereitschaft.

Elder war wenige Momente zuvor in die Einsatzzentrale gekommen. Rob Loake und Maureen waren bereits da und standen vor der großen Karte, die an der Wand hing. Loake kaute noch an den Überresten eines Brötchens mit gebratenem Speck.

»Sir, Madam«, sagte der diensthabende Beamte und trat auf sie zu. »Scheint, als hätten wir den Fiat-Van gefunden.«

»Wo?«

Der Beamte zeigte auf einen Punkt auf der Karte, nur ein paar Meilen landeinwärts. »Dort, nicht weit von Sleights.«

»Was zum Teufel hat er dort zu suchen?«

Innerhalb von Minuten waren sie da. Der Van parkte schräg am Hang, mit dem Kühler nach oben. Als sie näher kamen, erhoben sich aus den hohen Bäumen über ihnen lärmend die Vögel und flogen als schwarze Silhouetten in den grauen Himmel.

Elder blieb mit trockenem Hals kurz vor dem Wagen stehen, während Loake den Griff mit Zeigefinger und Daumen seiner behandschuhten Hand berührte. Der

Wagen war nicht abgeschlossen. Loake öffnete die hinteren Türen, trat zurück und gab Elder ein Zeichen näher zu kommen. Der Boden unter ihren Füßen war feucht.

Eine alte, fleckige Matratze lag auf der Ladefläche; wo sie gegen die Vordersitze stieß, war sie ein Stück hochgezogen worden. Ansonsten war das Innere leer: keine zurückgebliebenen Kleidungsstücke, keine offensichtlichen Hinweise, keine – Elder hielt den Atem an – keine sichtbaren Blutspuren.

Elder drehte sich zu Maureen um und schüttelte den Kopf.

Unten auf der Straße waren weitere Fahrzeuge zu hören, die jetzt nach und nach eintrafen. Ganz kurz berührte Maureen Elders Arm. Loake war ein paar Schritte zur Seite getreten und sprach in sein Handy. Bald würde der Weg an beiden Enden abgesperrt werden, und die Spurensicherung würde mit der Arbeit an dem Fiat-Van beginnen. Die Bewohner mehrerer großer Häuser, die zurückgesetzt hinter hohen Mauern lagen, würden geweckt und befragt werden, und der Schwerpunkt der Suche würde sich verlagern. Zuerst würde man die unmittelbare Umgebung unter die Lupe nehmen, dann war der Fluß an der Reihe: westlich in Richtung Grosmont und Moor, östlich bis zu dem Punkt, wo der Fluß ins Meer mündete.

Komm auch rein. Das Wasser ist herrlich!

Elder lief den Weg ein Stück hinauf und blickte zurück über Gras, Wiesen und Felder bis zum Flußbett. Er hielt sich die Landkarte vor Augen: Der Esk wand sich in vielen Kurven und Windungen und floß zwischen Weideland, Wald und Hochmoor dahin, dazwischen lagen vereinzelte Bauernhöfe.

Wo war Katherine? War sie irgendwo dort unten?

Als er wieder hinunterging, näherten sich Polizisten in Schutzkleidung dem Van.

Am späten Vormittag hatten sie noch nichts gefunden. Das Innere des Wagens war gründlich gereinigt worden, und bislang waren keine Haare oder Fragmente von Kleidungsstücken und auch keine Fingerabdrücke nachzuweisen. Die Matratze war in Plastik gehüllt und weggebracht worden, damit sie forensisch untersucht werden konnte. Verschiedene Bewohner der Umgebung hatten ausgesagt, daß nachts um halb zwei noch kein Wagen auf dem Weg geparkt habe. Eine ältere Dame erinnerte sich, daß sie kurz vor vier von dem Geräusch eines Wagens geweckt worden war. Zwei Stunden, bevor der Jogger seine Entdeckung gemacht hatte. Wie weit war Keach mit Katherine in zwei Stunden gekommen? Und wie hatte er das bewerkstelligt? War es noch möglich, sie zum Laufen zu zwingen, oder hatte er sie tragen müssen?

Das Gelände war an bestimmten Stellen schwierig: uneben und überwachsen, dicht mit Bäumen bestanden. In Richtung Osten, entlang dem Flußufer bis zur Mündung, behinderten Nebelschwaden immer noch die Sicht.

Entmutigt lief Elder zu Fuß in die Stadt zurück, folgte dem Fluß und der Eisenbahnlinie nach Ruswarp und benutzte von dort aus einen Fußweg, der ihn fast bis ins Zentrum von Whitby brachte.

Der junge Beamte, der am Morgen den Anruf entgegengenommen hatte, stand vor der Einsatzzentrale und rauchte eine Zigarette. Als er Elder erblickte, drückte er sie aus und ging wieder hinein. Abgesehen von zwei Verwaltungsangestellten, die am Computer beziehungsweise an den Telefonen arbeiteten, hatten sie den Raum für sich allein.

»Ein paar haben Mittagspause«, sagte der Beamte, der das Bedürfnis verspürte, die Stille zu erklären. »Alle anderen sind draußen und suchen, wissen Sie.«

Elder nickte, er wußte es nur allzugut.

Er setzte sich an die Wand auf einen Stuhl mit steifer Rückenlehne, auf dem sonst Schüler saßen, und hörte dem leisen Klicken der Computertastatur zu, während drei Paar Augen ihr Bestes taten, seinen Blick zu meiden.

Das Schrillen des Telefons ließ sie alle auffahren.

Die Angestellte hörte kurz zu und drehte sich dann um, den Hörer in der Hand. »Mr Elder. Es ist für Sie.«

Sie haben sie gefunden, dachte Elder, und das Blut wich aus seinem Gesicht. Es war ihm unmöglich, sich zu rühren.

»Soll ich eine Nachricht entgegennehmen?« fragte die Frau.

»Nein.« Unter Schwierigkeiten kam er auf die Füße.

»Frank Elder.«

»Alle haben zu tun, hoffe ich. Schatten jagen.« Es war eine Stimme, eine Männerstimme, die er nicht kannte.

»Wer sind Sie?«

Der Mann am anderen Ende der Leitung lachte, und da wußte Elder, wer es war.

»Ich hätte 'ne Ansichtskarte aus Port Mulgrave geschickt, aber es gab keine.«

Mit diesen Worten legte er auf.

»Port Mulgrave«, fragte Elder, »wo ist das?«

»Oben an der Küste. Vor Staithes.«

»Zeigen Sie es mir. Auf der Karte.«

Der Beamte zeigte auf eine kleine Einbuchtung in der

Küste, nördlich von Runswick Bay und nahe an der Küstenstraße A174.

»Was gibt es dort?«

»Nur ein paar Häuser. Kaum mehr.«

Elder nickte und ging auf die Tür zu. »Ich glaube, der Anrufer war Keach. Sagen Sie es Ihrem Chef. Port Mulgrave. Sagen Sie es Maureen.«

Sein Ford stand in einer Ecke des Parkplatzes, und er mußte zweimal versuchen, den Rückwärtsgang einzulegen. Er konnte fühlen, wie das Blut in seine Venen gepumpt wurde, und er spürte ein Ticken in der Schläfe. Viel zu schnell fuhr er in den Kreisverkehr, der ihn an der Stadt vorbei und zur Küstenstraße bringen würde. Er zwang sich, die Geschwindigkeit zu drosseln, aber auf der geraden Strecke, die am Golfplatz vorbeiführte, drückte er das Gaspedal ganz nach unten durch. Die sanfte Steigung, die sich zwischen Sandsend und Lythe gemächlich in die Höhe wand, schien gar kein Ende mehr zu nehmen. Der Geruch von Schweiß erfüllte den Wagen. Runswick Bay. Hinderwell. Die Straße nach Port Mulgrave ging direkt vor einer Kirche ab. Kurz darauf ein Pub und eine Telefonzelle. Die Zelle, die Keach für seinen Anruf benutzt hatte?

Wenn es denn Keach gewesen war und nicht nur ein böser Streich.

Wenn er nicht gelogen hatte.

Elder fuhr, bis die Straße aufhörte und in einen Fußweg überging, der über gepflügte Felder führte. Der restliche Nebel hatte sich gelichtet, doch jetzt türmten sich im Westen dunkle Wolken. Langsam setzte er zurück, dann wendete er. Auf der Straßenseite, wo die Küste verlief, war ein großes Stück Land abgesackt: dicht mit Adlerfarn bewachsen, voll schlammiger Stellen und überzogen von unregelmäßigen Zickzackpfaden. Dahinter hatte das zurückgehende Wasser grauschwarze Felsen freigelegt, und über einem Gemisch aus Sand und Schiefer ragten die Überreste zweier kurzer Piers ins Wasser und schienen allmählich ins Meer zu bröckeln. Ganz in der Nähe drängte sich eine Ansammlung baufälliger Hütten eng an die Klippe.

Vorsichtig begann Elder seinen Weg nach unten.

Über seinem Kopf kreisten heisere Möwen.

Zehn Meter vom Grund entfernt trat sein Fuß einen Schauer kleiner Steine los, er rutschte, verlor das Gleichgewicht, und sein linker Knöchel knickte schmerzhaft um, als er fiel.

Einige Augenblicke kauerte er am Boden, massierte seinen Knöchel, lauschte. Von den Möwen abgesehen, gab es nichts als das gurgelnde Steigen und Fallen des Wassers und seinen eigenen abgerissenen Atem.

Dicht an die Klippe gedrängt, lehnten die Hütten unsicher aneinander wie ein bunt zusammengewürfeltes Kartenspiel. Rohe Bretter und Platten aus bearbeitetem Holz, hier und dort geflickt oder bedeckt mit Kunststoff und Persenning, von Nägeln und Tauen zusammengehalten. Einige Wände wiesen einen verwitterten blauen oder roten Anstrich auf; ein schlampig gefertigter Blechschornstein ragte von einem Dach in die Höhe; eine aus den Angeln gehobene Tür hing an einem rostigen Schließblech, weil das Vorhängeschloß gehalten hatte.

In unmittelbarer Nähe war am Strand Feuer gemacht worden. Die Aschenglut verströmte noch eine schwache Wärme.

Ganz langsam zog Elder die Tür auf, wartete, bis

seine Augen sich an das Dunkel gewöhnt hatten, und trat ein.

Drinnen gab es noch mehr Asche, sanfte Schattierungen von Grau in den Ecken. Obszöne Schmierereien verblaßten an den Wänden. Sein Knöchel fühlte sich jetzt besser an, nur noch ein kleiner stechender Schmerz, wenn er sein Gewicht darauf verlagerte.

Als er ganz still in den Schatten stand, meinte er einen Laut zu hören, der hinter der Wand hervorkam, an der scheinbar zwei breite Holzbretter ein Stückchen auseinandergestemmt worden waren. Er drückte mit seinem ganzen Gewicht gegen eines der Bretter, und es gab ein paar Zentimeter nach, aber nicht weiter. Und wieder ein winziges Geräusch, jetzt ein übler Geruch, ungezähmt und feucht. Noch einmal versuchte er, die Bretter auseinanderzuschieben. Ohne Erfolg.

Er trat zurück, hob seinen rechten Fuß und trat mit aller Kraft gegen das Holz.

Es gab nach. Plötzlich sprangen Katzen fauchend an ihm vorbei, eine Woge von Fell, und als er zurücktaumelte, sprang ihm eine ins Gesicht und hinterließ einen tiefen Kratzer auf seiner Wange.

Er berührte die Stelle und betrachtete seine Finger. Sie waren blutverschmiert.

Ich kenne diesen Ort, dachte Elder, ich weiß, wo ich bin. Sein Gehirn begann zu klopfen und auszusetzen, als wäre es ein schlecht funktionierender Motor.

Er zog den Kopf ein und trat durch die Lücke, die er gerissen hatte.

Ein alter Schrank stand da, auf dem ein Stapel alter Zeitungen lag. Durch die Löcher im Dach fiel schwaches Licht auf den Boden. Das Bett war, wo es sein sollte, an der hinteren Wand. So vieles war richtig, aber trotzdem war alles falsch.

Elder ging langsam voran.

Die Decke war nicht grau, sondern hatte die Farbe von verdorbenem Mehl. Die Luft war geschwängert von dem salzig-süßen Geruch verwesender Fische und eingetrocknetem Blut.

Elder stand am Bett und starrte auf die Gestalt, die unter der Decke lag. Er fürchtete sich vor dem, was er entdecken würde. Aber er wappnete sich, ergriff die Kante der Decke und zog sie langsam zurück.

Katherine lag zusammengerollt da – nackt. Sie hatte blutige Blasen an Armen und Beinen, die Schultern und der Rücken waren von Prellungen verfärbt.

Elders Herz setzte eine Sekunde lang aus.

Er brachte sein Gesicht nahe an sie heran und konnte ihren rasselnden Atem hören.

»Katherine«, sagte er leise. »Kate, ich bin es.«

Als er sie sanft berührte, wimmerte sie und zog die Knie noch höher an die Brust. Ihre Augen flackerten, dann schlossen sie sich.

»Kate.«

Er beugte den Kopf, um ihr Haar zu küssen. »Es wird wieder gut. Ich hole Hilfe.«

Elder richtete sich auf und hatte sich halb umgedreht, als er merkte, daß da noch jemand war.

Die Eisenstange zielte auf seinen Kopf, und im letzten Moment schnellte sein Arm in die Höhe und fing den Schlag ab. Schmerz durchzuckte ihn vom Ellenbogen bis zum Handgelenk, so heftig, daß der Knochen gebrochen sein mußte.

Adam Keach trug ein schwarzes T-Shirt, derbe Stiefel

und schwarze Jeans. Er hatte kräftige Muskeln an den Armen, sein Haar war dick und dunkel, und seine Augen waren – selbst in diesem trüben Licht – strahlend blau. Ein Grinsen verunstaltete sein Gesicht.

»Ist sie nicht schön?« fragte er. »War sie zumindest.« Er lachte. »Schläft wie Dornröschen. Was wollten Sie eigentlich? Sie mit einem Kuß wecken?«

Elder bewegte sich schnell, um nach der Stange zu greifen, aber nicht schnell genug.

Keach schwankte zurück, hob beide Arme in die Höhe und schlug zu. Diesmal erwischte er Elder an der linken Schulter und zwang ihn in die Knie.

»Nicht schlecht für einen alten Mann.«

Keach gab ihm einen Fußtritt in die Brust, der Elder nach hinten fallen ließ; ein zweiter heftiger Fußtritt mit der Stiefelspitze gegen das Brustbein, und Elders Kopf fiel ruckartig nach vorn, wobei ihm die Luft wegblieb.

Keach versetzte ihm einen Seitenhieb, legte ihn flach, kniete sich über ihn und legte ihm die Stange fest über den Hals. Mit den Knien hielt er die Stange am Boden, so daß er die Hände frei hatte. Elder würgte und drohte zu ersticken.

Das Messer, das Keach aus der Scheide an seinem Gürtel zog, hatte eine schmale, leicht gebogene Klinge. Ein Ausbeinmesser, dachte Elder.

»Ganz schöner Fang«, sagte Keach. »Sie hier. Sie und Ihre Tochter.« Er lachte noch einmal, und als Elder versuchte, sich vom Boden zu erheben, verstärkte er den Druck seiner Knie und legte das Messer an Elders Nasenwurzel.

»Das würde Alan gefallen. Der Mann, der ihn ins Gefängnis gesteckt hat. Und jetzt kann er es in der Zeitung lesen, alle können es lesen. Erst hab ich die Tochter halb zu Tode gevögelt, und dann hab ich alle beide erledigt, auf einen Schlag. Ich werde berühmt. Verdammt berühmt!«

Die Spitze des Messers glitt unter die Haut und drückte gegen den Knochen.

Elder brüllte und warf sich zurück, wobei er die Unterseite der Stange mit beiden Händen ergriff. Blut ergoß sich in eines seiner Augen.

Er schob die Stange nach oben, rollte zur Seite und schwang seinen Ellenbogen mit voller Wucht in Keachs Gesicht, aber im selben Moment bohrte sich Keachs Knie in seine Seite.

Adrenalin brachte Elder zuerst auf die Füße.

Das Messer lag zwischen ihnen auf dem Boden.

Keach fluchte, er schmeckte Blut.

Von draußen war unverkennbar das Geräusch eines sich nähernden Hubschraubers zu hören. Polizeisirenen heulten auf.

Als Keach nach unten sah, um nach dem Messer zu greifen, landete Elder einen gezielten Tritt zwischen seine Beine, den Keach nur teilweise parieren konnte. Er vergaß das Messer, drehte sich um, steuerte auf die offene Tür zu.

Der Hubschrauber schwebte so niedrig über der Hütte, daß der Aufwärtssog seiner Rotorblätter an Keachs Haaren und Kleidern zerrte. Aus der Kabine heraus zielte ein bewaffneter Polizist in einem schwarzen Overall mit einem halbautomatischen Gewehr auf Keachs Brust.

»Mein Gott!« rief Keach aus. »So was aber auch!« Seine Worte gingen in dem Lärm fast unter. Und er begann zu lachen.

Schon kletterten Polizisten, darunter auch Loake, die Böschung hinunter.

Elder, der das Blut, das ihm über das Gesicht floß, mit dem Ärmel zu stillen versuchte, stand vor der Hütte und sah, wie Keach immer noch lachend seine Hände über den Kopf hob.

»Die werden sagen, ich bin völlig verrückt«, schrie Keach über den Lärm hinweg. »Wahnsinnig. Nicht zurechnungsfähig.«

Rob Loake boxte ihm ins Gesicht, so daß Keach zu Boden fiel. Loake drehte ihm die Arme auf den Rücken und legte ihm Handschellen an. Keach lachte noch immer.

In dem Moment, als Elder sich von ihm abwandte, kam Maureen auf ihn zugerannt.

»Katherine …?«

»Sie lebt.«

»Gott sei Dank!«

Er zuckte zusammen, als sie seinen Arm berührte. Inzwischen war oben auf der Straße ein Krankenwagen eingetroffen, und Sanitäter kamen mit Tragen angerannt.

»Frank, du hast eine Menge Blut verloren.«

»Das macht nichts.«

Als sie sich über Katherine beugten, schwankte Elder, und Maureen stützte ihn.

»Kate«, sagte er. »Alles wird gut. Ich verspreche es.«

Dann küßte er sie, aber sie wachte nicht auf. Das tat sie erst, als sie im Krankenwagen waren und er neben ihr saß und ihre Hand hielt.

»Daddy«, sagte sie und öffnete die Augen. »Dad.« Dann schloss sie die Augen wieder. Elder kamen die Tränen.

51

Sie brachten Elder und Katherine ins Krankenhaus von Leeds. Keach wurde unter strengster Bewachung nach York geschafft. Maureen informierte Joanne, sobald sie konnte, und Martyn fuhr Joanne nach Norden.

Katherine lag bei gedämpftem Licht bleich unter weißen Decken, während die Geräte leise summten und eine Schwester an ihrer Seite wachte.

Joanne fand Elder in einem Seitenraum der Unfallstation. An seiner Stirn klebte ein vorläufiger Verband.

»Mach dir keine Sorgen«, sagte Elder. »Sie ist in Ordnung.«

Joanne sah ihn ungläubig an, der Ärger belebte die dunklen Schatten um ihre Augen. »In Ordnung, Frank? Nennst du das in Ordnung?«

»Du weißt, was ich meine. Sie ...«

»Ich weiß, was du meinst. Sie lebt. Du hast sie gerettet. Sie lebt, und du bist der große Held. Dein Foto erscheint in allen Zeitungen und taucht jedesmal auf dem Bildschirm auf, wenn man das verdammte Fernsehen einschaltet.«

»Joanne ...«

»Und was ist mit dem, was ihr angetan wurde, Frank? Du weißt, was passiert ist. Es ist deine Schuld.«

»Das ist nicht ...«

»Warum hat er sie genommen, was glaubst du, Frank? Warum ausgerechnet Katherine?«

Elder wandte sein Gesicht ab.

»Du hast sie beinahe getötet, Frank. Du. Nicht er. Weil du dich einmischen mußtest, die Sache nicht auf sich beruhen lassen konntest. Du hast schon immer alles besser gewußt als alle anderen. Das ist der Grund.«

»Joanne ...«

»Und weißt du was, Frank? Du wirst darüber hinwegkommen. Du wirst dich damit abfinden, du wirst einen Weg finden, damit umzugehen. Aber Katherine wird das niemals können.«

Elder blieb reglos zurück. Noch lange, nachdem sich die Tür hinter Joanne geschlossen hatte und ihre Schritte auf dem Korridor verhallt waren, klangen ihre Worte laut in seinem Kopf nach.

Sie behielten Elder über Nacht da. Trotz aller Bemühungen des diensthabenden Arztes würde auf seiner Stirn eine etwa sieben Zentimeter lange Narbe zurückbleiben. Der längere der beiden Knochen im Unterarm war gesplittert, aber nicht gebrochen, er hatte eine Schlinge bekommen und Paracetamol gegen den Schmerz.

Katherine blieb zehn Tage lang auf der Intensivstation, im Anschluß daran kam sie ins Queen's Medical Centre in Nottingham, wo sie physiotherapeutisch behandelt wurde, bevor sie nach Hause durfte. Sie war jung und fit, ihr Körper würde mit der Zeit heilen, sogar die inneren Verletzungen. Was den Rest betraf ...

Als Elder sie besuchen kam, war es schwer für sie, ihm in die Augen zu sehen. Ob sie ihn für das Geschehen verantwortlich machte wie ihre Mutter oder ob es ihr peinlich war, daß er wußte, was man ihr angetan hatte, das fand er nie heraus.

Er konnte nicht fragen, sie konnte es nicht sagen.

Wenn sie sprachen, wenn sie überhaupt sprachen, hielten sie sich an unverfängliche Themen, gingen auf Nummer Sicher. Aber konnte es für Katherine, die von der Straße weg gekidnappt worden war und Tage des Fegefeuers und der Hölle durchgemacht hatte, jemals wieder etwas geben, das »sicher« genannt werden konnte?

»Was ist mit ihm passiert?« fragte Katherine eines Tages.

»Mit wem?« fragte Elder, obwohl er es natürlich wußte. Sowohl er als auch Joanne hatten versucht, ihr die Zeitungen vorzuenthalten, aber schließlich lag sie auf einer offenen Station.

»Er ist in Rampton.«

»In der Psychiatrie?«

»Ja. Unter Bewachung.«

»Die sagen, er ist geisteskrank.«

»Er wird untersucht. Seine Schuldfähigkeit wird geprüft.«

»Um festzustellen, ob er vor Gericht gestellt werden kann, meinst du?«

»Ja.«

»Und wenn nicht?«

»Dann behalten sie ihn da, nehme ich an. In Rampton. Oder Broadmoor.«

»Er wird davonkommen.«

»Nicht direkt.«

»Dieses andere arme Mädchen, das er umgebracht hat.«

Elder suchte und fand ihre Hand. Er wußte nur zu gut, was es bedeutete, wenn Keach der Prozeß gemacht würde. So oder so, Katherine würde aussagen und sich einem Kreuzverhör unterwerfen müssen. Erst hat er dies getan, dann hat er jenes getan.

»Wann gehst du nach Cornwall zurück?« fragte Katherine.

»Noch nicht.«

»Aber du gehst zurück?«

»Ich denke schon.«

Katherine lächelte. »Was ist mit dieser Freundin, die du hast?«

»Mit welcher Freundin?«

»Mum hat mir von ihr erzählt.«

»Wenn man über fünfzig ist«, sagte Elder, »muß es doch ein besseres Wort geben.«

»Deine Geliebte«, schlug Katherine vor. »Deine Flamme. Dein Verhältnis.«

»Helen«, sagte Elder. »Sie heißt Helen.«

»Ist es was Ernstes?«

»Ich weiß nicht.«

Elder und Helen hatten einen Tag zusammen in Sheffield verbracht, einen weiteren in York – passende anonyme Orte, an denen man sich leicht die Zeit miteinander vertreiben konnte, indem man Kaffee trank, zu Mittag aß und die Sehenswürdigkeiten besichtigte. Manchmal hatte sie sich bei ihm untergehakt, weniger häufig hatte er ihre Hand gehalten. Keiner von beiden hatte angesprochen, was zwischen ihnen stand: Die Tochter, die er gefunden und gerettet hatte, war seine eigene, und nicht ihre.

»Liest du etwa immer noch dieses Buch«, sagte Katherine und zeigte auf das dicke, zerlesene Exemplar von ›David Copperfield‹.

»Ich war mit anderen Dingen beschäftigt. Außerdem vergesse ich ständig, was passiert ist, und muß zurückblättern.«

»Warum hörst du nicht einfach auf? Suchst dir eine kürzere Geschichte?«

»Ich hasse es, aufzuhören, wenn ich erst einmal angefangen habe. Abgesehen davon, will ich wissen, wie es ausgeht.«

»Wer es getan hat.«

»Nicht unbedingt.«

»Ich müßte ihn hassen, oder?«

»Ich weiß nicht. Wahrscheinlich. Niemand würde es dir verübeln.«

»Und du?«

»Ob ich ihn hasse?«

»Hm.«

»O ja. Mit jedem Knochen, den ich im Körper habe«, sagte Elder.

»Auch mit dem kaputten?«

»Mit dem besonders.«

Als sie lächelte, stiegen ihr die Tränen in die Augen.

Zuerst hatte sich Katherine schlichtweg geweigert, mit der Psychotherapeutin zu sprechen. Als sie es schließlich doch tat, leugnete sie ihre Träume und die Erinnerungen, die sie überfielen. Dazu gedrängt, behauptete sie, sie wisse nichts mehr, gar nichts. Sie hatte es ausgeblendet.

»Warum wollen Sie mich zwingen, daran zu denken?« Sie schrie fast. »Warum muß ich alles noch einmal durchmachen?«

Zu Hause verbrachte sie viel Zeit in ihrem Zimmer. Ein paar Freunde und Freundinnen kamen zu Besuch, brachten ihr Blumen, Zeitschriften und Pralinen in hübschen Schachteln mit Schleifen. Aber die Unterhaltungen verliefen stockend, Katherines Gäste wußten nicht, was sie fragen konnten und welche Themen sie lieber vermeiden sollten, so daß diese Besuche nach einer Weile seltener wurden. Katherine schien das nichts auszumachen. Martyn kaufte ihr ein Fernsehgerät und einen DVD-Player für ihr Zimmer, und sie sah sich unentwegt Filme an, in endloser Folge. ›Spiderman‹. Die neuen ›Star Wars‹. Alles mit Johnny Depp. Ethan Hawke.

Eines Abends saß Elder bei ihr und schaute ›Hamlet‹ an, eine moderne Version, die in New York spielte und in der Ethan Hawke als junger Prinz Wahnsinn vortäuschte und ein Schulmädchen namens Ophelia von Umständen, die sie nicht kontrollieren kann, in den Selbstmord getrieben wird.

Elder saß auf einem Stuhl neben Katherines Bett, und obwohl er die Handlung kannte, war er davon gefesselt, wenn auch seine Augen ebenso häufig zu Katherine wanderten wie zum Bildschirm, denn die Bilder spiegelten sich in ihrem Gesichtsausdruck.

Als der Film sich seinem Ende näherte, öffnete Joanne leise die Tür, sah herein und ging leise wieder fort.

Eine halbe Stunde später, als die Ordnung wiederhergestellt war – zumindest im Film – und Katherine schlief, stand Elder auf und ging nach unten. Joanne war in der Küche und mixte sich einen Gin Tonic.

»Willst du auch einen, Frank?«

»Nein danke.«

Er sah zu, wie sie eine Zitrone aufschnitt und einen Schnitz in ein hohes Glas tat.

»Diese Frau, diese Helen«, sagte Joanne, »ist sie immer noch nichts weiter als eine Freundin?«

»Sie ist eine Freundin, ja.«

»Eine Freundin, die du vögelst?«

Ist das nicht die beste Sorte, hätte er lächelnd und leichthin sagen können. Oder bissiger: *Davon verstehst du mehr als ich*. Aber er sagte nichts von alldem.

»Hat es dir die Sprache verschlagen, Frank?«

»Wird Zeit für mich, zu gehen«, sagte er.

Joanne nahm einen Schluck von ihrem Gin Tonic und behielt ihn einen Augenblick im Mund. »Tut mir leid, was ich gesagt habe. An diesem ersten Tag im Krankenhaus. Ich war völlig fertig.«

»Ich weiß. Ist schon in Ordnung.«

»Trotzdem.« Sie berührte seinen Arm, seine Hand. »Wir sollten Freunde sein, Frank. Besonders jetzt.«

»Sind wir doch.«

Sie gab ihm einen Kuß, der auf dem Mundwinkel landete, und er konnte den Gin riechen. Dieses Glas war nicht ihr erstes.

»Er verläßt mich, Frank. Sobald Katherine das Schlimmste überstanden hat. Er verläßt mich genauso, wie ich dich verlassen habe.«

»Das tut mir leid.«

»Wirklich? Ich hätte gedacht, es würde dich freuen.«

»Nein.«

»Ich habe es verdient.« Sie lachte. »Er verzieht sich nach London. Wegen eines Models, das keine Hüften und keine Titten hat, dafür aber ein dreckiges Mundwerk.«

Elder trat einen Schritt zurück.

»Aber er ist großzügig. Ich kann so lange in diesem Haus bleiben, wie ich will, und bekomme die Hälfte des Erlöses, wenn es verkauft wird.«

»Ich muß gehen«, sagte Elder.

»Warum bleibst du nicht?«

»Nein.«

»Wir waren mal eine Familie«, sagte Joanne, als er an der Tür war.

»Ja«, sagte Elder. »Ich erinnere mich.«

Ohne zu zögern, schritt er durch die Tür und schloß sie hinter sich.

Es war einer jener merkwürdigen und unvermuteten Tage, an denen der beginnende Winter sich noch einmal zurückzuziehen scheint und alles blau und klar ist. Sonnenlicht glitzerte auf dem Wasser des Kanals und brachte das Mauerwerk zum Leuchten. Das neue Gerichtsgebäude aus Stahl und Glas, Nottinghams Magistrates Court, glänzte wie ein Palast im Märchen. Adam Keach war bereits angeklagt und in Untersuchungshaft genommen worden. Irgendwann in den nächsten paar Wochen würden zwei von drei Psychiatern ihn nach intensiven Untersuchungen für schuldfähig erachten. Sein Prozeß vor einem höheren Gericht würde in einigen Monaten stattfinden.

Davor war allerdings Shane Donald an der Reihe: eine magere graue Gestalt mit blassem Gesicht und einem Pflaster über dem Auge, wo er sich bei dem einen oder anderen Zwischenfall verletzt hatte. Ständig zupfte er an der rauhen, zerfetzten Haut an seinen Fingernägeln herum. Er hatte Angel gesehen, als er in den Gerichtssaal geführt wurde, und weigerte sich seither beharrlich, in ihre Richtung zu blicken. Seine Bewährung war bereits widerrufen worden, so daß er jetzt in Untersuchungshaft saß und zwei Anklagepunkte zu gewärtigen hatte: Raubüberfall und tätlicher Angriff mit Körperverletzung. Er mußte sich lediglich identifizieren und bestätigen, daß er die Anklagepunkte verstand, ansonsten gab es kaum etwas für ihn zu sagen.

Angel stand auf, als er aus dem Gerichtssaal geführt wurde, und leise kam sein Name von ihren Lippen. Aber Shane ließ nicht erkennen, ob er es gehört hatte oder ob es ihm etwas bedeutete. Elder jedoch bemerkte es und verspürte einen Impuls, zu ihr zu gehen, sich zu entschuldigen, Erklärungen abzugeben, ihr zu sagen, daß alles gut werden würde. Aber dann besann er sich eines Besseren, denn er glaubte, ein Verrat sei genug.

52

Die Maschine der Air Malaysia startete um 22.30 Uhr in Heathrow, Terminal 3. Um 17.30 Uhr am folgenden Abend landete sie in Kuala Lumpur, startete zwei Stunden später erneut und traf schließlich um 11.15 Uhr am nächsten Morgen in Auckland ein.

Ausreichend Zeit, um zwischen überraschend schmackhaften Mahlzeiten und einer Reihe miserabler Filme ›David Copperfield‹ zu Ende zu lesen. Dickens' Held ist nach den allzulangen Jahren einer verfehlten Ehe endlich mit einer guten Frau vereint, zudem ein erfolgreicher Schriftsteller und kann seinen stillen Triumph, sein Glück genießen. Trotzdem fragte sich Elder unwillkürlich, ob ein Mann mit einer so beklagenswert schlechten Menschenkenntnis, ein Mensch, der so augenfällig falsche Entscheidungen getroffen hatte, das Glück überhaupt verdiente.

Dasselbe galt natürlich auch für ihn selbst.

Er legte das Buch beiseite, dann jedoch widmete er seine Aufmerksamkeit noch einmal dem Kapitel 31, »Ein größerer Verlust«, und dem Brief, den die kleine Emily schreibt, als sie mit ihrem Geliebten, ihrem Verführer, wegläuft: »Wenn Du, der Du mich viel mehr liebst, als ich je verdiente, selbst als ich noch unschuldig war, dies liest, werde ich weit weg sein.«

Der Brief, den Susan Blacklock möglicherweise geschrieben, aber nie abgeschickt hatte.

In Auckland ging Elder mit seinem Gepäck durch den Zoll und zeigte dem Grenzbeamten seinen Paß.

»Geschäftlich oder zum Vergnügen?«

Elder war sich nicht sicher: Er argwöhnte, daß beides nicht der Wahrheit entsprach.

Karori, hatte Helen Blacklock geantwortet, als er sie gefragt hatte, ob sie wisse, wo Susans Vater lebe. *Wo immer das ist.* Es war ein Vorort von Wellington, wie Elder entdeckt hatte, im Westen der Stadt. Die Wahrscheinlichkeit, daß Ulney immer noch an derselben Adresse lebte, war nicht sehr groß, aber Elder hatte natürlich gelernt, wie man Leute aufspürt.

Die Straße vom Flughafen in die Stadt wurde bald von engen Straßen abgelöst, die das Zentrum der Stadt umgingen und mit scharfen Kurven in die Höhe führten. Der Taxifahrer setzte ihn an einer kleinen Geschäftsstraße mit Läden, einer Tankstelle, Banken und einer Bücherei ab. Elder konsultierte den Stadtplan, den er gekauft hatte, um sich zu orientieren.

Unter ihren Dächern mit Terrakottaziegeln waren die Holzfassaden der meisten Häuser weiß oder cremefarben gestrichen, die Rasenflächen in den Vorgärten wurden von Büschen oder kleinen Bäumen vor dem Wind geschützt. Die Leute, mit denen er sprach, waren freundlich, nicht besonders mißtrauisch und redefreudig. David Ulney war weggezogen, aber nicht weit weg. Er hatte zunächst die eine Adresse in Karori gegen eine andere eingetauscht, bevor er die Stadt endgültig verlassen hatte.

Der Mann saß vor einer teilweise abgerissenen Garage neben einem unordentlichen Haufen Ziegelsteinen und war dabei, von einem dieser Steine den Mörtel abzuschlagen. Dicker weißer Staub bedeckte sein Hemd und seine

Arme, auch sein Gesicht und die Haare hatten etwas abbekommen. »Paekakariki, da sind sie hingezogen. Nicht mal 'ne Stunde auf dem Highway 1. Sie können aber auch den Zug nehmen. Früher hatten wir mal ihre Adresse, aber jetzt nicht mehr. Trotzdem werden Sie keine Schwierigkeiten haben, sie zu finden. Ich glaube nicht, daß es da mehr als hundert Häuser gibt, und die meisten sind Ferienhäuser. Gibt nicht viele Leute, die das ganze Jahr über dort leben.«

Elder dankte ihm.

»Wenn Sie ihn sehen«, sagte der Mann, »fragen Sie den Blödmann mal, warum er diese Garage an die falsche Seite vom Haus gebaut hat, wo sie das ganze Licht wegnimmt.«

Elder wurde von dem Regen geweckt, der gegen das Fenster peitschte. Die Uhr auf seinem Nachttisch zeigte 4.27 Uhr. Er schüttelte sein Kissen auf, zog die Bettdecke hoch und schloß die Augen. Als er sie das nächste Mal öffnete, war es 9.23 Uhr, und der Regen hatte aufgehört. Eine schnelle Dusche, Kaffee und Toast, und schon war er auf dem Weg zum Bahnhof. Als der Zug in Paekakariki ankam, hatten sich die Wolken weitgehend verzogen und Sonne und blauen Himmel zurückgelassen.

Sobald der Zug weitergefahren war, öffneten sich die Bahnschranken, und der Verkehr, der vom Highway kam – zwei staubige Lastwagen und ein glänzender schwarzer Geländewagen – rollte über die breite Straße, die von den Eisenbahnschienen zum Strand führte.

Vor einem kleinen Café räumte eine Frau das Geschirr von den Tischen, und Elder fragte sie, ob sie wisse, wo die Ulneys lebten.

Teller und Tassen balancierend, schüttelte sie den Kopf.

»Fragen Sie Michael drüben im Buchladen. Er kennt alle.«

Michael O'Leary war ein bärtiger Mann mit langen grauen Haaren, der ein schwarzes T-Shirt mit der weißen Aufschrift »Wohin?« trug.

Elder stellte sich vor und gab dem anderen die Hand.

»Ulney«, antwortete O'Leary auf seine Frage. »Ja, kann sein.«

»Ich bin ein Freund der Familie«, sagte Elder. »Wir haben uns aus den Augen verloren. Sie wissen ja, wie es ist.«

»Und Sie sind zu Besuch?«

»Das stimmt.«

O'Leary nahm sich Zeit, kein Grund zur Eile. »Sie finden sie an der Küstenstraße, der Parade, Ecke Ocean Drive. Auf der anderen Seite der Kreuzung. Kleines Haus, etwas zurückgesetzt. Die Frau kommt hin und wieder hier vorbei, sie liest gerne.«

»Das muß Susan sein«, sagte Elder.

Der Buchhändler nickte. »Susan Ulney, das stimmt.«

Neben der Tür bemerkte Elder einen Stapel Taschenbücher, darunter mehrere von Katherine Mansfield. Sie waren etwas abgegriffen und hatten ein paar Eselsohren. *D. H. Lawrence hat hier mit seiner Frau Frieda gelebt, wissen Sie. In einem der Cottages. Katherine Mansfield auch, eine Zeitlang.* Das waren die Worte der Hausbesitzerin gewesen, als er das Cottage in Cornwall gemietet hatte. Das Buch, das er auswählte, mehr oder weniger willkürlich, trug ein verblaßtes Bild auf der Titelseite: eine Frau, die vor einem Spiegel saß, gedämpfte Blau- und Grautöne. ›Glück, und andere Kurzgeschichten‹, für sechs neuseeländische Dollars.

Als er den Laden verließ, sang Michael O'Leary zufrieden vor sich hin, etwas Langsames und Altes von den Rolling Stones.

Elder steckte das Buch in die Tasche und folgte der Straße, die über einen kleinen Hügel und zum Meer führte. So weit das Auge reichte, erstreckte sich auf der einen Seite ein kurioses Sammelsurium von Strandhäusern; auf der anderen gab es eine Promenade, die neben einem schmaler werdenden Streifen Sand in der Ferne spitz zulief. Schwarzweiße Vögel mit roten Beinen und langen roten Schnäbeln flatterten an der Flutlinie entlang. Eine Handvoll Kinder rannte kreischend in die langsam heranrollenden Wellen. Und wieder hinaus.

Das kleine, einstöckige Haus stand auf der Vorderseite auf Pfählen. Man erreichte es über hölzerne Treppenstufen, die durch einen Garten führten, der weitgehend überwachsen war und in dem kleine gelbe und weiße Blumen wild wuchsen.

Auf der rechten Seite ging ein breites, dreifach verglastes Fenster auf den Strand hinaus, längsseits erstreckte sich unter dem vorgezogenen Dach eine tiefe, schattige Veranda. Die weißen Bretter der Fassade waren rissig und verwittert und hatten einen neuen Anstrich nötig, die blaugrünen Regenrinnen hatten sich gelockert und machten einen vernachlässigten Eindruck.

Während Elder noch dastand und das Haus betrachtete, kam eine Frau aus der Tür, die auf die Veranda führte, und schüttelte Brotkrumen von dem Schneidebrett, das sie in der Hand trug. Über einem hellen T-Shirt trug sie ein kariertes Hemd, das aus ihren Bluejeans heraushing. Das blonde Haar war dunkler geworden, die Figur fülliger, aber Elder war sich sicher, daß es sich um dieselbe Person handelte, die an jenem Dienstag vor vierzehn Jahren auf dem Pfad an der Klippe bei Saltwick Nab gestanden hatte und vom Wind gezaust worden war.

Sie blieb ein paar Sekunden lang stehen, um über Elders Kopf hinweg auf etwas zu schauen, das hinter ihm lag. Dann drehte sie sich um und entschwand seinen Blicken.

Sein Blut floß schneller, als es sollte, als Elder die kleine Pforte öffnete und auf die Stufen zuging.

»Ja?« Sekunden nach seinem Klopfen öffnete sie die Tür.

Verglichen mit den Fotos, die er gesehen hatte, schien ihr Mund schmaler geworden zu sein, kleine Falten der Müdigkeit hatten sich in ihr Gesicht gegraben, und der Glanz in ihren Augen war erloschen. Das Leben hatte ihr zugesetzt, sie sah älter aus als ihre dreißig Jahre.

»Susan?«

»Ja.«

»Susan Blacklock?«

Einen Moment lang glaubte er, sie würde die Flucht ergreifen, ins Innere des Hauses stürzen und die Tür verriegeln. So viele Male mußte sie sich vorgestellt haben, daß genau dies passieren würde – ihr einziger Albtraum, der immer wiederkehrte.

Wenn sie die Augen schloß, würde er verschwinden. Wenn sie die Augen wieder aufmachte, wäre er weg.

Er war immer noch da.

»Wer sind Sie?« fragte sie mit gesenkter Stimme.

»Frank Elder. Ich war einer der Polizisten, die Ihr Verschwinden untersucht haben.«

»O Gott!«

Sie atmete schwer und mit offenem Mund, dann taumelte sie nach vorne, und Elder streckte die Hände aus, um sie aufzufangen. Sie fand jedoch ihr Gleichgewicht wieder, indem sie eine Hand an den Türrahmen legte.

»Wie haben Sie ... Nein, nein, ich meine ... Ich meine, warum? Warum nach all diesen Jahren?«

»Ich wollte Gewißheit haben.«

»Und deswegen haben Sie die lange Reise gemacht?«

»Ja.«

Tränen stiegen ihr in die Augen, und sie wandte den Kopf ab. Hinter ihr konnte Elder auf dem Küchentisch eine Thermoskanne sehen. Daneben lagen gebutterte Brotscheiben, einige davon ohne Krusten, Käse und dünne Scheiben Schinken.

Susan fischte ein Papiertuch aus der Tasche ihrer Jeans, wischte sich damit über das Gesicht, putzte sich die Nase und entschuldigte sich.

Elder schüttelte den Kopf.

»Sie wissen also, was passiert ist?« sagte Susan.

»Ich glaube, ja.«

Sie nickte, schniefte, machte einen halben Schritt zurück ins Haus. »Normalerweise gehen wir um diese Zeit spazieren. Wir nehmen Sandwiches mit, eine Thermoskanne. Zum Mittagessen.« Je mehr sie sprach, desto deutlicher kam der Akzent der East Midlands zum Vorschein – selbst nach so langer Zeit. »Wenn Sie warten möchten, es dauert nicht lange.«

Minuten später kehrte Susan zurück. Sie trug einen Rucksack auf dem Rücken und hatte ein flauschiges Sweatshirt gegen den Wind übergezogen. Umsichtig manövrierte sie einen Rollstuhl durch die Tür.

Dave Ulney war keine Augenweide mehr, kein Frauenheld mit Schmachtlocke über der Stirn, kein Dandy in Wildlederschuhen und Plisseehemd. Sein Kopf war auf die eine Seite gerollt, sein Gesicht war blaß und ausgemergelt, das Haar dünn und weiß, die Augen abwesend und wäßrig blau. Unter seinen sorgfältig zugeknöpften Kleidern, unter der Decke, die seine Beine umhüllte, war sein Körper alt und verschrumpelt. Fünfundsechzig, dachte Elder, allerhöchstens siebzig, aber er sieht aus wie achtzig.

»Dad«, sagte Susan, »das ist der Mann, von dem ich dir erzählt habe. Aus England.«

Die Augen flackerten ein wenig, die Hand mit den knotigen Fingern hob sich kurz und lag gleich wieder bewegungslos auf der Decke.

»Er kommt mit auf unseren Spaziergang. Damit wir reden können.«

Aus dem Mundwinkel ihres Vaters rann etwas Speichel, den sie mit geübter Hand wegtupfte.

»In Ordnung, Dad?«

Sie wendete den Rollstuhl auf der Veranda und ging rückwärts auf die Stufen zu. Als Elder seine Hilfe anbot, schüttelte sie den Kopf.

»Kein Problem. Ich bin inzwischen daran gewöhnt.«

Ein paar zusätzliche Wolken waren aufgetaucht, sie kamen von Westen und standen hoch am Himmel, waren aber noch nicht bedrohlich. Trotz der Sonne war der Wind eisig, und Elder steckte beim Gehen die Hände in die Taschen. Er brauchte keine Fragen zu stellen, er wußte, daß sie reden würde, wenn er ihr Zeit ließ.

Ein kleiner Hund, eine Art Terrier, jagte am Strand einem Ball hinterher.

»Als ich herausfand«, sagte Susan, »wer mein richtiger Vater war …« Sie machte eine Pause und fing noch einmal von vorn an. »Sie wissen ja, Kinder denken immer, daß ihre Eltern nicht ihre richtigen Eltern sind, daß sie es unmöglich sein können. Wie im Märchen oder in ›Superman‹.

Und dann, ... wenn es passiert ... als ich dieses Foto von meinem Dad gefunden habe, ... also, da habe ich gedacht, alles ist falsch, und ich bin im falschen Leben. Und meine Mutter wollte nicht darüber reden, sie hat mir überhaupt nichts erzählt. Wo er lebte, wo er hingegangen ist, und deshalb habe ich eine Person erfunden und mir einfach einen Vater ausgedacht. Er war natürlich das Gegenteil von Trevor, meinem Stiefvater. Er hat nicht ständig auf mir rumgehackt, sondern hochinteressante Dinge gemacht. Ich habe mir ausgemalt, daß wir sie zusammen machen würden, er und ich. Und eines Tages hat er sich bei mir gemeldet ... Dave ... mein wirklicher Vater. Er steckte einem Mädchen aus meiner Schule einen Brief zu. Ich war fünfzehn. Gerade mal fünfzehn. Er wollte mich kennenlernen. Und es war ihm ernst damit. Er wartete vor der Schule auf mich, und er war so ... er war so ...«

Sie blieb stehen, wandte sich ab, senkte den Kopf und ließ ihren Tränen freien Lauf. Elder stand daneben und wußte nicht, was er tun oder sagen sollte. Die Situation war ihm peinlich.

Schließlich wischte sie sich über das Gesicht, wickelte die Decke fester um die Beine ihres Vaters und schob den Rollstuhl gegen den Wind.

»Sie haben also Ihren Vater getroffen«, gab Elder ihr das Stichwort.

»Ja. Meine Mutter wäre ausgerastet, wenn sie es gewußt hätte, aber wir gingen in ein Café. Er sagte, er hätte nicht viel Zeit, und erzählte mir von der anderen Seite der Welt, wo er lebte. Es klang einfach wunderbar, so wie er es schilderte. Um die Ecke gab es diesen Automaten, wo man Paßfotos machen konnte, und er sagte, er wolle ein Bild von mir, um es mitzunehmen. Dann sagte er, er würde zurückkommen und mich holen. Er hat es versprochen. Unser Geheimnis, sagte er, das bleibt unser Geheimnis. Er kam wirklich. Im Sommer, als wir in Whitby waren. Hier, sagte er, ich habe die Tickets. Für dich und für mich. Einen Reisepaß. Alles ist arrangiert. Ich wußte nicht, was ich tun sollte. Ich konnte doch nicht einfach so fortgehen. Doch, sagte er, jetzt. Du mußt jetzt mitkommen oder überhaupt nicht. Sag deiner Mutter nichts davon. Sag keiner Menschenseele etwas davon.«

Sie sah Elder einen Augenblick an, dann sah sie weg.

»Ich weiß, ich hätte einen Zettel hinterlassen sollen oder einen Brief schreiben oder telefonieren, irgendwas. Aber als ich die Zeitungen las – sogar hier haben sie groß darüber berichtet – und merkte, welche Aufregung ich verursacht hatte, konnte ich es einfach nicht mehr. Ich weiß nicht, ob es mir peinlich war oder ob ich mich schämte, aber je länger ich es aufschob, desto unmöglicher wurde es. Und Dad sagte, so hätte meine Mutter ihn all die Jahre behandelt: Als wäre er tot. Sie kommt darüber hinweg, hat er gesagt.«

Leicht berührte sie seinen Arm. »Das stimmt nicht, oder? Sie ist nicht darüber hinweggekommen?«

»Nicht richtig, nein.«

Elder dachte an Helen, an die Ehe, die zerbrochen war, an die Pilgerfahrten, die sie machte, um an einem Ort Blumen abzulegen, der niemals ein richtiges Grab gewesen war.

»Normalerweise gehen wir bis zum Park«, sagte Susan und zeigte nach vorn. »Da gibt es eine windgeschützte Stelle, wo wir essen können. Wir haben eigentlich immer ein Sandwich übrig.«

»Danke.«

»Besser Sie als die Möwen.« Die Vögel kreisten über ihren Köpfen, und mit gespielter Entrüstung drohte sie ihnen mit der Faust. »Aasfresser. Schändliche Aasfresser.« Sie lächelte, und dabei veränderte sich ihr Gesicht. »Das stammt aus einem Buch, das ich als Kind hatte. Die Möwen haben dem Leuchtturmwärter immer das Mittagessen gestohlen. Und dann hat er sie beschimpft: Schändliche Aasfresser.«

Immer noch lächelnd, schraubte sie den Verschluß der Thermoskanne auf, und Elder hielt den Becher, während sie einschenkte.

Zuerst half sie ihrem Vater, legte seinen Kopf ein wenig zurück und fing mit einer Papierserviette die Flüssigkeit auf, die ihm aus dem Mund rann.

Sie saßen neben dem Rollstuhl, aßen ihre Sandwiches und blickten aufs Meer.

»Als ich hier ankam, lief es prima. Ich machte meinen Schulabschluß und habe alles gut geschafft. Dad war großartig – wie ein Freund, ein Kumpel. Die anderen Mädchen waren alle neidisch. Nach dem College bekam ich einen Job bei einem Kindertheater. Dort habe ich eigentlich alles gemacht. Es war toll. Genau das, was ich immer gewollt hatte. Wir reisten auch manchmal, gingen auf kleine Tourneen. Dad hatte seinen ersten Schlaganfall, als wir unten in Christchurch waren. Er lag im Krankenhaus, als wir zurückkamen. Nicht allzu gravierend, sagte der Doktor, er müsse lediglich aufpassen. Er war schon wieder weitgehend bewegungsfähig. Und er konnte noch sprechen, mit seinem Kopf war alles in Ordnung, er …«

Sie setzte den Becher ab und schloß für einen Moment die Augen.

»Er konnte nicht mehr richtig arbeiten, das nicht, aber

das machte nichts, wir kamen über die Runden. Vor drei Jahren hatte er dann einen weiteren schweren Schlaganfall. Danach brauchte er ständige Pflege, und es war einfacher für mich, die Arbeit aufzugeben. Er ist nicht in der Lage ... irgend etwas selbst zu tun. Jetzt nicht mehr.«

Sie griff über den Rollstuhl hinweg und drückte die Hand ihres Vaters.

»Es wäre vernünftiger gewesen, in Karori zu bleiben, aber er hat diesen Ort immer so geliebt. Hierher haben wir einen unserer ersten Ausflüge gemacht, als ich in Neuseeland ankam. Damals gab es nicht so viele Häuser. Es war richtig wild. Wenn ich tot bin, sagte er immer, möchte ich, daß meine Asche hier verstreut wird, hier am Strand.«

Sie stand auf, warf einer Möwe die Reste eines Sandwiches hin und sah zu, wie die anderen Möwen herbeikamen und sich stritten.

»Wir sollten uns auf den Rückweg machen, ich möchte nicht, daß Dad sich erkältet.«

Vor dem Haus schüttelten sie sich die Hand.

»Ist es schlimm, wenn ich Sie nicht hereinbitte?«

Elder schüttelte den Kopf.

»Werden Sie meine Mutter besuchen, wenn Sie zurück in England sind?«

»Das nehme ich an. Ja.«

»Sagen Sie ihr, es tut mir leid.«

»Ja.«

»Sagen Sie ihr, sie hätte mir die Wahrheit sagen sollen.«

Elder glaubte nicht, daß er das tun würde.

»Wenn sich die Dinge ändern«, sagte er, »kommen Sie dann vielleicht nach England zurück?«

»Nein. Ich glaube nicht.«

»Verstehe.« Elder drehte sich um und machte sich mit

den Händen in der Tasche auf den Rückweg. Mit etwas Glück würde er nicht allzulange auf einen Zug warten müssen. Er versuchte, sich vorzustellen, wie Susan Blacklocks Leben inzwischen aussah. Jetzt wußte er zumindest, warum sie hierhergekommen und geblieben war, auch wenn er es noch immer nicht ganz verstehen konnte. Er stellte sich vor, wie sie geduldig die Kleider ihres Vaters aufknöpfte und vorsichtig über seine Hände und Füße zog, wie sie seine fahle Haut mit einem Schwamm wusch ...

Es stellte sich heraus, daß ein Zug gestrichen worden war, ein weiterer Verspätung hatte. Vor dem kleinen Café öffnete er den Band mit den Kurzgeschichten und spielte mit dem Gedanken, Katherine das Buch mitzubringen. Sie und die Autorin trugen schließlich denselben Vornamen. Aber dann wurde ihm klar, daß die Geschichten zu deprimierend waren, zu viele Leben blieben unerfüllt. Er würde ihr lieber etwas am Flughafen kaufen. Als er aufstand, um zum Bahnhof zu gehen, ließ er das Buch neben seiner leeren Tasse liegen.

53

Zu Silvester war Shane Donald immer noch in Untersuchungshaft. An diesem Tag schnitt er sich mit einer rostigen Rasierklinge ein Stückchen Fleisch aus dem Arm. Nach einem Besuch im Krankenhaus und zwei Sitzungen mit dem Gefängnispsychologen wurde er gemäß Vorschrift 43 in den Sicherheitstrakt verlegt. Unter lauter gefährdete Gefangene, wie er selbst einer war.

Im Gemeinschaftsraum, wo sich die Insassen unter den

Augen der Aufseher frei bewegen konnten, bevor sie wieder in die Zellen gesperrt wurden, steckte einer der Männer Donald einen Zettel zu und war weg.

Die Worte waren in aller Eile hingekritzelt worden.

Fröhliche Weihnachten, mein kleiner Scheißer! Ich werde Alan herzliche Grüße von Dir ausrichten. Obwohl ich absolut nicht verstehe, was er an Dir gefunden hat. Nicht die Spur!

Der Zettel fiel Donald beinahe aus der Hand. Er las ihn noch einmal und dann noch einmal.

Es dauerte nicht lange, und er hatte Adam Keach in dem langsamen Hin und Her der anderen Gefangenen ausgemacht. Keach stand allein an der hinteren Wand und trug ein höhnisches Grinsen im Gesicht.

Donald überlief ein kalter Schauer. Er knüllte das Stückchen Papier fest zusammen, steckte es in den Mund, kaute es durch und spuckte es aus.

»Alles in Ordnung, Junge?« fragte einer der Aufseher.

Donald nickte und ging weiter.

Als er das nächste Mal hinsah, lächelte Keach und warf ihm eine Kußhand zu.

Nach dem Winter kam der Frühling. Diesmal nahm Katherine widerspruchslos den Zug, und Elder holte sie in Penzance am Bahnhof ab. Auf den kleinsten und schmalsten Straßen fuhren sie über die Halbinsel zu seinem Cottage. Am folgenden Tag fühlte sie sich kräftig genug, um über den Küstenpfad nach St Ives und zurück über die Felder zu wandern. Wenn alles planmäßig verlief, würde sie mit einem leichten Training beginnen, sobald sie nach Nottingham zurückkehrte.

An diesem Abend schlug Elder vor, in denselben Pub

zu gehen, in dem sie schon einmal zu Abend gegessen hatten. Aber Katherine wollte gern selbst kochen. Sie hatte in St Ives für das Essen eingekauft. Zufrieden öffnete Elder eine Flasche Wein, während die Zwiebeln und der Knoblauch in der Pfanne glasig wurden und die Küche sich mit einem süßlich-scharfen Geruch füllte. Aus dem Wohnzimmer kam Radiomusik. Elder deckte den Tisch, und sie aßen Nudeln mit Spinat und Blauschimmelkäse, leckeres Brot und Römersalat mit Ruccola und kleinen Tomaten.

Katherine sah zu, wie ihr Vater sorgfältig die Spaghetti um die Gabel wickelte und einen Bissen nahm, dann noch einen.

»Und?«

»Und was?«

»Das weißt du ganz genau.«

»Es ist gut.« Er lachte. »Schmeckt hervorragend.«

»Wirklich?«

»Wirklich.«

Sie hatten abgemacht, nicht über das zu sprechen, was geschehen war, und ehrlich gesagt, war Elder erleichtert darüber. Ich kann das alles mit meiner Psychotherapeutin bereden, hatte Katherine gesagt, dafür wird sie schließlich bezahlt. Seit Weihnachten hatte sie nur noch einmal wöchentlich eine Sitzung.

Katherine sammelte die Teller ein. »Ist es warm genug, um draußen zu sitzen?«

»Gerade mal so.«

Der Himmel leuchtete violett, die letzten Sonnenstrahlen ergossen sich am Horizont ins Meer. Sie saßen da, hatten die Kragen hochgeschlagen und Weingläser in der Hand.

»Kann ich dich etwas fragen?« sagte Katherine.

»Nur zu.« Er glaubte, es würde ihre Mutter betreffen, aber er irrte sich.

»Diese Frau, mit der du dich getroffen hast, diese Helen – bist du nicht mehr mit ihr zusammen?«

»Nein.«

»Warum?«

Er genoß das würzige Aroma des Weines, der ein wenig nach schwarzen Johannisbeeren schmeckte. Gleich nach seiner Rückkehr aus Neuseeland war er nach Whitby gefahren. Versprechen mußten eingehalten werden, und zumindest dieses eine konnte er erfüllen. Er hatte Helens Tochter gefunden. War es nicht das gewesen, was er ihr geschworen hatte?

In dem kleinen, vollgestopften Zimmer hatte er Helen erzählt, was er herausgefunden hatte, und dabei ihr Gesicht beobachtet und bemerkt, wie sich die Haut über den Knochen spannte. Er hatte ihren Gesichtsausdruck gesehen, als sie das Stück Papier mit Susans Adresse auseinanderfaltete. Was hatte er eigentlich erwartet? Freudentränen? Erleichterung? Statt dessen hatte sie auf den Boden gestarrt und ihre Gefühle in sich eingeschlossen, was immer sie fühlen mochte.

Als er später versucht hatte, sie in den Arm zu nehmen, wich sie vor der Berührung zurück.

Daß ihre Tochter sie verlassen hatte, errichtete eine Mauer zwischen ihnen – Stein um Stein.

»Ich weiß nicht«, sagte er jetzt. »Es ist einfach so gekommen.«

Katherine nickte. »Wie schade. Ich fand sie nett, als sie im Krankenhaus zu Besuch war.«

Elder wußte, daß Helen immer noch von Zeit zu Zeit

auf dem Klippenpfad nach Saltwick Nab wanderte und an der Stelle, wo Susan verschwunden war, Blumen ablegte. Als wäre sie nicht gefunden worden, als wäre sie gestorben. Er wußte nicht, ob sie an ihre Tochter geschrieben hatte oder ob sie das je tun würde.

»Der Prozeß«, begann Katherine.

»Es besteht immer noch die Möglichkeit, daß es gar nicht dazu kommt.«

»Wie meinst du das?«

»Er könnte sich immer noch schuldig bekennen.«

»Warum sollte er das tun?«

»Um eine mildere Strafe zu erhalten. Wenn er auf ›nicht schuldig‹ plädiert und das Urteil fällt anders aus, wird der Richter ihn hart rannehmen.«

»Und glaubst du, er macht es?«

»Ich vermute stark, daß sein Anwalt ihm dazu rät.«

Katherine spielte mit einer Haarsträhne. »Aber wenn er es nicht macht, wenn ich aussagen muß, versprich mir, daß du nicht da bist. Im Gericht.«

»Kate ...«

»Versprich es.«

»In Ordnung.«

In dieser Nacht wurde Elder von den Schreien seiner Tochter geweckt. Als er die Tür zu ihrem Zimmer aufstieß, saß sie aufrecht im Bett, das Bettzeug lag verstreut herum, und auf der Stirn und auf den Wangen hatten sich kleine Schweißperlen gebildet. Ihre Augen waren fest geschlossen, als würde ihr etwas Scharfes tief in den Schädel schneiden.

»Katie ... Kate ...«

Sie öffnete die Augen, sah jedoch nichts. Die Erinnerung an den Schmerz blendete sie.

»Katherine ...«

Vorsichtig ergriff Elder ihre Hände und wiederholte ihren Namen, dann erst sah sie ihn und ließ sich in die Kissen zurückfallen. Er holte ein Handtuch, wischte ihr das Gesicht ab und blieb eine Weile bei ihr sitzen, ohne zu sprechen. Erst als er glaubte, er könne sie verlassen, ging er nach unten und machte Tee, während sie sich umzog und ein sauberes T-Shirt und Trainingshosen überzog.

»Wie lange hast du die Träume schon?« fragte Elder.

»Seit es passiert ist. Seit du mich gefunden hast.«

Das war der Moment, dachte Elder, in dem mein eigener Traum vorbei war. Der Moment, in dem er verschwand.

»Wie oft?« fragte er.

Sie sah ihn mit einem matten Lächeln an. »Zu oft.«

Er goß mehr Tee in ihre Tasse, fügte Milch und Zucker hinzu, rührte um.

»Diese Hütten am Strand«, sagte Katherine. »Gab es da Katzen?«

»Ja. Ein paar. Wild lebend, vermute ich.«

»Ich wußte nicht, ob sie echt waren oder Teil des Traumes, weißt du.«

»Nein, sie waren völlig echt.«

»Weißt du noch, daß ich immer ein Kätzchen haben wollte, als ich klein war?«

»Ja, daran erinnere ich mich.«

»Ich muß dich und Mum mit meiner Bettelei fast in den Wahnsinn getrieben haben.«

»Deine Mutter ist allergisch gegen Katzen.«

»Ich dachte, nur gegen dich.«

»Sehr witzig.«

Katherine lachte, dann schüttelte sie den Kopf. »Sie ist total unglücklich.«

»Sie wird es überstehen. Jemand anderen finden. Sollte mich nicht wundern.«

»Glaubst du?«

»Ich halte das für möglich.«

»Oder Martyn kommt wieder angekrochen.«

»Wahrscheinlich.«

»Es scheint dir ganz egal zu sein.«

»Ich möchte nicht, daß sie unglücklich ist.«

»Ich glaube«, sagte Katherine, »ich gehe wieder zu Bett.«

»In Ordnung. Ich spüle nur schnell die Tassen aus.«

Als sie den oberen Treppenabsatz fast erreicht hatte, blieb Katherine stehen und rief nach unten: »Diese Träume, die verschwinden doch? Im Laufe der Zeit, meine ich.«

»Ja.« Er sah von unten zu ihr hinauf. »Ja. Sie verschwinden bestimmt.«

»Deiner ist schließlich auch weg.«

»Ja, meiner ist weg.«

Sie lächelte. »Gute Nacht, Dad.«

»Gute Nacht, Schatz. Schlaf gut.«

»Du auch.«

Er wartete, bis er die Tür zufallen hörte, bevor er in die Küche zurückging. Im Schrank stand eine fast volle Flasche Jameson's, und er goß sich ein großzügiges Glas ein. Ein Blick auf die Wanduhr verriet ihm, daß es fast vier war. Draußen war es noch dunkel, und er stand eine Weile still da, bis er die Kante der Steinmauer und die Umrisse der Kühe auf der Weide ausmachen konnte. Wenn er lange genug stehenblieb, würde es langsam hell werden.

Dank

Jeder braucht eine hilfreiche Hand, und beim Schreiben dieses Romans habe ich mehr als eine dankbar ergriffen.

Mein besonderer Dank gilt hier meiner Agentin Sarah Lutyens, Andy McKillop und Susan Sandon von Random House (UK); außerdem danke ich Detective Superintendent Peter Coles (i. R.) und Caroline Smith von *UK Athletics*, Michael O'Leary, dem Inhaber der Buchhandlung *Pukapuka* in Paekakariki, und anderen Freunden in Neuseeland, Sarah Boiling und ganz besonders Graham Nichols, meinem Freund und *herausragenden* Berater.